성스러운 침입
The Divine Invasion

7

필립 K. 딕 걸작선

성스러운 침입
The Divine Invasion

♦

박중서 옮김

폴라북스

〈일러두기〉

0. 본문의 성서 인용문은 개역개정판을 따랐고, 외경은 가톨릭용 공동 번역을 따랐다. 영어와 한글 성서의 차이로 인해 생략된 부분은 역자가 임의로 번역해 채워 넣었다.

0. 본문의 주석은 대본인 라이브러리 오브 아메리카 판의 원저자 주석 및 편집자 주석을 토대로 하고, 더 자세한 설명이 필요한 경우에는 번역자가 임의로 내용을 보강했다.

0. 내용의 특성을 고려하여 본문에 나오는 God, Jesus 등의 감탄사는 의도적으로 "하느님"과 "예수님"이라는 단어를 넣어서 직역했다.

◑ 차례

당신이 기다리던 시간이 이제 왔다.
일은 완수되었다. 최후의 세계가 여기 있다.
그는 이식되었으며 살아있다.
　　　　—한밤중의 수수께끼 같은 목소리

01

이제 매니를 학교에 보낼 때가 되었다. 정부는 매니 같은 아이들을 위한 특수학교를 운영하고 있었다. 법률에 따르면 매니의 상태로는 일반 학교에 갈 수 없었다. 일라이어스 테이트로서도 어쩔 수 없는 노릇이었다. 감히 정부의 정책을 무시하고 뒷길로 빠져나갈 수는 없으니 말이다. 여기는 지구이고 악이 만물을 뒤덮고 있는 지대다. 일라이어스는 느낄 수 있었다. 그리고 아마 매니도 느낄 수 있으리라.

일라이어스는 이 지대가 상징하는 바를 잘 알았지만, 매니는 그 정도까지는 안 될 것이었다. 이제 겨우 여섯 살이니까. 매니는 귀여우면서도 힘이 세지만, 항상 잠이 덜 깬 듯한 모습이었다. 일라이어스가 생각하기에는 마치 아직 완전히 태어나지는 못한 것만 같았다.

"너 오늘이 무슨 날인지 알아?" 일라이어스가 물었다.

사내아이는 미소를 지었다.

"좋아." 일라이어스가 말했다. "음, 이제 선생한테 많은 게 달려있는 셈이구나. 너는 얼마나 많이 기억하지, 매니? 리비스는 기억이 나니?" 그는 리비스, 그러니까 아이의 어머니의 홀로그램을 꺼내서 불빛에 비춰 보였다. "리비스를 좀 봐봐." 일라이어스가 말했다. "잠깐이면 돼."

언젠가는 아이의 기억이 돌아올 것이었다. 뭔가가, 그러니까 이 아이 스스로 예정한 대로 이 아이에게 가해질 어떤 탈脫 억제적 자극이 기왕증—건망증의 상실—의 방아쇠 노릇을 할 것이었다. 그러면 이 아이의 모든 기억이 물밀듯이 돌아올 것이다. CY30-CY30B에서 일어난 수태에 관한, 리비스가 끔찍한 질병과 싸우는 동안 그녀의 자궁 속에 들어있었던 시기에 관한, 지구로의 여행에 관한, 어쩌면 심지어 심문에 관한 기억까지도 말이다. 리비스의 자궁 속에서 매니는 그들 세 사람에게 조언해주었다. 그들이란 바로 허브 애셔, 일라이어스 테이트, 그리고 매니의 어머니인 리비스 자신이었다. 하지만 곧이어 그 사고가 터졌다. 물론 그게 정말로 사고였는지는 모르지만 말이다. 바로 그 사고 때문에 손상이 생겼다.

그리고, 손상 때문에 매니는 기억을 잃었다.

두 사람은 열차를 이용해 학교까지 갔다. 말이 많고 덩치가 작은 남자가 이들을 맞이했다. 플로데트라는 사람이었다. 일라이어스가 보기에는 이것이야말로 정부의 전형적인 수법이었다. 처음에는 상대방과 악수를 나누고, 그 다음에는 상대방을 죽여버리는 거지. 그는 생각했다.

"자, 네가 바로 이매뉴얼이구나." 플로데트가 활짝 웃으면서 말했다.

울타리가 쳐진 학교 운동장에는 어린아이 몇 명이 놀고 있었다. 소년은 수줍은 듯 일라이어스 테이트에게 몸을 바짝 붙이는 것이, 같이 놀고는 싶지만 어딘가 겁이 나는 모양이었다.

"이름 참 멋지네." 플로데트가 말했다. "너 이름은 말할 줄 아니, 이매뉴얼?" 그는 상체를 굽히며 소년에게 물었다. "너 '이매뉴얼'이라고 말할 줄 알아?"

"하느님께서 우리와 함께하신다." 아이가 말했다.

"방금 뭐라고 했지?" 플로데트가 물었다.

일라이어스 테이트가 말했다. "그러니까 '이매뉴얼(임마누엘)'이 무슨 뜻인지를 설명한 겁니다. 얘 엄마가 그 이름을 지은 것도 바로 그래서죠. 얘 엄마는 매니가 태어나기도 전에 공중 충돌 사고로 죽었어요."

"나는 인공 자궁에 들어있었어." 매니가 말했다.

"그렇다면 바로 거기서 장애가……." 플로데트가 말을 시작하자 일라이어스 테이트가 그만두라는 듯 손을 저어 보였다.

당황한 플로데트는 문서가 끼워져있는 파일을 들여다보았다. "어디 봅시다……. 그러니까 선생님께서는 이 아이의 아버지가 아니라 종조부시군요."

"애 아버지는 지금 냉동 대기 상태에 있습니다."

"방금 말씀하신 그 공중 충돌 사고 때문에요?"

"그렇습니다." 일라이어스가 말했다. "비장 이식을 기다리고 있죠."

"그나저나 참 신기하네요. 벌써 6년이 지났는데도 그렇게 기다리고 있어야만 한다니—"

"죄송합니다만, 애 앞에서 아버지의 죽음에 관해서 이야기하고 싶지는 않군요." 일라이어스가 말했다.

"하지만 애도 이미 알지 않나요? 언젠가는 아버지가 다시 살아나리라는 걸요?" 플로데트가 말했다.

"그야 물론이죠. 여하간 앞으로 며칠 동안 제가 학교에 나와서 선생님께서 아이들을 어떻게 다루시는지 지켜보도록 하겠습니다. 만약 제 성에 차지 않으면, 그러니까 선생님께서 물리력을 지나치게 사용하시거나 하면, 저는 곧바로 매니를 데리고 가겠습니다. 법적으로 허락이 되건 안 되건 간에 말입니다. 십중팔구 선생님께서는 이런저런 학교에서 아이들에게 흔히 가르치는 온갖 엉터리를 다 가르치려 하시겠죠. 저야 그걸 특별히 좋아하지도 않습니다만, 그렇다고 특별히 걱정하지도 않습니다. 일단 학교가 제 마음에 든다면, 앞으로 1년치 수업료를 미리 드리겠습니다. 사실 전 이 아이를 여기로 데려오고 싶지 않았습니다만, 법이 그러니 어쩔 수 없었죠. 물론 선생님한테 개인적인 책임을 묻는 건 아닙니다." 일라이어스 테이트가 이렇게 말하고 미소를 지었다.

운동장 가장자리에서 자라나는 대나무 줄기 사이로 바람이 불어왔다. 매니는 바람 소리에 귀를 기울이더니 고개를 들어 올리고 얼굴을 찡그렸다. 일라이어스는 아이의 어깨를 토닥이며 방금 저 바람이 아이에게 무슨 이야기를 해주었을지 궁금해했다. 혹시 네가 누구라고 이야기를 해준 거냐? 네 이름이 뭐라고 이야기를 해준 거냐?

어느 누구도 이야기해주지 않을 그 이름. 그는 그렇게 생각했다.

그때 흰색 아동복을 입은 작은 여자아이가 매니에게 다가오더니 한 손을 내밀었다. "안녕." 여자아이가 말했다. "너 새로 온 애구나."

대나무 사이로 바람이 스치는 소리가 들렸다.

비록 냉동 대기 상태에 있기는 했지만, 허브 애셔는 나름대로 문제를 안고 있었다. 크라이랩스 사의 창고에서 아주 가까운 곳에는 5만 와트짜리 FM 송신기가 있었는데, 원인은 아무도 몰랐지만 갑자기 냉동 장치가 근처에서 송신되는 FM 신호를 수신하기 시작했다. 그래서 허브 애셔는 냉동 대기 상태에 있는 다른 모든 사람과 마찬가지로, 하루 온종일 그놈의 엘리베이터 같은 데서 나오는 따분한 경음악을 들어야만 했다. 그 라디오 방송국은 이른바 '즐거운 음악'만 내보내는 곳이었기 때문이다.

지금은 〈지붕 위의 바이올린〉의 현악 편곡 버전이 크라이랩스의 모든 죽은 사람들에게 엄습하고 있었다. 이 음악은 특히

나 허브 애셔에게는 혐오스럽기 그지없었다. 그가 현재 있는 주기의 일부분에서는 마치 자신이 아직도 살아 있는 것 같은 착각을 불러일으키기 때문이었다. 얼어붙은 두뇌에서는 고풍스러운 배경 속에서 제한된 세계가 펼쳐지고 있었다. 허브 애셔는 자기가 지금 CY30-CY30B 태양계의 작은 행성으로 돌아와있다고 생각했다. 그는 원래 그곳에서 돔을 운영하고 있었다…….

그 중대한 몇 년 사이에 그는 리비스 로미를 만났고, 그녀와 정식으로 결혼하고 나서 둘이 함께 지구로 다시 이민을 왔다. 그리고 그는 테라* 당국으로부터 심문을 받았고, 마치 그것만으로는 충분하지 않다는 듯, 결코 본인의 책임이라고는 할 수 없는 공중 충돌 사고로 외관상 사망 선고를 받고 말았다. 더 끔찍한 사실은 그의 아내 역시 사망했으며, 그녀는 장기 이식으로 소생시키기조차도 불가능한 상황이었다는 것이다. 로봇 의사가 허브 애셔에게 설명한 바에 따르면, 그녀의 예쁘고 작은 머리는 두 동강으로 쪼개졌다고 했다. 전형적인 로봇의 단어 선택법이었다.

하지만 자기가 지금 CY30-CY30B 태양계에 있는 자신의 돔으로 돌아와있다고 생각하는 한, 허브 애셔는 리비스가 이미 사망했다는 사실을 깨닫지 못하고 있었다. 사실 그는 아직 그녀를 알지도 못했다. 리비스가 사는 돔에 관한 이야기를 처음 알려준 식품 배달부가 그를 찾아오기도 전의 상황으로 돌아가

---

* 지구의 별칭.

있었기 때문이다.

허브 애셔는 침대에 누워서 자기가 좋아하는 린다 폭스의 테이프를 듣고 있었다. 그런데 도대체 무엇 때문에 배경에서 잡음이 들리는 걸까? 널리 알려진 경가극이나 브로드웨이 쇼나 20세기 말의 무슨 신통찮은 작품들 가운데 등장하는 노래를 청승맞은 현악 버전으로 바꾼 음악이었다. 분명히 그의 수신 및 녹음 장치를 분해해서 검사해볼 필요가 있어 보였다. 어쩌면 그가 린다 폭스의 테이프를 녹음해서 만들 때에 받은 원래의 신호 자체에 뭔가 문제가 있는 것인지도 몰랐다. 빌어먹을. 그는 짜증이 치밀었다. 또 뭔가를 고쳐야 한다 이거군. 그러기 위해서는 일단 침대에서 몸을 일으켜야 했고, 공구 상자를 꺼내야 했으며, 수신 및 녹음 장치를 꺼야만 했다. 다시 말해서 일을 해야 한다는 뜻이었다.

그는 눈을 감은 채 더 폭스의 노래에 귀를 기울였다.

더는 울지 마라, 슬픈 분수여
너 무엇 때문에 빠르게 흐르나?
보라, 저기 눈 덮인 산들조차도
하늘의 태양에 천천히 녹는데.
하지만 내 태양의 하늘빛 눈은
너의 울음을 보지 못하는도다
이제 땅에 누워 잠자고 있으니……

15

이것이야말로 더 폭스가 이제껏 부른 노래 중에서도 최고였다. 원래는 셰익스피어의 시대에 살았던 존 다울런드의 류트 반주 노래 가운데 〈세 번째와 마지막 책〉에 수록되어 있는 것으로, 더 폭스가 요즘 세상에 맞도록 개작한 것이었다.

잡음에 짜증이 난 그는 원격 프로그래머를 이용해서 테이프 송수신기를 꺼버렸다. 하지만 '이상스럽게도' 그 청승맞은 음악은 더 폭스의 목소리가 사라진 뒤까지도 계속되었다. 체념한 그는 아예 오디오 시스템 전체를 꺼버렸다.

그러고 나서도 87개 현악기 버전의 〈지붕 위의 바이올린〉은 계속해서 이어졌다. 그 음악 소리가 그의 작은 돔을 가득 채웠다. 그 소리는 공기 압축기의 덜덜거리는 소리보다도 더 크게 들렸다. 그는 문득 그런 생각이 들었다. 그러고 보니 벌써 사흘째―하느님 맙소사!―저놈의 〈지붕 위의 바이올린〉을 듣고 있군.

끔찍해라. 허브 애셔는 이제야 깨달았다. 지금 나는 수십억 마일 떨어진 우주에서 이 87개 현악기 소리를 영원히 듣고 있는 거야. 뭔가 잘못됐어.

사실 최근 몇 년 사이, 잘못된 게 한두 가지가 아니었다. 그는 지구 태양계에서 이곳으로 이민을 오는 끔찍한 실수를 저질렀다. 일단 이곳으로 오고 나면 이민 후 10년이 꽉 찰 때까지는 다시 지구 태양계로 돌아가는 것이 자동적으로 불법화된다는 사실을 미처 몰랐던 것이다. 이것이야말로 지구 태양계를 통치하는 이중 국가가 사람들을 밖으로 내보내기는 하되 돌아오지는 못하게 하는 방법이었다. 애셔의 대안은 육군에서 복무하는 것뿐이었고, 이는 곧 확실한 죽음을 의미했다. '하늘이냐 병역이냐'가 텔레비전에 등장하는 정부의 표어였다. 즉 이민을 가든가, 그렇지 않으면 뭔가 결실도 없는 전쟁에 나가 생고생을 하라는 것이었다. 정부는 이제 그런 전쟁을 정당화할 생각조차 없었다. 그냥 누군가를 내보내고, 누군가를 죽이고, 누군가를 대신할 보충 병력을 모집하기만 했다. 이 모두가 공산당과 가톨릭교회가 하나의 거대 기구로 합쳐지면서 생긴 일이었다. 마치 고대 스파르타처럼, 양쪽에서 한 명씩 해서 국가의 수장이 두 명 있는 것이었다.

여기서는 최소한 정부에 의해 피살되는 처지는 아니니 안전했다. 물론 이 행성에 사는 쥐새끼 같은 토착민에게 피살되는 처지가 될 수는 있었지만, 실제로 그럴 가능성은 별로 없었다. 이곳에 남아있는 소수의 토착민은 인간 돔의 거주민을 암살한 적이 한 번도 없었다. 인간은 마이크로파 송신기와 향정신성 촉진제, 합성품으로 이루어진 가짜 음식(허브 애셔가 생각하기에는 분명한 가짜였고, 맛도 정말 끔찍했다)과 빈약한 편의품을 가져왔고, 이 모든 물건들 앞에서 토착민은 가뜩이나 단순한 특유의 호기심을 발휘해보지도 못하고 그만 퇴치당했던 것이었다.

십중팔구 모선이 지금 바로 내 머리 위에 있는 모양이군. 허브 애셔는 속으로 말했다. 거기서 향정신성 총을 가지고 나를 향해 〈지붕 위의 바이올린〉을 발사하고 있는 모양이야. 물론 농담이었다.

그는 침대에서 일어나 비틀거리며 계기판 쪽으로 걸어가서 제3레이더 스크린을 살펴보았다. 스크린에 나타난 바에 따르면 이 근처에는 모선이 하나도 없었다. 그러니 그건 아니었다.

망할 놈의 것 같으니. 그는 생각했다. 오디오 시스템이 꺼지는 것을 분명히 자기 눈으로 보았건만, 그놈의 소리가 아직까지도 돔 안에서 웅웅거렸다. 그렇다고 어느 한 지점에서 흘러나오는 것 같지도 않았다. 마치 어디에나 그 소리가 있는 것 같았다.

식탁 앞에 앉은 그는 모선과 연락을 취했다. "혹시 지금 〈지붕 위의 바이올린〉을 송신하고 있습니까?" 그는 모선의 운영회선에 질문을 던졌다.

잠시 침묵이 이어지더니 곧이어 답변이 나왔다. "예, 말씀하신 〈지붕 위의 바이올린〉은 비디오테이프가 비치되어있습니다. 주연은 토폴, 노마 크레인, 몰리 피콘—"

"아뇨." 그가 상대방의 말을 잘랐다. "포말하우트에서 지금 뭘 가져오는 겁니까? 전부 현악기로 된 건가요?"

"아, 제5기지국에 계신 분이군요. 린다 폭스 광팬."

"그쪽에서는 내가 그렇게 알려져있나요?" 애셔가 말했다.

"요청하신 대로 해드리죠. 새로 나온 린다 폭스 오디오테이프를 고속으로 받을 준비 해주세요. 녹음 준비는 되셨나요?"

"지금은 그게 아니라 다른 문제 때문에 연락 드렸거든요." 애셔가 말했다.

"그럼 지금 바로 고속으로 송신하겠습니다. 감사합니다." 모선의 운영 회선과 연결이 끊겼다. 허브 애셔는 졸지에 자기가 하지도 않은 요청에 응답하여 모선에서 보낸 고속 재생 음악 소리에 귀를 기울이게 되었다.

모선의 송신이 끝나자마자 그는 다시 운영 회선으로 접속했다. "나는 지금 벌써 10시간 연속으로 '중매인, 중매인'이라고 노래하는 소리를 듣고 있단 말입니다." 그가 말했다. "아주 지겨워 죽겠어요. 혹시 다른 중계국에서 오는 신호를 도로 반사하는 것 아닙니까?"

모선의 운영 회선이 말했다. "다른 중계국에서 오는 신호를 도로 반사하는 것이야말로 저희의 임무―"

"됐습니다. 이만 끊죠." 허브 애셔는 이렇게 말하고는 모선의 회선과 접속을 끊어버렸다.

돔 현창을 통해 바깥을 내다보니, 얼어붙은 황무지를 가로질러 걸어가는 구부정한 사람의 모습이 보였다. 토착민 하나가 보잘것없는 짐을 하나 들고 가고 있었다. 아마도 심부름을 가는 모양이었다.

허브 애셔는 외부용 확성기 스위치를 누르고 말했다. "거기 잠깐만 멈춰봐, 클렘." 인간 정착민들은 이 행성의 토착민을 이렇게 불렀다. 토착민들은 하나같이 똑같이 생겼기 때문에 누구든지 간에 그 이름으로 불렀다. "나 말고 다른 누군가의 의견이 필요하니까."

토착민은 인상을 찡그리며 돔의 출입문으로 다가오더니 들어가면 되겠느냐고 손짓을 했다. 허브 애셔는 출입문 장치를 가동시켰고, 매개용 보호막이 설치되었다. 토착민이 그 안으로 들어가는 모습이 보였다. 잠시 후, 언짢은 모습의 토착민이 그의 돔 안에 들어와서는, 메탄 결정을 몸에서 털어버리고 허브 애셔를 노려보았다.

애셔는 통역용 컴퓨터를 꺼내어 토착민에게 말했다. "금방이면 된다고." 그의 아날로그 목소리가 통역 기계를 통하자 일련의 딸깍딸깍 하는 소리로 바뀌어 나왔다. "지금 오디오에서 잡음이 나는데 이걸 도무지 끌 수가 없어서 그래. 혹시 자네 쪽 사람들이 뭘 하고 있어서 그런 건가? 들어보라고."

토착민은 귀를 기울여 들어보았다. 그의 뿌리 같은 얼굴이 뒤틀리며 어두워졌다. 마침내 그가 입을 열었다. 영어로 변환된 그의 목소리는 보기 드물게 거칠었다. "아무 소리도 안 들립니다."

"거짓말 마." 허브 애셔가 말했다.

토착민이 말했다. "거짓말이 아닙니다. 아마도 당신 머리가 어떻게 된 거겠죠. 고립된 상태로 있다 보니까요."

"나는 고립된 상태에서도 잘만 살아가거든. 게다가 사실 고립된 상태도 아니고 말이야." 어쨌거나 더 폭스가 항상 내 벗이 되어주니까.

"전에도 그러는 걸 봤다니까요." 토착민이 말했다. "댁 같은 돔 거주민 양반들이 갑자기 무슨 소리며 형체를 봤다고 상상하는 거예요."

허브 애셔는 스테레오 마이크로폰을 꺼낸 다음, 자기 테이프리코더를 돌리고 VU 미터를 바라보았다. 아무 반응도 나타나지 않았다. 그는 출력을 끝까지 올렸다. 하지만 VU 미터는 여전히 그대로였다. 바늘은 전혀 움직이지 않았다. 애셔가 일부러 콜록콜록 기침을 하자, 곧바로 바늘이 힘차게 흔들리면서 과부하 다이오드가 빨갛게 빛을 발했다. 무슨 이유에서인지는 몰라도 이제는 테이프리코더가 그 청승맞은 현악기 소리를 잡아내지 못하는 모양이었다. 아까보다도 더 당혹스러웠다. 토착민은 그 모습을 지켜보며 미소를 지었다.

허브 애셔는 스테레오 마이크로폰에 대고 이렇게 말했다. "'오, 애나 리비아에 관해서 내게 이야기해줘! 애나 리비아에 관해 모두 알고 싶어. 그래, 당신들도 애나 리비아를 알지? 그래, 물론이지. 우리는 모두 애나 리비아를 알아. 나한테 모두 말해줘. 지금 나한테 모두 말해줘. 듣고 나면 당신들은 죽고 말걸. 아, 당신들도 알겠지만, 그 늙은 남자가 맛이 가서는 그걸 했다는 거야. 그래, 나도 알아. 계속 해봐. 얼른 씻고, 물 첨벙거리지 마. 소매를 걷어붙이고, 말 테이프를 풀어놔봐. 그리고 나한테 부딪치지 마. 저리 가라고! 몸 굽힐 때마다 좀. 아니면 뭐든지—'"[*]

"그게 무슨 말입니까?" 이 대사를 통역기를 거쳐서 자기네 말로 들은 토착민이 물었다.

허브 애셔는 씩 웃으며 말했다. "테라의 유명한 책이지. '보

---

[*] 제임스 조이스의 『피네간의 경야』의 제8장인 「애나 리비아 플루라벨」의 일부. 이하의 인용문도 마찬가지다.

라고, 보라니까. 어스름이 자라나고 있어. 치솟은 내 가지는 뿌리를 내리네. 그리고 내 차가운 의자는 애슐리로 가버렸네. 필뢰르? 필루! 시대가 어떻게 되지? 손이 늦는군. 끝이 없어. 이제 센—'"

"미친 양반이 분명하군." 토착민은 이렇게 말하며 나가려는 듯 출입문 쪽으로 돌아섰다.

"이게 『피네간의 경야』라니까." 허브 애셔가 말했다. "통역용 컴퓨터가 자네한테 제대로 전달을 해주면 좋겠군. '물소리를 들을 수 없어. 떠드는 물소리를. 날아다니는 박쥐들, 들쥐가 짖고 떠드네. 호! 아직 집에 안 간 거야? 톰 말론은? 들을 수 없어—'"

토착민은 허브 애셔가 미쳤다고 확신하며 그곳을 떠났다. 애셔는 현창 너머로 그의 뒷모습을 바라보았다. 토착민은 화가 난 듯 성큼성큼 돔에서 멀어져갔다.

다시 한 번 외부용 확성기의 스위치를 누른 채, 허브 애셔는 점차 멀어져가는 그 뒷모습을 향해 소리를 질렀다. "자네 생각에는 제임스 조이스가 미친 것 같겠지. 그렇지? 좋아. 그러면 어디 이거나 한 번 설명해보시지. 그 양반이 어떻게 해서 '말테이프'라는 걸 썼는지 말이야. 그건 바로 오디오테이프를 말하는데, 그 단어가 들어있는 책을 그 양반이 1922년에 쓰기 시작해서 1939년에 완성했다 이거지. 한마디로 테이프리코더 자체가 생기기도 전에 말이야! 자네라면 그걸 미쳤다고 하겠나? 그 양반은 또 주인공들을 텔레비전 세트 앞에 둘러앉게 했다니까. 그것도 제1차 세계대전이 끝나고 겨우 4년 뒤에 시작한 책에서 말이야. 내 생각에 조이스는 진짜—"

그러나 토착민의 모습은 이미 능선 너머로 사라져버렸다. 애셔는 외부용 확성기의 스위치를 놓았다.

그는 제임스 조이스가 글 속에서 '말 테이프'에 관해 언급한다는 것은 불가능하다고 생각했다. 언젠가 내가 거기에 대해 논문이라도 써서 간행해야지. 『피네간의 경야』라는 작품이야말로 제임스 조이스의 시대에서 거의 한 세기가 지날 때까지도 존재하지 않았던 컴퓨터 메모리 시스템에 근거한 정보 풀이라는 사실을 증명할 거야. 그러니까 어떻게 해서인지는 몰라도 조이스는 우주 의식과 접촉했고, 바로 거기에서부터 자기 작품을 만드는 데에 필요한 영감을 얻었다고 말이야.

캐시 바바리안이 『율리시스』의 한 대목을 읽는 것을 직접 들으면 어떤 기분일까?* 만약 그녀가 그 책 전체를 녹음해놓기만 했었더라도. 하지만 우리한테는 린다 폭스가 있지. 그는 문득 깨달았다.

그의 테이프리코더는 여전히 켜져있었고, 여전히 녹음을 하고 있었다. 허브 애셔는 큰소리로 이렇게 말했다. "나는 100개의 철자로 된 천둥 단어를 말할 거다."** VU 미터의 바늘이 그

---

* 이탈리아의 작곡가 루치아노 베리오(1925~2003)는 제임스 조이스의 『율리시스』의 한 대목인 「세이렌들」을 가지고 실험적인 작품인 『테마(조이스에게 바치는 오마주)』(1958)를 만들었다. 이때 그의 아내인 미국의 작곡가 겸 성악가 캐시 바바리안(1925~1983)이 조이스의 작품을 낭독했다.
** 『피네간의 경야』에는 100개의 철자를 이용해서 천둥소리를 묘사한 의성어가 10

의 말을 따라 흔들렸다. "지금부터 시작." 애셔는 이렇게 말하고 깊이 숨을 들이마셨다. "『피네간의 경야』에 나오는 100개의 철자로 된 천둥 단어는 이렇다. 근데 어떻게 하는 건지 까먹었군." 그는 책장으로 가서 『피네간의 경야』의 카세트를 꺼냈다. "외우지는 않을 거야." 그는 이렇게 말하며 카세트를 집어넣고 책의 첫 페이지를 펼쳤다. "이거야말로 영어에서도 가장 긴 단어니까." 그가 말했다. "이것은 우주에서 태초의 분열이 벌어졌을 때에, 그러니까 우주의 손상된 일부분이 어둠과 악 속으로 추락했을 때에 만들어진 소리지. 원래 우리는 에덴동산에 있었지. 조이스가 지적했듯이 말이야. 조이스—"

순간 그의 무전기가 칙칙 소리를 내며 켜졌다. 식품 배달부가 그에게 접속하더니 물건 받을 준비를 하라고 알려주었다.

"안 자지?" 무전기에서 나온 말이었다. 마치 그랬으면 좋겠다는 듯.

또 다른 인간과의 접촉. 허브 애셔는 무의식적으로 움츠러들었다. 오, 예수님 맙소사. 그는 생각했다. 그는 몸을 떨었다. 싫어. 그는 생각했다.

그만. 싫어.

회 등장한다. 가령 그중 첫 번째는 'bababadalgharaghtakamminarr-onnkonnbronntonner······' 하고 이어지는 식이다.

02

그들이 너를 뒤쫓고 있는지 아닌지를 너는 알 수가 없을 거야. 허브 애셔는 속으로 말했다. 그들이 지붕을 뚫고 들어온다면 말이지. 식품 배달부, 그러니까 몇몇 배달부 중에서도 가장 중요한 이 사람은 돔의 지붕 자물쇠 나사를 풀더니 사다리를 밟고 아래로 내려왔다.

"식량 배급 콤트릭스." 그의 무전기에서 오디오 변환기가 이렇게 알렸다. "나사 조이기 작업 시작."

"나사 조이기 작업 진행." 애셔가 말했다.

스피커에서 말이 나왔다. "헬멧을 착용하세요."

"필요 없어." 애셔가 말했다. 그는 굳이 헬멧을 쓰려고 움직이지도 않았다. 그의 대기 흐름 속도는 식품 배달부의 진입으로 생긴 변화를 알아서 보상해줄 것이었다.

돔의 자동 배선에 있는 경보기가 소리를 냈다.

"헬멧을 써야지!" 식품 배달부가 화난 목소리로 말했다.

경보기는 곧 마치 투덜거리듯 멈춰버렸다. 압력이 다시 안정되었다. 식품 배달부는 인상을 찡그렸다. 그는 헬멧을 벗고 자기 콤트릭스에서 종이 상자를 꺼내기 시작했다.

"우린 원래 튼튼한 인종이잖아." 애셔가 그를 도우며 말했다.

"자네는 모조리 증폭시켜놓았군." 식품 배달부가 말했다. 돔에 서비스를 제공하는 유랑자들 대부분이 그렇듯이, 그는 체구가 튼튼하고 상당히 잽싸게 움직였다. 모선과 CY30II의 돔들 사이를 오가는 콤트릭스 셔틀을 운영하는 것은 안전한 직업이 아니었다. 그도 이 사실을 알고 있고, 애셔도 이 사실을 알고 있다. 돔 안에는 누구라도 들어앉아있을 수 있지만 밖에서 움직일 수 있는 사람은 소수에 불과했다.

"잠깐 앉아도 되겠지?" 자기 일이 끝나자마자 식품 배달부가 말했다.

"대접할 거라곤 카프 한 잔밖에는 없는데." 애셔가 말했다.

"그거면 됐어. 여기 온 이후로 진짜 커피는 한 번도 못 마셨으니까. 그리고 내가 여기 온 거는 자네가 여기 오기보다 훨씬 더 오래전이고." 식품 배달부는 식사용 모듈 서비스 공간에 앉았다.

두 사람은 탁자를 가운데 놓고 서로 마주 앉아서 나란히 카프를 마셨다. 돔 밖에는 메탄이 잔뜩 있었지만, 이곳에서는 둘 중 누구도 그걸 느끼지 못했다. 식품 배달부는 땀을 흘렸다. 애셔의 돔 안 온도가 너무 높은 모양이었다.

"있지, 애셔." 식품 배달부가 말했다. "자네는 모든 장치를 자동으로 맞춰놓고 줄곧 침대에 누워만 있는 것 같은데. 맞지?"

"계속 바빠서."

"가끔 드는 생각인데, 자네들 돔 주민은 말이지―" 식품 배달부는 말을 갑자기 멈추었다. "애셔, 자네 혹시 옆 돔에 사는 여자 아나?"

"약간." 애셔가 말했다. "내 장치가 서너 주에 한 번씩 그 여자의 입력 회선으로 데이터를 전송하니까. 그 여자는 그걸 저장하고, 승압하고, 송신하더군. 내 생각에는, 아니 내가 아는 바에 따르면―"

"그 여자가 아프다네." 식품 배달부가 말했다.

애셔는 당황하며 말했다. "내가 마지막으로 이야기 나눴을 때에는 말짱한 것 같았는데. 비디오로 이야기했지. 자기 단말기의 디스플레이에 뭔가 문제가 있다고 하소연하더군."

"그 여자는 죽어가고 있어." 식품 배달부가 이렇게 말하며 자기 카프를 한 모금 마셨다.

그 말을 듣자 애셔는 겁이 나면서 오싹 소름이 끼쳤다. 머릿속으로 그 여자를 그려보려 했지만, 낯선 광경이 청승맞은 음악과 뒤섞여 그를 엄습했다. 이상한 조합이로군. 그는 생각했다. 비디오와 오디오의 단편들. 마치 죽은 사람의 낡은 천 쪼가리 같은 것들. 그 여자는 작고 검었다. 그 여자의 이름이 뭐였

27

지? "생각이 안 나는데." 그가 말했다. 그러면서 양 손바닥을 얼굴 양편에 갖다 댔다. 마치 스스로를 안심시키려는 듯. 그러다가 자리에서 일어나 주 계기판으로 다가가서 두 개의 키를 눌렀다. 그러자 디스플레이에 그녀의 이름이 나타났다. 이들이 사용하던 코드에 의해 상기된 것이었다. 리비스 로미. "무엇 때문에 죽어간다는 거지?" 애셔가 물었다. "그러니까 도대체 무슨 말이야?"

"다발경화증이라더군."

"그런 병으로 죽는 사람이 어디 있나. 요즘 세상에."

"이 동네에 와있으면 죽을 수 있지."

"어떻게― 젠장." 애셔는 다시 자리에 앉았다. 손이 떨리고 있었다. 빌어먹을. 그는 생각했다. "증세가 얼마나 심한데?"

"아주 심하지는 않아." 식품 배달부가 말했다. "어디 안 좋은가?" 그가 애셔를 살펴보며 말했다.

"나도 모르겠어. 신경이……. 카프 때문인가."

"두 달 전쯤에 그 여자가 그러더군. 자기가 십대 말쯤에 병을 앓았다고 말이야. 무슨 병이라더라? 맞다, 동맥류. 왼쪽 눈에 말이지. 그래서 그쪽 눈은 시력이 아예 없다는 거야. 그때부터 혹시 다발경화증이 시작되는 건 아닌가 걱정했다더군. 그러다가 오늘 잠깐 이야기를 하다보니까 그 여자가 말하길, 자기는 시신경염視神經炎도 앓았었다고 하더라고. 그거는―"

애셔가 말했다. "두 가지 증상 모두 M.E.D.(보건소)에 알렸겠지?"

"증세가 왔다 갔다 하는 모양이야. 처음에는 동맥류였다가 한동안 상태가 호전되고, 그러다가 사물이 겹쳐 보이고, 흐릿해지고……. 자네 온몸을 떨고 있군."

"순간적으로 뭔가 정말 이상한, 진짜 기묘한 느낌이 들었어. 방금." 애셔가 말했다. "이제 사라졌군. 마치 예전에도 이 모든 일이 한 번 일어났던 것 같아."

식품 배달부가 말했다. "그 여자한테 전화라도 걸어서 이야기를 좀 해봐. 그 핑계로 자네도 침대에서 기어 나올 수 있을 거고 그러면 자네한테도 도움이 될 테니까."

"내 인생을 조종할 생각은 말라고." 애셔가 말했다. "내가 애초에 지구 태양계에서 이곳까지 옮겨 온 이유도 바로 그거였으니까. 내 두 번째 마누라가 매일 아침마다 나한테 무슨 일을 시켰는지 내가 이야기 안 했었나? 일단 그 여편네한테 아침식사를 챙겨다줘야 했지. 그것도 침대로. 뿐만 아니라—"

"내가 배달을 가보니 그 여자가 울고 있더라니까."

애셔는 키보드 쪽으로 돌아서서 탁탁 두들기고 또 탁탁 두들겼다. 그러고 나서 디스플레이에 나오는 것을 읽었다. "다발경화증의 완치율은 30퍼센트 내지 40퍼센트라고."

식품 배달부는 인내심 있게 말했다. "하지만 이 동네에서는 아니야. M.E.D.도 그 여자를 찾아서 이곳까지 올 수는 없어. 내가 그 여자한테 그랬지. 차라리 고향으로 돌아가겠다고 신청하라고. 내 생각에는 그것밖에는 방법이 없을 것 같더군. 물론 그 여자는 안 하려 들겠지만 말이야."

"미친 모양이지." 애셔가 말했다.

"자네 말이 맞아. 미친 여자처럼 몸을 덜덜 떨더군. 이 동네 있는 사람은 누구나 미친 것 아닌가."

"그 이야기는 오늘 이미 한 번 들은 적이 있다네."

"그럼 내가 확실한 증거를 하나 대볼까? 그 여자가 바로 그 증거라네. 자네 같으면 그렇게 몸이 아프면 고향에 돌아가지 않겠나?"

"우리는 각자의 돔을 포기해서는 안 되는 것 아닌가. 여하간 도로 이주하는 것은 법적으로도 금지되어있잖아. 아니, 그건 아니지." 애셔는 얼른 말을 고쳤다. "아픈 사람은 예외지. 하지만 여기서 우리가 하는 일은—"

"아, 그래. 그 말도 맞아. 자네가 여기서 모니터하는 것도 아주 중요한 일이기는 하지. 가령 린다 폭스 말이야. 그나저나 오늘 자네한테 미쳤다고 먼저 이야기했다는 건 또 누군가?"

"어떤 클렘이었어." 애셔가 말했다. "클렘 한 녀석이 이 안으로 걸어 들어와서는 나보고 미쳤다고 그러더군. 그리고 이제는 자네가 내 사다리를 타고 내려와서 나한테 똑같은 이야기를 하는 거고. 나는 졸지에 클렘과 식품 배달부한테 같은 진단을 받은 셈이지. 자네는 저 청승맞은 현악기 소리가 들리는 건가, 안 들리는 건가? 내 돔에 온통 저 소리가 울려 퍼진다니까. 그런데 도대체 어디서 나오는 건지를 알 수가 없어서 아주 미치겠다고. 그래, 어쩌면 나도 아픈 거고, 나도 미친 거겠지. 그러니 내가 그 리비스라는 여자한테 무슨 득이 되겠나? 자네도 그렇게 말했지. 난 여기서 온몸을 벌벌 떨고 있단 말이지. 난 아무에게 도 득이 안 된단 말이야."

식품 배달부는 컵을 내려놓았다. "이제 난 가봐야겠네."

"그래." 애셔가 말했다. "미안하게 됐네. 하지만 자네가 괜히 그 리비스라는 여자 이야기를 하는 바람에 내가 당황한 거야."

"그 여자한테 전화해서 이야기라도 해보라니까. 그 여자한테 는 같이 이야기할 사람이 필요하고, 자네는 가장 가까운 돔에 사는 사람 아닌가. 그 여자가 아직 자네한테 이야기를 안 했다 는 게 나는 더 놀랍군."

허브 애셔는 생각했다. 그야 내가 물어보지 않았으니까.

"게다가 법이 그렇지 않나. 자네도 알다시피." 식품 배달부가 말했다.

"무슨 법?"

"돔 주민이 곤란을 겪으면, 거기서 가장 가까운 이웃이—"

"아." 애셔는 고개를 끄덕였다. "음, 내 경우에는 이전까지만 해도 그런 일이 전혀 없었으니까. 내 말은— 그래, 그런 법이 있기는 하지. 내가 깜박했었군. 혹시 그 여자가 그러던가? 나한 테 가서 그 법이 있다는 걸 상기시켜주라고."

"아니." 식품 배달부가 말했다.

식품 배달부가 떠난 뒤, 허브 애셔는 리비스 로미의 돔에 접 속하는 코드를 얻어서 그걸 자기 송신기에 넣고 돌리기 시작하 다가 잠시 머뭇거렸다. 벽시계는 18시 30분을 가리키고 있었 다. 42시간 주기에서도 이 시간은 그가 일련의 고속 연예 프로

31

그램, 그러니까 CY30III에 있는 종속 위성에서 송출되는 오디오테이프와 비디오테이프 신호를 받아야 할 시간이었다. 일단 그걸 받아 저장하고 난 뒤 다시 정상 속도로 틀어서, 자기 행성에 있는 전체 돔 시스템에 적합한 재료를 골라냈다.

그는 기록을 바라보았다. 더 폭스는 두 시간짜리 콘서트를 하고 있었다. 린다 폭스. 그는 생각했다. 당신, 그리고 옛날 록 음악과 현대식 현악기와 존 다울런드의 류트 음악을 종합한 당신의 음악. 예수님 맙소사. 그는 생각했다. 내가 만약 당신의 라이브 콘서트 중계를 녹음했다가 이 행성의 모든 돔 거주민에게 틀어주지 않으면, 그놈들이 모조리 이리로 달려와서 날 죽이려 들 거야. 긴급 사태―사실은 전혀 일어나지도 않는―를 제외하면 내가 보수를 받고 해야 하는 일이 바로 이거지. 행성 간의 정보 교환. 우리를 고향과 연결해주고, 우리를 계속 인간으로 남게 해주는 정보 말이야. 그러니 테이프는 반드시 돌려야 해.

그는 테이프 송수신기를 고속 모드로 시작하고, 수신을 위해 모듈의 조종 장치를 맞춰놓고, 위성의 가동 주파수에 고정시켜놓고, 반송파가 변질되지 않은 상태로 오는지 확실히 알아보기 위해 비주얼스코프상의 물결무늬를 확인한 다음, 자기가 받고 있는 것을 오디오 변환기로 보냈다.

그의 위쪽에 놓은 여러 개의 드라이버에서 린다 폭스의 목소리가 흘러나왔다. 스코프에서 나타난 것처럼 변질은 없었다. 잡음도 없었다. 잘린 부분도 없었다. 사실은 모든 채널이 균형을 유지하고 있었다. 그의 계기판에 따르면 그러했다.

가끔 이 여자 목소리를 듣고 있으면 울음이 터질 것 같다니까. 애셔는 생각했다. 울음 이야기가 나왔으니 말인데…….

이 땅을 온통 가로질러 떠도는
나의 무리여.
저 위를 지나가는 세상에서
나 사랑했네.
무게도 없는 영들아, 나를 위해 연주해다오.
너희를 향하여 축배를 드는 것을 믿노라.
나의 무리여.

린다 폭스의 목소리 뒤에는 그녀의 트레이드마크인 진동 류트 소리가 들렸다. 더 폭스 이전까지는 다울런드가 그토록 아름답고 효과적으로 사용했던 저 16세기의 악기를 도로 가져올 생각을 아무도 못하고 있었다.

구애를 해야 하나? 은총을 구해야 하나?
기도를 해야 하나? 증명을 해야 하나?
지상의 사랑을 가지고
천상의 기쁨을 위해 분투해야 하나?
그곳엔 세계가 있을까? 그곳엔 달이 있을까?
잃어버린 사람들이 견딜 수 있는 곳이?

순수한 마음을 찾아 나서야 하나?

옛 류트 노래의 이런 개작이라니. 그는 속으로 말했다. 이 노래가 우리를 하나로 엮어준다고. 이 노래는 뭔가 새로운 것이었다. 마치 서둘러 내던져진 것처럼 뿔뿔이 흩어진 사람들을 위한 노래였다. 모두들 혼란스러운 채로 여기저기 돔 안에, 비참한 세계 뒤편에, 그리고 위성과 방주 안에 머물고 있었다. 압제적인 이주의 위력 앞에 희생자가 되었으며, 아무런 목표도 지니지 못한 사람들이었다.

이제 더 폭스는 그가 좋아하는 노래 가운데 하나를 부르고 있었다.

어리석은 자여, 내 욕을 들어라
앞날을 알 수 없는 항해에서
거룩한 희망에 필요한 것이라곤

그때 갑자기 잡음이 끼어들었다. 허브 애셔는 얼굴을 찡그리며 욕을 내뱉었다. 바로 다음 절이 지워진 것이다. 젠장. 그는 생각했다. 다시 더 폭스가 다음 절을 불렀다.

어리석은 자여, 내 욕을 들어라
앞날을 알 수 없는 항해에서는
거룩한 희망에 필요한 것이라곤

또 잡음이 끼어들었다. 하지만 그는 사라진 한 절을 알고 있었다. 바로 이런 가사였다.

더 커다란 발견이라.

애셔는 화가 난 듯 소스에다가 그 송신 내용의 마지막 십 초를 반복 재생하라는 신호를 보냈다. 기계는 그의 명령에 순응하여 테이프를 다시 감고, 멈추고, 그에게 다시 신호를 돌려보내고, 그 사행시를 반복 재생했다. 비록 섬뜩한 잡음이 들리긴 했지만 이번에는 그 마지막 절을 알아들을 수가 있었다.

어리석은 자여, 내 욕을 들어라
앞날을 알 수 없는 항해에서는
거룩한 희망에 필요한 것이라곤
여러분의 뒤에요.

"예수님 맙소사!" 애셔는 이렇게 말하며 테이프 송수신기를 꺼버렸다. 과연 그가 똑바로 들은 걸까? '더 커다란 발견이라'가 아니라 "'여러분의 뒤에요' 라고?"
'야'의 짓이다. 그가 애셔의 수신을 망쳐놓은 것이었다. 이번이 처음도 아니었다.
지금으로부터 몇 달 전, 이 간섭 현상이 처음 나타났을 때 이

지역의 여러 클렘들이 그에게 설명해주었다. CY30-CY30B 태양계에 인간이 이주해 오기도 전부터, 이곳의 토착민은 '야'라는 이름을 가진 산의 신을 숭배했다. 토착민의 설명에 따르면 그 신의 거처는 허브 애셔의 돔이 건립된 작은 산이었다.

가끔 한 번씩 그에게 들어오는 마이크로파 및 향정신성 신호가 야 때문에 망쳐지는 일이 있었는데, 그로서는 영 언짢은 일이 아닐 수 없었다. 신호가 들어오지 않을 때면, 야는 그의 스크린상에 희미하지만 뚜렷이 지각되는 정보를 약간씩 나타냈다. 허브 애셔는 장비를 가지고 한참 난리를 피우며 이 간섭 현상을 차단하려 했지만, 전혀 성과를 거두지 못했다. 지침서를 들여다보고 차폐막遮蔽幕을 세웠지만 아무 효과가 없었다.

하지만 야가 린다 폭스의 노래를 망쳐놓은 것은 이번이 처음이었다. 애셔의 입장에서는 드디어 이 문제가 중대한 선을 넘어버린 셈이었다.

문제의 핵심은 그게 건강한 현상이든 건강치 못한 현상이든 그가 전적으로 더 폭스에게 의지하고 있다는 점이었다.

허브 애셔는 오랫동안 더 폭스를 등장시키는 공상 생활을 유지하고 있었다. 그는 린다 폭스와 함께 지구에, 캘리포니아 주에, 사우스랜드*에 있는 해안 도시 중 하나에 살고 있었다(그보다 더 자세한 위치까지는 생각하지 않았다). 허브 애셔는 서핑을 했고, 더 폭스는 그가 멋지다고 생각했다. 마치 맥주 광고가 현실로 나타난 것과 같았다. 두 사람은 친구들과 함께 바닷가

---

* 로스앤젤레스 인근 지역을 통칭하는 이름.

에서 야영을 했다. 여자들은 허리 위로는 모두 벗은 채로 돌아다녔다. 휴대용 라디오는 항상 24시간 내내 광고 없이 록 음악만 나오는 방송에 맞춰져있었다.

하지만 가장 중요한 것은 진정한 영성이었다. 바닷가에서 상반신을 벗은 여자들의 모습을 상상하는 것은 단순히— 음, 어디까지나 재미 때문이지 필수는 아니었다. 전체적인 분위기는 고도로 영적이었다. 공들여 만든 맥주 광고가 얼마나 영적일 수 있는지를 알게 되면 놀라울 정도였다.

그리고 그 정점에는 바로 다울런드의 노래가 있었다. 우주의 아름다움은 그 안에 들어있는 별들 속에 있는 것이 아니라, 인간의 정신이 만들어낸 음악 속에 있었다. 전문가들의 복잡한 보드에서 합성된 진동 류트, 그리고 더 폭스의 목소리. 그는 생각했다. 계속 살아가기 위해서 내게 반드시 필요한 게 무엇인지 알아. 내 일이 곧 내 기쁨이지. 이 노래를 녹음해서 방송하고, 그 대가로 돈을 받는 거야.

"저는 더 폭스입니다." 린다 폭스가 말했다.

허브 애셔는 비디오를 홀로그래피로 전환했다. 이윽고 육면체가 만들어지더니 그 안에서 린다 폭스가 나타나 그에게 미소를 지었다. 그 와중에 드럼 소리가 무서운 속도로 울려 퍼지고 그의 린다 폭스 컬렉션에는 시간이 점점 더해졌다.

"여러분은 더 폭스와 함께 있습니다." 그녀가 말했다. "그리고 더 폭스는 '여러분' 과 함께 있습니다." 그녀는 그를 똑바로 바라보았다. 또렷하고 맑은 눈으로. 다이아몬드형의 얼굴에 야성적이고 똑똑하고 진실한 모습으로. 저는 더 폭스입니다. 여러분께 말씀드립니다. 그는 미소를 지어 보였다.

"안녕, 더 폭스." 그가 말했다.

"여러분의 뒤에요." 더 폭스가 말했다.

음, 그 청승맞은 현악기 소리, 그러니까 끝도 없는 〈지붕 위의 바이올린〉도 이걸로 설명이 가능하겠군. 문제의 원인은 야인 것이다. 허브 애셔의 돔에는 이 지역의 오랜 신이 하나 침입해있는데, 그 신은 분명히 인간 정착민은 물론이고 그들이 가져온 전자 기기의 작동까지도 싫어하는 모양이었다. 내가 먹는 식사마다 벌레가 꼬여있지. 허브 애셔는 생각했다. 내가 수신하는 것마다 신들이 들어있고. 이 산에서 벗어나야겠군. 어찌나 보잘것없는 산인지, 산은 고사하고 기껏해야 야트막한 언덕일 뿐인데 말이지. 이 산은 야가 도로 가져가라지. 토착민도 다시 예전처럼 염소 고기를 구워서 그 신에게 예배를 드릴 수 있겠군. 물론 토착종 염소는 모두 죽어 없어졌고 그와 더불어서 예배 의례 자체도 없어졌다는 게 문제지만 말이야.

어쨌거나 애셔의 이번 수신은 망치고 만 셈이었다. 굳이 다시 틀어보지 않아도 알 수 있었다. 녹음용 헤드에 도착하기도 전에 야가 신호를 망쳐버렸던 것이다. 이번이 처음도 아니었으며, 그런 오염은 항상 테이프상에 기록되게 마련이었다.

그러니 꺼지라고 해도 마땅하겠지. 그는 속으로 말했다. 그러고는 옆 돔에 있는 아픈 여자한테 전화를 걸었다.

그녀의 코드로 다이얼을 돌리긴 했지만 사실 열의라곤 한 조각도 없었다.

리비스 로미는 놀라우리만치 오래 뜸을 들인 다음에야 그의 신호에 응답했다. 그 와중에 그는 자기 계기판에서 신호 등록부를 살펴보며 '벌써 죽은 건 아닐까? 아니면 그들이 와서 강제로 그녀를 철수시킨 걸까?'라고 생각했다.

그의 전화 화면에 흐릿한 색깔이 드러났다. 시각적 잡음일 뿐이었다. 그러다가 드디어 그녀가 나타났다.

"혹시 나 때문에 자다 깬 건가요?" 그가 물었다. 그녀는 무척이나 느리고, 무척이나 둔해 보였다. 어쩌면 그냥 침착한 것인지도 모르겠다고 그는 생각했다.

"아뇨, 혼자서 궁둥이에 한 방 맞느라 그랬어요."

"뭐라고요?" 그는 당황하며 말했다. 야가 또다시 그에게 장난을 쳐서 그의 신호를 망친 것일까? 하지만 그녀는 분명히 그렇게 말했다.

계속해서 리비스가 말을 이었다. "화학요법 말이에요. 몸이 좋지 않아서요."

하지만 얼마나 기묘한 우연의 일치인가. 그는 생각했다. '여러분의 뒤에요'와 '혼자서 궁둥이에 한 방'이라니.* 나는 정말 섬뜩한 세상에 살고 있구나. 그는 생각했다. 뭔가 일이 묘하게 돌아가고 있었다.

"방금 전에 진짜 끝내주는 린다 폭스 콘서트를 하나 테이프

_____

* 여기서 '뒤'는 '엉덩이'로도 해석이 가능하다.

에 녹음했어요." 그가 말했다. "앞으로 며칠 동안 방송할 거예요. 당신도 그걸 들으면 기운이 날걸요."

그녀의 약간 부어오른 얼굴은 아무 반응도 하지 않았다. "우리가 이 돔에 붙박여있다니 정말 아쉽네요. 서로 방문을 할 수 있었으면 했는데. 아까 식품 배달부가 왔었어요. 사실은 그 사람이 내 약을 가져다줬죠. 효과는 있었지만 그것만 먹으면 토하고 말아요."

허브 애셔는 생각했다. 전화를 괜히 건 것 같군.

"혹시 내 돔에 올 수 있나요?" 리비스가 말했다.

"나는 휴대용 공기도 안 갖고 있는데요. 하나도요." 물론 거짓말이었다.

"나한테는 있어요." 리비스가 말했다.

애셔는 당황하며 말했다. "하지만 당신은 몸이 아프다고—"

"그래도 당신의 돔까지 갈 수는 있을 거예요."

"당신네 기지국은 어쩌고요? 만약 데이터가 들어왔는데—"

"호출기를 가지고 가면 돼요."

결국 그는 이렇게 말했다. "좋아요."

"저한테는 상당히 의미가 있는 일이에요. 잠깐 동안이라도 같이 앉아있을 누군가가 있다는 게 말이에요. 식품 배달부도 여기 삼십 분쯤 있다 갔지만 그 사람이 낼 수 있는 시간은 그게 최대였어요. 그 사람이 무슨 이야기를 했는지 아세요? CY30VI에 일종의 근위축성 섬유단경화증이 창궐했다고 하더라고요. 아마 바이러스 때문일 거예요. 이 모든 상황이 다 바이러스 때문이라고요. 예수님 맙소사, 나는 근위축성 섬유단경화증을 앓고 싶지는 않아요. 마리아나 제도 유형* 같다더라고요."

"혹시 전염성인가요?" 허브 애셔가 물었다.

그녀는 직접적인 대답을 내놓지는 않았다. "내 병은 치료가 가능한 거예요." 분명 그를 안심시키고 싶은 모양이었다. "혹시나 바이러스가 돌아다닌다면…… 나도 안 건너갈게요. 괜찮아요." 그녀는 고개를 끄덕이더니 송신기를 끊으려는 듯 손을 뻗었다. "난 도로 좀 누워있어야겠어요." 그녀가 말했다. "잠도 좀 더 자고요. 당신도 이제 최대한 많이 잠을 자두세요. 내일 다시 연락할게요. 잘 있어요."

"그냥 건너오세요." 그가 말했다.

"고마워요." 얼굴이 밝아지면서 그녀가 말했다.

"대신 호출기 가져오는 거 잊지 마세요. 내 경우에는 텔레메트리 승인을 해야 할 게 상당히 많아서—"

"아, 그 망할 놈의 텔레메트리 승인!" 리비스는 독기 어린 어조로 말했다. "이 개떡 같은 돔 속에 처박혀있는 게 아주 신물 나요! 여기 가만 앉아서 테이프 돌아가는 거나 쪼끄만 계기판이며 게이지 같은 것들이나 들여다보고 있다보면 돌 것 같지 않아요?"

"당신은 고향으로 돌아가야 할 것 같네요." 그가 말했다. "지구 태양계로 말이에요."

---

* 근위축성 섬유단경화증(일명 루게릭병)은 크게 세 가지로 구분되는데, 그중 하나가 태평양의 마리아나 제도 토착민에게서만 나타나는 희귀한 유형이다.

"싫어요." 그녀는 보다 차분한 어조로 말했다. "나는 M.E.D. 의 지시를 그대로 따라 화학요법을 실시하고, 이 지랄 맞은 다발경화증을 엿 먹일 거예요. 고향엔 안 가요. 내가 건너가서 요리나 해줄게요. 그래도 요리 솜씨는 제법 괜찮거든요. 우리 엄마는 이탈리아 인이고 아빠는 멕시코 계 미국인이라서, 나는 무슨 음식이든지 양념을 할 줄 알아요. 물론 당신이 양념을 안 갖고 있다고 해도 서로 다른 합성품을 어떻게 다루는지 알아냈으니 상관없어요. 내가 실험해봤거든요."

허브 애셔가 말했다. "내가 방송하려는 콘서트에서 말이에요, 더 폭스가 다울런드의 〈구애를 해야 하나Shall I Sue?〉를 불렀어요."

"무슨 법적 소송(sue)에 관한 노래예요?"

"아니요. 여기서는 연애를 한다, 또는 구혼을 한다는 뜻이에요. 사랑에 관한 이야기죠." 문득 그는 한 가지를 깨달았다. 자기가 지금 이 여자와 계속 이야기하고 있다는 사실을.

"내가 더 폭스를 어떻게 생각하는지 혹시 알고 싶어요?" 리비스가 물었다. "감상주의 재활용. 그러니까 감상주의 중에서도 최악의 종류라 이거죠. 심지어 자기 것도 아니죠. 그리고 그 여자 생김새로 말하자면, 얼굴이 진짜 엉망이더라고요. 입도 어찌나 못생겼던지."

"나는 그 사람 팬이에요." 그는 딱딱하게 쏘아붙였다. 은근히 화가, 아니 정말로 화가 치밀었다. 내가 댁을 굳이 도와줘야 할까? 그는 속으로 말했다. 댁이 지금 걸려있는 병인지 뭔지에 옮을 위험을 무릅쓰면서까지, 댁이 함부로 더 폭스를 욕할 수 있게 내가 도와줘야 하겠느냐고.

"내가 비프 스트로가노프*에다가 파슬리 국수 만들어줄게요." 리비스가 말했다.

"별로 생각 없어요." 그가 말했다.

그녀는 잠시 머뭇거리더니 낮은 목소리로 더듬거리며 말했다. "그럼 내가 당신 돔으로 건너가지 말았으면 좋겠어요?"

"나는ー" 그가 말을 꺼냈다.

리비스가 말했다. "나 지금 너무 겁이 나요, 애셔 씨. 앞으로 십오 분쯤 지나면 신경독성 치료제 때문에 토할 거예요. 하지만 혼자 있고 싶지는 않아요. 내 돔을 포기하고 싶지도 않고 그렇다고 나 혼자 있고 싶지도 않아요. 내가 한 말 때문에 기분 상했다면 사과할게요. 다만 내가 보기에 더 폭스는 그냥 단지 장난으로 만든 미디어 인격체에 불과하다는 뜻이었어요. 순전히 광고잖아요. 여하간 더 이상 아무 말 안 할게요. 약속해요."

"그럼 혹시 그거 갖고ー" 그는 애초에 말하려던 문장을 다시 바꿔 말했다. "그래도 너무 힘들지 않겠어요? 그러니까 요리를 하겠다는 거요."

"그나마 나중보다는 지금 힘이 더 셀걸요." 그녀가 말했다. "그렇잖아도 오랫동안 점점 더 약해질 테니까요."

"얼마나 오랫동안이오?"

---

* 러시아의 대표적인 요리 중 하나로 16세기 제정 러시아의 거상이었던 스트로가노프 가의 일품 음식이라고 여겨진 데서 이름이 유래했다.

"차마 말할 수도 없을 정도로요."

그는 생각했다. 댁은 결국 죽어가고 있는 것이군. 그도 알았고 그녀도 알았다. 두 사람은 굳이 그 이야기를 할 필요가 없었다. 침묵의 공모가, 일종의 동의가 있었다. 죽어가는 여자가 내게 요리를 해준다니. 그는 생각했다. 내가 먹고 싶어하지도 않은 요리를. '저 여자한테 싫다고 말해야지. 저 여자가 내 돔 안에 들어오지 못하게 해야지.' 하지만 약한 사람의 고집이란 어찌나 무시무시한 것인지. 그는 생각했다. 차라리 힘센 사람을 온몸으로 가로막는 게 더 쉽겠어!

"말만 들어도 고맙네요." 그가 말했다. "진짜 같이 식사라도 하면 참 좋을 것 같아요. 대신 당신이 여기까지 오는 동안 나랑 계속 무전으로 접촉하도록 해요. 당신이 괜찮은지 내가 알 수 있게요. 알았죠?"

"예, 그러죠." 그녀가 말했다. "그러지 않으면—" 그녀가 미소를 지었다. "그 사람들이 앞으로 한 세기는 지나야 나를 찾아낼 수 있을 테니까요. 냄비와 프라이팬과 음식은 물론이고 합성 양념까지 모두 챙겨 든 채 꽁꽁 얼어붙은 모습으로요. 그나저나 당신은 휴대용 공기를 갖고 있죠, 그렇죠?"

"아뇨, 정말 없다니까요." 그가 말했다.

그가 생각하기에도 너무나 속이 보이는 거짓말이 아닐 수 없었다.

03

요리는 냄새도 좋고 맛도 좋았다. 그러나 리비스 로미는 식사 도중에 자리에서 일어나 그의 돔 중앙 매트릭스에서 화장실로 비틀거리며 걸어갔다. 그는 듣지 않으려 노력했다. 자신의 청각기관이 그 소리를 듣지 못하게, 자신의 인식 능력이 그 사실을 알지 못하게 하려고 노력했다. 여자는 화장실 안에서 무척이나 아파하고 신음을 내뱉었다. 애셔는 이를 악물고 접시를 밀어놓고서는 자리에서 일어나자마자 자신의 돔 안에 장착된 오디오 시스템을 가동시켰다. 그리고 더 폭스의 초기 앨범 가운데 하나를 틀었다.

다시 오라!
달콤한 사랑이 이제 초대하네

그대의 우아함에, 나로서는 차마

마땅한 기쁨을 행하지 못했건만……

"혹시 우유 좀 있어요?" 리비스가 화장실 문간에 서서 물었다. 얼굴이 창백했다.

그는 아무 말 없이 그녀에게 우유를, 아니, 적어도 이 행성에서는 우유로 통하는 것을 한 잔 건네주었다.

"원래는 항抗 구토제를 먹어요." 리비스는 우유 잔을 받으며 말했다. "하지만 지금은 깜빡 잊고 가져오지를 못했네요. 내 돔에 있을 거예요."

"그럼 내가 가져다줄게요." 그가 말했다.

"M.E.D.가 뭐라고 했는지 알아요?" 그녀가 말했다. 목소리에는 경멸이 가득했다. "그 사람들이 그랬어요. 화학요법을 써도 머리카락이 빠지지는 않을 거라고요. 그런데 벌써부터 이렇게 잔뜩—"

"알았어요." 그가 말을 막았다.

"'알았어요' 라뇨?"

"미안해요." 그가 말했다.

리비스가 말했다. "화가 난 모양이군요. 식사는 망쳐버렸겠다, 당신은— 나도 잘 모르겠어요. 내가 항구토제 가져오는 걸 잊어버리지만 않았어도, 지금 이렇게 막—" 그녀는 말을 하다 말았다. "다음에는 잊지 않고 가져올게요. 지금 이 앨범은 더 폭스의 앨범 중에서도 내가 좋아하는 몇 안 되는 것 중 하나예요. 저때만 해도 정말 좋았었죠, 안 그래요?"

"그래요." 그는 뻣뻣한 투로 말했다.

"린다 박스(Linda Box)." 리비스가 말했다.

"뭐라고요?" 그가 물었다.

"머저리 린다(Linda the box)라고요. 나랑 언니랑은 그 여자를 그렇게 부르곤 했었죠." 그녀는 미소를 지으려 했다.

그가 말했다. "이제는 당신 돔으로 돌아가줘요."

"어머." 그녀가 말했다. "저기—" 그녀는 머리카락을 매만졌다. 손이 떨리고 있었다. "미안하지만 나랑 같이 좀 가주실래요? 지금 당장은 나 혼자서 거기까지 못 갈 것 같아요. 힘이 너무 없어서요. 지금 너무 아파요."

그는 생각했다. 당신은 나까지 함께 데려가려는 거야. 사실은 이거로군. 사실은 이런 일이 벌어지고 있었던 거지. 당신은 혼자 가지 않을 거야. 내 영혼을 가져가려 하지. 당신도 알고 있어. 당신이 복용하는 약물의 이름만큼이나 잘 알 거야. 당신이 M.E.D.나 당신의 병을 미워하는 만큼 나도 미워하겠지. 모두가 미움이로군. 이 두 개의 태양 아래 서로를 향한 그리고 모든 것을 향한 미움. 나는 당신을 알아. 당신을 이해해. 나는 무슨 일이 다가올지를 알아. 사실은 이미 시작된 거야.

그리고 그는 생각했다. 나는 당신을 비난하지 않아. 하지만 나는 더 폭스에게 의지해 살거든. 더 폭스는 당신보다도 더 오래 남을 거야. 나도 마찬가지일 거고. 당신은 우리의 영혼을 살아있게 만드는 발광성 에테르를 내려보내지도 못하지 않나.

나는 더 폭스에 의지해 살아갈 거고, 더 폭스는 나를 두 팔로 안고 절대 놓지 않을 거야. 우리 두 사람은, 우리는 절대로 떨어질 수 없어. 나는 오디오테이프와 비디오테이프에 수십 시간 분량의 더 폭스를 가지고 있고, 이 테이프는 단순히 나만을 위한 것이 아니라 모두를 위한 것이야. 당신은 그걸 죽일 수 있을 거라고 생각하나? 그는 속으로 말했다. 예전에도 누군가가 시도한 적이 있었지. 약한 자의 힘은 불완전한 힘이야. 그는 생각했다. 결국 지게 마련이지. 따라서 그런 이름이 붙은 거고. 그걸 약하다고 부르는 데에는 이유가 있는 거니까.

"감상주의예요." 리비스가 말했다.

"맞아요." 그는 빈정거리듯 말했다.

"그걸 재활용하고 있어요."

"게다가 은유도 혼용하고요."

"그 가사요?"

"내가 생각하는 게 그렇다고요. 내가 정말 화가 날 때면 나는 혼용해서—"

"내 말 좀 들어봐요." 리비스가 말했다. "내가 살아남으려면 나는 감상적이 될 수 없어요. 아주 가혹해져야만 하죠. 나 때문에 화가 났다면 미안해요. 하지만 어쩔 수 없어요. 그게 바로 내 삶이니까요. 언젠가는 당신도 지금 내가 처한 상태에 처할 때가 올 거고, 그러면 당신도 알게 될 거예요. 그러니 일단 기다려봤다가 그때가 되어서 날 욕하든지 말든지 하세요. 만약 그런 일이 일어나기나 한다면 말이지만. 그리고 지금 당신이 돔 내부의 오디오 시스템으로 틀어대는 이 음악은 완전 쓰레기예요. 쓰레기일 수밖에 없어요. 나한테는요. 무슨 말인지 알아요? 당신은 나에 대해서 잊어버릴 수도 있고 나를 내 돔으로 돌려보낼 수도 있어요. 아마도 내가 정말 속한 그곳에요. 하지만 당신이 나랑 무슨 관련이 있다고 하면—"

"알았어요." 그가 말했다. "무슨 말인지 이해했다고요."

"고맙네요. 미안하지만 우유 좀 더 주실래요? 오디오도 좀 꺼주시고, 먹던 거나 다 먹어 치우자고요. 알았어요?"

그는 깜짝 놀라서 말했다. "그럼 지금 당신은 계속해서 먹어보겠다는—"

"그 어떤 생물이고 또는 종種이고 간에 먹어보기를 포기하는 것들은 더 이상 우리 곁에 없어요." 그녀는 몸을 떨면서 식탁을 붙잡고 도로 앉았다.

"당신이 정말 존경스럽군요."

"아니에요." 그녀가 말했다. "나는 오히려 당신이 존경스러워요. 당신에게는 더 힘들 테니까요. 난 알아요."

"죽음이란—" 그가 말을 꺼냈다.

"이건 죽음이 아니에요. 이게 뭔지 알아요? 당신의 오디오 시스템에서 나오는 것과 반대되는 거예요. 이건 바로 삶이라고요. 우유 좀 줘요. 나 진짜 그거 마셔야 돼요."

그는 우유를 더 가져다주면서 이렇게 말했다. "내 생각에 당신은 에테르를 아래로 쏘아 보낼 수는 없을 것 같네요. 발광성이든 다른 거든지 간에요."

"맞아요." 그녀가 말했다. "그건 존재하지 않으니까요."

"나이는 어떻게 돼요?" 그가 말했다.

"스물일곱이오."

"자발적으로 이주를 온 거예요?"

리비스가 말했다. "알 게 뭐예요? 지금 내 인생의 이 시점에서는 더 이전의 생각을 재구성할 수가 없어요. 이주에 영적인 요소가 있다는 생각이 들어요. 이주를 하느냐, 아니면 성직을 맡느냐 하는 거죠. 나는 과학 교황사절단에서 자라났지만—"

"당黨 말이군요." 허브 애셔가 말했다. 그는 여전히 그것을 '공산당'이라는 옛날 이름으로 생각했다.

"하지만 대학 때에 나는 교회 일에 관여하게 되었어요. 그때 결정을 했죠. 물리적 우주 대신 하느님을 선택한 거죠."

"그럼 당신은 가톨릭 신자로군요."

"C.I.C.* 맞아요. 그나저나 지금 당신은 금지된 용어를 사용하고 있네요. 잘 알 텐데요."

"이름이야 난 아무 상관없어요." 허브 애셔가 말했다. "나는 어차피 교회와는 아무 상관이 없으니까요."

"어쩌면 당신은 C. S. 루이스를 몇 권 빌려다 보면 좋아할지도 모르겠네요."

"고맙지만 사양할래요."

"내가 겪는 병은요." 리비스가 말했다. "정말 나를 궁금하게 만드는데—" 그녀는 말을 멈추었다. "당신은 궁극적인 그림이

---

* 기독이슬람교회(Christian-Islamic Church)의 약자.

란 의미에서 반드시 모든 것을 경험해봐야만 해요. 내가 겪는 병도 그 자체만 놓고 보면 사악한 것 같지만, 사실은 뭔가 더 높은 목적을 위해 기여하는 것일지도 몰라요. 미처 우리가 못 보는 것일 수도 있으니까요. 아니면 아직까지는 못 보는 것이거나."

"내가 C. S. 루이스를 안 읽는 이유가 그래서라니까요." 허브애셔가 말했다.

그녀는 침착한 표정으로 그를 바라보았다. "클렘들이 이 작은 언덕에서 이교의 신께 예배를 드렸다는 게 사실인가요?"

"그랬다더군요." 그가 말했다. "이름은 '야' 래요."

"할렐루야." 리비스가 말했다.

"뭐라고요?" 그가 당황하며 말했다.

"'너희는 야를 찬양하라' 라는 뜻이에요. 히브리어로는 '할렐루야' 라고 하죠."

"그러면 '야훼' 라고 해야 맞죠."

"하지만 그 이름은 절대로 말할 수가 없어요. 성스러운 네 글자라고 하니까요. '엘로힘' 이라는 단어는 복수가 아니라 단수인데, 이건 '하느님' 이라는 뜻이에요. 나중에 성서에서는 거룩한 이름을 '아도나이' 라고 불렀죠. 그건 바로 '주 하느님' 이라는 뜻이에요. 그러니까 '엘로힘' 이나 '아도나이' 가운데 하나를 쓰거나, 아니면 양쪽 모두를 쓸 수는 있어도, '야훼' 라고는 말할 수가 없었어요."

"당신이 방금 말했잖아요."

리비스가 미소를 지었다. "세상에 완벽한 사람이 어디 있어요. 봐줘요."

"그걸 전부 진짜로 믿어요?"

"나는 어디까지나 사실을 이야기하는 거예요." 그녀가 으쓱 몸짓을 했다. "역사적 사실 말이에요."

"하지만 당신은 이걸 믿고 있잖아요. 무슨 말이냐 하면, 당신은 하느님을 믿고 있다고요."

"맞아요."

"그러면 당신의 병도 하느님이 의도한 거예요?"

리비스는 머뭇거리면서 천천히 말했다. "그분께서 허락을 하신 거예요. 하지만 나는 그분이 나를 고쳐주고 계시다고 믿어요. 이 병에 걸린 건 내가 뭔가 배워야 할 게 있기 때문이고, 이 병은 내가 그걸 배우는 방법이라고."

"좀 더 쉬운 방법으로 가르쳐줄 수는 없다던가요?"

"그런가봐요."

허브 애셔가 말했다. "야는 줄곧 나와 의사소통을 해오고 있었어요."

"아뇨, 아뇨. 그건 틀린 말이에요. 원래 유대인은 이교도 신들이 존재하기는 하지만 사악하다고 봤으니까요. 그러다가 나중에야 이교도 신들이 아예 존재하지도 않는다는 사실을 깨달은 거죠."

"나한테 들어오는 신호랑 내 테이프로 소통하고 있어요." 애셔가 말했다.

"진짜로요?"

"그야 당연하죠."

"그럼 여기에 클렘들 말고 다른 생명체가 있다는 거예요?"

"바로 내 돔이 있는 곳에 있다니까요. 맞아요. 아마도 C.B.(개인용 무선통신기)의 간섭에 의한 것 같아요. 다만 청승 맞다는 게 다를 뿐이죠. 뭔가 선별적이고요."

리비스가 말했다. "그 테이프 중에 하나만 틀어줘 봐요."

"그러죠." 허브 애셔는 컴퓨터 단말기 쪽으로 가서 키를 누르기 시작했다. 잠시 후에 그는 문제의 테이프를 찾아 틀었다.

어리석은 자여, 내 욕을 들어라
앞날을 알 수 없는 항해에서는
거룩한 희망에 필요한 것이라곤
여러분의 뒤에요.

리비스가 키득거렸다. "미안해요." 그녀는 이렇게 말하면서도 웃고 있었다. "그러니까 그 야가 그랬다는 거예요? 혹시 모선이나 포말하우트에 있는 누가 장난치는 게 아니고요? 이건 더 폭스의 목소리랑 '딱' 비슷하잖아요. 어조가요. 단어가 아니라 억양이 말이에요. 누군가가 당신에게 장난을 치고 있는 거예요, 허브. 이건 신이 아니에요. 어쩌면 클렘들의 소행일 수 있고요."

"그러잖아도 그놈들 중 하나를 여기 불러서 물어봤어요." 애셔는 짜증스러운 듯 말했다. "내 생각에는 우리가 애초에 여기 정착하려 했을 때, 그놈들에게 신경가스를 쓸 걸 그랬다 싶더 군요. 그나저나 하느님을 만나는 건 어디까지나 죽고 난 다음 이라고 생각했는데요."

"하느님은 곧 역사의 하느님이시며, 여러 민족의 하느님이세 요. 또한 자연의 하느님이시기도 하죠. 원래 야훼는 화산의 신 이었을 거라고 해요. 하지만 주기적으로 역사에 간섭했는데 가 장 대표적인 경우가 유대 노예를 이집트에서 끌어내 약속의 땅 으로 인도한 것이었죠. 유대인들은 목자였고 자유에 익숙했어 요. 그런 사람들이 벽돌 만드는 일을 해야 했으니 얼마나 끔찍 했겠어요. 게다가 파라오는 그들에게 벽돌에 넣는 짚도 직접 구하라고 지시하면서, 벽돌 할당량은 예전과 똑같이 유지했죠. 이것이야말로 시간을 초월한 전형적인 상황이에요. 즉 하느님 이 인간을 노예 상태에서 끌어내 자유로 인도하는 것이죠. 파 라오는 역사상의 모든 폭군을 대표하는 거예요." 그녀의 목소 리는 차분하고도 합리적이었다. 애셔는 문득 감명을 받았다.

"그러면 당신은 살아있을 때에도 하느님과 만날 수 있다는 거군요." 그가 말했다.

"예외적인 환경에서는 그래요. 원래 하느님과 모세는 마치 친구들이 서로 만나 이야기하듯 함께 이야기를 나누었다고 하 니까요."

"그런데 뭐가 잘못된 거죠?"

"잘못되다니, 뭐가요?"

"이제는 아무도 하느님의 목소리를 직접 듣지 못하잖아요."

리비스가 말했다. "당신은 듣는다면서요."

"내가 아니라 내 오디오와 비디오 시스템이 듣는 거죠."

"그래도 아예 못 듣는 것보다는 낫네요." 그녀가 그를 주시했다. "물론 당신은 별로 그걸 즐기는 것 같지 않지만."

"그게 내 인생을 방해하잖아요."

그녀가 말했다. "그건 나도 마찬가지예요."

이 말을 듣고 보니 그는 아무런 대답을 내놓을 수 없었다. 그 말이 맞기 때문이었다.

"그럼 평소에는 주로 무슨 일을 하며 지내세요?" 리비스가 물었다. "식품 배달부가 그러던데, 그냥 침대에 누워서 더 폭스만 듣는 거예요? 진짜로요? 그것만 놓고 보면 인생을 아주 즐겁게 누리는 건 아닌 것 같은데요."

문득 분노가 올라왔다. 지루함이 깃든 분노가. 이제는 자기 생활 방식을 옹호하는 것도 지겨워지고 말았다. 그래서 그는 아무 말도 하지 않았다.

"그럼 제가 맨 처음 빌려드릴 책으로는 그게 좋겠네요." 리비스가 말했다. "바로 C. S. 루이스의 『고통의 문제』라는 책이에요. 그 책에서 루이스는—"

"『침묵의 행성 밖에서』는 나도 읽었어요." 애셔가 말했다.

"마음에 들던가요?"

"괜찮더군요."

리비스가 말했다. "그러면 이번엔 『스크루테이프의 편지』를 읽어보세요. 마침 저한테 두 권이 있으니까요."

그는 문득 이런 생각이 들었다. 그냥 당신이 천천히 죽어가는 걸 지켜보다가 거기서 뭔가 배우고 말면 안 될까? "저기요." 그가 말했다. "나도 과학 교황사절단 소속이에요. 당 말이에요. 무슨 말인지 이해가 돼요? 이건 나 스스로가 내린 결정이었어요. 내가 찾아낸 쪽은 바로 이쪽이었다고요. 고통과 질병은 이해의 대상이 아니라 박멸의 대상인 거예요. 사후세계라는 것도 없고, 하느님이라는 것도 없어요. 다만 이 빌어먹을 산에 있는 내 장비를 엿 먹이는 지긋지긋한 이온층의 교란인지 뭔지만 있을 뿐이죠. 죽어서 내가 틀렸다는 사실을 알게 되면, 그때는 내 무지와 좋지 않은 성장 배경을 이유로 들어서 하소연하면 되죠. 그때가 되기 전까지는 이 야하고 어쩌고저쩌고 이야기를 하느니 차라리 내 케이블을 차폐시키고 간섭을 제거하는 데에 더 관심을 가질래요. 나는 제물로 바칠 염소도 없고, 다른 할 일도 있으니까요. 더 폭스 테이프를 못 쓰게 돼서 짜증 나요. 나한테는 무척 소중한 물건이고, 그중 일부는 대체할 수도 없는 건데 말이에요. 가만 내버려두었으면 멋졌을 곡에 '여러분의 뒤에요' 같은 구절을 집어넣는 하느님이 세상에 어디 있어요. 그런 짓을 하는 신은 상상도 안 해봤어요."

리비스가 말했다. "당신이 주목해주기를 바라는 모양이죠."

"그러면 차라리 말을 하는 편이 낫잖아요. '어이, 나랑 이야기 좀 하세' 하고요."

"그분은 미지의 생명체인 게 분명해요. 그러니 우리와 똑같

56

지는 않다는 거예요. 따라서 우리가 생각하는 방식으로 생각하지도 않는 거죠."

"한마디로 해충이겠죠."

리비스는 뭔가 생각하는 듯 이렇게 말했다. "그분은 아마도 당신을 보호하기 위해서 그 현현顯現을 적절히 조절하셨을 거예요."

"보호하다니, 뭐로부터요?"

"그분 자신으로부터요." 갑자기 리비스가 심하게 몸을 떨었다. 극심한 고통을 느끼는 것이 분명했다. "아, 이런, 망할! 머리카락이 또 빠지고 있어요!" 그녀는 가까스로 몸을 똑바로 세웠다. "얼른 돔으로 다시 가서 그 사람들이 준 가발을 뒤집어써야 하겠어요. 정말 끔찍해요. 저랑 같이 안 갈래요? 부탁이에요."

그는 잠시 생각해보았다. 이렇게 머리카락까지 빠지는 사람이 하느님을 믿을 수 있다니, 정말 이해할 수 없었다. "미안하지만 안 되겠어요." 그가 말했다. "당신과 같이 갈 수가 없겠어요. 미안해요. 휴대용 공기도 없고 기계도 손봐야 하니까요. 진짜예요."

못마땅한 눈으로 그를 바라보던 리비스는 결국 고개를 끄덕였다. 그의 말을 믿는 것이 분명했다. 그는 약간 죄의식이 들었지만, 막상 그녀가 떠나고 나자 그 죄의식을 압도하는 어마어마한 안도감을 느꼈다. 비록 잠시 동안이었지만 그녀를 상대하던 부담감이 어깨에서 내려갔다. 만약 운이 따르기만 한다면 이런 안도감을 영원히 누릴 수도 있을 것이다. 지금 그가 드리고 싶은 기도가 있다면 바로 그것이었다. 부디 저 여자가 제 돔 안에 다시 들어오는 꼴을 안 보도록 해주시옵소서. 저 여자가 살아있는 한 영원히.

자기 돔으로 돌아가기 위해 그녀가 슈트를 차려입는 모습을 지켜보는 동안, 유쾌한 안도감이 그의 몸을 감쌌다. 이제 리비스와 그녀의 잔인한 비난이 사라져버리고 나면, 그리하여 다시 자유로워지고 나면, 그간 모아놓은 더 폭스의 테이프 가운데 어떤 것을 골라 틀까 머릿속으로 생각도 해보았다. 이제 그는 자유롭게 되어서 원래의 모습으로 돌아갈 것이었다. 죽지 않은 사랑스러움의 감식가가 될 것이었다. 세상 만물이 궁극적으로 향하고 있는 아름다움과 완벽함 그 자체. 그것은 바로 린다 폭스였다.

그날 밤, 허브 애셔가 누워서 자고 있는데 어떤 목소리가 들려왔다. "허버트, 허버트."

그는 눈을 떴다. "지금은 대기 중이 아닌데." 그는 아마도 모선일 것이라고 생각하고 이렇게만 대답했다. "9번 돔은 작동 중이라고. 지금은 좀 자게 내버려둬."

"보아라." 그 목소리가 다시 말했다.

그는 목소리가 들리는 쪽을 바라보았다. 그랬더니 그의 통신 장비 전체를 좌우하는 제어 계기판에 불이 붙어있었다. "예수님 맙소사." 그는 이렇게 말하며 한 손을 뻗어서 벽에 있는 긴급 소화 장치를 켰다. 하지만 그제야 그는 뭔가를 깨달았다. 뭔가 당혹스러운 것을 말이다. 제어 계기판에 불이 붙어있기는 했지만, 그래도 기계가 녹아내리지는 않았던 것이다.

불길이 워낙 밝아서 눈앞이 잘 보이지 않았다. 애셔는 눈을 꾹 감고 팔을 들어 올려 얼굴을 가렸다. "도대체 누구요?" 그가 물었다.

목소리가 말했다. "나는 에흐예(Ehyeh)*다."

"이런." 허브 애셔는 깜짝 놀라 말했다. 이 산의 신이 전기적 간섭에서 그치지 않고 이번에는 그에게 공개적으로 말을 건 것이었다. 순간적으로 자신의 왜소함이 느껴지면서 허브 애셔는 묘한 기분이 되었다. 그는 여전히 얼굴을 가린 채 물었다. "저한테 뭘 원하시는 겁니까?" 그가 물었다. "그러니까 제 말은, 좀 늦은 시간이라는 겁니다. 지금은 제가 잘 시간이거든요."

"잠은 이제 그만 자거라." 야가 말했다.

"오늘은 무척 힘든 하루였는데요." 그는 겁에 질린 상황에서도 이렇게 말했다.

야가 다시 말했다. "내 너에게 명령하노니, 병든 그 여자를 돌보도록 하라. 그녀는 줄곧 혼자 있었느니라. 네가 서둘러 그 여자 곁으로 가지 않으면, 내 너의 돔이며 이 안의 장비는 물론이고 네가 소유한 그 밖의 모든 것을 불태우리라. 네가 잠에서 깰 때까지 화염으로 불태우리라. 너는 아직 깨어나지 않았도

---

* 출애굽기 3장 14절에서 하느님의 이름을 묻는 모세에게, 하느님은 '나는 스스로 있는 자이니라(에흐예 아셰르 에흐예)'라고 대답한다. 여기서 '에흐예' (Ehyeh) 는 대략 '나는 있다(I am)'의 뜻이다.

다, 허버트여. 아직 깨어나지 않았도다. 그러나 내가 너를 깨우리라. 내가 너를 침대에서 일어나 그 여자에게 가서 돕게 하리라. 어째서 그래야 하는지는 내 나중에 그 여자와 너에게 모두 말해주리라. 하지만 지금 너는 알 필요가 없느니라."

"죄송하지만 지금 번지수를 잘못 찾으신 것 같습니다." 애셔가 말했다. "제 생각에는 차라리 M.E.D.에 직접 말씀을 하셔야 할 것 같거든요. 그 여자는 그쪽 담당이니 말입니다."

바로 그 순간, 어디선가 고약한 냄새가 그의 코로 흘러들어왔다. 당황스럽게도 제어 계기판이 불에 녹아서 작은 잿더미로 변하더니 바닥에 폭삭 주저앉아버렸다.

이런, 젠장. 그는 생각했다.

"휴대용 공기에 관해 다시 한 번 그 여자에게 거짓말을 하면 그때는 내가 너를 고통스럽게 하겠노라." 야가 말했다. "방금 전의 장비처럼 아예 복구가 불가능할 지경으로 만들겠노라. 네가 가진 린다 폭스 테이프도 예외는 아닐 것이다." 순간 허브 애셔가 비디오와 오디오를 보관하던 캐비닛에서 불길이 치솟기 시작했다.

"제발 그것만은!" 그가 말했다.

그러자 불길이 사라졌다. 테이프는 다행히 해를 입지 않았다. 허브 애셔는 침대에서 일어나 캐비닛 쪽으로 다가갔다. 한 손을 뻗어서 캐비닛을 만졌지만 곧바로 손을 뗄 수밖에 없었다. 캐비닛이 불타는 듯 뜨거웠기 때문이다.

"다시 만지라." 야가 말했다.

"안 됩니다." 애셔가 말했다.

"너의 주 하느님을 믿으라."

다시 손을 뻗어 만지니 이번에는 캐비닛이 차가웠다. 그는 테이프가 담긴 플라스틱 상자를 여기저기 더듬어보았다. 그것 역시 차가웠다. "아이고, 다행이다." 그는 어쩔 줄 몰라하며 말했다.

"그 테이프 가운데 하나를 틀어보아라." 야가 말했다.

"어떤 것 말입니까?"

"아무거나."

그는 정말 아무거나 꺼내서 데크에 집어넣었다. 그리고 오디오 시스템을 가동시켰다.

테이프는 텅 비어있었다.

"제 더 폭스 테이프를 당신이 지우셨군요." 그가 말했다.

"바로 내가 한 일이니라." 야가 말했다.

"영영 못 살리는 겁니까?"

"네가 그 병든 여자의 곁으로 가서 그 여자를 돌봐주기 전까지는 아니 되느니라."

"지금 당장이오? 그 여자도 자고 있을 텐데요."

야가 말했다. "아니, 자리에서 일어나 울고 있느니라."

허브 애셔는 다시 한 번 자신의 왜소함을 절감할 수밖에 없었다. 부끄러운 마음에 그는 눈을 감았다. "제가 잘못했습니다." 그가 말했다.

"아직 늦지 않았느니라. 서두르기만 한다면 제시간에 맞춰 그 여자에게 도착할 수 있으리라."

"그건 무슨 말씀이십니까, '제시간에 맞춰' 라니요?"

야는 대답하지 않았지만 허브 애셔의 머릿속에 갑자기 그림이 하나 떠올랐다. 마치 홀로그램과도 같은 그림이었다. 컬러도 있고 입체감도 있었다. 리비스 로미가 파란색 실내복 차림으로 식탁에 앉아있었다. 탁자 위에는 약병과 물 잔이 하나씩 놓였고 그녀는 낙담한 듯 주먹을 쥐어서 턱을 받치고 주먹에는 손수건을 뭉쳐서 붙잡고 있었다.

"일단 슈트를 입어야겠어요." 애셔는 이렇게 말했다. 그는 슈트 보관실 문을 열었지만, 그의 슈트는 워낙 잘 사용하지 않은 데다 오랫동안 관리도 하지 않아서 그냥 바닥에 나뒹굴고 있었다.

십 분 뒤에 그는 커다란 슈트를 입고 돔 밖으로 나갔다. 얼어붙은 메탄이 펼쳐진 위로 그의 램프가 흔들거렸다. 그는 몸을 부르르 떨었다. 슈트를 입고 있어도 추위가 느껴졌다. 하지만 곧이어 그는 이런 느낌이 착각임을 깨달았다. 이 슈트는 완벽하게 단열이 되기 때문이었다. 얼마나 희한한 경험인가. 그는 비탈을 걸어 내려가면서 속으로 말했다. 한밤중에 자다 일어나니 장비가 불타버리고, 테이프가 지워지고—그것도 모조리 한꺼번에—말이다.

산비탈을 따라 내려가는 동안 부츠 밑에서 메탄 결정이 우두둑우두둑 밟혔다. 그는 지금 리비스 로미의 돔에서 방출되는 자동신호를 따라 방향을 잡고 가고 있었다. 이 신호가 그를 안

내할 것이었다. 머릿속에 그림이 보여. 그는 생각했다. 이제 곧 자기 목숨을 끊으려는 한 여자의 모습이. 야가 나를 깨운 건 잘 한 일이었어. 어쩌면 저 여자가 정말로 일을 저질렀을 수도 있으니까.

하지만 그는 여전히 겁에 질려있었다. 그래서 비탈길을 내려가는 내내 옛 공산당의 행진가를 불렀다.[*]

> 왜냐하면 그는 자유를 위해 싸웠으므로
> 그는 자기 고향을 떠나야만 했으므로
> 피에 물든 만사나레스 강 인근에서
> 그는 마드리드를 지키려는 전투를 지휘했네.
> 코미짜르 한스는 그만 전사했다네,
> 코미짜르 한스는 그만 전사했다네.
> 내 가슴과 손으로 당신께 약속하리,
> 내가 총을 다시 장전하는 동안에
> 당신은 결코 잊히지 않으리.
> 적은 결코 용서받지 못하리.
> 우리 코미짜르 한스 바임러,
> 우리 코미짜르 한스 바임러.

---

[*] 한스 바임러(1895~1936)는 독일의 공산당원으로 에스파냐 내전 당시 마드리드 전투에서 전사했다. 본문에 나오는 노래는 독일의 가수 겸 배우 에른스트 부슈(1900~1980)가 불러 유명해졌다.

04

　허브 애셔가 비탈길을 내려가는 동안, 손에 들고 있는 미터기의 방향 신호는 점점 더 커졌다. 그 여자가 내 돔에 오려면 이 언덕을 올라와야 했겠군. 그는 이제야 깨달았다. 나 때문에 그 여자가 언덕을 올라온 거야. 내가 그 여자한테 안 가려고 했기 때문에. 아픈 여자가 한 걸음 한 걸음 애써가며 걸어온 거지. 게다가 먹을 것까지 한아름 들고서. 나는 정말 지옥 불에 떨어져도 싸.

　하지만— 그는 문득 깨달았다. 아직 너무 늦지는 않았지.

　그 양반은 내가 그 여자를 진지하게 대했으면 좋겠다는 거지. 애셔는 깨달았다. 먼젓번에는 내가 그 여자를 진지하게 대하지 않았으니까. 사실 나도 그 여자가 자기 병을 꾸며낸 거라고 생각했었지. 그저 남의 관심을 끌고 싶어서 이야기한 거라고 말이야. 결국 이건 나에 대해서 무엇을 알게 해주려는 셈일까? 그는 속으로 물어보았다. 사실 나는 그 여자가 아프다는 걸, 진짜로 아프다는 걸, 꾸며낸 게 아니라는 걸 잘 알고 있었지. 그런데도 나는 잠을 잤어. 그는 속으로 말했다. 그리고 내가 잠을 자는 동안 한 여자가 죽어가고 있었던 거야.

곧이어 그는 야에 대해서도 생각했고, 부르르 떨었다. 장치는 수리를 하면 그만이지. 그는 생각했다. 야가 불태워버린 장치 말이야. 그건 어렵지 않을 거야. 나야 다만 모선에 연락을 해서 갑자기 그게 녹아버렸다고 말하면 그만이니까. 그리고 야는 내가 가진 더 폭스 테이프를 복구해주겠다고 약속했고, 그 양반이 그렇게 할 수 있다는 데에는 의심의 여지가 없지. 하지만 또다시 그 돔으로 돌아가서 거기 살아야 하잖아. 도대체 어떻게 거기서 살 수 있었을까? 난 거기 못 살아. 불가능해.

야는 나를 위한 계획을 품고 있었어. 그는 생각했다. 이 사실을 깨닫자 문득 두려웠다. 야는 무슨 일이든지 자기 뜻대로 나를 부려먹을 수 있어.

리비스는 무표정으로 그를 맞이했다. 정말로 파란색 실내복 차림이었고, 손수건을 뭉쳐서 붙잡고 있었다. 애서가 가만히 살펴보니 눈은 울어서 빨갰다. "들어와요." 그녀가 말했다. 물론 그는 이미 돔 안에 들어와있었지만 말이다. 그녀는 어딘가 정신이 멍한 것 같았다. "그러지 않아도 당신 생각을 하던 참이었어요." 그녀가 말했다. "앉아서 생각하고 있었죠."

부엌 식탁에는 약병이 놓여있었다. 가득 찬 상태로.

"아, 저거요." 그녀가 말했다. "잠이 안 와서 수면제를 좀 먹어볼까 생각하던 중이었어요."

"저거 치워요." 그가 말했다.

그녀는 순순히 그 병을 화장실 정리함에 도로 갖다 두었다.

"당신한테 사과를 하러 왔어요." 그가 말했다.

"아니에요, 그럴 필요 없어요. 뭐 마실 거라도 줄까요? 지금 몇 시예요?" 그녀는 고개를 돌려 벽시계를 바라보았다. "어쨌거나 안 자고 있었으니까요. 당신 때문에 깬 게 아니에요. 원격으로 무슨 정보가 들어오던 중이었거든요." 그녀는 자기 장비를 가리켰다. 불빛이 보이는 것이 분명 작동 상태인 모양이었다.

그가 말했다. "그러니까 내 말은, 나한테 공기가 있었다는 거예요. 휴대용 공기가요."

"그건 나도 알아요. 이 동네에 휴대용 공기 없는 사람이 어디 있겠어요. 앉아요. 차라도 한잔 대접할게요." 그녀는 스토브 옆에서 뭔가가 가득 찬 서랍 속을 뒤적였다. "여기 어디 티백이 있을 텐데."

이때가 되어서야 그는 처음으로 그녀가 살아가는 돔 안의 상황을 눈여겨보게 되었다. 그야말로 끔찍했다. 설거지를 안 한 접시며 냄비며 프라이팬, 심지어 유리잔에도 상한 음식이 뒤범벅이었다. 그리고 사방팔방에 빨랫감이 널려있었다. 쓰레기와 잡동사니도……. 그는 당혹스럽게 주위를 둘러보며 차라리 내가 나서서 청소를 도와주겠다고 해야 하려나 생각했다. 게다가 그녀가 워낙 천천히 움직이는 것이, 피로한 기색이 역력해 보였다. 갑자기 그는 직관적으로 그녀의 상태가 위중하다는 것을, 이전에 그녀의 말로 미루어 그가 대강 짐작했던 것보다 더 심하단 걸 깨달았다.

"돼지우리 같죠?" 그녀가 말했다.

그가 말했다. "당신 너무 지쳐 보여요."

"음, 일주일 내내 토악질만 하다보니 온몸에 힘이 다 빠지더군요. 티백이 여기 있네요. 이런, 젠장. 벌써 한 번 쓴 거네. 원래 한 번 쓰고 나면 잘 말려놓거든요. 한 번은 괜찮지만 때로는 똑같은 티백을 쓰고 또 쓰고 하기도 해요. 잠깐만요. 어디 새 거가 있나 찾아볼게요." 그녀는 또다시 서랍을 뒤적였다.

텔레비전 화면에는 화면 보호용인 듯한 그림이 떠있었다. 끔찍한 애니메이션이었다. 마치 커다란 치질 자국처럼 보이는 것이 힘차게 부풀어 오르며 박동했다. "뭘 보고 있었던 거예요?" 애셔가 애니메이션을 차마 똑바로 바라보지 못하고 외면하면서 물었다.

"새로운 드라마를 하더라고요. 얼마 전에 시작한 거예요. 제목이 어쩌고의 '광휘'라고 하던데, 정확히 뭔지 까먹었네요. 어떤 사람의 광휘라던가, 어떤 물건의 광휘라던가. 그래도 꽤 재미있어요. 그래서인지 자주 방영하더라고요."

"드라마 좋아해요?" 그가 물었다.

"말벗 노릇을 해주잖아요. 소리 좀 올려봐요."

그는 소리를 올렸다. 치질 애니메이션이 사라지고 드라마가 재개되었다. 나이 지긋하고 턱수염 기른 한 남자, 극도로 털이 많은 노인이 나오더니, 그의 목을 베려는 듯 덤벼드는 눈 튀어나온 절지동물 두 마리와 싸웠다. "더러운 주둥이 치우지 못해!" 나이 지긋한 남자가 소리를 지르며 괴물들에게 연타를 가했다. 레이저 광선의 불빛이 스크린에 작열했다. 허브 애셔는 야가 자기 통신장비를 태워버린 모습을 문득 떠올리지 않을 수 없었다. 불안 때문에 가슴이 쿵쿵 뛰었다.

"별로 보고 싶지 않으면 굳이 안 봐도—" 리비스가 말했다.

"그건 아니에요." 야에 관해 그녀에게 이야기를 하기란 쉽지 않을 것이었다. 과연 그렇게 할 수나 있을지 그는 의구심이 들었다. "사실은 나한테 무슨 일이 있었어요. 자고 있는데 누가 깨우더라고요." 그는 두 눈을 비볐다.

"지금까지 어떻게 된 내용인지 설명해줄게요." 리비스가 말했다. "일라이어스 테이트는—"

"일라이어스 테이트가 누군데요?" 애셔가 물었다.

"저기 나오는 나이 지긋하고 턱수염 기른 남자요. 아, 이 드라마 제목이 뭔지 이제야 생각이 났네요. 〈일라이어스 테이트의 광휘〉예요. 일라이어스는 사이크론 투에 사는 개미 인간의 손에 떨어진 거예요. 사실 그놈들한테 사람 손 비슷한 것은 없지만, 어쨌든요. 그 개미 인간의 여왕은 진짜로 사악한데 이름이…… 음, 까먹었네요." 그녀는 잠시 기억을 더듬었다. "허드윌러브였나? 맞아요, 바로 그 이름이었어요. 그러니까 허드윌러브는 일라이어스 테이트를 죽여버리려고 해요. 그 여자는 진짜 끔찍하게 생겼어요. 한 번 직접 봐야 한다니까요. 눈이 하나 밖에 없다고요."

"세상에." 애셔는 이렇게 대답했지만 사실 진짜로 관심이 있지는 않았다. "리비스." 그가 말했다. "할 말이 있어요."

그의 말에는 전혀 귀를 기울이지 않는 듯, 리비스는 계속해서 자기 말만 했다. "그런데 일라이어스한테는 마침 일라이셔 맥베인이라는 친구가 있었어요. 두 사람은 되게 친해서 항상 서로를 도와주곤 했죠. 그러니까 말하자면—" 그녀는 애셔를 흘끗 바라보았다. "나하고 당신 사이랑 비슷한 거죠. 서로 도와주는 사이란 말이에요. 가령 내가 당신한테 식사를 차려주고 당신은 내가 걱정이 되어서 이렇게 나를 찾아오는 것처럼요."

"사실 내가 여기에 온 건." 그가 말했다. "그렇게 하라는 지시를 받았기 때문이에요."

"하지만 걱정이 되기도 했을 거잖아요."

"그렇긴 하죠." 그가 말했다.

"일라이셔 맥베인은 일라이어스보다는 훨씬 젊어요. 생긴 것도 얼마나 잘생겼다고요. 여하간 허드윌러브는—"

"야가 나보고 가라고 했어요." 애셔가 말했다.

"가다니, 어디로요?"

"여기로요." 그의 가슴은 여전히 쿵쾅거렸다.

"그 양반이오? 그것 참 재미있는 이야기네요. 여하간 허드윌러브는 진짜 예뻐요. 아마 딱 보면 당신도 좋아할 거예요. 육체적인 면은 말이죠. 음, 다른 식으로 이야기하자면, 그녀는 객관적으로는 분명히 매력적이지만 영적으로는 타락했어요. 일라이어스 테이트는 그 여자에게 일종의 외적 양심 구실을 하는 거예요. 차에 뭐 넣어줄까요?"

"내 말이 무슨 뜻인지—" 그는 말을 꺼내다 말고 포기했다.

"우유?" 리비스는 냉장고 안의 내용물을 살피다가 우유팩을 꺼내서 유리잔에 붓고 한 입 맛보더니 얼굴을 찡그렸다. "상했나봐요, 젠장." 그녀는 우유를 모조리 싱크대에 쏟아버렸다.

"지금 내가 아주 중요한 이야기를 하고 있다고요." 애셔가 말했다. "내가 사는 언덕에 있는 신이 나를 한밤중에 깨워가지고는, 지금 당신이 뭔가 곤란을 겪고 있다고 이야기해줬어요. 게다가 그 양반이 내 장비를 반쯤 불태워버리기까지 했어요. 내가 가진 더 폭스 테이프도 싹 지워버리고요."

"그럼 모선에 이야기해서 더 얻어오면 되잖아요."

애셔가 그녀를 빤히 바라보았다.

"왜 그렇게 사람을 빤히 봐요?" 리비스는 잽싸게 자기 실내복의 단추가 제대로 잠겨있는지 살펴보았다. "옷차림이 흐트러진 것도 아닌데. 안 그래요?"

생각은 흐트러졌지. 그는 생각했다.

"설탕 넣을까요?" 그녀가 말했다.

"그래요." 그가 말했다. "아마도 모선의 총사령관한테 알려야 하지 않을까 싶어요. 이건 진짜 중대한 문제니까요."

리비스가 말했다. "그러든가요. 총사령관한테 접속해서 방금 하느님이랑 이야기를 나누었다고 해봐요."

"그럼 당신 장비 좀 써도 되나요? 내 장비는 불에 타서 녹아내렸다는 것도 같이 보고해야겠어요. 그거야말로 확실한 증거니까요."

"그건 안 돼요." 그녀가 말했다.

"안 된다뇨?" 그는 당황한 듯 그녀를 바라보았다.

"그건 귀납적 추론이니까요. 분명 의심 받을 거예요. 결과에서 원인으로 거꾸로 추론할 수는 없다고요."

"지금 도대체 무슨 말을 하는 거예요?"

리비스는 침착하게 말했다. "당신의 장비가 녹아버린 사건이 곧 하느님의 존재를 증명하지는 못한다는 거예요. 봐요, 내가 그걸 이해하기 쉽게 기호논리학의 방식으로 써볼 테니까요. 그나저나 펜이 어디 갔더라……. 그것 좀 찾아봐요. 빨간색인데 펜만 그 색깔이에요. 잉크는 아니고. 지난번에 그걸―"

"아니, 잠깐만요. 잠깐만 기다려봐요. 생각을 좀 해봅시다. 알겠어요? 내 말대로 좀 해줘요!" 애셔는 자신의 언성이 높아지는 걸 느낄 수 있었다.

"지금 누가 밖에 있어요." 리비스가 말했다. 그러면서 표시기를 가리켰다. 빠른 속도로 불빛이 깜박이고 있었다. "클렘 한 놈이 내가 버린 쓰레기를 훔쳐가더라고요. 난 쓰레기를 밖에 내놓거든요. 왜냐하면―"

"그럼 그 클렘 놈을 들어오라고 하죠." 애셔가 말했다. "그러면 내가 '그것'에 관해서 이야기를 할 테니까요."

"야에 관해서요? 좋아요. 그러면 이제부터는 그놈들이 제물

71

을 챙겨 들고 당신이 사는 그 작은 언덕으로 얼씨구나 몰려들 걸요? 그리고 매일 밤낮으로 야를 불러내서 호소하겠죠. 그러면 당신의 평화는 깨지고 말 거예요. 침대에 가만히 누워서 린다 폭스를 들을 수도 없을 거라고요. 일단 차나 들어요." 그녀가 두 개의 컵에 끓는 물을 따랐다.

애셔는 아랑곳않고 모선으로 다이얼을 맞췄다. 잠시 후에 모선의 운영 회선과 연결되었다. "하느님과의 접촉에 관해 보고하려고 합니다." 그가 말했다. "총사령관님과 직접 이야기할 필요가 있습니다. 1시간쯤 전에 하느님이 저한테 뭐라고 말을 했어요. 그러니까 이곳의 토착민들이 '야'라고 하는 신 말입니다."

"잠시만 기다리세요." 잠깐 침묵이 흐르더니, 모선의 운영 회선에서 이런 답변이 흘러나왔다. "혹시 린다 폭스 광팬 양반인 가요, 예? 제5기지국에 있는?"

"맞습니다." 그가 말했다.

"이전에 요청하신 〈지붕 위의 바이올린〉 비디오테이프는 저희가 갖고 있습니다. 댁의 돔으로 송신하려고 했는데 수신 복사기가 뭔가 오작동하는 것 같더군요. 수리 요청을 했으니까 조만간 담당자가 찾아갈 겁니다. 이 테이프는 원래의 캐스팅 그대로입니다. 주연은 토폴, 노마 크레인, 몰리 피콘—"

"잠깐만요." 애셔가 말했다. 그때 리비스가 한 손을 그의 팔에 올려놓으며 시선을 끌려고 했기 때문이다. "왜요?" 그가 말했다.

"지금 바깥에 웬 사람이 있어요. 내가 분명히 봤다니까요. 어떻게 좀 해봐요."

애셔는 모선의 운영 회선에 이렇게 말했다. "이따 다시 연락 드리죠." 그는 접속을 끊었다.

리비스는 외부 조명등을 켰다. 돔의 현창 너머로 애셔는 뭔가 이상한 광경을 보았다. 사람은 분명한데, 표준형 슈트를 착용하지는 않았다. 대신 그 남자는 마치 예복 같은 것을 걸치고 있었다. 아주 묵직해 보이는 예복. 그리고 가죽 앞치마를 두르고 있었다. 부츠는 투박했으며, 어딘가 상당히 많이 수선한 것 같았다. 심지어 헬멧조차도 너무 오래된 것 같았다. 도대체 이건 또 뭐하자는 상황이지? 애셔는 속으로 물었다.

"마침 당신이 여기 와있어서 천만다행이네요." 리비스가 말했다. 그녀는 침대 곁의 장을 열고 총을 하나 꺼냈다. "여차하면 내가 쏴버릴게요." 그녀가 말했다. "일단 들어오라고 하세요. 확성기로요. 대신 최대한 멀찍이 떨어져 있으라고 하고요."

내가 지금 완전 정신병자들을 상대하고 있는 건가. 애셔는 생각했다. "차라리 저 남자를 불러들이지 않는 게 낫겠는데요."

"헛소리 말고요! 그러면 저놈은 당신이 갈 때까지 기다릴 거란 말이에요. 그러니까 일단 안으로 들어오라고 해요. 저놈이 자칫 나를 강간하고 나를 죽이고 당신까지 죽이기 전에, 우리가 먼저 저놈을 죽여야 한다고요. 저놈이 뭔지 알아요? 난 알아요. 저 회색 예복을 안다고요. 저놈은 바로 '야생 거지'예요. '야생 거지'가 뭔지 알아요?"

"그게 뭔지는 나도 알아요." 애셔가 말했다.

"저놈들은 범죄자라고요!"

"다만 이탈자일 뿐이에요." 애셔가 말했다. "더 이상은 돔을 가질 수가 없는 사람일 뿐이죠."

"범죄자예요." 그녀는 총을 장전했다.

이런 상황에서 웃어야 할지, 아니면 당황해야 할지 그로선 알 수가 없었다. 리비스는 무척이나 분개한 상태로 파란색 실내복에 털 슬리퍼를 신고 서있었다. 머리에는 컬 클립을 끼고 얼굴은 잔뜩 부은 데다 화까지 나서 새빨갰다. "저놈이 내 돔 주위를 얼씬거리는 게 싫어요. 여기는 내 돔이에요! 빌어먹을, 싫으면 내가 직접 모선에 연락을 하겠어요. 그러면 그 사람들이 경찰들을 보내주겠죠. 당신이 아무것도 하기 싫다면야."

애셔는 외부용 확성기 쪽으로 돌아서서 거기다 대고 이렇게 말했다. "거기, 밖에."

야생 거지가 돔 쪽을 바라보고 눈을 껌벅이더니, 손바닥을 눈 위에 갖다 대서 차양을 만들고는 현창 너머의 애셔를 향해 손을 흔들었다. 그는 주름투성이에 수염이 덥수룩했다. 풍파에 시달린 듯한 노인은 애셔를 바라보고 미소를 짓고 있었다.

"누구십니까?" 애셔가 확성기를 통해 말했다.

노인의 입술이 움직이는 모습이 보였지만 애셔는 소리를 듣지 못했다. 리비스의 돔에 있는 외부용 마이크가 아예 꺼져있거나 또는 제대로 작동하지 않는 모양이었다. 애셔는 리비스에게 말했다. "그래도 총을 쏘지는 마요. 알았죠? 일단 안으로 들어오게 할 거예요. 저 사람이 누군지 알 것 같아서요."

리비스는 들고 있던 총을 천천히 그리고 조심스럽게 내렸다.

"안으로 들어오세요." 애셔가 확성기에 대고 말했다. 그가 해치 작동 장치를 가동하자, 매개용 보호막이 설치되었다. 야생 거지는 성큼성큼 그 안으로 들어갔다.

"저 사람이 누군데요?" 리비스가 물었다.

애셔가 말했다. "바로 일라이어스 테이트예요."

"아, 그러면 저놈의 드라마는 진짜 드라마가 아니었던 거군요." 그녀는 텔레비전 화면 쪽으로 돌아섰다. "결국 나는 지금껏 누군가의 향정신성 정보 전송에 교란을 당했던 거예요. 내가 케이블을 잘못 꽂았던 게 분명해요. 빌어먹을. 하여간 짜증이 나네요. 나는 그것도 모르고 왜 저 프로그램이 이렇게 많이 방송되나 했다니까요."

메탄 결정을 몸에서 털어버리며 진짜 일라이어스 테이트가 이들 앞에 나타났다. 거칠고도 털이 많으며 반백인 외모로. 그는 추위 속에서 벗어나 집 안으로 들어오게 되어 다행인 표정이었다. 그는 곧바로 헬멧이며 커다란 예복을 벗기 시작했다.

"기분은 좀 어때요?" 그가 리비스에게 물었다. "좀 나아졌나요? 이 당나귀 친구가 당신을 잘 돌봐주던가요? 안 그랬으면 내가 이 친구 혼쭐을 내주리다."

그의 주위로는 바람이 불었다. 마치 그가 폭풍의 눈이라도 되는 듯이.

이매뉴얼이 흰 옷을 입은 여자아이를 향해 말했다. "난 새로

왔어. 내가 어디 있는지 잘 모르겠어."

대나무가 스치는 소리를 냈다. 아이들이 놀고 있었다. 플로데트 씨는 일라이어스와 함께 서서 두 아이를 바라보고 있었다. "너 나 알아?" 여자아이가 이매뉴얼에게 물었다.

"몰라." 그가 말했다. 정말 몰랐다. 그런데도 이 여자아이는 어딘가 낯이 익은 것 같았다. 그녀의 얼굴은 작고도 창백했으며, 머리카락은 길고도 색이 짙었다. 눈은 어쩐지 나이 들어 보인다고 이매뉴얼은 생각했다. 지혜를 담은 눈이었다.

이매뉴얼을 향해 낮은 목소리로 여자아이가 말했다. "'아직 바다가 생기지 아니하였고 큰 샘들이 있기 전에 내가 이미 났으며.'"[*] 그녀는 잠시 기다리면서 그를 유심히 바라보았다. 뭔가를 찾는 것일까? 어쩌면 대답일지도. 하지만 그로선 알 수가 없었다. "'만세 전부터, 태초부터.'" 여자아이가 다시 말했다. "'태초부터, 땅이 생기기 전부터 내가 세움을 받았나니.'"[**]

플로데트 씨가 여자아이에게 훈계조로 말했다. "네 이름부터 말해줘야지. 자, 자기소개를 해봐."

"나는 지나라고 해." 여자아이가 말했다.

"이쪽은 이매뉴얼이야." 플로데트 씨가 말했다. "이쪽은 지나 팔라스고."

"나는 얘가 누군지 몰라." 이매뉴얼이 말했다.

"그럼 둘이서 잠깐 그네 있는 데 가서 놀고 있어라." 플로데

---

[*] 잠언 8장 24절.
[**] 잠언 8장 23절.

트 씨가 말했다. "테이트 씨랑 나랑은 얘기할 게 있어. 자, 가거라. 가."

일라이어스는 소년에게 다가와서 허리를 굽히고 물었다. "방금 저 애가 너한테 뭐라고 했지? 저 여자애, 지나 말이야. 저 여자애가 뭐라고 했느냐니까?" 그는 화난 표정이었지만 이매뉴얼은 이 노인의 분노에 익숙해져있었다. 그의 분노는 항상 겉으로 드러나곤 했기 때문이다. "내 귀에는 안 들리던데."

"귀가 안 들리나봐." 이매뉴얼이 말했다.

"아니, 저 애가 목소리를 낮췄기 때문이야." 일라이어스가 말했다.

"내가 한 말은 전부 예전에 이미 나왔던 말들이에요." 지나가 말했다.

당황한 일라이어스는 이매뉴얼과 그 여자아이를 번갈아 바라보았다. "그나저나 너는 원래 국적이 어디냐?" 그가 여자아이에게 물었다.

"같이 가자." 지나는 대답하지 않고 이매뉴얼의 손을 붙잡아 그녀가 있는 쪽으로 데려갔다. 두 아이는 아무 말도 없이 걸어갔다.

"여기는 좋은 학교야?" 이매뉴얼이 쾌활하게 여자아이에게 물었다.

"그럭저럭 괜찮아. 컴퓨터가 오래되었거든. 그래서 정부가 모두 감시하고 있어. 컴퓨터는 정부의 컴퓨터야. 그걸 기억해두는 게 좋아. 근데 테이트 아저씨는 몇 살이야?"

"나이가 되게 많아." 이매뉴얼이 말했다. "대략 4000살은 된 것 같아, 내 생각에는. 계속 가버렸다가 도로 왔다가 하거든."

"너 예전에 나 본 적 있지." 지나가 말했다.

"아니, 없는데."

"너 기억이 사라졌구나."

"맞아." 그 사실을 그녀가 안다는 것에 놀라며 이매뉴얼이 말했다. "일라이어스는 언젠가 돌아올 거라고 그랬어."

"너네 엄마는 돌아가셨니?"

그는 고개를 끄덕였다.

"엄마 모습 기억 나?" 지나가 물었다.

"가끔."

"아빠의 기억을 더듬어봐. 그러면 시간을 거슬러 엄마랑 같이 있을 수 있을 거야."

"그렇겠지."

"아빠가 모조리 저장해두었어."

이매뉴얼이 말했다. "나는 겁이 나. 그 사고 때문에. 내 생각에는 그들이 의도적으로 저지른 것 같아."

"물론 그들의 짓이지. 하지만 그들이 원한 건 바로 너야. 물론 자기들은 미처 모르고 있었지만 말이야."

"이제는 그들이 나를 죽이려 들지도 몰라."

"그들이 너를 발견할 수는 없을 거야." 지나가 말했다.

"그걸 네가 어떻게 알아?"

"왜냐하면 나는 곧 아는 자니까. 네가 기억을 되살려낼 때까지는 내가 너 대신 알아줄게. 물론 기억을 되살려낸 뒤에도 네 곁에 머물 거야. 너는 항상 그랬으면 하고 바랐잖아. 나는 매일 네 곁에 있었어. 네 연인이고 네 기쁨이었지. 항상 네 곁에서 놀았으니까. 그리고 네가 일을 마쳤을 때, 나의 주된 기쁨은 바로 그 안에 있었지."

이매뉴얼이 말했다. "너는 나이가 어떻게 되는데?"

"일라이어스보다 더 많아."

"그럼 나보다도 더 많아?"

"아니." 지나가 말했다.

"네가 나보다 더 많아 보이는데."

"그건 네가 기억을 잃어버렸기 때문이야. 내가 여기 온 건 네가 기억을 되찾을 수 있도록 해주기 위해서야. 하지만 다른 사람한테는 절대로 그 이야기를 하면 안 돼. 심지어 일라이어스 한테도."

이매뉴얼이 말했다. "나는 그 사람한테 뭐든지 다 이야기하는데."

"나에 대해서는 안 돼." 지나가 말했다. "나에 대해서는 그 사람한테 이야기하지 마. 꼭 약속해야 돼. 네가 나에 대해서 다른 사람한테 이야기하면, 그때는 정부가 너를 찾아낼 거야."

"그 컴퓨터 좀 보여줘."

"바로 여기 있어." 지나가 그를 데리고 커다란 방에 들어갔다. "너는 뭐든지 물어볼 수 있지만, 여기서는 뭐든지 적당히 둘러대는 답변만 나올 거야. 어쩌면 네가 컴퓨터를 속일 수도 있겠지만 말이야. 나는 컴퓨터 속이기를 좋아해. 진짜 멍청하거든."

그가 그녀에게 말했다. "너는 마법을 행할 수 있으니까."

이 말에 지나는 미소를 지었다. "그걸 어떻게 알아?"

"네 이름. 그게 무슨 뜻인지 알거든."

"이름만 그렇지."

"아니." 그가 말했다. "지나는 네 이름이 아니야. 지나는 너 '자체'이지."

"그게 무슨 뜻인지 말해봐." 여자아이가 말했다. "대신 아주 조용히 말해야 돼. 내가 뭔지를 네가 안다면, 결국 네 기억이 일부분이나마 돌아오고 있다는 뜻이니까. 그러니까 조심해야 돼. 정부가 항상 보고 듣고 하니까."

"일단 마법을 부려봐." 이매뉴얼이 말했다.

"그럼 그들이 알게 될 거야. 정부가 알게 될 거라니까."

방을 가로질러 걸어간 이매뉴얼은 토끼 한 마리가 든 우리 앞에서 걸음을 멈췄다. "아니." 그가 말했다. "이건 아니야. 혹시 이 안에서 네가 될 수 있는 다른 동물이 있을까?"

"조심해야 돼, 이매뉴얼." 지나가 말했다.

"새." 이매뉴얼이 말했다.

"고양이." 지나가 말했다. "잠깐만 있어봐." 그녀는 가만 서서 입술을 움직였다. 그러자 고양이 한 마리가 밖에서 들어왔다. 회색 줄무늬가 있는 암컷이었다. "그러면 내가 저 고양이가 될까?"

"내가 고양이가 되고 싶어." 이매뉴얼이 말했다.

"그럼 고양이는 죽을 거야."

"죽게 내버려둬."

"왜?"

"그놈들은 원래 그럴 목적으로 창조된 거니까."

지나가 말했다. "옛날에 송아지 한 마리가 도살을 피해서 어느 랍비한테 도망을 가서 그 무릎 사이에 머리를 묻었지. 그러자 랍비가 말했어. '가거라! 너는 그러기 위해서 창조된 것이니라.' 결국 '너는 도살될 목적으로 창조된 것이니라' 하는 뜻이었지."

"그래서?" 이매뉴얼이 물었다.

지나가 말했다. "하느님께서는 그 랍비를 오랫동안 괴롭혀주셨어."

"무슨 말인지 알았어." 이매뉴얼이 말했다. "그러면 고양이가 되지는 않을게."

"그러면 내가 고양이가 될 거야." 지나가 말했다. "그러면 고양이도 죽지는 않을 거야. 나는 너랑은 다르니까." 그녀는 상체를 숙인 다음, 양손을 양 무릎에 대고 고양이를 불렀다. 이매뉴얼이 바라보는 가운데 고양이가 다가왔다. 그러더니 이매뉴얼에게 이야기를 하고 싶다고 요청했다. 그가 고양이를 들어 올려 양팔로 끌어안자, 고양이는 한쪽 앞발을 그의 얼굴에 갖다댔다. 그 앞발을 통해서 고양이는 그에게 말했다. 자기는 생쥐란 놈들이 짜증스럽고 귀찮지만, 그렇다고 해서 생쥐란 놈들이

싹 사라지는 것을 바라지는 않는데, 왜냐하면 비록 짜증스럽기
는 할망정 그놈들에게는 뭔가 매력적인 데가 있고, 짜증나는
것보다는 매력적인 것이 더 많기 때문이라고 했다. 그래서 고
양이는 비록 생쥐를 존중하지는 않으면서도 결국 생쥐를 찾아
다닌다고 했다. 고양이는 이 세상에 생쥐가 있기를 바라면서
도, 또 한편으로는 생쥐를 경멸했다. 이 모든 이야기를 그 고양
이는 소년의 뺨에 갖다 댄 앞발을 통해서 이야기했다.

"알았어." 이매뉴얼이 말했다.

지나가 말했다. "지금 생쥐가 어디 있는지 혹시 알아?"

"네가 바로 고양이구나." 이매뉴얼이 말했다.

"지금 생쥐가 어디 있는지 혹시 알아?" 그녀가 다시 물었다.

"너는 일종의 기계장치구나." 이매뉴얼이 말했다.

"지금 생쥐가 어디—

"그건 네가 알아서 찾아야지." 이매뉴얼이 말했다.

"하지만 네가 나를 도와줄 수도 있잖아. 그놈들을 내 쪽으로
몰아줄 수도 있다고." 여자아이는 입을 벌려서 이빨을 드러냈
다. 그는 웃었다.

다시 한 번 뺨에 닿은 앞발을 통해 생각이 전달되었다. 플로
데트 씨가 이 건물로 오고 있다는 것이었다. 고양이는 그의 발
소리를 들을 수 있었다. 나를 내려놔. 고양이가 알렸다.

이매뉴얼은 고양이를 내려놓았다.

"생쥐가 있기는 있어?" 지나가 말했다.

"그만." 이매뉴얼이 말했다. "플로데트 씨가 왔어."

"아." 지나가 알았다는 듯 고개를 끄덕였다.

플로데트 씨가 방 안으로 들어오며 말했다. "어떻게 용케도 미스티를 찾아냈구나, 이매뉴얼. 참으로 예쁜 고양이지? 그런데 지나, 왜 그러니? 왜 그렇게 나를 빤히 바라보는 거지?"

이매뉴얼은 웃음을 터트렸다. 지나가 고양이에게서 떨어지는 과정에서 약간의 문제를 겪었기 때문이다. "조심해, 플로데트 선생님." 그가 말했다. "어쩌면 지나가 선생님을 할퀼지도 몰라."

"지나가 아니라 미스티겠지." 플로데트 씨가 말했다.

"내가 두뇌 손상을 입었다고 해서 하는 말은 아니야." 이매뉴얼이 말했다. "사실―" 그는 말을 하다 멈추었다. 지나가 '안 돼' 라고 말하는 것이 느껴졌기 때문이다.

"애는 이름을 잘 못 외우나 봐요, 플로데트 선생님." 지나가 말했다. 그녀는 가까스로 고양이로부터 완전히 분리되었고, 당황한 고양이 미스티는 천천히 어디론가 걸어갔다. 분명히 미스티는 영문을 모르는 것 같았다. 어떻게 해서 자기가 두 군데 장소에 한꺼번에 있을 수 있었는지를 말이다.

"그러면 내 이름은 기억이 나니, 이매뉴얼?" 플로데트 씨가 물었다.

"토크 선생님." 이매뉴얼이 말했다.

"아닌데." 플로데트 씨가 말하며 얼굴을 찡그렸다. "물론 내 이름의 어원인 독일어의 '플라우데트' 가 영어의 '토크(말하다)' 와 같은 뜻이기는 하지만 말이야."

"제가 이매뉴얼한테 얘기해줬어요." 지나가 말했다. "선생님 이름의 뜻에 관해서요."

플로데트 씨가 그곳을 떠난 뒤 이매뉴얼이 여자아이에게 말했다. "너 그러면 종도 울릴 수 있어? 춤을 추는?"

"물론이지." 그러다가 그녀는 얼굴을 붉혔다. "그건 속임수 질문인걸."

"하지만 너도 항상 속임수를 쓰잖아. 너는 항상 속임수를 쓴다고. 나 종소리를 듣고 싶어. 하지만 춤은 추기 싫어. 그래도 춤추는 걸 보고는 싶어."

"그건 나중에 하자." 지나가 말했다. "그러면 너도 뭔가를 기억하기는 하는 거구나. 춤추는 거에 대해서 알고 있다니 말이야."

"내 생각에는 기억이 나는 것 같아. 예전에 일라이어스한테 우리 아버지를 보러 가자고 했었어. 그들이 아버지를 보관해둔 곳에 말이야. 어떻게 생겼는지 보고 싶었어. 아버지를 직접 보고 나면 뭔가 더 많이 생각날 것 같았거든. 이제껏 아버지의 사진만 봤으니까."

지나가 말했다. "그나저나 춤추는 것 말고도 네가 나한테 원하는 게 더 많이 있을 것 같은데 말이야."

"나는 네가 가진 시간 능력에 대해서도 알고 싶어. 네가 시간을 멈췄다가 다시 거꾸로 흐르게 하는 것도 보고 싶고. 그게 최고의 속임수니까."

"그거에 관해서라면 차라리 너네 아버지를 만나봐야지."

"하지만 너도 할 수 있잖아." 이매뉴얼이 말했다. "여기서 당장 말이야."

"나는 안 할 거야. 그렇게 되면 너무 많은 것들이 교란되니까. 그러면 다시는 배열할 수가 없어. 일단 벗어났다 하면 자칫─. 음, 나중에 해줄게. 나는 충돌사고 이전으로 너를 도로 데려갈 수도 있어. 하지만 그게 현명한 일인지는 잘 모르겠어. 왜냐면 너는 그걸 다시 한 번 겪어야 할지도 모르고, 어쩌면 그러다 더 나빠질 수도 있으니까. 게다가 너희 어머니는 몸이 아주 아팠어. 너도 잘 알겠지만. 그러니 결국 살아나지는 못할 거야. 하지만 너네 아버지는 앞으로 4년만 더 있으면 냉동 보관 상태에서 벗어날 거야."

"확실한 거야?" 이매뉴얼은 신나는 듯 말했다.

"네가 열 살이 되면 그 사람을 만나게 될 거야. 지금 너네 아버지는 너네 어머니랑 같이 있어. 그는 시간을 거슬러 그녀를 처음 만난 시간으로 가기를 좋아하지. 그녀는 매우 지저분하게 놓고 살아. 그래서 그가 그녀의 돔을 청소해주어야만 했지."

"근데 '돔'이 뭐야?" 이매뉴얼이 물었다.

"여기에는 그런 게 없어. 그건 저 먼 우주에 있는 건데 식민지 사람들이 쓰는 거야. 너도 거기서 태어난 거고. 일라이어스가 너한테도 이야기해줬잖아. 왜 그 사람 이야기를 더 많이 듣지 않는 거야?"

"일라이어스는 사람이잖아." 이매뉴얼이 말했다. "고작 인간이라고."

"아니, 그렇지 않아."

"그는 사람으로 태어났어. 그런데 나는—" 이매뉴얼은 잠시 말을 멈추었고, 순간 기억의 일부분이 그에게 되돌아왔다. "나는 그가 죽기를 바라지 않았어. 안 그래? 그래서 그를 데려왔지. 단번에 말이야. 그러니까 그 사람하고—" 그는 뭔가를 생각하려고, 자기 머릿속에 떠오르는 단어를 포착하려고 애썼다.

"일라이셔." 지나가 말했다.

"그렇게 두 사람이 같이 걸어가고 있을 때 말이야." 이매뉴얼이 말했다. "그때 내가 일라이어스를 하늘로 끌어올렸지. 그리고 그는 자신의 일부를 일라이셔에게 돌려보냈어. 그래서 그는 결코 죽을 수가 없었지. 일라이어스 말이야. 물론 그의 진짜 이름은 그게 아니지만."[*]

"그건 그의 그리스식 이름이지."

"그러면 나도 뭔가 기억이 난 모양이네." 이매뉴얼이 말했다.

"너는 더 많은 걸 기억하게 될 거야. 너도 알다시피, 이제는 탈脫 억제적 자극이 너한테 생겨났으니까, 너한테 상기시켜줄 거야. 그때…… 음, 그러니까 적당한 때가 오면 말이야. 그 자극이 무엇인지를 아는 사람은 바로 너 하나뿐이야. 그건 일라이어스조차도 모르고 있어. 나 역시 모르기는 마찬가지고. 네가 나한테 알려주지 않고 감췄거든. 예전에 네가 진짜 네 모습이었을 때에 말이야."

---

[*] 구약성서의 선지자 엘리야(일라이어스)에게는 엘리사(일라이셔)라는 이름의 제자가 있었다. 훗날 엘리야가 승천하자 엘리사는 스승의 뒤를 이어 선지자로 활약한다.

"나는 지금이 진짜 내 모습이야." 이매뉴얼이 말했다.

"그건 맞아. 다만 지금 너는 기억에 문제가 있다는 게 다르지." 지나가 단호하게 말했다. "그러니 똑같지는 않은 거야."

"내 생각에도 아닌 것 같아." 그가 말했다. "어쨌든 네가 그랬잖아. 네가 기억을 일깨워줄 수 있다고."

"기억에는 여러 가지 종류가 있어. 일라이어스는 네 기억을 조금만 일깨워줄 수 있지만, 나는 그보다 더 많이 일깨워줄 수 있어. 하지만 오로지 너 자신의 탈 억제적 자극만이 너를 '있게' 해줄 수 있어. 그 단어는 뭐냐 하면…… 나 있는 데로 가까이 몸을 굽히고 잘 들어봐. 네가 이 단어를 듣기만 하면— 아니, 내가 써줄게." 지나는 옆에 있는 책상에서 종이를 한 장 꺼내고 분필을 집어서 단어를 하나 적었다.

하야*

이 단어를 바라보던 이매뉴얼은 기억이 되살아나는 느낌이 들었지만, 그건 어디까지나 10억분의 1초에 불과했다. 기억은 곧바로—거의 곧바로—다시 사라져버렸다.

"하야." 그는 큰 목소리로 말했다.

"이건 바로 '신의 언어' 야." 지나가 말했다.

"그래." 그가 말했다. "나도 알아." 이것은 히브리어, 즉 히브리어 어근에서 비롯된 단어였다. 그리고 '신의 이름' 역시 바로

---

*Hayah. 히브리어로 '존재한다' 또는 '있다' 는 뜻이다.

그 단어에서 비롯된 것이었다. 그는 어마어마하고도 무시무시한 경외감을 느꼈다. 그는 두려워졌다.

"무서워하지 마." 지나가 나지막이 말했다.

"나는 겁이 나." 이매뉴얼이 말했다. "왜냐하면 순간적으로 기억이 났거든."

알았어. 그는 생각했다. '내가 누군지를.'

하지만 그는 또다시 잊어버리고 말았다. 여자아이와 함께 운동장으로 나가자마자 그는 더 이상은 알지 못했다. 그러나—이상하게도—자기가 뭔가를 알았다는 사실만큼은 알았다. 뭔가를 알았다가 거의 동시에 도로 까먹었다는 사실을. 마치 내 속에 두 개의 정신이 들어있는 것 같아. 그는 생각했다. 하나는 표면에 있고 또 하나는 깊은 곳에 있다. 표면에 있는 것은 손상을 입었지만 깊은 곳에 있는 것은 그렇지 않았다. 하지만 깊은 곳에 있는 것은 말을 할 수 없었다. 닫혀있었다. 영원히? 아니었다. 자극이 있을 것이었다. 언젠가는. 그가 스스로 고안한 자극이.

어쩌면 그가 기억을 못 할 필요가 있었는지도 몰랐다. 만약 그가 모든 것을, 그 모두의 근거를 의식적으로 상기할 수 있었다면 정부는 그를 죽여버렸을 것이다. 짐승의 우두머리는 둘이었다. 종교적인 쪽의 머리는 풀턴 스테이틀러 함스 추기경이라는 자였고, 과학적인 쪽의 머리는 니콜라스 불코프스키라는 자였다. 하지만 이들은 허깨비에 불과했다. 이매뉴얼에게는 기독이슬람 교회와 과학 교황사절단 모두가 실재에 해당하지는 않았다. 그는 그 뒤에 무엇이 있는지를 알았다. 일라이어스가 그에게 말해주었다. 하지만 일라이어스가 말해주지 않았다 하더라도, 그는 어쨌든 간에 알았을 것이었다. 어디에 있건, 또 언제이건 간에 그는 대적자*를 알아낼 수 있었을 것이다.

그러나 이러한 사실들보다 그를 당혹스럽게 만든 대상은 오히려 바로 지나라는 이 여자아이였다. 이 상황은 뭔가가 걸맞지 않았다. 하지만 그녀는 거짓말을 하지 않았다. 그녀는 거짓말을 할 수 없었다. 애초에 그가 그녀를 만들 때부터 거짓말을 할 수 있게 만들지 않았기 때문이었다. 그러니 그녀에게 물어보기만 하면 되었다.

그 와중에 그는 그녀가 '지네(zine)' 가운데 하나라고 추측했다. 그녀는 자기가 춤을 출 수 있다고 시인했다. 그녀의 이름은 물론 '지아나(dziana)'에서 비롯된 것이었다. 그리고 그 이름은 지금 그녀가 사용한 것처럼 '지나(Zina)'라고도 간혹 나타났다.

그는 그녀에게 다가갔다. 상대방의 뒤에, 그러나 아주 바짝 붙어선 채 그는 그녀의 귀에 속삭였다. "디아나(Diana)."

곧바로 그녀는 뒤를 돌아보았다. 순간 그는 그녀의 모습이 변했음을 깨달았다. 코의 모양도 달랐고, 이제는 소녀가 아니라 웬 성인 여성이 금속제 가면을 쓰고 있다가, 그걸 들어 올리고 자기 얼굴을 드러냈다. 그리스인의 얼굴이었다. 그리고 그

---
* 성서에서는 마귀(사탄)의 별칭이다.

가면은 바로 전쟁용 면갑面甲이었다. 저건 아마도 팔라스Pallas 겠구나. 그는 지금 지나가 아니라 팔라스를 보고 있었다. 하지만 그는 알았다. 둘 중에 어느 쪽도 그녀에 관한 진실을 말해주지는 않았다는 것을. 그건 오로지 이미지에 불과했다. 즉 그녀가 취하는 형상일 뿐이었다. 그래도 금속제 가면은 그에게 상당히 감명을 주었다. 이제는 희미해진 이 이미지야말로 오로지 그 혼자서만 볼 수 있었던 것이었다. 그녀는 결코 다른 사람에게 그걸 보여주지는 않을 테니까.

"나를 왜 '디아나'라고 부른 거야?" 지나가 물었다.

"그것도 네 이름 가운데 하나니까."

지나가 말했다. "나중에 언제 '동산'에 같이 가자. 거기 가면 동물을 볼 수 있어."

"재미있겠다." 그가 말했다. "그 동산은 어디 있는 거야?"

"여기 있잖아." 지나가 말했다.

"내 눈에는 안 보이는데."

"네가 그 동산을 만들었잖아." 지나가 말했다.

"기억이 안 나." 그는 머리가 아팠다. 그는 양손을 얼굴 옆에 갖다 댔다. 내 아버지와 똑같구나. 그는 생각했다. 지금 내가 하는 행동을 그 역시 했었지. 물론 그가 내 아버지가 아니라는 것이 다르지만.

그는 속으로 말했다. 나에게는 아버지가 없어.

고통이 그의 몸을 채웠다. 고립의 고통이. 갑자기 지나가 사라져버렸다. 학교 운동장도, 건물도, 도시도. 모든 것이 사라져버렸다. 그는 모조리 돌려놓으려 했지만 아무것도 돌아오지 않을 것이었다. 시간이 전혀 흐르지 않았다. 심지어 시간조차도 파괴되고 말았다. '나는 완전히 잊어버렸어.' 그는 깨달았다. '그리고 내가 잊어버렸기 때문에 결국 모두 사라진 거야.' 심지어 지나, 그의 연인이자 기쁨조차도 이제는 그에게 상기시켜줄 수가 없었다. 그는 이제 진공으로 돌아간 것이었다.

　뭔가 작게 중얼거리는 소리가 진공의 표면을 건너서, 깊이를 넘어서 천천히 움직였다. 열기가 눈에 보였다. 지금 같은 주파수의 변형 상황에서는 열기가 빛으로 나타났다. 하지만 오로지 탁하고 붉은 빛, 침침한 빛이었다. 그는 그 빛이 추하다고 생각했다.

　나의 아버지. 그는 생각했다. 당신은 아버지가 아니야.

　그의 입술이 움직이며 한 가지 단어를 말했다.

하야

　그러자 세계가 돌아왔다.

05

일라이어스 테이트는 리비스의 너저분한 빨랫감 더미 위에
털썩 몸을 던지며 말했다. "혹시 여기 진짜 커피도 있나? 그놈
의 모선에서 팔아먹는 카프라는 엉터리 물건 말고." 그가 얼굴
을 찡그렸다.

"나한테 조금 있어요." 리비스가 말했다. "하지만 지금은 못
찾겠어요."

"요즘 들어 자주 토하지 않았나요?" 일라이어스가 그녀를 눈
여겨보면서 말했다. "아마 거의 매일?"

"맞아요." 그녀는 허브 애셔를 흘끗 바라보았다. 놀란 표정이
었다.

"임신한 거요." 일라이어스 테이트가 말했다.

"화학요법 때문이에요!" 리비스가 화난 듯 말했다. 격분한 나

머지 얼굴이 새빨갰다. "내가 속을 게워내는 건 어디까지나 저 빌어먹을 놈의 신경 독성 치료제와 호르몬제 때문—"

"당신의 컴퓨터 단말기에다가 물어보시든가." 일라이어스가 말했다.

침묵이 흘렀다.

"당신은 도대체 누구죠?" 허브 애셔가 물었다.

"야생 거지라네." 일라이어스가 대답했다.

"그런데 어떻게 나에 관해 그렇게 잘 아는 거죠?" 리비스가 말했다.

일라이어스가 말했다. "나는 당신네랑 같이 있으러 온 거니까. 지금부터 계속 당신네랑 같이 있을 거요. 단말기에다가 물어보시라니까."

리비스는 컴퓨터 단말기에 앉아서 한 팔을 M.E.D. 슬롯에 집어넣었다. "솔직히 댁들 앞에서 이런 말 하기 싫지만." 그녀는 일라이어스와 허브 애셔에게 말했다. "미안하게도 난 아직 처녀거든요."

"여기서 당장 나가주시죠." 허브 애셔가 노인에게 나지막이 말했다.

"M.E.D.가 확인 결과를 알려줄 때까지 기다려보시게." 일라이어스가 말했다.

리비스의 두 눈에는 눈물이 고였다. "빌어먹을. 정말 지긋지긋해 죽겠다니까. 처음에는 M.S.가 말썽이더니 이번에는 또 이거야. M.S. 하나만 갖고는 충분하지 않다는 건지."

일라이어스는 허브 애셔에게 말했다. "저 여자는 반드시 지구로 돌아가야만 하네. 당국자들도 당연히 허락을 할 거야. 저 여자의 병은 충분히 합법적인 사유가 될 거고."

컴퓨터 단말기가 M.E.D.의 채널에 연결되자, 리비스는 더듬거리며 물었다. "혹시 내가 임신했나요?"

침묵이 흘렀다.

단말기에서 대답이 나왔다. "당신은 현재 임신 3개월째입니다, 로미 씨."

리비스는 자리에서 일어나 돔의 현창 쪽으로 걸어가더니, 저 바깥에 펼쳐진 메탄의 파노라마를 물끄러미 바라보았다. 아무도 입을 열지 않았다.

"결국 야의 짓이군요. 그렇죠?" 리비스가 말했다.

"그렇소." 일라이어스가 말했다.

"아주 오래전부터 계획되었던 거고요." 리비스가 말했다.

"그렇소." 일라이어스가 말했다.

"그러면 내 M.S.도 결국 내가 지구로 돌아가기 위한 합법적인 구실로 생겨난 거로군요."

"당신이 출입국관리소를 통과할 수 있게 해주는 거지." 일라이어스가 말했다.

리비스가 말했다. "그리고 당신도 이 모든 사실을 알고 있고요." 그녀는 허브 애셔를 손가락으로 가리켰다. "저 사람은 이제 자기가 그 아이의 아버지라고 말하겠죠."

"그럴 거요." 일라이어스가 말했다. "저 친구가 당신과 함께 갈 거요. 나도 같이 갈 거고. 당신은 체비체이스에 있는 베데스다 해군 병원에서 진료를 받을 거요. 우리는 긴급 수직축 비행을, 고속 비행을 하게 될 거요. 왜냐하면 당신의 몸 상태가 위중하기 때문이지. 최대한 빨리 시작해야 하오. 당신은 이미 서류를 갖고 있을 거요. 고향으로 돌아가게 해달라고 요청할 때에 필요한 서류를 말이오."

"야가 나를 아프게 만든 건가요?" 리비스가 물었다.

잠시 침묵이 흐르더니 일라이어스가 고개를 끄덕였다.

"이게 도대체 무슨 일이에요?" 리비스가 격분하며 말했다. "무슨 쿠데타라도 벌이려는 거예요? 도대체 당신은 뭘 밀반입하려고—"

그녀의 말을 자르며, 일라이어스가 낮고도 가차 없는 목소리로 말했다. "로마 제10군단."

"마사다." 리비스가 말했다. "서기 73년. 맞죠? 내 생각에는 그래요. 어느 클렘이 우리 제5기지국의 산에 무슨 신이 살고 있다고 말했을 때부터 그런가보다 생각했어요."

"그분이 패배한 거였소." 일라이어스가 말했다. "제10군단은 15000명의 노련한 병사들로 이루어져있었지. 하지만 마사다는 거의 2년 동안이나 버텼소. 마사다에는 겨우 1000명도 안 되는 유대인이 있었는데 말이오. 그것도 여자와 아이까지 합쳐서."

리비스가 허브 애셔를 향해 말했다. "마사다가 함락되었을 때 생존자는 겨우 여자와 아이 일곱 명뿐이었어요. 그곳은 유대인의 요새였죠. 생존자는 수도관 속에 숨어있었던 거예요."

그녀는 다시 일라이어스를 향해 말했다. "그렇게 해서 야훼는 지구에서 쫓겨난 거군요."

"그와 더불어 인간의 희망도 사라져버렸지." 일라이어스가 말했다.

허브 애셔가 말했다. "지금 두 사람, 무슨 이야기를 하고 있는 겁니까?"

"실패에 관한 이야기." 일라이어스 테이트가 짧게 말했다.

"그러면 그분— 그러니까 야는 우선 나를 아프게 하고 나서 이번에는—" 그녀는 말을 잇지 못했다. "그분은 원래 이곳에 있다가 지구로 간 것이었나요? 아니면 이곳으로 밀려난 건가요?"

"그분은 이곳으로 밀려난 거요." 일라이어스가 말했다. "지금 지구 주위에는 지대가 있지. 악의 지대가. 그래서 그분이 쫓겨난 거요."

"주님이오?" 리비스가 말했다. "주님이 쫓겨나셨다고요? 지구에서 멀리 쫓겨났다는 말이에요?" 그녀가 일라이어스 테이트를 바라보았다.

"물론 지구에 사는 사람들은 모르고 있지." 일라이어스 테이트가 말했다.

"하지만 당신은 알잖아요." 허브 애셔가 말했다. "그렇죠? 당신은 어떻게 해서 이 모든 걸 알고 있는 거죠? 어떻게 해서 그렇게 많이 알고 있는 겁니까? 당신 도대체 누구요?"

일라이어스 테이트가 말했다. "나는 바로 엘리야라네."[*]

세 사람은 나란히 앉아서 차를 마셨다. 리비스의 얼굴에는 쓸쓸하고 경직된 표정이 떠올라있었다. 그야말로 분노한 모습이었다. 그녀는 거의 입도 열지 않았다.

"제일 언짢은 게 뭐요?" 일라이어스 테이트가 말했다. "야가 지구에서 내쫓겼다는, 즉 그가 대적자에게 패배했다는 사실이오? 아니면 그분을 당신 뱃속에 넣고 지구로 돌아가야 한다는 사실이오?"

그녀는 웃었다. "내 기지국에서 나가요."

"당신은 복 받은 거요." 일라이어스가 말했다.

"질병도 복이라면 그렇겠죠." 리비스가 말했다. 컵을 들어서 입술로 가져가는 동안 그녀의 손은 계속 떨리고 있었다.

"지금 당신 뱃속에 누가 들었는지 알겠소?" 일라이어스가 말했다.

"그럼요." 리비스가 말했다.

"별로 감명을 받지 않는 모양이군." 일라이어스가 말했다.

"내 삶이란 모두 누군가가 계획해놓은 거니까요." 리비스가 말했다.

"내가 보기에 당신은 이번 일을 너무 좁은 견지에서 바라보는 것 같아요." 허브 애셔가 말했다. 일라이어스와 리비스 모두 왜 끼어드느냐고 힐책하듯이 언짢은 모습으로 그를 바라보았

---

* 구약성서의 가장 유명한 선지자. 살아서는 여러 가지 기적을 행했고, 죽지 않고 살아있는 상태로 하늘로 올라갔다고 전한다. 유대인 사이에서는 엘리야가 일종의 메시야의 상징으로 여겨졌다.

다. "어쩌면 내가 제대로 이해하지 못해서 그런지도 모르겠지만요." 그는 속으로 쑥 들어가듯 말을 뺐다.

리비스가 한 손을 뻗어 그를 토닥였다. "괜찮아요. 이번 일을 제대로 이해하지 못하기는 나도 마찬가지니까요. 왜 하필 나죠? 처음 M.S. 진단을 받았을 때에 나는 이렇게 물었어요. 젠장, 왜 하필 나냐고요? 그리고 젠장, 왜 하필이면 당신이죠? 이제는 당신도 나와 마찬가지로 지금껏 살던 기지국을 두고 떠나야 하잖아요. 게다가 당신의 더 폭스 테이프도 두고. 게다가 이제는 당신도 모든 장치를 자동으로 돌려놓고 밤낮으로 침대에 누워 빈둥거리지도 못한단 말이에요. 예수님 맙소사. 그러게요. 욥이 당한 일이 딱이네요. 하느님께서는 당신이 사랑하는 자를 괴롭히신다더니."

"우리 셋은 지구로 떠날 거요." 일라이어스가 말했다. "그리고 거기서 당신은 아들 이매뉴얼을 낳을 거요. 야께서는 이 일을 그 시대의 시작부터, 마사다에서의 패배 이전부터, 성전의 함락 이전부터 계획해놓고 계셨소. 그분은 당신의 패배를 예견하시고 상황을 바로잡기 위해 움직이셨던 거요. 하느님도 패배를 할 수는 있지만, 그건 어디까지나 일시적일 뿐이오. '하느님께서 함께하시면 질병보다도 치료가 더 크니라.'"

"'펠릭스 쿨파(Felix culpa)'네요." 리비스가 말했다.

"그렇지." 일라이어스가 대답했다. 그러더니 허브 애셔를 향해서는 이렇게 설명했다. "다른 말로 표현하자면 '행복한 실수'라는 뜻이지. 그러니까 타락을 말하는 거야. 원죄로 인한 타락. 애초에 타락 자체가 없었다고 하면 성육신 역시 없었을 테니까, 다시 말해서 그리스도의 탄생도 없었을 거라는 뜻이지."

"가톨릭의 교리죠." 리비스가 나지막이 중얼거렸다. "하지만 그게 나한테도 이렇게 적용될 줄은 몰랐군요."

허브 애셔가 말했다. "하지만 그리스도는 이미 악의 힘을 정복하지 않았나요? 그 양반이 분명히 그랬잖아요. '내가 세상을 이기었노라.'"*

"그러게요." 리비스가 말했다. "아마도 그 양반이 잘못 알았던 것 같네요."

"마사다가 함락되면서 모든 것이 사라지고 말았지." 일라이어스가 말했다. "서력(C.E.) 1세기에는 하느님께서 역사 안에 개입하시지를 않았네. 아예 역사를 떠나버리셨지. 그리스도의 임무는 실패로 돌아갔던 거야."

"그렇다면 당신은 나이가 무척 많겠군요." 리비스가 말했다. "연세가 얼마나 되세요, 일라이어스? 내가 보기에 4000살은 되신 것 같은데요. 당신은 장기적인 시야를 갖고 있을지 몰라도 나는 그렇지가 않아요. 그렇다면 당신은 최초의 구세주 강림에 관해서 줄곧 알고 있었던 건가요? 무려 2000년 동안요?"

"하느님께서는 원죄로 인한 타락을 예상하신 것과 마찬가지로, 사람들이 예수를 받아들이지 않으리라는 것 역시 예상하셨지." 일라이어스가 말했다. "그 일이 벌어지기 전부터 하느님은 알고 계셨던 거야."

---

* 요한복음 16장 33절.

"그렇다면 그분은 지금 당장에 대해서는 어떻게 알고 계신데요?" 리비스가 말했다. "이제 우리는 어떻게 해야 하는 거죠?"

일라이어스는 말이 없었다.

"결국 그분도 모르고 계신 거군요." 리비스가 말했다.

"이 일은—" 일라이어스가 머뭇거렸다.

"최후의 전투로군요." 리비스가 말했다. "양편 가운데 어느 쪽의 승리도 될 수 있고요. 그렇죠?"

"결국에 가서는 하느님이 이기실 거야." 일라이어스가 말했다. "그분은 절대적인 예견력을 지니고 계시니까."

"물론 그분도 알 수는 있겠죠." 리비스가 말했다. "하지만 그렇다고 반드시 그분이 이긴다는 뜻은 아니에요. 보세요. 나는 정말로 기분이 좋지가 않아요. 시간은 한밤중이죠, 몸은 아프죠, 게다가 잔뜩 지쳤고, 방금 전까지만 해도……." 그녀는 손짓을 했다. "내가 처녀인 줄로만 알았는데 졸지에 임신을 했다고 하잖아요. 이민 담당 의사도 믿지 않을 거예요."

허브 애셔가 말했다. "내 생각에는 그게 바로 핵심인 것 같아요. 그렇기 때문에 나더러 당신과 결혼을 하라고 제안했던 거군요."

"나는 당신이랑 결혼 안 할 거예요. 당신이 누군지조차 모르는데." 그녀는 그를 물끄러미 바라보았다. "지금 장난해요? 당신이랑 '결혼'을 하라고요? 나는 M.S.를 앓는 데다가 이제는 임신을 했다고요. 이런 망할. 댁들 모두 망할 놈들이에요. 더이상 나 건드리지 말고 당장 나가요. 분명히 말했어요. 도대체 내가 왜, 기회가 있는데도 세코낙스 병을 꺼내만 놓고 안 마셨을까요? 물론 엄밀히 말하면 기회가 없었던 거겠지요. 야가 줄곧 지켜보고 있었을 테니까. 그분은 참새 한 마리가 떨어지는 것도 지켜보고 계시다고 하니까. 내가 잊어버렸네요."

"혹시 위스키 가진 것 좀 있어요?" 허브 애셔가 물었다.

"참 속도 편하시네요." 리비스는 씁쓸한 어조로 말했다. "당신은 그냥 술을 퍼마시고 취해버리면 그만이라지만, 나는 어떻게 하고요? M.S.도 모자라서 웬 아기까지 내 몸 속에 들어앉아 있는데요? 이제껏 나는—" 그녀는 증오가 가득한 눈빛으로 일라이어스 테이트를 바라보았다. "—내 텔레비전 세트에 그림으로 떠오르는 당신의 생각을 포착하고 있었어요. 어리석게도 푹 빠져버려서 그건 아마도 포말하우트에 있는 작가들이 꾸며낸 촌스러운 드라마라고 생각하고 있었죠. 완전히 허구라고 말이에요. 절지동물이 당신의 목을 벨 거라고요? 당신이 품고 있는 무의식적인 환상이 바로 그건가요? 그리고 당신은 야훼의 대변인인 거고요?" 그녀는 갑자기 얼굴이 창백해졌다. "나도 모르게 거룩한 이름을 언급했네요. 미안해요."

"기독교인이야 늘 그 이름을 말하는데, 뭘." 일라이어스가 말했다.

리비스가 말했다. "하지만 나는 유대인이에요. '당연히' 유대인일 수밖에 없겠죠. 그렇기 때문에 내가 이 일에 말려든 것이니까요. 내가 만약 이방인이었다면, 야가 굳이 나를 선택하지는 않았겠죠. 내가 이미 아이를 낳은 적이 있다면, 굳이 나를—" 그녀는 말을 멈추었다. "신의 기계장치는 너무나도 잔인하게 굴었어요." 그녀가 말을 마쳤다. "전혀 낭만적이지가 않아요. 너무 잔인해요. 정말로 그래요."

"왜냐하면 너무 많은 것이 위험에 처했기 때문이지." 일라이어스가 말했다.

"뭐가 위험에 처했는데요?" 리비스가 말했다.

"우주가 존재하는 것은 야가 그것을 기억하기 때문이지." 일라이어스가 말했다.

허브 애셔와 리비스는 나란히 그를 바라보았다.

"만약 야가 그것을 잊어버리면, 우주는 멈추게 돼." 일라이어스가 말했다.

"그분이 뭔가를 잊어버릴 수도 있어요?" 리비스가 말했다.

"다행히 아직은 잊어버린 적이 없지." 일라이어스가 에둘러 대답했다.

"언젠가는 뭔가를 잊어버릴 수도 있다는 뜻이네요." 리비스가 말했다. "그러면 바로 그것 때문에 이 모든 일이 벌어진 거로군요. 당신이 방금 말한 것처럼요. 무슨 말인지 알았어요. 그래요—" 그녀는 어깨를 으쓱 하더니 찻잔을 들어서 무의식적으로 한 모금 마셨다. "그러면 애초에 야가 없었더라면 나는 아예 존재하지도 않았겠군요. 아무것도 존재하지 않았겠어요."

일라이어스가 말했다. "그의 이름은 '그는 존재하는 것을 존재하게 한다'는 의미지."

"심지어 악조차도요?" 허브 애셔가 물었다.

102

"그야 성서에 나와있지 않나." 일라이어스가 말했다.

해 뜨는 곳에서든지 지는 곳에서든지
나밖에 다른 이가 없는 줄 알게 하리라
나는 여호와라 다른 이가 없느니라
나는 빛도 짓고 어둠도 창조하며
나는 평안도 짓고 환난도 창조하나니
나는 여호와라 이 모든 일들을 행하는 자니라 하였노라[*]

"그게 어디 나오는 구절인데요?" 리비스가 물었다.

"이사야 45장." 일라이어스가 말했다.

"'평안도 환난도.'" 리비스가 따라했다. "'번영도 비애도.'"[**]

"그러면 당신도 그 구절을 아는 모양이군." 일라이어스가 그녀를 바라보았다.

"믿기가 힘들군요." 그녀가 말했다.

"어차피 일신교니까." 일라이어스가 냉정하게 말했다.

"맞아요." 그녀가 말했다. "내 생각에도 그런 것 같아요. 하지만 잔혹하죠. 내게 벌어진 일은 정말 잔혹해요. 게다가 앞으로 더 많이 남았죠. 나는 밖으로 나가고 싶은데 정작 나갈 수가 없어요. 애초에 누구 하나 내게 물어봐주지 않았어요. 지금 역시

---

[*] 이사야 45장 6~7절.
[**] 같은 이사야 인용문의 한 구절인데, 앞의 'Prosperity and trouble'은 새로운 영어 번역의 단어이고, 뒤의 'Weal and woe'는 예전 영어 번역의 단어이다.

도 내게 물어봐주는 사람 하나 없고요. 야는 앞으로 무슨 일이 벌어질지 예견한다지만, 나는 못해요. 앞으로 더 많은 잔인함과 고통과 구토가 내게 올 거라는 것만 알죠. 하느님께 봉사한다는 것이 내게는 매일같이 토하고 주사 바늘을 몸에 찌르는 것뿐이거든요. 나는 우리에 갇힌 병든 실험용 쥐나 마찬가지예요. 그분이 나를 그렇게 만들었어요. 나한텐 아무런 믿음도 희망도 없어요. 그분에게는 사랑이라곤 존재하지 않고, 오로지 권능뿐이죠. 하느님은 권능의 징후일 뿐이고, 겨우 그게 끝이에요. 빌어먹을, 나는 포기할래요. 신경 안 쓴다고요. 내 목숨만 붙어있다면—그야 당연해 보이지만—무슨 일이든지 시키는 대로 할게요. 됐죠?"

두 남자는 말이 없었다. 차마 그녀를 바라보지도 못했고, 차마 서로를 바라보지도 못했다.

마침내 허브 애셔가 말했다. "그분은 오늘 밤에 당신 목숨을 구해주었잖아요. 나를 이리로 보낸 것도 그분이니까요."

"얼토당토않은 소리." 리비스가 말했다. "애초에 나한테 이런 병을 준 게 그분이란 말이에요."

"그리고 그걸 통해서 당신을 인도하고 계시잖아요."

"무슨 목적으로요?" 그녀가 물었다.

"무수히 많은 생명을 해방시키기 위해서지." 일라이어스가 말했다.

"이집트." 그녀가 말했다. "그리고 벽돌을 만든 사람들처럼 말이죠. 계속 반복되는군요. 왜 그놈의 해방은 영원하지 않은 거죠? 왜 희미하게 사라져버리는 거죠? 뭔가 최종적인 해결책은 없는 건가요?"

"이게 바로 최종적인 해결책이야." 일라이어스가 말했다.

"나는 결국 해방되는 사람 중에 포함되지 않잖아요." 리비스가 말했다. "나는 그 와중에 결국 희생되고 말 거니까요."

"아직은 아니지." 일라이어스가 말했다.

"하지만 그런 일이 다가오고 있잖아요."

"아마도." 순간 일라이어스 테이트의 얼굴에 떠오른 표정은 차마 말로 표현할 수가 없었다.

세 사람이 가만히 앉아있을 때, 갑자기 어디선가 낮고도 중얼거리는 듯한 목소리가 들려왔다. "리비스, 리비스."

리비스는 나지막이 비명을 지르며 주위를 둘러보았다.

"두려워 말라." 그 목소리가 말했다. "너는 네 아들 속에서 계속 살아갈 것이다. 너는 지금 죽지 않을 것이며, 이 시대의 마지막까지도 죽지 아니하리라."

리비스는 아무 말 없이 양손에 얼굴을 묻고 울기 시작했다.

그날 늦게, 학교가 끝나고 나서 이매뉴얼은 연금술 변화를 다시 한 번 시도해보기로 결심했다. 그렇게 해서 자기 주위의 세계를 알고자 함이었다.

우선 그는 체내의 생물 시계 속도를 높여서 자기 생각이 점점 더 빨리 질주하게 만들었다. 선형 시간의 터널을 따라 질주하는 느낌이 들었고, 그 축을 따르는 그의 움직임 속도는 어마어마하게 빨라졌다. 처음에는 흐릿하게 흘러가는 색깔들만 보이더니, 곧이어 갑자기 '감시인'이 나타났다. 감시인이란 바로 그리곤으로, 하부 영역과 상부 영역 사이를 막고 있는 존재였다. 그의 앞에 나타난 그리곤은 벌거벗은 여성의 상체 모습이었으며, 워낙 가까이 있었기 때문에 그가 손을 내밀면 만질 수도 있을 것 같았다. 그 지점을 통과하자 그는 상부 영역의 속도로 움직이기 시작했으며, 그러자 하부 영역은 더 이상 물체로 존재하지 않고 대신 일종의 과정으로 변해버렸다. 즉 상부 영역의 시간 척도로 표현하자면 3150만 분의 1의 속도에 불과한 누적층이 되어버린 것이다.

이쯤 되자 그의 눈에 하부 영역은 장소가 아니라 어마어마한 속도로 교환되는 투명한 그림들로 보였다. 이 그림들은 공간 외부에 있는 형상들이며, 이 형상들이 하부 영역에 주입됨으로써 실재가 되는 것이었다. 이제 그는 연금술적 변화에서 한 발짝 떨어진 곳에 있었다.

드디어 마지막 그림이 멈추고 시간도 멈춰버렸다. 눈을 감았지만 그는 자기 주위의 방을 똑똑히 볼 수 있었다. 비행은 이미 끝났다. 그는 자신을 추적하던 것을 따돌렸다. 이는 결국 그의 신경 촉발이 완벽하다는 의미였고, 그의 솔방울샘*이 시각 도관의 분지를 따라 운반된 빛의 존재를 인식했다는 의미였다.

그는 잠시 자리에 앉아있었다. 비록 '잠시'라는 것은 더 이상

---

*좌우 대뇌 반구 사이 셋째 뇌실의 뒷부분에 있는 솔방울 모양의 내분비기관. 생식샘 자극 호르몬을 억제하는 멜라토닌을 만들어낸다.

아무런 의미도 지니지 못했지만 말이다. 그러다가 점차적으로 변화가 일어났다. 그는 자기 몸 밖에서 자기 두뇌의 패턴, 또는 프린트를 보았다. 그는 두뇌로 이루어진 세계 안에 있었고, 그 곳에서 살아있는 정보들이 이리저리 운반되는 모습은 마치 반짝이는 붉은색의 작은 강들이 살아 움직이는 것 같았다. 그는 손을 뻗어서 자기 생각을 손으로 만져볼 수 있었다. 그것들이 생각으로 변하기 이전, 원래의 모습 그대로 말이다. 그 방은 그 것들의 불로 가득 차있었고, 어마어마한 공간으로 뻗어나갔으 며, 그 자신의 두뇌 용량은 그의 외부로까지 확장되어있었다.

그 와중에 그는 외부 세계를 내부로 투입함으로써, 그것 역 시 자신의 내부에 포함시켰다. 이제 그는 내부에 우주를 품고 있었으며, 그의 두뇌는 외부의 어디에나 있었다. 그의 두뇌는 광대한 공간 속으로 퍼져 나갔으며, 우주의 크기보다도 훨씬 더 커졌다. 따라서 그는 자기 자신이었던 만물의 범위를 모두 알았으며, 그가 세계를 합체시켰기 때문에 세계도 알고 나아가 세계를 제어했다.

그는 기세를 누그러트리고 긴장을 풀었으며, 이제는 방을 비 롯해서 커피테이블, 의자, 벽, 그리고 벽에 걸린 그림의 윤곽선 을 알아볼 수 있었다. 외부 우주의 유령은 그의 바깥에 머물러 있었다. 그는 갑자기 탁자 위에 있던 책을 한 권 집어 들어서 펼쳤다. 그 책 안에서 그는 자신의 생각이 이제 인쇄물 형태가 되어 그곳에 적혀있는 것을 발견했다. 인쇄된 생각들은 시간 축을 따라 배열되어있었다. 그 축은 이제 공간적으로 변했고,

오로지 그 축을 따라서만 운동이 가능했다. 마치 홀로그램에서 그런 것처럼, 서로 다른 시기에 속한 자기 생각을 그는 볼 수 있었다. 가장 최근의 생각들은 표면에 가까이 놓여있었고, 더 오래된 생각들은 수없이 연속된 층에서도 더 낮고 더 깊게 놓여있었다.

그는 자기 외부의 세계를 바라보았다. 이제 세계는 왜소한 기하학적 형체로 축소되어있었다. 대부분은 정사각형이었으며 '황금 직사각형'이 일종의 문간 노릇을 했다. 여기에서는 아무것도 움직이지 않았는데, 다만 문간 너머의 풍경만은 예외였다. 문간 너머에서는 그의 어머니가 어린 시절에 살았던 뒤얽히고 오래된 장미 관목이며 농지 사이로 신나게 뛰어다니고 있었다. 그녀는 미소 짓고 있었으며 눈은 기쁨으로 반짝거렸다.

이제는 내 안에 받아들인 우주를 변화시켜야겠어. 이매뉴얼은 생각했다. 그는 기하학적 형체를 응시하고는, 그것들이 물질을 안에 약간 채울 수 있도록 허락했다. 그의 건너편에는 일라이어스가 무척이나 좋아하는 낡은 파란색 소파가 있었는데 이제는 그 물건이 수직으로 일그러지기 시작했다. 그 물건을 지배하는 인과율을 제거해버리자, 그 물건은 이제 더 이상 카프 얼룩이 있는 낡은 파란색 소파가 아니라, 헤플화이트 양식의 찬장이 되었으며, 찬장문의 유리창 너머에는 멋진 도자기 접시와 컵과 받침이 들어있는 것이 보였다.

그는 특정한 시간 척도를 복원시켰다. 그리고 일라이어스 테이트가 이 방에서 돌아다니고, 들어오고 나가는 모습을 보았다. 그는 선형 시간 축을 따라서 연속적으로 배열된 누적 층들이 빛을 발하는 모습을 보았다. 헤플화이트 양식 찬장은 그 층들의 짧은 연쇄 동안만 남아있었다. 그 물건은 소극적인, 또는 꺼진, 또는 휴지기 모드를 유지하고 있었다. 그러다가 적극적인, 또는 켜진, 또는 작동 모드로 건너옴으로써, 필로곤*의 영구 세계에 참여하고, 그 이전에 나타났던 동류의 것들 모두에 가담했다. 그의 투사된 세계의 두뇌 속에서, 그 헤플화이트 양식 찬장이나 그 안에 든 도자기 그릇들은 영원히 진정한 실재 속으로 통합되었다. 이제 그 물건은 더 이상의 변화를 겪지 않을 것이며, 그를 제외하면 어느 누구도 그 물건을 보지 못할 것이다. 그를 제외한 다른 모두의 눈에 그것은 과거에 있기 때문이었다.

그는 헤르메스 트리스메기스투스의 주문을 가지고 이 변화를 마무리했다.

Verum est······ quod superius est sicut quod inferius et quod inferius est sicut quod superius, ad perpetrando miracula rei unius.

이 말은 이런 뜻이었다.

---

* 필립 K. 딕의 신조어로 플라톤의 '에이도스(eidos, 형상)'와 유사한 의미를 지니고 있다.

진실은 이러하니, 위에 있는 것은 아래에 있는 것과 같으며
아래에 있는 것은 위에 있는 것과 같아서, 한 가지 물건의
기적을 완수하느니라.

이것은 바로 에메랄드 평판에 적힌 내용이었다. 그 평판은
모세의 누이인 여자 선지자 미리암에게 테후티 본인이 직접 건
네준 것이었다. 테후티는 종려나무 동산에서 쫓겨나기 이전에
태초에 모든 피조물에게 이름을 부여한 자였다.[*]

아래에 있는 것, 즉 그 자신의 두뇌인 소우주는 대우주가 되
었다. 그리고 지금 그가 소우주로서 자기 안에 넣어두고 있는
것은 사실 대우주였으며, 다시 말해서 위에 있는 것이었다.

이제 나는 전체 우주를 점유하고 있다. 이매뉴얼은 깨달았
다. 이제 나는 어디에나 똑같이 있다. 따라서 나는 아담 카드
몬, 즉 최초의 인간이 되었다. 이제 그는 3개의 공간 축을 따르
는 운동이 불가능했으니, 왜냐하면 그는 이미 가고 싶은 곳 어
디에나 있었기 때문이다. 그에게 유일하게 가능한 운동, 또는
실재를 변화시키기 위해 유일하게 가능한 운동이란 곧 시간 축
을 따르는 것뿐이었다. 그는 필로곤들의 세계를 정관하며 앉아
있었다. 수십억 개의 필로곤들이 작용했으며, 계속해서 자라나

---

[*] 에메랄드 평판은 연금술의 원리를 10여 행으로 압축해서 설명한 비결秘訣로 중
세 유럽에서 큰 영향력을 발휘했다. 실제 저자와 작성 연대는 알 수 없지만, 헤르
메스 트리스메기스투스의 작품이라고 전한다. 또 일부에서는 테후티(이집트 신
화에 등장하는 지혜의 신 '토트'의 다른 이름)가 여자 선지자 미리암(보통은 '연
금술사 미리암'이라고 일컬어지지만, 일설에는 모세의 누이라고도 한다)에게 이
비결을 전해주었다는 전설이 퍼져있다.

고 스스로를 완성했고, 모든 변화의 근저에 자리 잡은 변증법에 따라서 움직였다. 이는 그를 기쁘게 했다. 상호 연관된 필로곤들의 그물망은 바라보기에 아름다웠다. 이것이야말로 피타고라스의 '코스모스', 즉 만물이 조화롭게 맞아떨어지는 상태였다. 각각이 올바른 방식으로, 그리고 불멸의 상태로.

이제 나도 플로티노스가 무엇을 보았는지 알겠군. 그는 깨달았다. 하지만 나는 그것뿐만이 아니라, 내 안에서 분열된 영역을 도로 합쳐놓은 거야. '나는 셰키나를 엔 소프로 회복시킨 거야.'* 하지만 이것은 오로지 잠깐 동안이었으며, 또한 오로지 국소적일 뿐이었다. 오로지 소우주에서만 그러했다. 그가 그것을 다시 풀어놓는 순간, 그것은 다시 먼저의 상태로 돌아가버렸다.

"생각뿐이군." 그가 큰 소리로 말했다.

일라이어스가 방 안으로 들어오면서 물었다. "뭐 하고 있었니, 매니?"

인과율이 역전되어있었다. 그는 지나도 할 수 있는 일을 한 것뿐이었다. 그는 기쁜 나머지 웃었다. 그리고 종소리를 들었다.

"친바트**를 봤어." 이매뉴얼이 말했다. "좁은 다리. 난 거기를 건널 수 있었어."

"절대 그러면 안 돼." 일라이어스가 말했다.

---

* 하느님의 두 가지 속성을 말한다. 이 책의 17장 참고.
** 조로아스터교에서 나오는 저승의 다리를 말한다.

이매뉴얼이 말했다. "종소리는 뭐야? 종소리가 멀리서 들리던데."

"멀리서 종소리가 들린다는 건, 사오시안트*가 있다는 의미야."

"구세주 말이군." 이매뉴얼이 말했다. "그러면 누가 구세주지, 일라이어스?"

"그야 반드시 네가 되어야지." 일라이어스가 말했다.

"때로는 기억할 가망이 없는 것 같아."

그는 여전히 종소리를 들을 수 있었다. 비록 아주 멀리서, 천천히 울리고 있었지만. 그 소리가 사막의 바람에 실려 온다는 걸 그는 알았다. 사막 그 자체가 그에게 말을 하고 있었다. 사막은 종을 수단으로 삼아서 그에게 상기시키려 노력하고 있었다. 일라이어스를 향해서 그가 말했다. "나는 누구야?"

"나는 말 못해." 일라이어스가 말했다.

"하지만 당신은 알잖아."

일라이어스는 고개를 끄덕였다.

"당신은 모든 일을 아주 간단하게 만들 수도 있어." 이매뉴얼이 말했다. "말을 하면 되니까."

"그건 반드시 너 스스로 말해야만 해." 일라이어스가 말했다. "때가 되면 너도 그걸 알 거고, 그래서 그걸 말하게 될 거야."

"나는—" 소년은 머뭇거리며 말했다.

일라이어스가 미소를 지었다.

---

* 조로아스터교에서 나오는 구세주를 말한다.

그녀는 자기 자궁에서 나오는 목소리를 들었다. 한동안 그녀는 두려웠고 얼마 후에는 슬프기까지 했다. 가끔은 울기도 했고 여전히 구토가 계속되었다. 전혀 수그러들지가 않았다. 성서에서는 그런 이야기를 읽은 기억이 없는데. 그녀는 생각했다. 마리아가 지독한 입덧에 시달렸다는 이야기 말이야. 어쩌면 부종이며 임신선이 생기는 건 아닐까. 물론 그런 이야기도 성서에서 읽은 기억은 없는데.

어딘가에 있는 벽에는 정말 그런 낙서가 새겨졌을지도 모르지. "성모 마리아의 몸에도 임신선이 있었도다." 그녀는 합성 양고기와 완두콩으로 약간의 식사를 했다. 그녀는 식탁에 혼자 앉아서 돔의 현창 너머 풍경을 힘없이 바라보았다. 그녀는 새삼 깨달았다. 일라이어스랑 애셔가 돌아오기 전에 진짜 집 안을 좀 치워놓아야겠어. 사실은 내가 뭘 해야 하는지에 대한 목록을 작성해야지.

다른 무엇보다도 지금 이 상황을 이해할 필요가 있어. 그녀는 생각했다. 그는 이미 내 안에 들어와있어. 일은 이미 벌어진 거야.

가발이 또 하나 있어야겠어. 그녀는 판단했다. 여행을 대비해 더 좋은 걸로. 지금보다 더 긴 금발로 한번 써봐야지. 빌어먹을 화학요법 같으니. 병 때문에 죽지 않는다면 아마 치료 때문에라도 죽을걸. 병 자체보다도 요법이 더 끔찍하다니까. 그녀는 씁쓸한 기분으로 생각했다. 보라고. 내가 상황을 역전시킨 거네. 하느님 맙소사, 속이 울렁거려.

그러면서 차가운 합성 식품이 놓인 접시를 들어 올리는 순간 그녀는 문득 이상한 생각에 사로잡혔다. 만약 이 모든 것이 클렘들의 계략이면 어떻게 되는 거지? 우리는 그놈들의 행성을 침공했잖아. 이제 그놈들이 반격을 하는 건지도 몰라. 그놈들이 우리가 생각하는 하느님의 수태가 어떤 것인지 알아내고서 그것에 대해 시뮬레이션하고 있는지도 몰라.

내 경우도 그런 시뮬레이션이라면 얼마나 좋을까. 그녀는 생각에 잠겼다.

다시 본론으로 돌아가보자. 그녀는 속으로 말했다. 그러니까 그놈들이 우리 정신을 읽어내거나, 또는 우리 책을 연구했다고―도대체 어떻게 그렇게 할 수 있는지는 따지지 말고―그리고 그놈들이 우리를 속였다고 치는 거야. 그러면 내 뱃속에 들어있는 것은 일종의 컴퓨터 단말기나 그 비슷한 뭔가, 혹은 일종의 무전기인지도 모르지. 내가 출입국관리소를 통과하는 장면이 눈에 선하군.

"혹시 신고하실 것이 있으십니까, 손님?"

"무전기 하나뿐인데요." 음, 그렇다면 그 무전기는 어디 있는 거지? 그녀는 생각했다. 무전기라고는 못 본 것 같은데. 음, 열심히 찾아볼 필요가 있겠어. 아니야. 그녀는 생각했다. 그건 출입국관리소가 아니라 세관에서 따질 문제지.

"이 무전기의 현 시세는 어떻게 됩니까, 손님?"

"그건 딱 꼬집어 말하기가 힘든데요." 그녀는 마음속으로 이렇게 말했다. 제 말이 믿어지지 않으시겠지만― 좀 특이한 종류예요. 아마 이런 무전기를 흔히 보시지는 못했을 거예요.

차라리 기도를 해봐야겠어. 그녀는 결심했다.

"야 님." 그녀가 말했다. "전 약하고 병들었고 겁이 납니다. 그리고 진정으로 이 일에 관여하고 싶지가 않아요." 밀수품. 그녀는 생각했다. 내가 졸지에 밀수품을 들여가게 되는 건가. "손님, 죄송합니다만 저희랑 같이 좀 가주셔야 하겠습니다. 지금부터 완전 신체 검색을 수행할 겁니다. 저희 여직원이 금방 도착할 테니 잠깐 앉아서 잡지라도 읽고 계시죠." 터무니없는 짓이라고 그들에게 말해줘야지. 그녀는 생각했다. "어머나, 세상에!" 놀란 척 꾸며대야지. "지금 제 안에 '뭐가' 있다구요? 농담이시겠죠. 아니에요. 도대체 어쩌다가 그게 여기 들어갔는지는 저도 몰라요. 도무지 알 수가 없다니까요."

그때 뭔가 이상한 기면 상태가 그녀를 엄습했다. 마치 일종의 최면 상태 같은 것이었다. 그녀는 자리에 앉아서 무의식적으로 음식을 먹고 있는 중이었는데, 뱃속의 태아가 그녀의 눈앞에 어떤 그림을 하나 펼쳐 보여주었다. 그녀의 정신과는 전혀 다른, 또 다른 정신이 바라보는 광경이었다.

그녀는 문득 깨달았다. 이것이야말로 그들이 이를 바라보는 식이구나. 이 세상의 권세자가.

그들의 눈을 통해서, 그녀는 괴물을 하나 보았다. 기독이슬람 교회와 과학 교황사절단이었다. 그들의 두려움은 그녀의 두려움과 비슷하지도 않았다. 그녀의 두려움은 노력 및 위험과 관련이 있었으며, 그녀에게 요구되는 것과 관련이 있었다. 하지만 그들은― 그녀는 그들이 빅 누들과 논의하는 것을 보았다. 빅 누들이란 지구의 정보를 처리하는 대규모의 인공지능(AI) 시스템이었으며, 정부는 이에 의존하고 있었다.

빅 누들은 데이터를 분석한 다음, 뭔가 불길한 것이 출입국관리소를 통과해 지구로 밀수되었다고 당국자들에게 알렸다. 그들의 움찔함과 혐오감을, 그녀는 느낄 수 있었다. 말도 안돼. 그녀는 생각했다. 그들의 눈을 통해 우주의 주님을 바라보다니. 그분을 낯선 뭔가로 바라보다니. 어떻게 만물을 창조하신 주님이 낯선 사물이 될 수 있지? '그러면 그들은 그분의 형상을 취하지 않은 거야.' 그녀는 깨달았다. 그게 바로 야가 내게 말해주고 있는 거야. 나는 인간이 하느님의 형상을 취했다고 항상 간주해왔으니까. 또 항상 그렇게 배웠으니까. 결국 같은 것이 같은 것을 끌어들이는 셈이지. 그렇다면 그들은 진정 스스로를 믿고 있는 거로군! 그들은 진정으로 이해하지를 못하는 거야.

외부의 우주로부터 온 괴물. 우리는 계속해서 방비를 해야해. 자칫 그것이 나타나서 출입국관리소를 통해 몰래 들어오지 않도록. 그녀는 생각했다. 그들은 얼마나 혼란스러워하고 있고, 얼마나 과녁에서 벗어나있을까. 그렇다면 그들은 내 아기를 죽이려고 들 거야. 불가능한 일이지만 사실이야. 어느 누구도 그들이 한 일이 무슨 일이었는지 그들에게 이해시키지 못할거야. 산헤드린도 예수에 관해서 똑같은 생각을 했었지. 그녀는 속으로 말했다. 이건 또 다른 열심당이로군. 그녀는 눈을 감왔다.

그들은 싸구려 공포 영화 속에서 살고 있어. 꼬마 어린이들을 두려워한다는 건 뭔가가 잘못된 거야. 어린이들을, 하다못해 그중 하나라도 뭔가 기묘하고 두려운 대상으로 바라본다는 건 말이야. 나는 이런 통찰을 원하지 않아. 그녀는 속으로 이렇게 말하며 다시 혐오를 느꼈다. 제발 치워줘. 이제는 충분히 봤으니까.

알겠어.

그녀는 생각했다. 이 일을 해야만 하는 이유가 바로 이것인가. 그들은 그들이 행하는 대로 바라보니까. 그들은 결정을 내린다. 그들은 자기 세계를 보호한다. 그들은 적대적인 침입을 저지한다. 그들에게는 이것이야말로 적대적인 침입이었다. 그들은 발광했다. 그들은 자기들을 창조하신 하느님을 죽일 것이다. 합리적인 사물이라면 결코 하지 않을 일이었다. 그리스도는 인간을 결백하게 만들기 위해서 십자가에 매달려 죽은 것이 아니었다. 그는 다만 인간이 미쳤기 때문에 죽은 것이었다. 내가 지금 보는 그대로 인간은 보고 있었다. 이것이야말로 광기의 전망이었다.

그들은 자기들이 옳은 일을 하고 있다고 생각했다.

06

지나라는 여자아이가 말했다. "내가 너 주려고 뭐 가져왔어."

"선물?" 매니는 의심도 없이 한 손을 내밀었다.

기껏해야 아이들 장난감이었다. 아이들이라면 누구나 하나쯤 갖고 있는 정보 평판이었다. 그는 크게 실망했다.

"우리가 너를 위해 특별히 만든 거야." 지나가 말했다.

"우리가 누군데?" 그는 정보 평판을 유심히 살펴보았다. 자동화된 공장에서 수십만 개는 쏟아져 나올 평판이었다. 각각의 평판에는 일반적인 초소형 회로가 들어있었다. "플로데트 씨한테도 이런 걸 벌써 하나 얻었는데." 그가 말했다. "그건 학교랑 연결되어있어."

"우리 거는 그거랑 좀 다르게 만든 거야." 지나가 말했다. "잘 갖고 있어. 그리고 플로데트 씨가 혹시 물어보면, 그 사람이 원래 준 게 이거였다고 해버려. 그 사람도 뭐가 다른지는 구분하지 못할 거야. 알았지? 우리가 만든 거에도 상표가 똑같이 붙어 있으니까." 그녀는 손가락으로 I.B.M.이라는 글자를 더듬어 보였다.

"이건 진짜로 I.B.M.에서 만든 게 아니고?" 그가 말했다.

"당연히 아니지. 한번 켜봐."

그는 평판에 있는 탭을 눌렀다. 그러자 평판의 옅은 회색 표면에 단어 하나가 붉은색으로 번쩍이며 나타났다.

발리스

"이게 바로 지금부터 네가 해결해야 할 질문이야." 지나가 말했다. "그러니까 이 '발리스'가 뭔지를 알아내는 거지. 이 평판이 너한테 내놓을 문제는 1학년 수준…… 그러니까 네가 원하기만 한다면, 더 이상의 단서도 제시해줄 거라는 뜻이야."

"마더 구스." 이매뉴얼이 말했다.

그러자 평판에 떠있던 '발리스'라는 단어는 사라졌다. 그리고 새로운 단어가 나타났다.

헤파이스토스

"키클로페스." 이매뉴얼이 곧바로 대답했다.

지나가 웃었다. "너도 이거 못지않게 빠르구나."

119

"이건 뭐랑 연결된 거야? 빅 누들은 아닌데." 그는 빅 누들을 좋아하지 않았다.

"어쩌면 이게 너한테 이야기해줄 거야." 지나가 말했다.

평판에는 이제 이렇게 나왔다.

시바

"키클로페스." 이매뉴얼이 다시 말했다. "이건 속임수야. 이건 디아나의 군대가 만든 거야."

곧바로 그 여자아이의 미소가 사라져버렸다.

"미안해." 이매뉴얼이 말했다. "절대 다시는 그 이름을 큰 소리로 말 안 할게."

"그 평판 도로 내놔." 그녀가 한 손을 내밀었다.

이매뉴얼이 말했다. "여기서 나더러 도로 내놓으라고 하면 너한테 돌려줄게." 그는 탭을 눌렀다.

안 돼

"알았어." 지나가 말했다. "그럼 계속 갖고 있게 해줄게. 하지만 너는 이게 뭔지 모르고 있어. 너는 이걸 이해하지 못하고 있다고. 이건 군대가 만든 게 아니야. 탭을 눌러봐."

그는 다시 한 번 탭을 눌렀다.

"나는—" 이매뉴얼이 말을 더듬었다.

"그건 다시 너한테 되돌아올 거야." 지나가 말했다. "이걸 통해서 말이지. 이걸 사용해. 내 생각에는 일라이어스한테도 말하지 않는 쪽이 나을 거야. 그 사람도 마찬가지로 이해를 못할 테니까."

이매뉴얼은 아무 말도 하지 않았다. 그건 어디까지나 자기 스스로가 결정해야 할 문제였다. 중요한 것은 그의 선택을 다른 사람이 대신 하도록 내버려두지 않는 것이었다. 그리고 기본적으로 그는 일라이어스를 신뢰했다. 그는 지나도 신뢰하고 있을까? 그로선 확신할 수가 없었다. 그는 그녀의 내부에 여러 가지의 본성이, 다양한 정체성이 있음을 감지했다. 궁극적으로 그는 이 가운데 진짜를 가려낼 것이었다. 진짜가 거기 있음을 알긴 했지만 속임수 때문에 가려져있었다. 그게 누굴까. 그는 자문했다. 누가 이런 속임수를 쓰는 걸까? 그 책략가는 어떤 존재일까. 그는 탭을 눌렀다.

춤추기

이 단어를 보자 그는 맞다는 듯 고개를 끄덕였다. 춤추기가 분명히 정답이었다. 머릿속에서 그녀가 춤추는 것을 볼 수 있었다. 모든 군대와 함께. 그들의 발밑에서는 풀이 불타고 있었으며, 그을린 흔적이 남았다. 사람들의 정신은 혼란스러웠다. 너는 나를 혼란스럽게 만들지 못해. 그는 속으로 말했다. 네가 시간을 제어할 수 있다 해도. 왜냐하면 나 역시 시간을 제어하기 때문이지. 어쩌면 너보다도 훨씬 더 잘.

그날 저녁식사 시간에 그는 일라이어스 테이트와 함께 발리스에 관해 논의했다.

"그거 나도 보여줘." 이매뉴얼이 말했다.

"그건 아주 오래된 영화인데." 일라이어스가 말했다.

"그래도 최소한 도서관에서 테이프를 빌릴 수는 있잖아. 그나저나 '발리스VALIS'가 무슨 뜻이야?"

"거대 활성 생체 지능 시스템Vast Active Living Intelligence System의 약자야."* 일라이어스가 말했다. "그 영화는 거의 모두가 허구야. 20세기 후반의 어느 록 가수가 만든 거지. 그의 이름은 에릭 램턴이었는데, 본인은 마더 구스라는 예명을 사용했어. 그 영화에는 미니의 동시성 음악이라는 게 들어있는데 그 음악은 오늘날까지의 모든 현대 음악에 상당한 영향을 끼쳤지. 그 영화에 있는 정보 가운데 상당수는 그 음악을 통해서 잠재의식에 전달되는 거야. 그 무대는 대체 역사상의 미국이지. 거기서는 페리스 F. 프리마운트라는 남자가 대통령이고."

이매뉴얼이 말했다. "그런데 발리스가 뭐야?"

---

* 이하는 필립 K. 딕의 '발리스 3부작' 가운데 첫 편인 『발리스』에 나오는 동명 영화의 내용에 해당한다.

"인공지능 위성이야. 그게 홀로그램을 투사하면 사람들은 그걸 현실로 받아들이는 거지."

"그러면 현실 발생기인 거네."

"그래." 일라이어스가 말했다.

"그러면 그 현실은 진짜인 거야?"

"아니. 내가 홀로그램이라고 그랬잖아. 인공위성이 사람들에게 보여주고 싶은 게 있으면, 결국 그걸 사람들 눈앞에 나타나게 하는 거지. 그 영화의 핵심은 바로 그거야. 환영의 위력에 관한 연구인 거지."

자기 방으로 가면서, 이매뉴얼은 지나한테 받은 평판을 집어들고 탭을 눌렀다.

"뭐 하고 있니?" 일라이어스가 그의 뒤로 다가와서 물었다.

평판에는 단어가 하나 나타났다.

아니

"정부랑 연결된 물건이잖아." 일라이어스가 말했다. "그걸 써봐야 좋을 게 없어. 그렇잖아도 플로데트가 너한테 하나 줄 것 같더라니." 그가 그 물건 쪽으로 손을 뻗었다. "이리 줘라."

"갖고 있을래." 이매뉴얼이 말했다.

"이런 세상에. 거기에 I.B.M.이라고 적혀있잖아! 도대체 이게 너한테 무슨 말을 해줄 것 같으냐? 진실? 정부가 이제껏 누구한테 진실에 관해 한마디라도 해준 것 같아? 그놈들이 네 엄마를 죽이고, 네 아빠를 냉동 대기 상태로 만들었는데. 얼른 이리 내라니까, 젠장."

"이걸 가져가버리면 그 사람들이 또 하나 줄 텐데." 이매뉴얼이 말했다.

"아마 그렇겠지." 일라이어스가 손을 치웠다. "하지만 거기 나오는 말을 믿으면 안 돼."

"여기서는 발리스에 대해서 당신이 한 말이 틀렸다고 하던데." 이매뉴얼이 말했다.

"어떤 면에서?"

이매뉴얼이 말했다. "그냥 '아니'라고 하던데. 그것 말고 다른 말은 더 안 했어." 그는 다시 탭을 눌렀다.

너

"도대체 뭐라는 거야?" 일라이어스는 어리둥절해 하면서 말했다.

"나도 몰라." 이매뉴얼은 솔직하게 말했다. 그는 생각했다. 앞으로도 이걸 계속 써야지.

곧이어 그는 생각했다. 그것이 나를 속이고 있구나. 그것이 마치 움직이는 불처럼 길을 따라 춤을 추면서, 멀리, 더 멀리, 더 멀리 어둠 속으로 나를 이끌고 또 이끌고 있구나. 그러다가 어둠이 도처에 깔리면 움직이는 불은 꺼져버리겠지. 나는 너를 알아. 그는 평판을 향해 생각했다. 나는 네가 어떻게 일하는지 알아. 나는 따르지 않을 거야. 너는 반드시 '내게' 와야 해.

그는 탭을 눌렀다.

나를 따라와

"어느 누구도 돌아오지 못할 곳으로." 이매뉴얼이 말했다.

저녁식사를 하고 나서, 이매뉴얼은 한동안 홀로스코프를 가지고 일라이어스의 가장 귀중한 재산을 바라보았다. 그 물건이란 바로 성서였는데, 홀로그램 안에서 여러 개의 층을 서로 다른 깊이로 표현한 것이었다. 각각의 층은 연대에 따라 놓여있었다. 성서의 전체 구조가 3차원의 코스모스로 형성되어있어서, 어떤 각도에서나 바라보고 그 내용물을 읽을 수 있었다. 관찰하는 축의 경사도에 따라서 서로 다른 메시지를 추출할 수도 있었다. 따라서 성서에서는 끝없이 변화하는 지식이 무한정으로 산출되었다. 그야말로 놀라운 미술품이었으며, 보기에도 아름다웠고, 그 색깔의 진동은 믿을 수가 없을 정도였다. 전체적으로는 붉은색과 황금색의 진동이 일어났고, 푸른색의 줄이 곁들여졌다.

그 색깔의 상징성은 아무렇게나 정해진 것이 아니라, 중세 초기의 로마네스크 회화 때까지 거슬러 올라간다. 붉은색은 항상 성부를 상징했다. 푸른색은 성자의 색깔이었다. 그리고 황금색은 바로 성령의 색깔이었다. 초록색은 선택된 민족의 새

생명을 상징하는 것이었다. 보라색은 애도의 색깔이었다. 갈색은 인내와 고통의 색깔이었다. 흰색은 빛의 색깔이었다. 그리고 마지막으로 검은색은 어둠의 권세의 색깔이었으며, 죽음과 죄의 색깔이었다.

시간 축을 따라 있는 성서에 의해 만들어진 홀로그램에서 이모든 색깔을 찾아볼 수 있었다. 성서의 본문이 있는 대목과 병행해서 복잡한 메시지가 만들어지고, 치환되고, 다시 만들어졌다. 이매뉴얼은 이 홀로그램을 보면서 싫증난 적이 한 번도 없었다. 일라이어스에게나 그에게나 이것은 다른 모든 홀로그램을 능가하는 최고의 홀로그램이었다. 기독이슬람 교회는 성서를 색깔 코드 홀로그램으로 변형시키는 것을 승낙하지 않았으며, 그 제조와 판매를 모두 금지했다. 따라서 일라이어스는 이 홀로그램을 직접, 허가 없이 만들었다.

이것은 또한 개방형 홀로그램이기도 했다. 새로운 정보를 입력할 수도 있었다. 이매뉴얼은 이에 관해 궁금하게 생각했지만, 아무 말도 하지 않았다. 그는 뭔가 비밀이 있음을 감지했다. 일라이어스도 그에게 답해줄 수 없을 것이므로, 그는 아예 물어보지도 않았다.

그가 할 수 있는 일이라고는 홀로그램에 연결된 키보드를 이용해서 성서의 몇 가지 중요한 단어를 입력하는 것뿐이었다. 그러면 홀로그램은 그 인용문의 시점에서 공간 축을 따라서 일렬로 다시 늘어섰다. 그리하여 성서의 모든 본문을 방금 입력한 정보와의 관계 속에서 집중적으로 살펴볼 수 있게 했다.

"내가 새로운 걸 거기 입력하면 어떻게 돼?" 어느 날 그는 일라이어스에게 물었다.

일라이어스는 단호하게 대답했다. "절대 하지 마."

"하지만 기술적으로는 가능하잖아."

"안 될 거야."

소년은 종종 이것이 궁금했다.

기독이슬람 교회가 성서를 색깔 코드 홀로그램으로 변환하는 것을 허락하지 않았음은 물론 그도 알고 있었다. 시간 축을, 그러니까 진정한 깊이의 축을 점차적으로 기울여서, 일련의 층들을 서로 중첩되게 만들면 수직의 메시지―새로운 메시지―를 읽을 수 있었다. 이런 방식으로 소년은 언제든 성서와의 대화 속으로 들어갈 수 있었다. 성서가 살아 움직이게 된 것이다. 이제 성서는 결코 똑같은 말을 두 번 하지 않는, 지각력 있는 유기체가 되었다. 하지만 기독이슬람 교회는 물론 성서와 코란 양쪽 모두가 영원히 굳어진 채로 있길 바랐다. 만약 성서가 교회의 지배하에서 벗어난다면, 그들의 독점도 와해될 것이기 때문이었다.

중첩은 중요한 요인이었다. 그리고 정교한 중첩은 오로지 홀로그램 속에서만 이루어질 수 있었다. 하지만 그는 오래전에 한 번, 성서가 이와 같은 방식으로 해독된 적이 있었음을 알고 있었다. 이에 관해 물어보자 일라이어스는 입을 굳게 다물었다. 결국 소년은 그 문제를 다시 입에 올리지 않았다.

한 해 전에 교회에서 매우 민망한 사건이 일어났었다. 일라이어스는 목요일 아침 미사에 이매뉴얼을 데리고 참석했다. 견진성사를 받지 않았기 때문에, 이매뉴얼은 성체를 받을 수 없었다. 회중 가운데 다른 사람들이 모두 난간에 모여있는 동안 이매뉴얼은 자리에 남아 고개를 숙이고 기도를 해야 했다. 사제가 성배를 들고 이 사람에게서 저 사람에게로 움직이면서 축성한 포도주에 제병을 담갔다 꺼내며 이렇게 말할 때였다. "우리 주 예수 그리스도의 피라, 당신을 위하여 흘리신……" 바로 그때 이매뉴얼이 자리에서 벌떡 일어나 또렷하면서도 차분하게 말했다.

"거기에는 피가 없어. 몸도 없고."

사제는 동작을 멈추고 지금 말한 이가 누구인지 살펴보았다.

"당신은 아무런 권한도 없어." 이매뉴얼이 말했다. 이 말과 함께 소년은 몸을 돌려 교회에서 걸어 나갔다. 일라이어스는 차 안에 앉아서 라디오를 듣고 있는 소년을 발견했다.

"그럼 안 돼." 집으로 오는 차에서 일라이어스가 말했다. "그들한테 그런 식으로 말해서는 안 된다고. 그러면 그들이 네 파일을 열어 볼 거고, 그거야말로 우리가 전혀 원하지 않는 일이니까." 그는 격분해있었다.

"난 똑똑히 봤어." 이매뉴얼이 말했다. "그건 기껏해야 제병과 포도주일 뿐이었어."

"너는 그 사건을 말하는 거지. 외적 형태를 말이야. 하지만 그 본질은—"

"눈에 보이는 외양 말고 다른 형태는 없어." 이매뉴얼이 말했다. "기적은 없었어. 그 사제는 사제가 아니었으니까."

이 말 뒤에 두 사람은 아무 말 없이 차를 타고 갔다.

"그러면 너는 성변화의 기적을 부정한다는 거냐?" 그날 밤에 소년을 재우면서 일라이어스가 물었다.

"나는 그 기적이 오늘 일어났다는 걸 부정하는 거야." 이매뉴얼이 말했다. "바로 그 장소에서 일어났다는 걸 말이야. 나는 두 번 다시 거기 가지 않을 거야."

"내가 너한테 원하는 건 말이다." 일라이어스가 말했다. "제발 뱀처럼 지혜롭고 비둘기처럼 순결하란 거란다."*

이매뉴얼은 그를 바라보았다.

"그들이 죽인—"

"그들은 나에게 아무 힘도 쓸 수 없어." 이매뉴얼이 말했다.

"그들은 너를 파괴할 수 있어. 또 한 번 사고를 조작할 수도 있고. 내년에는 내가 너를 학교에 보내야만 해. 다행히도 두뇌 손상 때문에 너는 일반 학교에는 가지 않아도 돼. 내 생각에 어쩌면 그들은—" 일라이어스는 말을 잇지 못하고 머뭇거렸다.

이매뉴얼이 말을 마무리했다. "나한테서 두뇌 손상 외에 또 다른 뭔가가 있기만 하면 보고할 거다, 이거지."

"그래."

"그러면 두뇌 손상도 그들이 조작한 거야?"

"그건…… 아마도."

---

* 마태복음 10장 16절의 인용.

"이것도 유용한 것 같은데." 그는 생각했다. 내가 진짜 이름만 안다면. "그런데 당신은 왜 내 이름을 말할 수 없어?" 그가 일라이어스에게 물었다.

"네 엄마는 말했지." 일라이어스는 에둘러 대답했다.

"우리 엄마는 죽었잖아."

"너도 직접 말할 수 있게 될 거야, 언젠가는."

"나는 기다릴 수가 없어." 문득 낯선 생각이 엄습했다. "혹시 우리 엄마가 죽은 게 내 이름을 말했기 때문인 거야?"

"아마도." 일라이어스가 말했다.

"그리고 당신이 내 이름을 말하지 않는 이유도 바로 그것 때문인 거야? 그렇게 하면 당신이 죽을까봐? 하지만 그건 나를 죽이지는 못할 텐데."

"그건 일반적인 의미에서의 이름이 아니야. 명령이라고."

이 모든 문제는 그의 마음에 줄곧 남아있었다. 단순한 이름이 아니라 명령인 이름이라. 문득 그는 동물에게 이름을 지어주었던 아담을 생각했다. 문득 그 일이 궁금해졌다. 성서에는 이렇게 나와있었다.

> ……아담이 무엇이라 부르나 보시려고 그것들을 그에게로
> 이끌어 가시니……*

---

* 창세기 2장 19절.

"그러면 하느님은 인간이 그것들을 뭐라고 부를지 몰랐던 거야?" 그는 어느 날 일라이어스에게 물었다.

"언어는 오로지 인간만 가진 거야." 일라이어스가 설명했다. "오로지 인간만 언어를 낳을 수 있어. 그리고—" 그는 소년을 주의 깊게 바라보았다. "인간이 피조물에 이름을 붙였을 때, 인간은 피조물에 대한 지배권을 수립한 셈이지."

당신이 이름을 붙이면 당신은 지배하는 것이다. 이매뉴얼은 문득 깨달았다. 따라서 아무도 내 이름을 부르지 못하는 거구나. 왜냐면 어느 누구도 나를 지배하지—또는 지배할 수 있지—못하기 때문이구나. "하느님은 아담과 일종의 게임을 하고 있었군, 그러면." 그가 말했다. "인간이 과연 피조물의 정확한 이름을 알고 있는지를 알고 싶었던 거야. 인간을 시험하고 있었던 거지. 하느님은 게임을 즐겨."

"거기에 대해서는 나도 정답을 알고 있는지 잘 모르겠다." 일라이어스가 말했다.

"나는 물어본 거 아니야. 그냥 말한 거지."

"그건 보통 하느님에게 수반되는 뭔가는 아닌데."

"그러면 하느님의 본성은 알려졌다는 이야기군."

"그분의 본성은 '안' 알려져 있어."

이매뉴얼이 말했다. "그는 게임과 놀이를 즐겨. 성서에서는 그가 쉬었다고 나오지만, 나는 그가 놀이를 했다고 말하는 거야."

그는 이 사실을 성서의 홀로그램 안에 입력하고 싶었다. 일종의 부록으로 말이다. 하지만 그래서는 안 된다는 사실을 알고 있었다. 만약 그렇게 한다면 전체 홀로그램은 어떻게 바뀔까? 그는 궁금한 생각이 들었다. 하느님께서 재미있는 스포츠를 즐겼다는 구절을 토라에 덧붙이면…… 이상하군. 그는 생각했다. 내가 그 구절을 덧붙일 수가 없다니 말이야. 누군가는 반드시 그걸 덧붙여야 하는데. 그건 거기 들어있어야 해. 성서 속에. 언젠가는 말이야.

이매뉴얼은 추한 모습으로 죽어가는 개 한 마리로부터 고통과 죽음에 관해 배웠다. 그 개는 차에 치어 길가에 쓰러져있었다. 가슴은 짓뭉개지고 입에는 피거품이 부글거렸다. 그가 상체를 굽히고 내려다보자 개는 마치 유리알 같은 눈으로 그를 바라보았다. 이미 다음 생을 본 듯한 눈으로.

개가 하는 말을 이해하려고 그는 한 손을 그놈의 덥수룩한 꼬리에 갖다 댔다. "누가 너한테 이런 죽음을 명령한 거니?" 그가 개에게 물었다. "너는 무슨 일을 한 거니?"

"나는 아무 일도 안 했어." 개가 대답했다.

"하지만 이건 가혹한 죽음이잖아."

"그렇기는 하지만." 개가 말했다. "나는 아무 잘못이 없어."

"이제껏 뭘 죽인 적도 없었어?"

"아, 그래. 내 턱은 애초에 뭔가를 죽이게끔 만들어졌어. 나는 더 작은 것들을 죽이기 위해 존재하는 거라고."

"너는 먹기 위해서, 혹은 재미를 위해서 뭔가를 죽인 적이 있었니?"

"나는 재미를 위해서 죽였어." 개가 그에게 말했다. "그건 게임이었어. 그건 내가 하는 게임이었다고."

이매뉴얼이 말했다. "나는 그런 게임에 관해서는 전혀 몰랐어. 왜 개들은 뭔가를 죽여야 하고, 왜 개들은 죽어야 하지? 왜 그런 게임이 있는 거지?"

"그런 미묘함은 나한테는 아무 의미가 없어." 개가 그에게 말했다. "나는 죽이기 위해 죽이는 거야. 나는 죽어야 하기 때문에 죽는 거야. 그건 필연이야. 그 법칙이 곧 최종 법칙인 거라고. 그럼 너는 그 법칙에 따라서 살고, 죽이고, 또 죽지 않는다는 거야? 당연히 너도 그럴 거야. 너 역시 피조물이니까."

"나는 내가 원하는 것만 해."

"그럼 너는 거짓말을 하는 거구나." 개가 말했다. "자기가 원하는 것만 할 수 있는 존재는 하느님뿐이야."

"그러면 나는 분명 하느님인가보지."

"네가 정말 하느님이면, 어디 나를 낫게 해봐."

"하지만 너는 법칙 아래에 있잖아."

"너는 하느님이 아니야."

"하느님은 법칙을 의도하는 거야, 바둑아."

"결국 네 입으로 그렇게 말한 거잖아. 네가 던진 질문에 너 스스로가 대답한 거라고. 그럼 이제 나를 가만 죽게 내버려둬."

개의 죽음에 관한 이야기를 그로부터 들은 일라이어스는 이렇게 말했다.

가라, 이방인아, 라케다이몬에 가서 말하라,

여기, 그대의 명령에 순종하여 우리가 쓰러졌다고.[*]

"테르모필레에서 죽은 스파르타인을 위한 시지." 일라이어스
가 말했다.

"근데 왜 그 이야길 나한테 하는 거야?" 이매뉴얼이 말했다.

일라이어스가 말했다.

가서 스파르타인에게 말하라, 지나가는 길손이여,

여기, 그들의 법률에 순종하여 우리가 쓰러졌다고.

"개 이야기였군." 이매뉴얼이 말했다.

"개를 말한 거지." 일라이어스가 말했다.

"도랑 속에서 죽은 개와 테르모필레에서 죽은 스파르타인 사
이에는 아무런 차이가 없어." 이매뉴얼은 이해했다. "전혀." 그
가 말했다. "무슨 말인지 알았어."

"왜 스파르타인이 죽었는지를 네가 이해할 수 있다면, 너는
모두를 이해할 수 있을 거야."

거기 지나가는 길손아, 잠시 멈추어라,

여기 있는 우리는 스파르타의 법칙에 순종했노라.

---

[*] 테르모필레 전투에서 사망한 스파르타인들을 위해 건립한 묘비에 새겨진 추모
시로, 케오스의 시모니데스가 썼다고 전한다. 아래의 인용문들은 모두 같은 내
용이지만, 서로 다른 영어 번역본에서 인용했기 때문에 뉘앙스가 다르다.

"혹시 개를 위한 2행시는 없어?" 이매뉴얼이 물었다.

일라이어스가 말했다.

　　과객이여, 이를 기록하라,
　　스파르타인처럼, 개도 그러했느니라.

"고마워." 이매뉴얼이 말했다.

"그나저나 그 개가 마지막으로 한 말이 뭐였다고?" 일라이어
스가 말했다.

"그 개가 그랬어. '이제 나를 죽게 내버려둬.'"

일라이어스가 말했다

　　Lasciatemi morire!
　　E chi volete voi che mi conforte
　　In cosi dura sorte,
　　In cosi gran martire?

"무슨 뜻이야?" 이매뉴얼이 말했다.

"바흐 이전에 나온 음악 중에서도 가장 아름다운 곡이지." 일
라이어스가 말했다. "몬테베르디의 마드리갈*인 〈아리아드네의
탄식〉이야.** 이런 내용이지."

---

* 16세기에 유행한, 보통 반주 없이 여러 명이 부르게 만든 노래.
** 지금은 전해지지 않는 몬테베르디의 오페라 〈아리아드네〉(1608)에서 유일하게
　남은 아리아다. 그리스 신화에서 영웅 테세우스에게 버림받은 아리아드네의 비
　탄이 드러난 노래다.

나를 죽게 내버려두오!

그대 생각에, 누가 위로할 수 있겠는가

이 가혹한 불운 속에,

이 슬픈 고통 속에 있는 나를.

"그럼 그 개의 죽음은 고급 예술이었네." 이매뉴얼이 말했다. "이 세상에서 최고급 예술 말이야. 아니면 최소한 고급 예술 속에서, 혹은 그것에 의해서 경축되고 기록된 거로군. 그럼 나는 가슴이 짓뭉개진 채 늙고 추한 모습으로 죽은 개에게서 고귀함을 봐야 했던 건가?"

"네가 몬테베르디를 믿는다면, 그래." 일라이어스가 말했다. "그리고 몬테베르디를 숭배하는 사람들을 믿는다면 말이야."

"탄식에는 뭔가가 더 있는 거야?"

"그래, 하지만 그건 적용되지 않아. 테세우스가 아리아드네를 떠났거든. 보답을 받지 못한 사랑인 거지."

"어느 쪽이 더 끔찍할까?" 이매뉴얼이 말했다. "도랑 속에서 죽어가는 개 쪽일까, 아니면 남자한테 버림받은 아리아드네 쪽일까?"

일라이어스가 말했다. "아리아드네의 고통은 일종의 상상이었지만 개의 고통은 진짜였지."

"그러면 개의 고통이 더 심했다는 거로군." 이매뉴얼이 말했다. "그게 더 크나큰 비극이었던 거야." 그는 이해했다. 그리고 이상하게도 그는 만족스러운 느낌이 들었다. 추한 모습으로 죽어가는 개가 고대 그리스의 고전 속 인물보다 더 가치가 높은 곳이야말로 훌륭한 우주였기 때문이다. 문득 기울어졌던 천칭이, 그 모두를 재는 저울이 알아서 똑바로 바로잡히는 느낌이 들었다. 그는 우주의 정직성을 느꼈고, 혼란은 그에게서 떠나갔다. 하지만 보다 중요한 사실은 개가 자신의 죽음을 이해하고 있었다는 점이었다. 어쨌거나 그 개는 몬테베르디의 음악을 들은 적도, 테르모필레의 돌기둥에 적힌 2행시를 읽은 적도 없었을 텐데 말이다. 고급 예술은 죽음에서 살아난 사람보다는 오히려 죽음을 바라본 사람들을 위한 것이었다. 한 컵의 물이란 죽어가는 피조물에게나 더욱 중요한 법이다.

"네 엄마는 특정한 형태의 예술을 혐오했었지." 일라이어스가 말했다. "특히 린다 폭스를 싫어했어."

"린다 폭스 노래 좀 틀어줘." 이매뉴얼이 말했다.

일라이어스는 오디오테이프 하나를 테이프 송수신기에 집어넣었다. 그리고 이매뉴얼과 함께 귀를 기울였다.

더는 울지 마라, 슬픈 분수여
너 무엇—

"됐어." 이매뉴얼이 말했다. "꺼버려." 그는 양손으로 귀를 막았다. "정말 끔찍해." 그가 몸서리쳤다.

"왜 그래?" 일라이어스가 한 팔로 소년을 안아 올려서 꼭 끌어안아주었다. "네가 이렇게 화내는 모습은 처음 본다."

"그 사람은 엄마가 죽어가는 중에도 그걸 듣고 있었어!" 이매뉴얼은 일라이어스의 턱수염 기른 얼굴을 빤히 바라보았다.

기억났어. 이매뉴얼은 속으로 말했다. 난 내가 누군지 기억하기 시작한 거야.

일라이어스가 말했다. "그게 뭐지?" 그는 소년을 다시 꼭 끌어안았다.

그 일이 벌어지고 있구나. 이매뉴얼은 깨달았다. 마침내. 그것이야말로 내가―나 자신이―준비되었다는 신호 가운데 첫 번째로구나. 언젠가는 그것이 촉발될 줄 알았지.

두 사람은 서로의 얼굴을 물끄러미 바라보았다. 아이나 어른이나 모두 말이 없었다. 이매뉴얼은 몸을 떨면서 나이 많고 수염이 난 남자에게 매달렸다. 그는 떨어지지 않을 작정이었다.

"두려워하지 마." 일라이어스가 말했다.

"엘리야." 이매뉴얼이 말했다. "당신은 먼저 오는 엘리야인 거야. 크고 두려운 날이 오기 전에."*

일라이어스는 소년을 안은 채 부드럽게 어르며 말했다. "그 날에 대해서는 아무것도 두려워할 게 없어."

"하지만 '그자'는 두려워하잖아." 이매뉴얼이 말했다. "우리가 증오하는 그 대적자 말이야. 그의 때가 온 거야. 이제 앞으로 무슨 일이 벌어질지 알고 있으니까."

"들어봐." 일라이어스가 나지막이 말했다.

---

* 말라기 4장 5절의 인용. 이 책의 8장 말미를 참고.

너 아침의 아들 계명성이여 어찌 그리 하늘에서 떨어졌으며

너 열국을 엎은 자여 어찌 그리 땅에 찍혔는고!

네가 네 마음에 이르기를

내가 하늘에 올라

하느님의 뭇 별 위에 내 자리를 높이리라

내가 북극 집회의 산 위에 앉으리라

가장 높은 구름에 올라가

지극히 높은 이와 같아지리라 하는도다

그러나 이제 네가 스올 곧 구덩이

맨 밑에 떨어짐을 당하리로다

너를 보는 이가 주목하여

너를 자세히 살펴보며 말하기를……*

"무슨 말인지 알았지?" 일라이어스가 말했다. "그는 여기 있어. 이곳은 그의 영토야. 이 작은 세계는 말이야. 지금으로부터 2000년 전에 그는 이곳을 자기 요새로 만들고, 일찍이 이집트에서 그랬던 것처럼 사람들을 가둘 감옥을 만들었지. 2000년 동안이나 사람들은 울부짖었지만 아무런 대답도, 아무런 도움도 받을 수 없었어. 그가 그들을 모두 붙잡고 있었지. 그리고 그는 안전하다고 생각했던 거야."

이매뉴얼은 노인을 부둥켜안고 울기 시작했다.

---

* 이사야 14장 12~16절. 이 대목은 사탄이 하느님의 권위에 도전했다가 패배하여 추방당하는 장면을 묘사한 구절로 유명하다.

"아직도 겁이 나니?" 일라이어스가 말했다.

이매뉴얼이 말했다. "나는 그 사람들과 함께 우는 거야. 나는 우리 엄마랑 함께 우는 거야. 나는 울지도 않고 죽어가던 그 개와 함께 우는 거야. 나는 그들을 '위해서' 우는 거야. 그리고 하늘에서 추락한 벨리알, 그 계명성을 위해서 우는 거야. 하늘에서 추락해 이 모두를 시작하는 자를 위해서."

그리고— 그는 생각했다. 나 자신을 위해서 우는 거야. 내가 바로 우리 엄마야. 내가 바로 죽어가던 그 개이며 곧 고통 받는 사람들인 거야. 그리고 나는—. 그는 생각했다. 나는 바로 그 계명성인 거야…… 심지어 벨리알인 거야. 나는 바로 그것이며, 또한 그것이 되는 바이니까.

노인은 소년을 꼭 끌어안았다.

07

기독이슬람 교회를 이루는 방대한 조직망의 최고 성직자인 풀턴 스테이틀러 함스 추기경에게는 평생 동안 도무지 알 수 없는 한 가지가 있었다. 어째서 특별 비자금이 자기 애인의 비용을 감당할 만큼 충분하게 집행되지 않느냐는 것이었다.

전속 이발사가 천천히, 그리고 조심스럽게 면도를 해주는 동안 그는 생각에 잠겼다. 어쩌면 디어드리의 씀씀이에 내가 너무 관대했기 때문인지도 모르지.

원래는 그녀가 먼저 그에게 접근했고—그 자체만으로도 결코 쉬운 일은 아니었는데, 그러기 위해서는 C.I.C.의 위계질서를 한 칸 한 칸 올라와야 했기 때문이다—한 번도 주춤하지 않고 꼭대기까지 곧장 위로 올라왔다. 그 당시에 디어드리는 W.C.L.F., 즉 세계 시민 자유 포럼을 대표하고 있었으며, 따라서 온갖 권력의 오남용 사례에 관한 목록을 갖고 있었다. 그의 입장에서는 그때도 어딘가 기억이 흐릿했고 지금도 여전히 기억이 흐릿하지만, 여하간 두 사람은 결국 한 침대에 들게 되었다. 그리고 이제 디어드리는 공식적으로 그의 휘하에서 비서실장으로 일하고 있었다.

그녀는 이 일을 하면서 두 가지 봉급을 받고 있었다. 눈에 보이는 봉급은 그녀의 직책에 따라오는 것이었고, 눈에 안 보이는 봉급은 그가 재량껏 쓸 수 있는 막대한 계좌로부터 나오는 것이었다. 이 모든 돈이 디어드리에게 입금된 이후에 과연 어디로 빠져나가는지에 관해서는 그 역시 털끝만큼도 아는 바가 없었다. 회계 업무는 그의 특기인 적이 한 번도 없었으니까.

"옆에 있는 이 회색 머리카락에 섞여있는 노란색 머리카락을 제거하고 싶으신 거죠, 안 그렇습니까?" 전속 이발사가 말하며 병 속의 내용물을 흔들었다.

"그렇게 하게." 함스가 이렇게 말하며 고개를 끄덕였다.

"예하께서 보시기에는 레이커스가 연패에서 벗어날 것 같으십니까?" 전속 이발사가 물었다. "그러니까 제 말은요, 그 팀에서 그 이름이 뭐라던가 하는 선수를 영입했지 않았습니까. 키가 9피트 2인치더군요. 그 팀에서 키우지만 않았어도—"

함스는 자기 한쪽 귀를 손가락으로 톡톡 두들기면서 말했다. "뉴스는 나도 듣고 있다네, 아널드."

"아, 예. 지당하신 말씀이십니다, 어르신." 이발사 아널드는 이렇게 말하며 최고 성직자의 회색 머리카락에 탈색제를 뿌렸다. "하지만 제가 여쭙고 싶은 것은 또 있습니다. 동성애자 사제들 말입니다. 성서에서는 동성애를 금지하지 않습니까? 그러니 저로선 어떻게 사제가 동성애를 행할 수 있는지 이해가 가지 않습니다."

함스가 듣고 싶어했던 뉴스는 과학 교황사절단의 고위 행정관인 니콜라스 불코프스키의 건강에 관한 것이었다. 엄숙한 철야 기도가 공식적으로 이루어졌지만, 그럼에도 불구하고 불코프스키의 건강은 계속 악화되었다. 함스는 비밀리에 자신의 주치의를 보내 행정관의 급박한 상황을 돌보고 있는 전문가들의 팀에 합류하게 했다.

불코프스키는 헌신적인 기독교인이었고, 이 사실은 함스 추기경뿐만 아니라 교황청 전체가 아는 사실이었다. 그는 카리스마적인 복음전도자 콜린 파심 박사 덕분에 회심했다. 파심 박사는 부흥회 때마다 자기 안에 거하는 성령의 힘을 극적으로 강조하기 위해 하늘을 날아다니곤 했다.

물론 파심 박사도 이제 예전 같지 않았는데, 프랑스 메츠에 있는 대성당의 커다란 스테인드글라스 창문을 날아서 통과한 이후로 변해버렸다. 그 이전까지만 해도 그는 가끔 한 번씩만 방언으로 말했지만, 이제는 오로지 방언으로만 말을 했다. 그로부터 영감을 얻은 어느 인기 있는 코미디언은 파심 박사의 말을 대중이 이해하기 위해서는 영어-방언 사전이 따로 있어야 한다고 빈정거렸다. 그 일로 인해서 경건한 사람들 사이에서는 분노가 일어났고, 함스 추기경 역시 자기 탁상 달력 어딘가에

이 문제에 대한 메모를 적어두기도 했었다. 나중에 언젠가 기회가 된다면 문제의 코미디언을 파문시키라는 내용이었다. 하지만 평소와 마찬가지로 그는 이처럼 사소한 문제는 그냥 지나쳐버리고 말았다.

함스 추기경은 대부분의 시간을 비밀 활동에 사용했다. 그는 거대한 인공지능 시스템인 빅 누들에 성 안셀무스의 『프로슬로기온』을 입력했다. 오랫동안 불신되었던 하느님의 존재에 관한 존재론적 증명을 부활시킬 수 있을까 해서였다.

그는 다시 안셀무스에게로, 시간의 누적에도 결코 손상되지 않은 그 논증의 원래 문장으로 돌아갔다.

이해된 것은 무엇이든지 간에 반드시 지성 속에 있어야 한다. '그것보다 더 큰 것은 결코 상상조차 할 수 없는 것'은 지력에만 존재할 수는 없다. 왜냐하면 그것이 오로지 지력 속에만 존재한다면, 그것은 또한 현실 속에도 존재하는 것으로 상상할 수 있고, 이것은 여전히 더 커다란 존재를 상상하는 것이기 때문이다. 그런 경우에, 만약 '그것보다 더 큰 것은 결코 상상조차 할 수 없는 것'이 단순히 지성 내에만 있다면(그리고 현실에는 있지 않다면) 이 똑같은 존재는 누군가가 더 커다란 것을 상상할 수 있는 어떤 것이다(즉 지성과 현실 모두에 존재하는 것이다). 이것은 모순이다. 따라서 '그것보다 더 큰 것은 결코 상상조차 할 수 없는 것'이 지성과 현실 양쪽 모두에 존재해야 한다는 데에는 의심의 여지가 없다.*

하지만 빅 누들은 아퀴나스와 데카르트와 칸트와 러셀에 대해서는 물론이고, 이들의 비판에 대해서도 모두 알았다. 또한 이 인공지능 시스템은 상식도 보유하고 있었다. 빅 누들은 함스를 향해 안셀무스의 논증은 이치에 닿지도 않는다고 지적하면서, 그 이유를 한 페이지 한 페이지 분석해서 그의 앞에 내놓았다. 그러자 함스는 빅 누들의 분석을 편집해서 빼버리고, 하츠혼과 맬컴이 안셀무스를 옹호하기 위해 내놓은 주장을 이용했다.** 즉 하느님의 존재는 논리적으로 필연이거나, 또는 논리적으로 불가능하거나, 둘 중 하나라는 것이었다. 아직까지는 불가능하다는 사실이 증명되지 않았으므로—즉 그런 실체의 개념이 자기모순으로 증명되지는 않았으므로—우리는 필요에 따라서라도 반드시 하느님이 존재한다는 결론을 내려야 한다는 것이다.

이 따분한 주장을 붙들고 늘어진 함스는 그 사본을 한 부 만들어서 직통 편으로 와병 중인 최고 행정관에게 보냈으니, 이는 공동 통치자에게 새로운 활기를 불어넣기 위한 수단이었다.

"그러면 이제는 자이언츠 이야기를 해보죠." 이발사 아널드

---

*『프로슬로기온』 제2장.
** 철학자 찰스 하츠혼(1897~2000)은 저서인 『하느님에 대한 인간의 비전』(1941)에서, 그리고 철학자 노먼 맬컴(1911~1990)은 저서인 『지식과 확실성』(1963)에서 각각 안셀무스의 존재론적 신 증명을 다루어서 학계의 관심을 새로이 불러일으킨 바 있다.

가 추기경의 머리카락에서 노란색을 열심히 탈색하면서 이렇게 말했다. "예하께서도 그 팀을 전적으로 신뢰하실 수는 없을 겁니다. 작년에 에디 터브의 ERA를 보시라고요. 결국 그는 결국 팔 부상을 당하지 않았습니까. 투수들이야 늘 팔 부상을 당하게 마련이지만요."

최고 성직자 풀턴 스테이틀러 함스 추기경의 하루는 이렇게 시작되었다. 뉴스를 전해 듣고, 그와 동시에 성 안셀무스를 마주한 자신의 과업에 관해 숙고하고, 아널드의 야구 통계를 가까스로 벗어나고. 이것이야말로 매일 오전 그가 현실과 직면하는 방법이었으며 그의 일상이었다. 이제 그의 행동 단계를 플라톤적인 원형의 시작으로 만들기 위해서 남은 일은, 비용 초과에 관해서 디어드리에게 확실하게 못을 박는 의무적인, 그러나 아무 소용도 없는 시도뿐이었다.

그는 미래를 준비하고 있었다. 곁채에는 새로운 소녀 하나가 그를 기다리고 있었다. 이를 전혀 모르는 디어드리는 이제 곧 떠나게 될 참이었다.

흑해 연안에 있는 휴양 도시에서는 최고 행정관이 천천히 원을 그리며 걸어가면서, 최고 성직자에 관한 디어드리 콘넬의 최신 보고서를 읽고 있었다. 행정관에게는 아무런 건강상의 문제가 없었다. 그가 자신의 '건강 상태'에 관한 뉴스를 언론에 흘린 것은, 공동 통치자를 이기적인 거짓말의 그물 속으로 잡아넣기 위해서였다. 덕분에 그는 휘하의 첩보 책임자들을 시켜서 디어드리 콘넬의 일일 보고서를 감정하게 하는 시간을 벌 수 있었다. 현재까지 행정관에게 철저히 충성하는 자들이 내놓은 숙련된 의견에 따르면, 함스 추기경은 현실과의 연계를 모두 잃어버리고 무모한 신학적 추구에 열중한 상태였다. 그런 상태 때문에 그는 형식적으로나마 자신의 권한 안에 있었던 정치 및 경제 상황에 대한 통제력으로부터도 점점 더 멀어져만 가고 있었다.

'건강 문제에 관한' 가짜 보도 덕분에 행정관은 낚시를 하고, 휴식을 취하고, 일광욕을 즐기고, 나아가 추기경을 면직시키고, 자기 사람을 C.I.C.의 최고 성직자 자리에 앉힐 방법을 궁리할 시간을 벌 수 있었다. 불코프스키는 교황청 내에 상당수의 S.L.(과학 교황사절단) 관리들을 앉혀두었으며, 이들은 모두 숙련되고 열성적이었다. 디어드리 콘넬이 추기경의 비서실장과 애인 노릇을 겸하고 있는 한, 불코프스키는 상대방보다 우위를 점한 셈이었다. 함스가 과학 교황사절단의 고위직에는 자기 사람을 두지 못하고 있으며, 상호적인 접근도 못하고 있음을 그는 충분히 자신했다. 불코프스키에게는 애인이 없었다. 그는 가정에 충실했으며, 뚱뚱한 중년의 아내를 두고 있었으며, 자녀 셋을 모두 스위스에 있는 사립학교에 보냈다. 아울러 파심 박사의 열성적인 사기극—하늘을 나는 기적 역시 기술적인 수단으로 성취한 것에 불과했다—에 감명을 받아 회심한 것 역시 일종의 전략적인 거짓말이었으니, 이는 어디까지나 추기경을 자신의 거대한 세계 속으로 더 깊이 끌어들이고자 고안된 술책이었다.

행정관은 추기경이 빅 누들을 이용해서 하느님의 존재에 관한 성 안셀무스의 존재론적 증명의 검증을 시도하려 한다는 사실에 관해서도 잘 알고 있었다. 그 이야기는 과학 교황사절단이 지배하는 지역에서는 일종의 농담처럼 알려져있었다. 디어드리 콘넬은 나이 많은 애인이 그 고상한 모험에 점점 더 많은 시간을 소비하도록 유도하라는 지령을 받고 있었다.

하지만 현실에 전적으로 뿌리를 박고 있음에도 불구하고, 불코프스키는 자신의 문제 가운데 일부를 도무지 해결할 수가 없었다. 이것은 그가 공동 통치자에게도 감춰온 문제였다. 최근 몇 달간 청년 간부단 사이에서는 S.L.에 대한 결단이 줄어들고 있었다. 대학생들, 심지어 자연과학 전공자들조차도 점점 더 많이 C.I.C. 쪽으로 몰리고 있었다. 망치와 낫으로 된 기장을 던져버리고 십자가를 거는 것이었다. 이제는 방주 공학자들 사이에서도 결원이 생기게 되었으며, 그 결과로 S.L.의 궤도 방주 가운데 3대가 그 거주민들과 함께 버려지고 말았다. 물론 이 소식은 언론에 '안' 흘러나갔는데, 그 거주민이 모두 사망했기 때문이었다. 이 암울한 소식을 대중이 알지 못하도록 차단하기 위해, 그는 남아있는 S.L. 방주의 명칭조차도 바꾸어버렸다. 컴퓨터 출력지상에는 오작동이 나타나지 않았다. 상황은 외관상으로는 마치 정상으로 보였다.

최소한 우리는 콜린 파심을 제거하기는 했으니까. 불코프스키는 생각했다. 거꾸로 돌린 오디오테이프처럼 떠들어대는 놈이야 아무런 위협이 못 되지. 이 복음 전도자는 아무런 의심도 없이 S.L.의 탁월한 무기에 굴복하고 말았다. 세계 권력의 균형은 그때 이후로 약간밖에 변하지 않았으며 그와 유사한 작은 일들이 누적되었다. 가령 추기경의 애인 겸 비서처럼, 잠입한 S.L. 요원의 존재를 생각해보라. 그게 없었다면…….

불코프스키는 극도로 자신감을 갖고 있었다. 역사적 필연의 변증법적 위력은 그의 편이었다. 지금으로부터 삼십 분 뒤면 그는 자신이 세계 상황을 한손에 장악하고 있다는 사실을 확신하며 물침대로 들어갈 수 있을 것이었다.

"코냑." 그가 로봇 수행원에게 말했다. "쿠르부아지에 나폴레옹으로."

그가 양 손바닥으로 술잔을 감싸 덥히면서 책상 옆에 서있는 사이, 그의 아내인 갈리나가 방 안으로 들어왔다. "목요일 저녁에는 아무 약속도 잡지 마요." 그녀가 말했다. "야키르 장군이 모스크바 군단을 위한 음악회를 준비했대요. 미국 여가수 린다 폭스가 나와서 노래할 거예요. 야키르는 우리도 참석했으면 좋겠다네요."

"당연하지." 불코프스키가 말했다. "음악회 끝에 쓸 수 있게 장미를 준비하도록." 그는 한 쌍의 로봇 하인에게 말했다. "그때 가서 이 사실을 상기시키도록 내 종자에게 전하게."

"음악회 중에는 졸지 마요." 갈리나가 말했다. "야키르 부인이 상처를 받을지도 몰라요. 지난번 일 기억하죠?"

"펜데레츠키 음악회에서의 굴욕 사건 말이군." 불코프스키가

149

말했다. 그는 물론 잘 기억하고 있었다. 그는 〈마니피카트(마리아 송가)〉의 〈퀴아 페키트(나에게 큰일을 행하셨으므로)〉 내내 코를 골았고, 그로부터 일주일 뒤에 첩보 문서에서 자신의 행동에 관한 내용을 읽었다.*

"정보에 밝은 사람들이 아는 한, 당신은 거듭난 기독교인이라는 사실을 잊지 마요." 갈리나가 말했다. "그나저나 방주 세대를 잃어버린 데에 책임이 있는 사람들은 어떻게 했어요?"

"그들이야 모두 죽었지." 불코프스키가 말했다. 그가 이들 모두를 총살시킨 것이다.

"그러면 영국에서 대체 인력을 모집해야 하겠네요."

"자체적으로 대체 인력이 곧 나올 거야. 나는 영국에서 우리에게 보내는 자들을 믿지 않아. 모두들 팔려나온 거니까. 가령 결단을 하겠다고 요청한 그 여가수만 해도 도대체 얼마야?"

"그건 상황이 복잡하게 됐어요." 갈리나가 말했다. "첩보 보고서를 읽어봤거든요. C.I.C. 쪽으로 결단하면 상당한 금액을 지불하겠다고 추기경이 그 여자에게 제안했다더군요. 우리도 굳이 그 정도로 제안해야 할 것 같지는 않아요."

"하지만 그 정도로 인기 있는 연예인이 앞에 나와서 선언한단 말이지. 자기는 회심했다고, 그리고 사랑하는 예수님을 자기 삶에 받아들이겠다고—"

"당신도 그랬잖아요."

---

* 폴란드의 작곡가 크시슈토프 펜데레츠키(1933년생)는 1974년에 합창곡 〈마니피카트〉를 발표했다.

"하지만." 불코프스키가 말했다. "왜 그런지는 당신도 잘 알지 않나." 그가 진지하게, 상당한 허세까지 곁들이며 예수를 받아들였을 때, 그는 자신이 한때 그리스도를 부인했다가 이제는 더 현명해졌기 때문에 S.L.로 되돌아왔다고 선언했다. 이것은 교황청에 크나큰 충격을 던져주었으며, 어쩌면 심지어 추기경 본인에게도 충격이었는지 모른다. S.L. 소속 심리학자들의 분석에 따르면, 이 사건으로 최고 성직자의 사기는 현저하게 떨어졌을 것이라고 했다. 그들은 사실상 언젠가는 S.L.을 따르던 모든 사람이 C.I.C.의 여러 부서로 진출하여 회심하게 되리라 간주하던 참이었기 때문이다.

"그가 보낸 의사한테는 어떻게 한 거예요?" 갈리나가 말했다. "혹시 무슨 어려움이라도 있어요?"

"아니." 그는 고개를 저었다. "위조된 의료 보고서 때문에 그는 계속 바쁘겠지." 사실 추기경이 파견한 의사에게 정기적으로 제출되는 의료 보고서는 위조된 것이 아니었다. 다만 그 보고서에 나타난 증세는 불코프스키 본인이 아니라 S.L.의 하급 직원 가운데 진짜로 아픈 사람의 것이었다. 불코프스키는 함스가 비밀리에 파견한 의사에게 비밀 유지 서약을 시켰으며, 이 문제에 대해 의료 윤리를 지켜달라고 호소했지만, 듀피 박사는 행정관의 건강에 관한 자세한 보고서를 기회가 있을 때마다 추기경의 부하들에게 보냈다. S.L.의 첩보 부서에서는 정기적으로 그 보고서를 도중에 낚아채 상태를 충분히 위중하게 그리고 있는지를 확인하고, 사본을 만든 다음에 다시 원래대로 발송했다. 대개 의료 보고서는 마이크로파 신호를 통해 지구 궤도를 도는 C.I.C.의 통신위성으로 전달되고, 거기서 다시 워싱턴 D.C.로 전달되었다. 하지만 듀피 박사는 가끔 한 번씩 그 정보를 단순히 우편으로 보내곤 했다. 이 경우에는 통제하기가 더 어려웠다.

추기경은 자기가 와병 중인 남자를, 그것도 예수를 위해 살기로 결단한 남자를 상대한다고 상상한 나머지 S.L.의 고위층의 활동에 대한 경계 태세를 늦추었다. 이제는 행정관이 대책 없이 무능해졌다고 간주한 것이었다.

"린다 폭스가 S.L.을 위해서 결단하지 않는다고 하면." 갈리나가 말했다. "차라리 그 여자를 한쪽으로 불러서 한마디 해주지그래요. 그러다가 언젠가 공연을 하러 개인용 로켓을, 그 여자가 직접 몰고 다니는 그 요란하고 값비싼 물건을 타고 가던 도중에 갑자기 불길이 치솟을 수도 있는데 어떻게 생각하느냐고요?"

불코프스키는 우울한 표정으로 말했다. "하지만 추기경이 그 여자를 먼저 붙잡았기 때문에 그가 이미 그 여자한테 말을 전했을 거라니까. 그 여자가 사랑하는 예수님을 자기 삶에 받아들이지 않는다면, 그때는 그 여자가 원하거나 말거나 염화수은이 그녀를 찾아가게 될 거라고 말이야."

약간의 수은을 이용해서 린다 폭스를 독살하는 책략은 상당히 교묘한 것이 아닐 수 없었다. 그럴 경우에 그 여자는 죽기도 전에(물론 죽을 수나 있으면 말이지만) 마치 모자 장수처럼 미쳐버릴 것이었다. 이 표현은 수은 중독의 경우에 제법 일리가 있는 것이, 펠트 모자를 만드는 과정에서는 수은이 사용되었기 때문에, 19세기 잉글랜드에서는 모자 장수들이 대대적으로 정신질환을 일으켰다고 한다.

그걸 생각해낸 게 나였어야 했어. 불코프스키는 속으로 말했다. 첩보 보고서에 따르면, 그 여가수는 예수를 위해 자기가 결단하지 않을 경우에 추기경이 어떻게 하려는지를 C.I.C. 요원으로부터 통보받고 히스테리를 일으켰다고 한다. 그녀는 히스테리에 일시적인 저체온 상태까지 겹쳐, 다음 공연으로 예정되었던 '록 오브 에이지스'에서 노래하는 것조차도 거절하기에 이르렀다.

그래도 수은보다는 카드뮴이 더 나을 텐데. 그는 이렇게 생각했다. 왜냐하면 그쪽이 감지하기에 훨씬 더 어렵기 때문이다. S.L.의 비밀경찰에서는 한동안 좌천된 인물들에게 극소량의 카드뮴을 사용하여 상당한 효과를 거둔 바 있었다.

"그러면 그 여자한테는 돈도 아무 효과가 없겠네요." 갈리나가 말했다.

"나 같으면 아주 포기하진 않겠어. 그레이터 로스앤젤레스를 소유하고자 하는 것이 그 여자의 야심이니까."

갈리나가 말했다. "하지만 그 여자가 파괴된다면 식민지 주민들이 불평할 텐데요. 그들은 오로지 그 여자한테만 의존하고 있잖아요."

"린다 폭스는 사람이 아니야. 다만 사람의 '일종'으로 하나의 유형이라 여겨질 뿐이지. 그 여자는 전자 장치, 아주 정교한 전자 장치가 만들어내는 소리에 불과해. 물론 그 여자에게는 그 이상의 것이 있지. 항상 그럴 거야. 하지만 그 여자는 타이어처럼 얼마든지 찍어낼 수 있는 존재야."

"음, 그러면 그 여자한테 돈을 아주 많이 주겠다고는 하지 마요." 갈리나가 웃었다.

"나는 그 여자가 딱하다는 생각이 드는군." 불코프스키가 말했다. 그건 어떤 기분일까? 존재하지 않는다는 것은. 그는 속으로 물어보았다. 모순이었다. 느낀다는 것은 곧 존재한다는 것이니까. 문득 그런 생각이 들었다. 어쩌면 그녀는 아무것도 느끼지 못할지도 모른다. 그녀가 존재하지 않는다는 것, 즉 실제로는 느끼지 않는다는 것은 엄연한 사실이었다. 우리는 맨 처음에 우리가 그녀를 상상했던 것이라는 걸 알아야 할 필요가 있었다.

아니면 빅 누들이 맨 처음에 더 폭스를 상상한 것인지도 몰랐다. 인공지능 시스템이 그녀를 만들어내고, 뭘 부르라고 말해주고, 어떻게 부르는지 가르쳐줬을 것이다. 빅 누들이 그녀의 공연 일정을 세우고…… 심지어 믹싱까지 할지 모른다. 그리고 그녀의 음반은 대단한 성공을 거두었다.

빅 누들은 식민지 거주민들의 감정적인 필요를 정확하게 분석했고, 그런 필요에 부응하기 위한 공식을 만들어냈다. 인공지능 시스템은 지속적으로 조사를 했고, 피드백을 도출했다. 욕구가 바뀌면 린다 폭스도 바뀌었다. 일종의 폐쇄 회로를 구성하는 셈이었다. 만약 갑자기 식민지 거주자들이 모두 사라진다면, 린다 폭스 역시 존재하지 않게 될 것이었다. 빅 누들이 그녀를 취소할 것이기 때문이다. 마치 종이를 문서 절단기에 집어넣듯이.

"행정관님." 로봇 접대 장치가 이렇게 부르며 불코프스키 쪽으로 다가갔다.

"무슨 일인가?" 그가 짜증스러운 듯 말했다. 그는 이렇게 아내와 이야기를 하고 있을 때 방해 받는 것을 좋아하지 않았다.

로봇 접대 장치가 말했다. "호크."

그가 갈리나에게 말했다. "빅 누들이 나를 찾는군. 급한 일인가봐. 미안하지만 나가봐야겠어." 그는 서둘러 아내 곁을 떠나 개인 사무실들로 이루어진 복합건물로 들어갔다. 그곳에는 세심하게 보호되는 인공지능 시스템의 단말기가 있었다.

단말기가 진동하며 그를 기다리고 있었다.

"군대의 기동인가?" 불코프스키는 단말기의 스크린을 마주 보고 앉아 말했다.

"아니다." 빅 누들의 인공 목소리가 특유의 어조로 말했다. "출입국관리소를 통해 괴물 아기를 밀수하려는 음모다. 세 명의 식민지 거주민이 관계되었다. 나는 그 여자의 태아를 감시 중이다. 자세한 내용은 곧 알려주겠다." 빅 누들이 회선을 끊었다.

"자세한 내용은 언제쯤?" 불코프스키가 물었다. 하지만 인공지능 시스템은 먼저 회선을 끊어버렸기 때문에 그의 목소리를 듣지 못했다. 젠장. 그는 생각했다. 이놈은 도무지 예절을 갖추지 않는다니까. 하느님의 존재에 관한 존재론적 증명을 재구성하느라 너무 바쁜 건가.

풀턴 스테이틀러 함스 추기경은 빅 누들로부터 이 소식을 듣고서도 평소와 같은 침착한 태도를 유지했다. "알려줘서 고맙네." 인공지능 시스템이 연결을 종료하자 그가 말했다. 뭔가 낯선 것. 그는 속으로 말했다. 하느님이 의도하신 적이 없는 어떤 변종이 존재하는 게 마땅해. 이것이야말로 우주 이민에서 진정으로 끔찍한 측면이지. 우리는 밖으로 내보낸 것을 도로 받아들이지는 않아. 대신 뭔가 부자연스러운 것이 들어오지.

그래. 그는 생각했다. 죽여버리면 되지. 하지만 그 두뇌 지도는 한 번 보고 싶군. 그놈이 어떻게 생겼는지 궁금하니까. 알 속에 든 뱀이라. 그가 생각했다. 한 여자의 몸속에 들어있는 태아 하나. 원래의 이야기를 되풀이하는 셈이야. 교활한 피조물 같으니.

뱀은 여호와 하느님이 지으신
들짐승 중에 가장 간교하니라

창세기 3장 1절. 이전에 일어났던 일이 다시 일어나지는 않을 거야. 이번에는 그것을, 사악한 그것을 파괴해야지. 그것이 어떤 형체를 취하든지 간에.

그는 생각했다. 이 문제를 놓고 기도를 해야겠군.

"이만 실례하겠습니다." 그는 바깥의 넓은 라운지에서 기다리고 있던 적잖은 사제 방문객들을 향해 말했다. "지금은 잠시 기도실에 들어가봐야 하겠습니다. 중요한 문제가 생겨서요."

곧바로 그는 침묵과 우울 속에서 무릎을 꿇었다. 먼 구석에서는 촛불이 타오르고 있었다. 방과 그 자신 모두가 신성해졌다.

"아버지여." 그는 기도했다. "당신의 길을 알도록, 그리고 당신을 본받도록 우리를 가르치소서. 우리가 스스로를 보호하고 사악한 자를 경계하도록 도와주소서. 우리가 그의 간계를 예견하고 이해하도록 하소서. 그의 간계가 크나이다. 그의 교활함도 마찬가지로소이다. 우리에게 힘을 주소서. 우리에게 당신의 거룩한 힘을 빌려주소서. 그가 어디에 있든지 우리가 찾아내게 하소서."

그는 아무런 대답도 듣지 못했다. 그렇지만 놀랄 일은 아니었다. 경건한 사람들은 하느님에게 이야기를 하고, 미친 사람들은 하느님이 자기에게 대답한다고 상상했다. 그의 답변은 반드시 그의 내부에서, 그의 가슴에서 나와야만 했다. 하지만 물론 성령이 그를 인도했다. 항상 그러했다.

그의 내부에서 성령이—그 자신의 기질의 형태로—그의 애초 통찰을 다시 확인했다. "너는 무당을 살려두지 말라."* 그 밀수된 변종도 이 영역에 포함되었다. '무당'은 곧 '괴물'과 마찬가지였다. 따라서 그는 성서의 뒷받침을 받는 셈이었다. 게다

---

* 출애굽기 22장 18절.

157

가 여하간 그는 지구에 있는 하느님의 섭정이었다.

재차 확인하기 위해서 그는 자신이 사용하는 커다란 성서를 펼치고, 출애굽기 22장 18절을 읽었다.

너는 마녀*를 살려두지 말라.

그리고 덤으로 그 다음 절까지 읽었다.

짐승과 행음하는 자는 반드시 죽일지니라.**

그리고 그는 주석을 읽었다.

고대의 주술 숭배는 범죄이자 부도덕이자 사기로 간주되었다. 이는 가증스러운 관습과 미신인 까닭에 민중을 타락시켰다. 이보다 앞서서는 성적 방종이 나타났으며, 이보다 나중에는 자연에 역행하는 범죄와 우상숭배의 죄가 나타났다.

그래, 이 구절은 분명히 여기에 적용되는군. 가증스러운 관습과 미신. 멀리 떨어진 외부 행성에서 비인간과의 교합으로

---

* '무당'은 개역개정판 및 KJV(흠정역판)의 번역이고, '마녀'는 NASB(신미국표준판)의 번역이다.
** 출애굽기 22장 19절.

인해 생겨난 씨앗. 그것들이 성스러운 세계로 침입해서는 안되지. 그는 속으로 말했다. 내 동료인 최고 행정관도 이에 동의할 거야.

그의 머리에 떠올랐던 조명이 갑자기 씻은 듯 사라졌다. 우리는 지금 침략을 받고 있다! 그는 깨달았다. 우리가 지난 200년 동안 줄곧 이야기했던 것, 성령이 내게 말씀하신다. 그 일이 지금 벌어졌다고!

저주 받은 더러운 씨앗 같으니. 그는 생각했다. 그는 서둘러 자신의 집무실로 향했다. 그곳에는 행정관에게 이어지는—그리고 잘 차폐된—직통선이 있었다.

"그 아기에 관한 이야기인가?" 접속이 이루어지자마자 불코프스키가 말했다. "지금 나는 잠자리에 든 참이네. 내일까지 기다려도 될 텐데."

"저 바깥에 그 혐오스러운 것이 있지 않나." 함스 추기경이 말했다. "출애굽기 22장 18절에 보면, '너는 마녀를—'"

"어차피 빅 누들은 그것이 지구에 도달하게 내버려두지도 않을 걸세. 출입국관리국의 외부 방어막 가운데 하나에서 차단하면 되는 거야."

"하느님께서는 당신의 으뜸가는 세계에 괴물들이 들어오기를 원치 않으시네. 자네도 거듭난 기독교인이니 그 사실을 깨달아야 마땅할 거네."

"물론 나도 알고 있네." 불코프스키가 화난 어조로 말했다.

"빅 누들에게 내가 뭐라고 지시하는 게 좋겠나?"

불코프스키가 말했다. "그게 아니라 빅 누들이 '우리에게' 뭘 하라고 지시하느냐 하는 거겠지. 자네 생각엔 안 그런가?"

"이 재난을 극복할 길을 기도로 찾아보아야 할 걸세." 함스가 말했다. "지금 나와 함께 기도하세. 고개를 숙이게나."

"집사람이 불러서." 불코프스키가 말했다. "기도는 내일 하세 나. 그럼 잘 자게." 그는 얼른 접속을 끊었다.

오, 이스라엘의 하느님이시여. 함스는 고개를 숙이고 기도를 했다. 우리를 이 꾸물거림으로부터, 그리고 우리에게 내려오는 그 사악함으로부터 보호하소서. 저 행정관의 영혼을 깨우시어 우리가 겪는 이 시련의 시간에 다급함을 깨닫게 하소서.

우리는 영적으로 시험을 당하고 있나이다. 그는 기도했다. 저는 그 사실을 알고 있나이다. 우리는 이 사탄의 존재를 물리침으로써 우리의 가치를 증명해야 마땅할 것이나이다. 우리를 가치 있게 하소서, 주여. 당신의 강력한 검을 빌려주소서. 당신의 공의의 안장을 우리에게 주사, 그 말의 등에 올라…… 너무나도 강력한 생각이라 그는 이 생각을 마무리할 수가 없었다. 우리를 향한 도움을 서둘러주소서. 그는 이렇게 기도를 마무리하고 고개를 도로 들었다. 승리감이 그를 가득 채웠다. 마치 뭔가를 죽이기 위해 올무에 묶은 것과도 같은 기분이었다. 우리는 그놈을 추적해냈다. 그리고 그놈은 이제 죽을 것이다. 하느님을 찬양하라!

08

고속의 수직축 비행 때문에 리비스 로미는 죽도록 고통스러
웠다. 유나이티드 스페이스웨이스에서는 연이은 좌석 5개를 특
별히 지정해서 그녀가 발을 뻗고 누울 수 있게 해주었다. 그래
도 그녀는 거의 말조차 할 수가 없었다. 그녀는 옆으로 누워서
턱 밑까지 이불을 덮고 있었다.

일라이어스 테이트는 그녀를 내려다보며 굳은 얼굴로 말했
다. "그 빌어먹을 놈의 법적 세부절차 같으니. 거기서 붙잡혀
있지만 않았어도 우리는 벌써—"그는 얼굴을 찡그렸다.

리비스의 몸에 든 이제 6개월째인 태아는 오랜 시간 동안 침
묵을 유지하고 있었다. 만약 태아가 죽으면 어떻게 되지? 허브
애서는 자문해보았다. 하느님의 죽음…… 그것도 어느 누구도
미처 예견하지 못했던 상황에서의 죽음. 그리고 그와 리비스와

161

일라이어스 테이트를 제외하면 어느 누구도 알지 못하는 상황에서의 죽음.

하느님도 죽을 수 있을까? 그는 문득 궁금했다. 지금 그분은 내 아내와 함께 있는데.

두 사람의 결혼식은 명료하고도 짧았으며, 먼 우주의 당국자들에 의한 사무에 불과했고, 종교적이거나 도덕적인 의미까지는 전혀 없었다. 그와 리비스 모두 광범위한 신체검사를 거쳐야만 했으며, 그녀의 임신 사실 역시 발견되었다.

"당신이 아기 아버지입니까?" 의사가 물었다.

"예." 허브 애셔가 말했다.

의사가 씩 웃으며 자기 차트에 뭐라고 적었다.

"그래서 결혼을 할 수밖에 없겠다 싶었죠." 허브가 말했다.

"좋은 자세입니다." 의사는 나이가 많았고, 단정한 차림이었으며, 전혀 개인감정을 섞지 않았다. "아기가 아들이라는 건 알고 있었습니까?"

"예." 그가 말했다. 그야 당연히 알고 있었다.

"그런데 도무지 이해가 안 되는 게 하나 있습니다." 의사가 말했다. "이 임신은 정말 자연적인 것입니까? 혹시나 인공수정이 일어났을 가능성은 전혀 없는 겁니까? 왜냐하면 처녀막이 정상이라서요."

"정말인가요?" 허브 애셔가 말했다.

"매우 드문 일이긴 합니다만 실제로 일어날 수는 있지요. 그래서 엄밀한 의미에서 당신의 부인은 여전히 처녀인 셈이죠."

"정말인가요." 허브 애셔가 말했다.

의사가 말했다. "부인은 아주 몸이 편찮은 상태입니다. 잘 아시겠지만요. 다발경화증 때문이죠."

"저도 압니다." 그는 무감각하게 대답했다.

"회복 가능성을 아무도 장담할 수가 없어요. 그 사실을 아셔야 합니다. 내 생각에는 부인을 지구로 돌려보내는 것이 좋은 생각이긴 합니다. 그리고 당신이 부인과 함께 가는 것도 진심으로 찬성합니다. 하지만 결과적으로는 소용이 없는 일일 수도 있어요. M.S.는 특이한 질환입니다. 신경섬유의 수초가 딱딱한 조각으로 발달해서, 결국에는 영구적인 마비를 야기하게 마련이지요. 그래도 수십 년 동안의 집중적인 노력 끝에, 우리는 마침내 두 가지 원인 요소를 알아냈지요. 우선 미생물이 하나 있습니다. 하지만 더 큰 요인으로는 일종의 알레르기가 관계되어 있어요. 치료법 가운데 상당 부분은 면역계통을 변화시킴으로써—" 의사는 설명을 계속했고, 허브 애셔는 최대한 귀를 기울였다. 이미 다 아는 사실이었다. 리비스가 그에게 몇 번이나 말해주었고 M.E.D.에서 얻은 자료까지도 보여주었다. 덕분에 이제는 그 역시 그녀와 마찬가지로 이 질병에 관한 전문가가 되어있었다.

"물 좀 갖다주실래요?" 리비스가 중얼거리며 머리를 들어 올렸다. 얼굴에 부스럼이 나고 부어오른 상태였다. 허브 애셔의 입장에서는 그녀를 이해하기가 쉽지 않았다.

스튜어디스 한 사람이 종이컵에 물을 담아 리비스에게 갖다

주었다. 일라이어스와 허브가 그녀를 들어서 자리에 앉혀주자 그녀는 양손으로 컵을 받아들었다. 양 팔이며, 몸이 심하게 떨리고 있었다.

"아주 오래 걸리지는 않을 거예요." 허브 애셔가 말했다.

"예수님 맙소사." 리비스가 중얼거렸다. "나는 도무지 견뎌낼 수 있을 것 같지가 않아요. 스튜어디스한테 좀 말해줘요. 나 다시 토할 것 같다고. 그 그릇 좀 다시 갖다 달라고요. 예수님 맙소사." 그녀는 몸을 똑바로 세우고 앉았고, 고통으로 인해 얼굴이 일그러졌다.

스튜어디스는 그녀의 옆에서 상체를 숙이고 말했다. "앞으로 두 시간 뒤면 역분사를 할 거예요. 그러니 계속 버티실 수만 있으면—"

"버텨요?" 리비스가 말했다. "저는 방금 마신 물도 도저히 버틸 수 없는 상황이거든요. 혹시 아까 그 코크가 상하거나 뭐 어떻게 된 거 아니에요? 그것 때문에 점점 더 나빠지는 것 같아요. 혹시 진저에일 없나요? 진저에일이라도 조금 마실 수 있다면 어쩌면 괜찮아질—" 그녀는 원한과 분노를 담아 욕설을 퍼부었다. "빌어먹을 것 같으니. 빌어먹을 것. 이럴 만한 가치도 없는 일인데!" 그녀는 허브 애셔를, 그리고 곧이어 일라이어스를 바라보았다.

야. 허브 애셔는 생각했다. 어떻게 좀 해주실 수 없나요? 그녀가 이렇게 고통을 겪게 내버려두는 건 너무 가혹하잖아요.

그의 머릿속에서 어떤 목소리가 말했다. 처음에는 그게 무슨 의미인지 감을 잡을 수가 없었다. 단어를 듣기는 했지만, 도무지 이치에 닿지 않은 듯했다. 목소리가 말했다. "그녀를 동산으로 데려가거라."

그는 생각했다. 무슨 동산?

"그녀의 손을 잡아주어라."

허브 애셔는 손을 아래로 뻗었고, 이불 속을 더듬어서 아내의 손을 붙잡았다.

"고마워요." 리비스가 말했다. 그녀는 힘없이 그의 손을 꽉 잡았다.

이제, 그녀의 위로 몸을 굽히고 앉은 상태에서, 그는 그녀의 눈이 빛나는 것을 보았다. 그녀의 두 눈 사이에 넓은 공간이 보였고, 뭔가 텅 비어있는 것을, 어마어마하게 넓은 공간을 담은 것을 바라보는 듯한 느낌이 들었다. 당신 어디 있는 거죠? 문득 궁금한 생각이 들었다. 저 안에, 그러니까 당신의 두개골 안에 우주가 들어있잖아. 우리가 있는 우주와는 전혀 다른 우주였다. 거울에 비친 모습이 아니라, 또 다른 땅이었다. 그는 별들을, 그리고 성단을 보았다. 성운을, 그리고 커다란 가스 구름을 보았다. 그 구름은 진한 색깔로 작열하고 있었지만, 아직까지는 붉은 빛이 아니라 여전히 흰 빛이었다. 그는 바람이 스쳐 지나가는 것을 느꼈고, 뭔가 바스락거리는 소리를 들었다. 나무 잎사귀 아니면 나뭇가지겠지. 그는 생각했다. 식물의 소리 같은데. 공기는 따뜻하게 느껴졌다. 이에 그는 놀랐다. 뭔가 신선한 공기 같았다. 우주선의 김빠진 공기, 재순환시킨 공기가 아니었다.

새들의 소리가 들렸다. 고개를 들자 파란 하늘이 보였다. 그는 대나무를 보았다. 바스락거리는 소리는 바람이 대나무를 스치는 소리였다. 그는 담장을 보았다. 아이들도 있었다. 그 와중에도 그는 여전히 아내의 손을 붙잡고 있었다. 이상하군. 그가 생각했다. 공기가 너무 건조했다. 마치 사막 저편에서 불어오는 것처럼. 그는 갈색 곱슬머리를 한 남자아이를 보았다. 그 아이의 머리카락을 보니 리비스가 머리카락을 모두 잃어버리기 이전의 모습이 생각났다. 화학요법 때문에 그녀는 머리카락이 빠지고 사라져버렸던 것이다.

내가 어디 있는 거지? 그는 궁금했다. 학교인가?

그의 곁에는 플로데트 씨가 서서 학교의 재정적 필요성이며 학교의 문제에 관해 이런저런 쓸데없는 이야기를 늘어놓고 있었다. 그는 학교의 문제 따위에는 관심이 없었다. 그는 자기 아들에 관해서만 관심이 있었다. 자기 아들의 두뇌 손상에 대해서. 그는 이에 관해 모두 알고 싶었다.

"제가 도무지 알 수 없는 것은 말입니다." 플로데트가 말하고 있었다. "왜 그 사람들이 기껏해야 비장 하나 때문에 당신을 무려 10년이나 냉동 대기 상태에 놓았느냐 하는 겁니다. 정말이지 세상에, 비장 이식 수술이야말로 가장 흔하고도 일상적인 종류의 수술인데도 말이죠. 게다가 비장의 경우는 종종—"

"이 아이는 두뇌의 어느 쪽 반구가 손상되었답니까?" 허브 애셔가 끼어들었다.

166

"의료 보고서는 테이트 씨가 모두 갖고 계십니다. 하지만 제가 컴퓨터에 가서 한 부 인쇄해 오도록 하겠습니다. 매니가 선생님을 좀 겁내는 것 같긴 하네요. 하지만 제 생각에는 아마 지금껏 아버지를 뵙지 못해서 그런 것 같습니다."

"여기 밖에서 아이랑 기다리겠습니다." 허브가 말했다. "그 인쇄물을 갖다 주실 때까지요. 그 부상에 관해서 최대한 많은 걸 좀 알아봐주시면 감사하겠습니다."

"허브." 리비스가 말했다.

깜짝 놀란 그는 자기가 어디 있는지를 깨달았다. 포말하우트에서 지구 태양계로 향하는 유나이티드 스페이스웨이스의 XR4 수직축 우주선 속이었다. 앞으로 두 시간 뒤면 최초의 출입국 관리소 직원들이 승선해서 예비 조사를 수행할 것이었다.

"허브." 아내가 속삭였다. "나 방금 우리 아들을 봤어요."

"학교였죠." 허브 애셔가 말했다. "그 아이가 앞으로 갈 곳."

"아무래도 내가 멀쩡히 살아서 거기까지 가지는 못할 것 같아요." 리비스가 말했다. "그런 느낌이 들어요…… 애는 거기 있고, 당신도 있어요. 그리고 말 많고 덩치 작은, 꼭 쥐새끼 같은 남자가 떠들고 있고요. 하지만 나는 그 주위에 없어요. 찾아도 봤어요. 계속 찾아도 봤다고요. 아무래도 이 일 때문에 내가 죽을 모양인데, 그래도 내 아들까지 죽지는 않나봐요. 그분이 나한테 말한 게 바로 그거였잖아요. 기억하죠? 야가 나한테 그랬잖아요. 내가 내 아들 속에서 계속 살아갈 거라고요. 그래서 나는 결국 내가 죽는구나 하고 생각했어요. 무슨 뜻이냐면, 이

몸은 죽지만, 그 사람들이 애는 살려줄 거라는 거죠. 야가 그 이야기를 할 때 당신도 거기 있었나요? 기억이 안 나네요. 우리는 동산에 있었어요, 안 그래요? 대나무요. 난 바람이 부는 걸 봤어요. 바람이 나한테 말을 하더라고요. 마치 목소리 같았어요."

"맞아요." 그가 말했다.

"그 사람들은 40일 낮과 40일 밤을 사막에 나가있었어요. 엘리야가, 그리고 나중에는 예수가요. 일라이어스?" 그녀는 주위를 둘러보았다. "당신은 메뚜기랑 석청을 먹고, 사람들을 향해 회개하라고 외쳤죠. 아합 왕에게 그랬죠, 앞으로 몇 년간은 비는 물론이고 이슬조차도 내리지 않을 거라고…… 주께서 그렇게 말씀하셨다고요. 내 이야기에 따르면 말이에요." 그녀는 눈을 감았다.

그녀는 진짜로 아프구나. 허브 애셔는 속으로 말했다. 하지만 나는 그 아들을 봤어. 아름답고, 꾸밈이 없고, 그리고 그 이상의 뭔가가 있어. 소심하고. 아주 인간답고. 그는 생각했다. 인간의 아이였어. 어쩌면 이 모두가 우리의 머릿속에서 벌어지는 일인지도 몰라. 클렘들이 우리의 지각을 막아버리는 바람에, 비록 진짜로 믿고 보고 경험하지만 막상 사실이 아닐 수도 있어. 난 포기할래. 그가 생각했다. 나는 정말 모르겠어.

시간과 무슨 관계가 있었다. 그가 시간을 변형시킬 수 있는 모양이었다. 지금은 내가 이 우주선 안에 있지만, 다음 순간 나는 지금으로부터 몇 년 뒤에 그 아이—그녀의 아이—며 다른 아이들과 함께 동산에 있는 거야. 어떤 것이 진짜 시간일까? 그는 자문했다. 나는 이 우주선 안에 있는 걸까, 아니면 리비스를 만나기도 전에 내 돔 안에 있는 걸까, 아니면 그녀가 죽고 나서 이매뉴얼과 함께 학교에 있는 걸까? 게다가 내가 무려 몇 년 동안이나 냉동 대기 상태에 있었다던데. 그건 내 비장과 관계가 있는, 또는 관계가 있었던, 또는 관계가 있게 될 일이었다. 난 총에 맞는 걸까? 문득 궁금한 생각이 들었다. 리비스는 지병 때문에 죽는다 치더라도, 그럼 나는 어떻게 죽는 걸까? 그리고 일라이어스는 어떻게 된, 또는 되는 것일까?

갑자기 일라이어스가 그에게 몸을 굽히더니 말했다. "나랑 잠깐 이야기 좀 하세." 그의 손짓을 본 허브 애셔는 리비스 곁을, 그리고 다른 승객들 근처를 떠나 한쪽으로 갔다. "우리는 야에 관해서 언급해서는 안 된다네. 지금부터는 '여호와'라는 이름만 사용할 걸세. 이 이름은 1530년에 처음 고안되었지. 그리고 얼마든지 말해도 되는 이름이고. 자네도 상황은 알겠지. 출입국관리소는 향정신성 청음장치를 이용해서 우리 정신을 읽어내려고 할 거야. 하지만 여호와가 우리 정신을 덮어버리면 그들조차도 거의, 또는 전혀 얻는 게 없을 거야. 그래도 결과가 어떻게 될지는 딱 잘라 이야기하기가 힘들어. 여호와의 힘은 여기서부터 약해지기 시작하니까. 곧이어 벨리알의 영역이 시작될 거네."

"알았습니다." 그가 고개를 끄덕였다.

"자네도 이 사실을 모두 알고 있겠지."

"그보다 더 많은 것도요." 일라이어스가 그에게 해준 이야기며, 리비스가 그녀에게 해준 이야기 덕분이었다. 게다가 여호와 역시 그에게 많은 이야기를 해주었다. 자는 동안 생생한 꿈으로 말이다. 여호와는 그들 모두를 가르치고 있었다. 그들이 이제 무엇을 해야 할지를 알도록.

일라이어스가 말했다. "그는 우리와 함께 있네. 그리고 그녀의 자궁 속에서 우리에게 이야기를 건넬 수도 있어. 하지만 아주 고성능인 전자 스캐닝 장비라든지, 감시 장비라든지 하는 것들이 자칫 그 사실을 감지해낼 수도 있네. 따라서 그는 이제부터 우리에게는 말을 아낄 걸세." 잠시 말을 멈추었다가 한 마디 덧붙였다. "아예 안 할 수도 있고."

"이상한 생각이군요." 허브 애셔가 말했다. "만약 그들의 첩보 수집 회선에서 하느님의 생각을 잡아낸다고 하면, 과연 그쪽 당국자들이 어떻게 생각할까요?"

"글쎄." 일라이어스가 말했다. "그들은 일단 그게 뭔지 모를 거야. 나는 지구의 당국자들을 잘 아네. 벌써 4000년 동안이나 그들을 상대해봤으니까. 이 상황 저 상황에서. 이 나라 저 나라에서. 이 전쟁 저 전쟁에서. 나는 네덜란드 독립 전쟁, 이른바 30년 전쟁 당시에 에그몬트 백작과 함께 있었지.* 나는 그가 처형당할 때에도 거기 있었다네. 나는 베토벤도 알고 있지……

---

* 에그몬트 백작(1522~1568)은 플랑드르 지방의 귀족으로 당시 지배자인 에스파냐 정부와 갈등을 빚다가 처형되었다. 그의 처형은 네덜란드 독립전쟁의 발발 원인 가운데 하나가 된 것으로 평가된다. 훗날 괴테가 희곡 〈에그몬트〉(1787)를 창작했고 베토벤이 그 희곡에 붙이는 서곡(1809)을 작곡해서 더욱 유명해졌다.

하지만 '안다' 는 단어는 어쩌면 적당하지 않을 수도 있겠군."

"당신이 바로 베토벤이었군요." 허브 애셔가 말했다.

"내 영혼의 일부가 지구로, 그리고 그에게로 돌아가있었던 거지." 일라이어스가 말했다.

서민적이고도 격렬한 성품의 소유자. 허브는 생각했다. 인간 자유의 대의에 열정적으로 헌신한 인물. 베토벤은 친구인 괴테와 나란히 독일 계몽주의의 새로운 생명을 분발시킨 인물이었다. "그 사람 말고, 당신은 또 누가 되었었나요?" 그가 물었다.

"역사상의 수많은 사람들이지."

"톰 페인?"

"우리는 미국 혁명을 추진했었지." 일라이어스가 말했다. "우리의 무리가 말이야. 우리는 한 번은 '하느님의 친구들'*이었고 1615년에는 '장미 십자회'**였지…… 나는 야콥 뵈메***였지만 자네는 아마 그에 관해서는 모를 거야. 내 영혼은 한 사람에게만 머물러있지는 않았으니까. 이건 환생하고는 다르다네. 다만 내 영혼의 일부분이 지구로 돌아가서, 하느님이 선택하신 사람과 결속되는 것이지. 그런 사람은 항상 있게 마련이고, 그때마다 나도 거기 있게 마련이지. 마르틴 부버****도 그런 사람 가운데 하나지. 하느님께서 그의 고귀한 영혼을 편히 쉬게 하시길.

---

* 14세기 중엽에 결성된 중세 유럽의 가톨릭 신비주의 단체.
** 중세 유럽의 신비주의 비밀결사로, 그 기원은 14세기까지 거슬러 올라간다고 전한다. 하지만 실제로 일반에 알려진 것은 17세기의 일이었다.
*** 17세기 초엽에 살았던 독일의 신비주의자.
**** 20세기의 저명한 유대인 철학자 겸 종교사상가.

훌륭하고도 점잖은 사람이었어. 심지어 아랍인조차도 그의 무덤에 꽃을 가져다 놓았지. 아랍인들조차도 그를 좋아했어." 일라이어스는 말을 멈추었다. "나 자신이 찾아갔던 사람 가운데 일부는 심지어 나보다도 더 나은 사람이었지. 하지만 나는 돌아올 힘을 지녔지. 하느님이 그런 힘을 내게 허락해주셨으니까. 음, 그건 어디까지나 이스라엘을 위해서였지. 가장 훌륭한 사람들의 불멸에 대한 암시로서 말이야. 자네도 알겠지만, 허브. 전하는 바에 따르면, 하느님께서는 원래 세계 모든 민족에게 토라를 주려고 하셨다네. 그러니까 유대인에게 토라를 주시기 전에, 훨씬 더 오래전에 말이네. 하지만 다른 모든 민족은 이런저런 이유로 토라를 거절하고 말았지. 토라에서는 이렇게 말하지. '살인하지 말지니라.' 하지만 대부분의 민족은 그 계명을 지키며 살 수가 없었지. 그들은 종교와 도덕이 별개로 남아 있기를 원한 거네. 종교가 자신들의 욕망을 방해하기를 원치는 않았지. 그래서 결국 하느님은 토라를 유대인에게 주신 거라네. 그들은 기꺼이 받아들이려 했으니까."

"그럼 토라가 바로 율법인가요?" 허브가 말했다.

"그건 율법 이상의 것이지. '율법'이라는 말은 부적절해. 기독교인의 신약성서에서 '율법'이라는 단어는 항상 토라를 가리키기는 하지만 말일세. 토라는 하느님의 거룩한 드러냄의 전체를 말하지. 그건 살아있어. 창조 이전부터 존재했고. 그건 신비로운, 거의 우주적인 실체라네. 토라는 창조주의 도구야. 그것을 가지고 그분은 우주를 창조했고, 또 그것을 위해서 우주를 창조했지. 그것은 지고한 관념이며 세계의 살아있는 영혼이야. 그것이 없으면 이 세계는 존재할 수 없을 것이고, 존재할 권리를 지니지 못할 것이야. 나는 지금 위대한 히브리 시인 하임 나만 비알리크를 인용하고 있는 거라네. 19세기 후반부터 20세기 중반까지 살았던 사람이지. 나중에 기회가 되면 그 사람 시를 한번 읽어보게나."

"그러면 토라에 관해 다른 이야기도 해주실 수 있습니까?"

"레시 라키시*는 이렇게 말했지. '사람의 의도가 순수하다면 토라는 그에게 생명을 주는 치료제가 되며 그를 정화시켜 살게 만들 것이다. 하지만 사람의 의도가 순수하지 못하면 그것은 죽음을 주는 약이 되며 그를 정화시켜 죽게 만들 것이다.'"

두 사람은 한동안 서로 말이 없었다.

"좀 더 이야기해주지." 일라이어스가 말했다. "한 남자가 위대한 랍비 힐렐—서기 1세기 때 사람이지—에게 찾아와서 이렇게 말했다네. '제가 한 다리로 서있는 동안에 토라 전체를 가르쳐주시면, 저는 기꺼이 개종자가 되겠습니다.' 그러자 힐렐이 말했지. '당신이 싫어하는 일이 있다면, 그게 무엇이든지 간에 이웃에게도 행하지 마시오. 이것이 곧 토라 전체요. 그 나머지는 주석일 뿐이오. 가서 그것을 공부하시오.'" 그는 허브 애셔를 바라보며 미소를 지었다.

"그런 명령이 실제로 토라에 있는 겁니까?" 허브 애셔가 말했다. "그러니까 성서의 처음 다섯 권에요?"

---

* 3세기에 팔레스타인 지역에서 활동한 유대인 학자.

"그렇다네. 레위기 19장 18절에서 하느님이 이렇게 말씀하시지. '네 이웃 사랑하기를 네 자신과 같이 하라.' 자네는 그걸 몰랐나보군, 안 그런가? 예수보다도 거의 2000년 전에 나온 것이니까."

"그러면 황금률이 바로 유대교에서 나온 셈이로군요." 허브가 말했다.

"그래, 바로 그렇다네. 바로 초기 유대교에서지. 그 황금률은 하느님이 직접 인간에게 내려주신 거라네."

"저도 배울 게 상당히 많군요." 허브가 말했다.

"읽어보게." 일라이어스가 말했다. "'카페, 레게Cape, lege.' 이것이야말로 아우구스티누스가 들은 두 마디 단어일세. 라틴어로는 '집어서, 읽으라' 라는 뜻이지.* 자네도 그렇게 하게, 허브. 그 책을 집어서 읽어보게. 그 책은 자네를 위해 거기 있으니까. 그 책은 살아있어."

여행이 계속되면서 일라이어스는 토라에서도 더욱 흥미를 자아내는 측면들을 그에게 드러내 보여주었다. 지금까지는 거의 아는 사람이 없었던 토라의 여러 가지 특성들을.

"내가 자네에게 이런 것들을 이야기해주는 까닭은 자네를 신뢰하기 때문이라네." 일라이어스가 말했다. "이 이야기를 다른 사람에게 전할 때에는 부디 신중을 기하게."

---

* 저자는 '카페 레게(Cape, lege)' 라고 썼지만 실제로는 '톨레 레게(Tolle, lege)' 가 맞다. 양쪽 모두 '(책을) 집어서 (들고) 읽으라' 라는 뜻이다. 『고백록』에서 아우구스티누스는 어디선가 어린아이의 목소리로 들려오는 이 권유에 자기도 모르게 신약성서 로마서의 한 구절을 읽고 회심했다고 설명한다.

토라를 읽는 방법에는 네 가지가 있었는데, 그중 네 번째가 바로 토라의 감춰진, 가장 깊은 측면에 대한 연구였다. 하느님이 "빛이 있으라" 하고 말씀하셨을 때, 당신은 토라에서 빛나는 수수께끼를 의미하신 것이었다. 이것은 창조 그 자체에 감춰진 태초의 시의 빛이었고, 워낙 고귀하기 때문에 인간이 사용한다고 해서 가치가 저하될 수가 없었다. 따라서 하느님은 그것을 토라의 핵심부 안에 넣어두었다. 이것은 소진될 수 없는 불빛이었고, 영지주의자가 믿었던 거룩한 불꽃과도 관련이 있었으며, 창조의 와중에 이제는 흩어져버린 신성 하느님의 파편들이 물질적인 껍질, 즉 물체의 껍질 속에—불행히도—갇혀있었다.

가장 흥미로운 것은, 모두 60만 명의 유대인이 이집트에서 나와 시나이 산에서 토라를 받았다는 중세의 일부 유대인 신비주의자들의 주장이었다. 각각의 후속 세대에서 환생함으로써 이들 60만 명의 영혼은 계속 살아갔다. 각각의 영혼, 또는 불꽃은 서로 다른 방식으로 토라와 연계되었다. 따라서 토라에는 60만 가지의 서로 다른, 독특한 의미가 있는 셈이었다. 그 발상은 다음과 같았다. 이들 60만 명 각자에게는 토라의 의미가 저마다 달랐으며, 저마다 토라 안에 자기만의 구체적인 철자를 지니고 있었으며, 그의 영혼이 바로 거기에 붙어있었다. 따라서 어떤 의미에서는 60만 가지의 토라가 있는 셈이었다.

또한 세 가지의 영겁, 또는 시기가 있었다. 그중 첫 번째는 은혜의 시대였다. 두 번째, 또는 현재는 엄중한 정의와 제한의 시대였다. 아직 오지 않은 세 번째는 자비의 시대였다. 이 세 가지 시대마다 각각 서로 다른 토라가 하나씩 있었다. 그런 한편으로 토라는 오로지 하나뿐이었다. 최초의, 또는 모체의 토라가 하나 존재하고, 거기서는 단어 사이에 아무런 구두점, 또는 간격이 없었다. 이 세 가지 시대 각각에서는 사건이 펼쳐짐에 따라서 철자들이 스스로 대안적인 단어를 형성했다.

현재의 시대, 즉 엄중한 정의와 제한의 시대는 그만 훼손되고 말았다는 것이 일라이어스의 설명이었다. 손상의 원인은 이 시대의 토라에 있는 철자 가운데 하나에 결함이 있기 때문이며, 그 철자는 바로 히브리어의 자음 '쉰(ש)'이었다. 이 철자는 항상 세 개의 가지가 달린 것으로 그려지게 마련인데, 실제로는 네 개의 가지가 달려야 한다. 따라서 이 시대에 산출된 토라는 결함이 있게 마련이다. 중세의 유대인 신비주의자들이 주장한 또 한 가지 견해에 따르면, 이 철자는 사실 우리의 알파벳에서는 사라져버렸다. 이 우리의 토라는 긍정적인 율법과 부정적인 율법 모두를 담고 있기 때문이다. 다음 영겁에 가서는 그 잃어버린, 또는 보이지 않는 철자가 복원될 것이고, 토라에 있는 모든 부정적인 금지는 사라질 것이다. 따라서 이 다음번 영겁, 또는―히브리어로 표현해서―다음번 '셰미타'는 인간에게 부과된 제한들이 결여될 것이었다. 그리고 엄중한 정의와 제한 대신 자유가 들어설 것이었다.

바로 이러한 개념으로부터 나온 것이(일라이어스의 말에 따르면) 토라에는 우리 눈에 보이지 않는 부분이 있다는 관념이었다. 지금은 우리 눈에 보이지 않지만, 장차 올 메시야의 시대에는 우리 눈에 보이게 되리라는 것이었다. 그것이 바로 다음 번 '셰미타'이며, 첫 번째와 매우 비슷할 것이었다. 토라는 다시 한 번 뒤죽박죽된 행렬(매트릭스)에서 스스로를 재정렬할 것이었다.

허브 애셔는 생각했다. 컴퓨터 이야기처럼 들리는데. 우주는 프로그램이 되어있는 거군. 그리고 나중에 가서 더욱 정확하게 다시 프로그램이 되는 거고. 환상적인데.

두 시간 뒤, 정부 우주선이 이들의 우주선과 연결되었다. 잠시 후에 출입국관리소 요원들이 이들에게 다가와서 조사를 시작했다. 사실상 심문이나 다름없었다.

두려움에 사로잡힌 허브 애셔는 리비스를 바짝 끌어안고 최대한 일라이어스 곁에 가까이 앉아서 그 나이 많은 남자로부터 힘을 얻었다. "일라이어스." 허브가 나지막이 말했다. "당신이 하느님에 관해 아는 것 중에서 가장 아름다운 걸 이야기해 줘요." 가슴이 쿵쿵 뛰면서 그는 차마 숨조차 쉴 수가 없었다.

일라이어스가 말했다. "알았네. 랍비 유다는 랍비의 이름으로 이렇게 말했었다네."

하루는 12시간으로 이루어져있다. 첫째의 3시간 동안 거룩하신 이(하느님)—그분을 찬송하라—께서는 토라의 연구에 몰두하신다. 둘째의 3시간 동안 그분은 보좌에 앉아 당신의 전 세계를 심판하신다. 세계가 파괴를 당해 마땅하다고 깨달으시면, 그분은 심판의 보좌에서 일어나, 자비의 보좌로 옮겨 앉으신다. 셋째의 3시간 동안 그분은 전 세계에 일용할 양식을 공급하시며, 큰 짐승에서 작은 이蝨에게까지도 그리 하신다. 넷째의 3시간 동안 그분은 레비아탄을 갖고 노신다. 이는 성서에 나온 바와 같다. '레비아탄, 당신께서 만드시고 갖고 노시나이다.' (시편 104장 26절)*

(······) 넷째의 3시간 동안(다른 사람들의 말에 따르면) 당신은 어린 학생들을 가르치신다.

"고맙습니다." 허브 애셔가 말했다. 출입국관리소 요원들이 이제 그들 쪽으로 다가오고 있었다. 이들의 제복은 밝은 색으로 반짝였다. 그리고 무기를 지니고 있었다.

일라이어스가 말했다. "심지어 하느님조차도 토라를 참고하신다네. 그것이야말로 우주의 공식이며 청사진이니까." 출입국관리소 요원들이 손을 내밀어 일라이어스에게 신분증을 요구했다. 노인은 서류 뭉치를 상대방에게 건네주었다. "심지어 하느님조차도 그것에 반대되는 행동을 할 수는 없지."

"성함이 일라이어스 테이트 씨로군요." 출입국관리소의 선임 요원이 서류를 살펴보며 말했다. "지구 태양계를 방문하시는 목적은 어떻게 됩니까?"

---

* 개역개정판에는 '주께서 지으신 리워야단이 그 속에서 노니이다' 라고, 공동 번역에는 '손수 빛으신 레비아단이 있지만 그것은 당신의 장난감입니다' 라고 나온다.

"이쪽 여자 분이 무척 편찮으시다네." 일라이어스가 말했다. "이 여자 분은 해군 병원에 입원을—"

"저는 여자 분이 아니라 당신의 방문 목적을 여쭤보았습니다만." 요원은 허브 애셔를 바라보았다. "당신은 또 누구십니까?"

"저는 이 여자 남편입니다." 허브가 말했다. 그는 자기 신분증과 허가서와 기타 문서를 그에게 건네주었다.

"전염성 질환이 아닌 것으로 확인은 되었습니까?" 출입국관리소의 선임 요원이 물었다.

"그냥 다발경화증일 뿐입니다." 허브가 말했다. "그건 결코—"

"저는 지금 여자 분의 질환을 물어본 게 아닙니다. 그게 전염성이냐고만 물어봤을 뿐입니다."

"제 말이 그 말 아닙니까." 그가 말했다. "방금 하신 질문에 대답한 건데요."

"일어나시죠."

그가 자리에서 일어났다.

"저와 함께 좀 가시겠습니까." 출입국관리소의 선임 요원이 허브 애셔에게 손짓을 하며 복도를 따라오게 했다. 일라이어스도 따라가려고 했지만, 요원이 대뜸 그를 확 뒤로 밀쳤다. "당신은 말고."

출입국관리소 요원을 뒤따라서 허브 애셔는 통로를 한 걸음 한 걸음 지나 우주선의 뒤쪽으로 향했다. 다른 승객은 아무도 서있지 않았다. 오로지 그 혼자만 선발된 것이었다.

'관계자 외 출입금지'라고 적힌 작은 격실로 들어서자, 출입국관리소 요원이 허브 애셔 쪽으로 돌아서더니, 아무 말도 없이 그저 바라보기만 했다. 두 눈을 부릅뜬 것으로 보아서 차마 말을 할 수 없는 듯한, 또는 차마 말할 수 없는 것을 말해야 한다는 듯한 모양새였다. 시간이 흘렀다. 이 사람 도대체 뭘 하는 거지? 허브 애셔는 자문했다. 침묵이 흘렀다. 화난 듯한 눈길이 지속되었다.

"좋습니다." 요원이 말했다. "내가 포기하죠. 그러면 당신네가 지구로 돌아가는 '진짜' 목적이 뭡니까?"

"아까 말씀드리지 않았습니까."

"그 여자 분이 진짜로 아픈 겁니까?"

"몹시요. 지금 죽어가고 있습니다."

"그러면 너무 아파서 여행도 할 수 없었을 텐데. 도무지 이치에 닿지가 않는군요."

"그 병이 지구에 있는 무슨 시설에서만—"

"당신은 이제 테라의 사법 관할권 안에 있는 겁니다." 출입국관리소 요원이 말했다. "연방 관리한테 거짓 정보를 제공한 죄로 한동안 옥살이를 하고 싶은 건 아니겠지요? 나는 당신네를 포말하우트로 돌려보낼 겁니다. 당신네 세 명 모두요. 더 이상은 시간이 없습니다. 원래 앉아있던 곳으로 가서 꼼짝하지 마세요. 우리가 별도로 지시하기 전까지는요."

어떤 목소리, 중성적이고 감정이 깃들지 않은 목소리, 남자도 여자도 아니고, 일종의 완벽한 지성에 어울리는 듯한 목소리가 허브 애셔의 머릿속에서 이렇게 말했다. "베데스다 병원에 있는 사람들이 아내의 질병을 연구하고 싶어해서 그렇습니다."

그는 이 말을 따라했다. 요원이 그를 바라보았다.

"베데스다 병원에 있는 사람들이." 그가 말했다. "아내의 질병을 연구하고 싶어해서 그렇습니다."

"연구 목적으로요?"

"일종의 미생물 때문이죠."

"아까는 전염성이 아니라고 했잖습니까."

중성적인 목소리가 말했다. "현 단계에서는 아닙니다."

"현 단계에서는 아닙니다." 그가 큰 소리로 말했다.

"그쪽에서는 혹시 전염병을 우려하는 겁니까?" 출입국관리소 요원이 불쑥 물어보았다.

허브 애셔가 고개를 끄덕였다.

"일단 자리로 돌아가 계시죠." 그 요원은 짜증스러운 듯 그에게 손짓을 했다. "여하간 내 관할 범위 밖에 있는 일입니다. 분홍색 서식을 갖고 계시지요? 368번 서식 말입니다. 제대로 작성하고 의사가 서명도 한 겁니까?"

"예." 그건 사실이었다.

"그러면 혹시 당신이나, 또는 그 노인도 감염된 겁니까?"

그의 머릿속에서 울리는 목소리가 말했다. "그 문제는 오로지 베데스다에서만 판정할 수 있을 겁니다." 순간 그는 자기한테 들리는 목소리의 주인공을 마음의 눈으로 또렷하게 볼 수 있었다. 마음속으로 어떤 얼굴이, 여성의 얼굴이, 평온하지만 강인해 보이는 얼굴이 보였던 것이다. 금속제 가면을 들어 올리자 크고도 냉정해 보이는 눈이 나타났다. 아름답고도 고전적인 얼굴이었다. 마치 아테나 여신 같은. 그는 깜짝 놀란 나머지 비틀거리고 말았다. 저건 야훼일 수가 없었다. 저건 여성이었다. 하지만 이제껏 그가 보았던 어떤 여성과도 달랐다. 그는 저 여성을 몰랐다. 그는 저것이 과연 누구인지도 몰랐다. 그녀의 목소리는 야의 목소리가 아니었고, 이것은 야의 얼굴일 수가 없었다. 그는 이걸 어떻게 받아들여야 할지 몰랐다. 도저히 말할 수도 없이 그는 당혹스러웠다. 혹시 누가 그에게 조언하는 임무를 대신 맡은 걸까?

"그 문제는 오로지 베데스다 병원에서만 판정할 수 있을 겁니다." 그는 간신히 이렇게 말했다.

출입국관리소 요원이 어찌해야 할지 모르는 표정으로 동작을 멈추었다. 겉으로 보였던 무자비함은 이미 눈 녹듯 사라진 다음이었다.

그 여성의 목소리가 다시 한 번 속삭였다. 이번에는 그녀의 입술이 움직이는 것까지 마음속으로 보였다. "중요한 것은 시간이겠지요."

"중요한 것은 시간이겠지요." 허브 애셔가 말했다. 그의 목소리는 본인의 귀에도 거슬리게 들렸다.

"그렇다면 당신네들은 격리되어야 하지 않을까요? 당신네들은 다른 사람들과 함께 있어서는 안 될 텐데요. 저 다른 승객들은— 우리가 차라리 전용 우주선을 하나 마련해 드려야 하겠군요. 준비할 수 있을 겁니다. 그게 훨씬 더 나을 거고…… 최대한 빨리 도착하도록 하겠습니다."

"좋습니다." 그가 말했다. 합리적인 생각이었다.

"일단 제가 연락을 취하겠습니다." 출입국관리소 요원이 말했다. "그나저나 그 미생물의 이름이 뭐죠? 일종의 바이러스인가요?"

"신경 수초가—"

"아니, 신경 쓰지 마세요. 일단 자리로 돌아가시죠." 출입국관리소 직원이 따라오며 다시 말을 걸었다. "저기요. 그나저나 당신네들을 상업용 수송선에 태워 보낸다는 게 도대체 누구의 생각인지 모르겠습니다만, 지금 당장은 당신네들을 여기서 내보낼 겁니다. 잘 준수되지는 않지만, 그래도 엄격한 규정이 있긴 하니까요. 베데스다 병원에서 당신네들이 오기를 기다리고 있다고요? 그러면 제가 미리 그쪽으로 대신 연락을 취해놓을까요, 아니면 그것도 미리 알아보신 건가요?"

"이미 그쪽에는 환자 이름으로 예약을 해놓았습니다." 이건 사실이었다. 실제로 예약을 해놓았던 것이다.

"하여간 정신 나간 짓이었어요." 출입국관리소 직원이 말했다. "당신네들을 공용 여객선에 태워 보내다니 말입니다. 저기 포말하우트에 있는 친구들이 좀 더 일 처리를 잘 했어야 하지 않나요."

"CY30-CY30B 말씀이죠." 허브 애셔가 말했다.

"이름이야 뭐든지 간에요. 나는 솔직히 이 일에는 전혀 관여

하고 싶지가 않아요. 이런 식의 실수는—"출입국관리소 요원
이 욕설을 내뱉었다. "아마 저 포말하우트에 있는 어떤 멍청한
놈이 나름대로 머리를 썼겠죠. 이렇게 하면 납세자들의 세금을
몇 푼이라도 줄일 수 있을 거라고요. 일단 자리에 돌아가 계세
요. 갈아탈 우주선이 준비되면 제가 알려드릴 테니까요. 도대
체 일을 어떻게— 예수님 맙소사."

허브 애셔는 여전히 몸을 떨면서 자기 자리로 돌아왔다.

일라이어스가 그를 바라보았다. 리비스는 누워서 아예 눈을
감고 있었다. 무슨 일이 벌어지고 있는지를 아예 모르는 것 같
았다.

"한 가지만 물어봐도 되나요." 허브가 일라이어스에게 물었
다. "라프로익 스카치 위스키 마셔본 적 있으세요?"

"아니." 일라이어스는 어리둥절한 표정으로 대답했다.

"스카치 위스키 중에서도 가장 좋은 거랍니다." 허브가 말했
다. "십 년 숙성에, 아주 비싸요. 그 양조장은 1815년에 처음 문
을 열었어요. 전통적인 구리 증류기를 사용하죠. 모두 두 번 증
류를 해야 하는데—"

"도대체 저기서 무슨 일이 있었나?" 일라이어스가 말했다.

"잠깐 제 이야기 좀 끝까지 들어보세요. 라프로익은 게일어
로 '넓은 만灣 옆의 아름다운 분지'라는 뜻이에요. 스코틀랜드
의 웨스턴아일스에 있는 아일레이에서 증류하죠. 보리 엿기름
으로요. 가마 밑에다가 토탄 불을 때는 거죠. 진짜 토탄으로요.
이제는 그런 식으로 만드는 스카치 위스키로는 유일하게 남은

셈이죠. 숙성은 참나무통에 넣어서 시키고요. 정말 아주 훌륭한 스카치 위스키예요. 세계에서 가장 훌륭한 술이죠. 정말이지—" 그는 문득 말을 멈추었다.

그때 출입국관리소 요원이 이들에게 다가왔다. "우주선이 준비되었습니다, 애셔 씨. 이리로 오시죠. 부인께서는 걸으실 수 있겠습니까? 저희가 좀 도와 드릴까요?"

"벌써요?" 그는 멍한 느낌이 들었다. 그제야 그는 우주선이 줄곧 옆에 있었음을 깨달았다. 출입국관리소에서는 긴급 상황에 대처할 수 있는 채비를 항상 하고 있었다. 특히 이와 같은 경우는 말이다. 아니면, 그 어떤 상황이라도 말이다.

"금속 가면을 쓴 사람이 누구죠?" 허브는 리비스가 덮고 있던 이불을 걷으면서 일라이어스에게 슬쩍 물었다. "그걸 머리 위로 들어 올리고 있었어요. 코가 오똑했고요. 아주 뾰족하다고나— 아니, 됐어요. 저 좀 도와주세요." 그는 일라이어스와 함께 리비스를 부축해서 일으켜 세웠다. 출입국관리소 요원은 딱하다는 듯 이들을 바라보고 있었다.

"나는 모르겠는데." 일라이어스가 말했다.

"다른 누군가가 있어요." 리비스를 데리고 한 걸음 한 걸음 통로를 지나가면서 허브가 말했다.

"나 토할 것 같아요." 리비스가 힘없이 말했다.

"조금만 버텨요." 허브 애셔가 말했다. "거의 다 왔으니까."

빅 누들은 우선 풀턴 스테이틀러 함스 추기경과 최고 행정관

185

에게, 그리고 나서 세계 각 정부 수반에게 다음과 같은 어리둥절한 성명서를 출력해 보냈다.

> 오십 명 단위에는 이렇게 적으라. 완고한 자들의 자리는 하느님의 강력한 행위로 인해 끝나리라. 아울러 오십 명 단위, 그리고 십 명 단위 지휘관들의 이름도 적으라. 그들이 전장에 나아갈 때에는 이렇게 ㅈㅓㄱㅇㅡㄹㅏ 완벽한 전선
> 戰線을 만들라. 전선은 수천 명의 병사 병사 병사 병사 병사로 이루고, 각각의 전선은 깊이 일곱 일곱 일곱이며, 한 사람 뒤에 또 한 사람이 서서 중지 반복 그들 모두는 광낸 청동 방패를 들 것이다 반복 거울 닮은 청동 방패

성명서는 여기서 끝나있었다. 불과 몇 분 만에 기술자들이 인공지능 시스템을 확인하기 위해 우르르 모여들었다.

이들의 평가는 이러했다. 인공지능 시스템을 한동안 꺼놓아야 할 필요가 있었다. 뭔가 기본적인 부분이 잘못되었기 때문이었다. 이 기계가 처리한 최후의 일관성 있는 정보는 리비스 로미 애셔라는 임산부와 그녀의 남편 허브 애셔, 그리고 이들의 동행인 일라이어스 테이트가 제3원에 있는 출입국관리소를 통과했다는, 그리고 상업용 수직축 수송선에서 정부 소유의 쾌속선으로 갈아타고 목적지인 워싱턴 D.C.를 향해 날아오고 있다는 것이었다.

더 이상 진동하지 않는 단말기 앞에 서서, 함스 추기경은 생

각했다. 뭔가 실수가 벌어졌군. 출입국관리소에서는 이들을 저지할 예정이었지, 편의를 봐줄 예정이 아니었는데. 이건 도무지 이치에 닿지가 않았다. 그리고 이제 우리는 최우선 데이터처리 장치를 잃어버리고 말았다. 우리가 전적으로 의지하는 도구를.

그는 최고 행정관에게 연락을 취했지만, 행정관은 이미 취침 중이라는 부하의 답변만 들었을 뿐이었다.

빌어먹을 놈 같으니. 함스는 속으로 말했다. 멍청한 놈. 그들을 저지할 기지가 하나 더 남았어. 바로 워싱턴 D.C.에 있는 출입국관리소지. 만약 그들이 이렇게 멀리까지 온다면— 하느님 맙소사. 그는 생각했다. 그 괴물이 초자연적인 힘을 사용하고 있는 거군!

다시 한 번 그는 최고 행정관에게 연락을 취했다. "그러면 갈리나하고는 연락이 가능한가?" 그가 말했다. 물론 가망이 없다는 것은 그 역시 알고 있었다. 불코프스키는 이미 포기한 것이다. 이 상황에서 취침했다는 것이야말로 결국 그런 뜻이었다.

"불코프스키 여사님 말씀이십니까?" S.L. 관리는 믿을 수 없다는 듯 말했다. "물론 지금은 곤란합니다."

"그러면 그쪽 참모본부는 어떤가? 그쪽 장군 중에 하나는?"

"행정관께서 예하께 다시 연락을 드리실 겁니다." S.L. 관리가 그에게 말했다. 불코프스키가 아무도 방해하지 못하게 하라는 명령을 내린 것이 분명했다.

예수님 맙소사! 함스는 속으로 이렇게 말하며 전화 장치를 쾅 하고 내려놓았다. 화면이 사라졌다.

뭔가 잘못되어가고 있었다. 함스는 깨달았다. 그들이 이렇게 멀리까지 와서는 안 돼. 게다가 '빅 누들도 그걸 알고 있어.' 인공지능 시스템은 지금 말 그대로 미쳐버렸다. 단순히 기계적 고장이 아니었다. 그는 비로소 깨달았다. 이건 정신적인 기억 상실이었다. 빅 누들은 뭔가를 이해했지만 차마 그걸 전달할 수는 없었던 것이다. 아니면 인공지능 시스템은 이미 전한 것이었을까? 그 마지막의 횡설수설은 도대체 뭐지? 함스는 자문했다.

그는 아직 남아있는 컴퓨터 가운데서도 가장 성능이 뛰어난 칼텍의 컴퓨터에 접속했다. 그 수수께끼의 내용을 전송하고 나서, 그는 이 내용이 무엇인지 알아보라는 지시를 내렸다.

그로부터 오 분 뒤, 칼텍의 컴퓨터는 이 내용이 무엇인지를 알아냈다.

쿰란 두루마리. "빛의 아들들과 어둠의 아들들의 전쟁."[*]
(출처: 유대교 금욕주의 종파 에세네.)

이상하군. 함스가 생각했다. 그는 물론 에세네에 관해 알고 있었다. 예수는 원래 에세네 파의 일원이었으리라 생각한 신학

---

[*] 사해문서에 포함되어 있는 묵시문학 가운데 하나로, 선과 악의 두 세력 사이에 벌어지는 최후의 전쟁에 대비하여 군대의 장비와 배치, 전략 등을 자세히 설명하는 내용이다.

자도 상당수였으며, 세례 요한도 에세네 파의 일원이었다는 증거가 분명히 있었다. 이 종파는 이 세계의 때 이른 종말을 예견했고, 서기 1세기 안에 아마겟돈 전투가 벌어질 것이라고 생각했다. 이 종파는 조로아스터교의 영향을 뚜렷이 보였다.

그는 곰곰이 생각했다. 세례 요한이라. 그리스도는 그를 가리켜 엘리야가 돌아온 것이라고 주장한 바 있었다. 말라기에서 여호와가 약속했던 것처럼.

> 보라. 여호와의 크고 두려운 날이 이르기 전에 내가 선지자 엘리야를 너희에게 보내리니. 그가 아비의 마음을 자녀에게로 돌이키게 하고, 자녀들의 마음을 그들의 아비에게로 돌이키게 하리라. 돌이키지 아니하면 두렵건대 내가 와서 저주로 그 땅을 칠까 하노라 하시니라.[*]

구약성서의 맨 마지막 구절이었다. 즉 구약성서는 이것으로 끝나고, 그 다음부터는 신약성서가 시작되는 것이었다.

아마겟돈이라. 그는 곰곰이 생각했다. 어둠의 아들들과 빛의 아들들 사이에서 벌어지는 최후의 전투. 그러니까 여호와하고— 그나저나 에세네 파에서는 사악한 힘을 뭐라고 일컬었더라? 벨리알. 바로 그거였지. 그건 결국 사탄을 가리키는 말이었어. 벨리알이 어둠의 아들들을 이끈다고 했었지. 여호와가 빛의 아들들을 이끌고. 그리고 그건 일곱 번째 전투가 될 거라고

---

[*] 말라기 4장 5~6절.

했지.

그 이전에 여섯 번의 전투가 벌어지는데, 그중 세 번은 빛의 아들들이 승리할 것이고, 나머지 세 번은 어둠의 아들들이 승리할 거라고 했지. 그리하여 벨리알이 권세를 잡을 거라고. 하지만 그 다음에는 여호와 본인이 일종의 연장전에 직접 나설 거라고 했지.

그녀의 뱃속에 든 괴물이 바로 벨리알이군. 함스 추기경은 깨달았다. 그놈이 우리를 전복시키기 위해 돌아오는 거야. 우리가 섬기는 여호와를 전복시키기 위해.

거룩한 힘 그 자체가 이제 위험에 처해있군. 그는 이렇게 결론을 내렸다. 크나큰 분노가 솟아올랐다.

추기경이 생각하기에는 지금이야말로 다른 무엇보다도 묵상과 기도가 필요할 것 같았다. 그리고 그 침략자들이 워싱턴 D.C.에 도착하기 전에 파괴할 수 있는 전략이 필요할 것 같았다.

빅 누들이 망가지지만 않았더라도!

시무룩한 표정으로 그는 개인 기도실로 향했다.

09

행정관이 말했다. "그러면 그 우주선을 파괴하세. 딱히 문제될 건 없지. 사고라는 건 늘 일어나게 마련이니까. 그러면 그 3명—혹시나 그 태아까지 포함시키고 싶다면 4명—은 죽는 거지." 그에게는 무척이나 쉬운 일 같았다.

접속된 저편에서는 함스 추기경이 말했다. "그들이라면 우리쪽의 그런 시도조차도 피할 수 있을 거네. 어떻게 그럴 수 있는지는 나한테 묻지 말게." 그는 여전히 우울한 상태였다.

"워싱턴 D.C.라면 자네 관할 구역이 아닌가." 행정관이 말했다. "그러니 그 우주선을 파괴하라고 명령하게. 당장 명령을 내리라고."

그가 말한 "당장"은 무려 8시간이 지난 뒤였다. 그 귀중한 8시간 동안 행정관은 평화롭게 잠을 청했던 것이다. 함스 추기경은 이 공동 통치자를 노려보았다. 그는 문득 이런 생각을 해 보았다. 차라리 불코프스키가 나름대로 해결책을 찾느라 고생하게 내버려둘까? 어쩌면 그는 그 사이에 전혀 잠을 자지 않았는지도 몰랐다. 그리고 그 해결책이란 것도 어쩐지 갈리나의 고안처럼 보였다. 그들끼리, 그러니까 부부끼리 의논을 했을 것이었다. 그들 부부는 한 팀으로 움직였다.

"참으로 진부한 해결책이로군." 그가 말했다. "자네의 전형적인 답변이야. 탄두를 하나 발사하라 이건가."

"불코프스키 여사가 그러면 좋겠다고 하는군." 행정관이 말했다.

"미안한 말이네만. 그러면 자네 부부가 밤새 둘이서 궁리한 결과가 겨우 '그것' 뿐이라는 건가?"

"우리도 가만 앉아만 있지는 않았네. 나는 곤히 잠을 잤지만 갈리나는 이상한 꿈을 꾸었다더군. 그중 하나를 나한테 이야기를 해 주던데— 음, 그건 자네한테도 충분히 이야기할 만한 가치가 있을 것 같군. 왜냐하면 어딘가 종교적인 기미가 있는 꿈이었거든."

"해보게." 함스가 말했다.

"아주 크고 새하얀 물고기가 한 마리 바다에 떠있더라고 하더군. 거의 수면에 가깝게, 마치 고래처럼 말이야. 상당히 순한 물고기랬어. 우리 쪽으로 향해 오더라나. 그러니까 갈리나 쪽으로 말이야. 마침 그 앞에는 갑문이 있는 운하가 줄줄이 있더라지. 그런데 그 크고 새하얀 물고기는 상당히 어렵게 그 운하를 지나서 나아오더라더군. 그러다가 바다에서 상당히 멀리 떨어진 곳에 오자, 거의 사람들이 구경하는 데에서 그만 꼼짝 못하게 되었다는 거야. 알고 보니 그놈은 일부러 그런 거였다더군. 제 몸을 사람들에게 식량으로 바치고 싶어서 말이야. 그때 누군가가 쇠톱을 꺼내더라지. 왜, 두 사람이 서서 나무를 벨 때에 쓰는 톱 말이네. 갈리나의 말로는 그 톱날이 아주 무시무시했다더군. 사람들은 그 커다란 물고기의 살을 자르기 시작했대. 그놈이 아직도 살아있는데 말이야. 그렇게 해서 크고 새하얀 물고기를, 그토록 순한 생물의 살을 한 조각 한 조각 다 발라냈다고 해. 꿈속에서 갈리나는 이렇게 생각했다더군. '이건 잘못된 일이야. 우리는 저 물고기에게 너무 많은 상처를 입히고 있어.'" 불코프스키는 잠시 말을 멈추었다. "응? 자네 생각은 어떤가?"

"그 물고기는 바로 그리스도시군." 추기경이 말했다. "그분이야말로 만인이 영생을 얻을 수 있도록 당신 살을 기꺼이 내놓으셨으니까."

"맞아, 바로 그거지. 하지만 그 물고기에게는 불공평한 일일 수밖에 없지. 갈리나는 그게 잘못된 일이라고 말하더군. 비록 그 물고기가 자기 몸을 내놓았다 하더라도 말이야. 그 고통이 너무 심하니까. 아, 그래. 그 꿈에서 갈리나는 이렇게 생각했다더군. '우리는 뭔가 다른 종류의 식량을 찾아야만 해. 저 커다란 물고기가 겪는 것 같은 고통을 야기하지 않는 식량을.' 그러다가 이런저런 다른 꿈이 이어지고 나서, 갈리나는 어느 냉장고 안을 들여다보고 있었다더군. 물 주전자가 하나 있더래. 무슨 짚인지, 아니면 갈대인지, 뭐 그런 걸로 덮인 주전자였다더군…… 그리고 마치 버터처럼 네모난 덩어리로 된 분홍색 식품이 하나 있더라는 거야. 그 포장지에 뭐라고 글자가 적혀있는데, 갈리나는 읽을 수가 없었다더군. 냉장고는 어디 외딴 지역 작은 정착지의 사람들이 사용하는 일반적인 물건이었고 말이야. 결국 무슨 이야기인가 하면, 그 물 주전자며 이 분홍색 네모 모양의 식품은 그 식민지 전체의 소유이며, 그 식품과 물을 마시는 것은 누군가가 죽음의 순간에 도달하고 있음을 깨달을 때에만 가능하더라 이거지."

"그렇다면 그 물을 마시게 되면—"

"그러면 나중에 다시 돌아오는 거지. 부활하는 거야."

함스가 말했다. "그건 두 가지 종류의 성체로군. 성별된 포도주와 제병 말이네. 우리 주님의 피와 살이지. 영생의 식품이고. '받아서 먹으라. 이것은 내 몸이니—'"*

"그 정착지는 우리와는 전혀 다른 시간에 존재하는 것 같더라는군. 아주 오래전에 말이야. 마치 고대 같았대."

"흥미롭군." 함스가 말했다. "하지만 우리는 아직도 처리해야 할 문제가 있다네. 도대체 그 괴물 갓난아기를 어떻게 할 것이야 하는 문제지."

"내가 말한 대로 하세." 행정관이 말했다. "사고를 하나 꾸미

---

* 마태복음 26장 26절을 비롯해서 공관복음에 모두 나오는 구절이다.

는 거야. 그 우주선은 워싱턴 D.C.에 도착하지 못할 걸세. 정확히 그게 언제쯤 도착하나? 우리에게 남은 시간이 어느 정도나 되지?"

"잠깐 기다려보게." 함스는 작은 컴퓨터 단말기에 있는 키를 하나 눌렀다. "예수님 맙소사!" 그가 말했다.

"무슨 일인가? 작은 미사일 하나 쏴 보내는 데에는 몇 초면 되지 않나. 자네 담당 구역에도 그런 미사일이야 있을 거고."

함스가 말했다. "그들이 탄 우주선이 이미 착륙했네. 자네가 잠자고 있을 때에 말이야. 그들은 이미 워싱턴 D.C.의 출입국관리소에서 수속을 밟는 중이군."

"사람이 잠자는 거야 당연한 일 아닌가." 행정관이 말했다.

"그 괴물이 자네를 잠자게 만든 거네."

"난 지금껏 평생 잠자고 깨고 한 사람일세!" 화가 난 듯, 행정관이 덧붙였다. "그리고 지금 나는 휴양을 위해서 이 휴양지에 와있다네. 건강이 악화되었기 때문이지."

"과연 그럴까." 함스가 말했다.

"일단 출입국관리소에 연락하게. 당장. 그들을 억류하라고 말이네. '지금' 당장 하게."

함스는 행정관과 접속을 끊고, 곧바로 출입국관리소로 접속했다. 그 여자, 그 리비스 로미 애셔란 년을 붙잡기만 하면 목을 부러트려버려야지. 그는 속으로 말했다. 그년을 칼로 다져서 곤죽을 만들어버려야지. 그 뱃속의 괴물도 마찬가지로. 모조리 칼로 다져서 동물원에 있는 짐승들에게 먹이로 줘야지.

그는 흠칫 놀랐다. 그리고 자문했다. 내가 지금 무슨 생각을 한 거지? 자기가 했던 생각이 어찌나 포악했던지, 그조차도 그만 놀라고 말았던 것이다. 나는 그들을 정말로 증오해. 그는 깨달았다. 나는 격노하고 있어. 나는 불코프스키에 대해서도 격노하고 있어. 그가 이런 재난 상황에서 무려 여덟 시간이나 쿨쿨 잠만 자고 있었기 때문이지. 그럴 힘만 있다면, 그 역시 칼로 다져버리고 싶어.

워싱턴 D.C. 출입국관리소의 소장과 연결되자, 그는 맨 먼저 리비스 로미 애셔라는 여자, 그녀의 남편, 그리고 일라이어스 테이트라는 동행자가 아직 거기 있는지 물었다.

"확인해보겠습니다, 예하." 소장이 말했다. 침묵이, 아주 긴 침묵이 흘렀다. 함스는 일 초 일 초를 세면서, 욕을 하다가 기도를 하다가 했다. 곧이어 소장이 돌아왔다. "아직 수속 절차 중입니다."

"그들을 억류해두게. 무슨 이유를 대든지 간에 그들이 밖으로 나가게 해서는 안 되네. 그 여자는 임신 중이네. 그 여자한테 알리게. 지금 내가 누구 이야기를 하는지 알겠나? 리비스 로미 애셔라는 여자 말이네. 여하간 그 여자에게 알리게. 그 태아를 강제 낙태시켜야 한다고 말이야. 그 이유가 무엇인지는, 자네 밑에 있는 직원들에게 아무렇게나 꾸며대라고 하고."

"진짜로 그 여자한테 낙태 수술을 실시하라고 말씀하시는 겁니까? 아니면 그냥 구실로만—"

"앞으로 한 시간 내에 그 여자한테 낙태 수술을 실시하도록 하게." 함스가 말했다. "염수鹽水를 써서 중절 수술을 하게. 그 태아를 반드시 죽여야만 하네. 내 자네만 믿도록 하겠네. 이 문제에 관해서는 최고 행정관하고도 이야기를 했다네. 그러니 이건 전 지구적인 정책일세. 그 태아는 괴물이네. 방사능을 지닌 변종이지. 어쩌면 심지어 종간 교배로 인해 생겨난 괴물의 새끼인지도 몰라. 무슨 말인지 알겠나?"

"아." 출입국관리소 소장이 말했다. "종간 교배 말씀이십니까. 예. 그러면 국소적인 열을 이용해서 죽일 수 있습니다. 복강을 통해 방사능 염료를 직접 주입하면 됩니다. 저희 쪽의 의사들 가운데 하나에게 지시해서―"

"이렇게 지시하게. 그 여자에게 낙태를 시키든가, 아니면 그 여자 뱃속에 있는 것을 죽여 없애라고." 함스가 말했다. "그걸 반드시 죽여야 하네. 그리고 당장 죽여야 하네."

"하지만 그러려면 서명을 해주셔야 합니다." 출입국관리소 소장이 말했다. "허가 없이 저 혼자서 그렇게 할 수는 없으니 말입니다."

"서식을 전송하게나." 그가 한숨을 쉬었다.

그의 단말기에서 서식이 출력되었다. 그는 종이를 집어 들어 서명이 필요한 곳을 찾아보았다. 그리고 서명을 마친 종이를 다시 전화 단말기에 집어넣었다.

리비스와 함께 출입국관리소의 라운지에 앉아있던 허브 애셔는 문득 일라이어스 테이트가 어디로 갔는지 궁금해졌다. 아까 잠시 화장실에 간다고 간 사람이 여태껏 돌아오지 않았기 때문이다.

"언제쯤 되어야 누울 수 있대요?" 리비스가 중얼거렸다.

"금방이면 될 거예요." 그가 말했다. "그 사람들이 우리를 곧장 이리로 데려왔으니까." 그는 목소리를 낮췄다. 라운지 역시 도청이 되고 있음이 분명했기 때문이다.

"일라이어스는 어디 갔어요?" 그녀가 물었다.

"금방 돌아올 거예요."

제복을 입는 대신에 배지만 하나 단 출입국사무소의 관리 한 사람이 이들에게 다가왔다. "일행 중에 또 한 분은 어디 계시죠?" 그가 클립보드를 들여다보고 말했다. "일라이어스 테이트 씨요."

"화장실에 갔습니다." 허브 애셔가 말했다. "괜찮으시다면 제 집사람부터 좀 수속을 밟아주시겠습니까? 보시다시피 몸이 아주 아파서요."

"일단 부인께서 의료 검사를 해야 할 것 같은데요." 출입국관리소 관리가 무표정하게 말했다. "수속을 밟기 전에 의학적 판정을 받는 것이 정해진 순서라서요."

"검사는 벌써 했단 말입니다! 원래 있던 곳에서도 의사를 만났고, 그 다음에도—"

"이건 어디까지나 기본 절차예요." 관리가 말했다.

"기본이든 뭐든 마찬가집니다." 허브 애셔가 말했다. "그야말로 잔인하고도 쓸모없는 일이잖아요."

"의사가 금방 나올 겁니다." 관리가 말했다. "그리고 부인께서 검사를 받으시는 동안, 남편께서는 질의를 받으시게 될 겁니다. 시간을 절약하기 위해서죠. 부인께는 질의를 드리지 않겠습니다. 혹여 질의를 드리더라도 아주 오래 걸리지는 않을 거고요. 부인께서 지금 중대한 의학적 상태에 있다는 걸 저희도 잘 아니까요."

"하느님 맙소사." 허브가 말했다. "이렇게 뻔히 보면서도 그럽니까!"

관리는 자리를 떠나더니, 금세 다시 돌아왔다. 그의 표정이 굳어있었다. "테이트 씨는 화장실에 안 계시던데요."

"그러면 저도 그 양반이 어디 있는지 모르겠군요."

"어쩌면 이미 수속을 밟았는지도 모르겠군요. 통과를 하셨는지도요." 관리는 서둘러 자리를 떠나며, 인터콤 장비를 붙들고 뭐라고 말을 했다.

아마 벌써 자리를 떴겠지. 허브 애셔가 생각했다.

"이쪽으로 오세요." 누군가가 말했다. 흰 겉옷을 입은 여자 의사였다. 젊고, 안경을 쓰고, 머리카락은 둥글게 말아서 뒤통수에 붙였다. 그녀는 기운차게 허브 애셔와 그의 부인을 데리고, 냄새로나 외관으로나 살균 처리가 된 듯한 복도를 지나 검사실로 들어갔다. "여기 누우세요, 애셔 부인." 의사가 이렇게 말하며 리비스를 부축해서 검사대에 눕혔다.

"로미 애셔예요." 리비스는 힘겹게 검사대에 올라가 누우며 말했다. "죄송하지만 I-V 항구토제 좀 주실래요? 가능하면 좀 빨리요? 진짜 빨리요. 지금 당장요."

"부인께서 질환이 심하신데 말이죠." 의사는 자기 책상 앞에 앉더니 허브 애셔에게 이렇게 말했다. "차라리 임신 중절 수술을 하시는 게 낫지 않았을까요?"

"지금까지 줄곧 이 상태로 지나왔는데요." 그가 퉁명스레 대답했다.

"그래도 저희 쪽에서는 부인께서 중절 수술을 하시라고 권하고 싶습니다. 기형아가 태어나는 것은 저희도 바라지 않거든요. 공공정책에 위배되는 일이니까요."

겁에 질린 표정으로 의사를 바라보던 허브가 말했다. "하지만 집사람은 벌써 임신 6개월째란 말입니다!"

"그야 5개월째라고 서류상으로 바꿔드리면 되죠." 의사가 말했다. "그러면 합법적인 기간 이내가 되니까요."

"본인의 허락 없이는 절대로 그렇게 못할 겁니다." 허브가 말했다. 그는 점점 더 큰 두려움을 느꼈다.

"그 결정은 이제 더 이상 선생의 몫이 아닙니다." 의사가 그에게 말했다. "이제 선생께서는 지구로 돌아오신 거니까요. 따라서 이 문제는 의료위원회가 처리할 겁니다."

허브 애셔가 보기에도 강제 낙태가 이루어질 것이 뻔해 보였다. 위원회가 어떤 결정을 내릴 것인지, 또는 이미 내렸는지 그는 알 수 있었다.

방 한구석에 있는 음악 장치가 청승맞은 현악기 소리로 정말이지 밉살맞은 배경음을 만들어내고 있었다. 일찍이 자기 돔에서 간헐적으로 듣던 것과 같은 음악임을 그는 깨달았다. 하지만 이번에는 음악이 바뀌어있었다. 더 폭스의 인기곡 가운데 하나가 나오고 있음을 그는 깨달았다. 의사가 자리에 앉아서 의료 서식을 채우는 동안, 더 폭스의 목소리가 멀리서 들려왔다. 덕분에 그는 위로를 얻었다.

다시 오라!
달콤한 사랑이 이제 초대하네
그대의 우아함에, 나로서는 감히
마땅한 기쁨을 행하지 못했건만……

더 폭스의 유명한 다울런드 노래가 나오자 젊은 여자 의사의 입술도 따라서 움직였다.

그 순간 허브 애셔는 스피커에서 나오는 목소리가 단순히 더 폭스의 목소리와 닮은 것이 아님을 깨달았다. 그 목소리는 더 이상 노래가 아니었다. 이제는 이야기였다.

작은 목소리가 또렷하게 말했다.

낙태는 없을 것이다. 탄생이 있을 것이다.

책상 앞에 앉은 의사는 변화를 눈치 채지 못한 것 같았다. 허브 애셔는 어찌된 영문인지 깨달았다. 일찍이 야가 그의 오디오 신호를 망쳐놓은 적이 있었다. 그가 지켜보는 가운데 의사가 갑자기 동작을 멈추더니, 서식을 쓰다 말고 펜을 들어 올렸다.

잠재의식이군. 의사가 머뭇거리는 모습을 지켜보며 그가 속으로 말했다. 그 여자는 아직도 자기가 귀에 익숙한 노래를 듣고 있을 뿐이라고 상상하는 듯했다. 귀에 익숙한 가사를 듣고 있을 뿐이라고 말이다. 그녀는 주문에 걸린 상태였다. 최면과 같은.

노래가 재개되었다.

"부인께서 벌써 임신 6개월째시라면, 합법적으로 낙태를 시킬 수는 없어요." 의사가 머뭇거리며 말했다. "애셔 씨, 아마도 무슨 오류가 있었던 것 같군요. 그러면 5개월째라고 서류상으로 바꿔드릴게요. 임신 5개월째라고 말이에요. 하지만 그쪽에서 6개월이라고 하시면, 그러면—"

"필요하면 직접 검진해보시죠." 허브 애셔가 말했다. "최소한 6개월일 겁니다. 직접 결정을 내려보세요."

"저로서는—" 의사는 이마를 문지르며 얼굴을 찡그렸다. 그녀는 마치 고통스러운 듯 눈을 감고 인상을 썼다. "저로서는 굳이 그럴 이유가—" 그녀는 말을 잇지 못했다. 마치 자기가 하려던 말이 무엇이었는지 기억이 나지 않는 듯했다. "저로서는 굳이 그럴 이유가 없겠다 싶군요." 잠시 후에 그녀가 말을 이었다. "이걸 굳이 믿지 않을 이유가 없어요." 그녀는 책상 위의 인터콤 버튼을 하나 눌렀다.

문이 열리더니 제복을 입은 출입국관리소 관리가 한 사람 서

있었다. 잠시 후에 제복을 입은 세관 요원도 한 사람 따라왔다.

"그 문제는 일단락되었습니다." 의사가 출입국관리소 관리에게 말했다. "이 여자 분에게 강제 낙태를 실시할 순 없어요. 개월 수가 이미 오래되었으니까요."

출입국관리소 관리는 그녀를 한참 바라보았다.

"법률이 그렇다고요." 의사가 말했다.

"애셔 씨." 세관 요원이 말했다. "제가 몇 가지 질문을 드리겠습니다. 부인께서 세관 통관 절차 때에 신고하신 소지품 내역을 보면 성구함聖句函 2개라고 적어놓으셨더군요. 그런데 성구함이 뭡니까?"

"저도 모르겠습니다." 허브 애셔가 말했다.

"당신도 유대인 아닙니까?" 세관 요원이 말했다. "유대인이라면 성구함이 뭔지 당연히 알고 있을 텐데요. 그러면 부인께서는 유대인이고, 당신은 아닌 겁니까?"

"글쎄요." 허브 애셔가 말했다. "제 아내는 C.I.C.입니다만—" 그는 말을 멈추었다. 자기가 지금 덫을 향해 한 걸음 한 걸음 움직이고 있음을 감지한 까닭이었다. 남편이 아내의 종교에 관해 전혀 모른다는 건 사실상 불가능한 일이었다. 이들은 지금 내가 논의하고 싶지 않은 영역으로 날 끌어들이고 있군. 그는 속으로 생각했다. "저는 그냥 기독교인입니다." 그가 말했다. 곧이어 이렇게 덧붙였다. "물론 저는 과학 교황사절단에서 자라나긴 했죠. 당 청년단 소속이었던 겁니다. 하지만 지금은—"

"하지만 당신의 부인께서는 유대인 아닙니까. 그러니 성구함을 갖고 있는 것이고 말입니다. 혹시 부인께서 그걸 착용하신 모습을 한 번도 못 보셨습니까? 하나는 머리에 달고, 또 하나는 왼팔에 다는 건데요. 성구함이라는 건 작은 사각형의 가죽 상자를 말합니다. 그 안에다가 히브리 성서의 구절을 적어서 넣어두는 거죠. 당신이 이런 것을 전혀 모르고 계셨다니 정말 의아하기 짝이 없군요. 서로를 알고 지내신 지가 얼마나 되셨습니까?"

"아주 오래되었죠." 허브 애셔가 말했다.

"이 여자 분이 진짜로 부인 되십니까?" 출입국관리소 관리가 말했다. "지금 이 여자 분이 임신 6개월째라고 하면—"그는 의사의 책상 위에 놓인 문서를 뒤적이면서 말했다. "그러면 당신과 결혼했을 때에도 이미 임신 상태였겠군요. 그러면 당신이 아기 아빠 되십니까?"

"물론입니다."

"그러면 혈액형이 어떻게 되십니까? 아니, 여기 나와있겠군요." 출입국관리소의 관리가 내용이 기입된 법률 및 의료 서식을 뒤지기 시작했다. "아마 여기 어딘가에……"

바로 그때 책상 위의 전화가 울렸다. 여자 의사가 전화를 받으며 자기 이름을 밝혔다. "그쪽 전화예요." 그녀가 송수화기를 출입국관리소의 관리에게 넘겨주었다.

출입국관리소 관리는 마치 뭔가에 홀린 듯, 아무 말 없이 수화기에서 나오는 이야기에 귀를 기울였다. 그러다가 송화기를 한손으로 가린 채로, 허브 애셔에게 짜증스러운 듯 말했다. "혈

액형 문제는 확인이 끝났습니다. 일단 두 분은 가셔도 좋습니다. 하지만 테이트라는 사람하고는 우리가 더 이야기를 해야 하겠습니다. 그 나이 많은 남자분—" 그러다가 그는 다시 말을 멈추고, 다시 전화의 수화기에 귀를 기울였다.

"라운지에서 공중전화로 택시를 부르시면 됩니다." 세관 요원이 말했다.

"그러면 이제 가도 되는 겁니까?" 허브 애셔가 말했다.

세관 요원이 고개를 끄덕였다.

"뭔가가 잘못된 것 같은데." 의사가 말했다. 그녀는 안경을 벗더니, 자리에 앉아서 두 눈을 문질렀다.

"다만 한 가지 다른 문제가 있죠." 세관 요원이 그녀에게 말하며, 상체를 굽히며 그녀에게 문서 더미를 내밀었다.

"그러면 테이트 씨가 어디 있는지 아십니까?" 허브 애셔가 리비스를 데리고 진찰실에서 나가는 사이, 출입국관리소 관리가 그의 등 뒤에 대고 말했다.

"아니요, 전 모르겠습니다." 허브가 대답했다. 곧이어 그는 복도에 나와있었다. 그는 리비스를 부축해서 한 걸음 한 걸음 복도를 지나 라운지로 나왔다. "여기 앉아요." 그는 이렇게 말하며 그녀를 어느 소파에 내려놓았다. 차례를 기다리던 사람들이 멍한 표정으로 이들을 바라보았다. "전화하고 올게요. 금방이면 될 거예요. 혹시 잔돈 가진 거 있어요? 5달러짜리가 있어야 할 텐데."

"예수님 맙소사." 그녀가 중얼거렸다. "아니, 없어요."

"그래도 우린 통과한 거예요." 그가 낮은 목소리로 그녀에게
말했다.

"알았어요!" 그녀가 짜증스러운 듯 대답했다.

"내가 전화해서 택시를 부를게요." 주머니를 뒤져서 5달러짜
리가 있는지 찾아보는 내내, 그는 의기양양한 기분이었다. 야
가 간섭해주었어. 비록 멀리에서, 미약하기는 했지만, 그걸로
도 충분했던 것이다.

그로부터 십 분 뒤에 두 사람은 짐을 챙겨서 비행택시에 올
라탔다. 워싱턴 D.C. 우주공항에서 이륙한 이들은 베데스다 체
비체이스 쪽으로 향했다.

"일라이어스는 도대체 어디 있는 거예요?" 리비스가 간신히
말을 꺼냈다.

"지금 그들의 주의를 끌고 있어요." 허브가 말했다. "일종의
교란 작전인 거죠. 우리에게서 떼어놓기 위해서요."

"잘했네요." 그녀가 말했다. "그러면 이제 그 양반도 어디론
가 빠져나갈 수 있겠군요."

바로 그 순간 커다란 상업용 비행자동차가 무시무시한 속도
로 이들을 향해 날아왔다.

택시의 로봇 운전사는 깜짝 놀라 소리를 질렀다. 곧이어 그
거대한 비행자동차가 이들의 옆을 스치듯 들이받았다. 그야말
로 순식간에 벌어진 일이었다. 극심한 충격파에 택시는 그만
나선형으로 빙빙 돌며 아래로 추락했다. 허브 애셔는 아내를

양팔로 끌어안았다. 건물들이 커다랗게 눈에 들어왔다. 그는 무슨 일이 벌어졌는지 알았다. 절대적이고도 확실하게 알고 있었다. 망할 놈들 같으니. 그는 고통 속에서 생각했다. 그는 이미 부상을 당한 상태였고 깨달음 때문에 고통스러웠다. 이 택시의 경고 신호장치가 이미 떨어져 나간 상태였고—

야의 보호는 아쉽게도 충분하지는 못했던 것이었다. 택시가 마치 시들어 떨어지는 잎사귀처럼 아래로, 또 아래로 향하는 동안 그는 이 사실을 깨달았다.

너무 미약했어. 여기서는 너무 미약했다고.

택시는 높이 솟아오른 어느 건물의 모서리에 충돌했다.

어둠이 찾아왔고, 허브 애셔도 더 이상은 아무것도 알 수가 없었다.

그는 병원 침대에 누워있었다. 마치 사이보그처럼 전선이며 튜브를 통해 수많은 장치와 연결되어있었다.

"애셔 씨?" 누군가의 목소리가, 어떤 남자의 목소리가 들렸다. "애셔 씨, 제 말 들립니까?"

그는 고개를 끄덕이려 했지만, 몸이 말을 듣지 않았다.

"지금 당신은 심각한 장기 손상을 입으셨습니다." 남자의 목소리가 말했다. "저는 담당 의사인 포프라고 합니다. 당신은 사고 이후 닷새 동안 무의식 상태였습니다. 수술을 실시하기는 했습니다만, 파열된 비장을 제거할 수밖에 없었습니다. 물론 그건 수술의 일부분에 불과했지만요. 대체용 장기가 마련될 때까지는 당분간 냉동 대기 상태에 들어가게 되실 겁니다. 제 말 들립니까?"

"예." 그가 말했다.

"그러니까 대체용 장기가 마련될 때까지입니다. 기증자가 나올 때까지요. 현재 대기자 명단이 아주 길지는 않으니까, 대략 몇 주 동안만 대기하시면 될 겁니다. 하지만 정확히 얼마 동안이면 될지는 저희로서도―"

"아내는요."

"애석하게도 부인께서는 사망하셨습니다. 두뇌 기능이 너무 오랫동안 정지되어있었습니다. 저희도 부인께 냉동 대기 판정을 내리지 않았습니다. 그래봤자 아무 소용이 없을 테니까요."

"아기는요."

"태아는 다행히 살아있습니다." 포프 선생이 말했다. "처삼촌 되시는 테이트 씨께서 이미 도착하셔서 법적 의무를 인계받으셨습니다. 저희는 일단 태아를 산모의 몸에서 떼어내 인공자궁에 넣어두었습니다. 저희가 한 검사에 따르면, 외상으로 인한 손상은 없다고 하더군요. 정말이지 기적이 아닐 수 없어요."

철저하군. 허브 애셔는 생각했다. 정확해.

"부인께서는 아드님의 이름을 이매뉴얼로 해달라고 하셨답니다." 포프 선생이 말했다.

"저도 압니다."

의식을 잃어가는 중에 허브 애셔는 속으로 말했다. 야의 계획이 완전히 망쳐진 것까지는 아니로군. 야는 아직 완전히 패배하지는 않았어. 여전히 희망이 있는 거야.

하지만 희망이 아주 많은 것까지는 아니었다.

"벨리알." 그가 속삭였다.

"뭐라고 하셨습니까?" 포프 선생이 상체를 굽히며 그의 쪽으로 얼굴을 갖다 댔다. "벨리알이라고 하셨습니까? 그러면 저희가 그분과 대신 연락을 해 드리면 되겠습니까? 그분께 사고 사실을 알려드리면 되겠습니까?"

허브 애셔가 말했다. "그는 이미 알고 있습니다."

기독이슬람 교회의 최고성직자가 과학 교황사절단의 행정관에게 말했다. "뭔가가 잘못되었네. 그들은 출입국관리소를 무사통과했어."

"그러면 어디로 간 건가? 분명히 어디론가는 가야 할 텐데."

"일라이어스 테이트라는 자는 세관 조사를 받기도 전에 사라졌더군. 어디 갔는지는 우리도 모르네. 애셔 부부는—" 추기경이 머뭇거렸다. "택시를 타고 떠나는 모습이 마지막으로 목격된 이후로는 행적이 묘연하더군. 미안하게 됐네."

불코프스키가 말했다. "우리가 반드시 찾아내고 말 거네."

"하느님의 도우심이 필요하겠지." 추기경이 이렇게 말하며 가슴에 십자를 그었다. 그 모습을 본 불코프스키도 마찬가지로 십자를 그었다.

"사악한 권세로군." 불코프스키가 말했다.

"그렇지." 추기경이 말했다. "지금 우리가 맞서 싸우려는 상대가 바로 그걸세."

"하지만 결국에는 그놈들이 지게 마련이지."

"그래, 당연하지. 일단 나는 기도실로 가봐야 하겠네. 기도를 해야겠어. 자네도 똑같이 해주면 고맙겠군."

불코프스키가 한쪽 눈을 크게 뜨며 추기경을 바라보았다. 그의 표정은 도무지 읽어낼 수가 없었다. 너무나도 복잡했기 때문이다.

10

허브 애셔는 눈을 뜨자마자 당혹스러운 사실을 통보받았다. 우선 그가 몇 주가 아니라 몇 년을 냉동 대기 상태로 보냈다는 것이었다. 의사들은 도대체 어째서 대체용 장기를 입수하는 데에 그토록 오랜 시간이 걸렸는지를 설명하지 못했다. 우리로서도 손쓸 수 없는 상황이었습니다. 그들의 설명은 이랬다. 절차상의 문제가 있었습니다.

그가 말했다. "이매뉴얼은 어떻게 되었죠?"

이전보다 더 나이 들고, 더 머리가 세고, 더 유명해진 포프 선생이 그에게 말했다. "누군가가 병원에 몰래 들어와서, 인공 자궁을 열고 당신의 아들을 데려가버렸습니다."

"언제요?"

"아이가 그 안에 들어간 직후에요. 태아가 인공자궁에 들어있었던 건 불과 하루밖에 안 될 겁니다. 저희의 기록에 따르면요."

"누가 그런 짓을 했는지 알아내셨습니까?"

"저희의 비디오테이프에 찍힌 바에 따르면—인공자궁이 있는 곳은 항상 감시 카메라를 설치해 놓으니까요—나이가 많고 턱수염을 기른 남자더군요." 잠시 말을 멈추었다가 포프 선생이 덧붙였다. "외모를 보아하건대 제정신이 아닌 사람 같았습니다. 따라서 당신의 아들이 이미 사망했을 가능성이 매우 높다는 사실을 직시하셔야 할 겁니다. 사실은 사망한 지 10년이 되었다고 봐야 하겠지요. 사망 원인은 일단 자연적인 것일 수 있습니다. 그러니까 인공자궁에서 꺼내버렸기 때문에 사망했다고 볼 수 있는 것이고…… 또는 그 나이가 많고 턱수염을 기른 남자의 소행 때문일 수도 있을 겁니다. 고의거나 사고거나 간에요. 아직까지는 경찰도 그 남자나 아기의 행방을 찾지 못하고 있습니다. 죄송하게 되었습니다."

일라이어스 테이트로군. 허브 애셔는 속으로 말했다. 이매뉴얼을 어디론가 안전하게 데려간 거야. 그는 눈을 감고서 압도적인 감사의 마음을 떠올렸다.

"기분은 좀 어떠십니까?" 포프 선생이 물었다.

"꿈을 꾼 것 같아요. 냉동 보관 상태에 있는 사람들도 의식이 있는 줄은 몰랐어요."

"당신은 의식이 없었는데요."

"제 아내에 관한 꿈을 꾸고 또 꾸었어요." 쓰라린 슬픔이 그를 덮치고, 곧이어 그에게 내려와 온몸을 가득 채웠다. 너무나

212

도 큰 슬픔이었다. "항상 아내와 함께 그곳에 돌아가있는 제 모습을 발견했지요. 우리가 만났을 때, 우리가 만나기 이전에. 지구로 오는 여행. 사소한 것들이오. 상한 음식이 담긴 설거지…… 집사람이 좀 지저분하게 살았거든요."

"하지만 아드님도 있고 하시지 않았습니까."

"그렇죠." 그는 대답했다. 이제는 과연 어디를 가야만 일라이어스와 이매뉴얼을 만날 수 있을지 궁금한 생각이 들었다. 그들이 먼저 나를 찾아오겠지. 그는 문득 깨달았다.

그는 한 달 동안 병원에 남아있었다. 치료 요법을 통해 온몸에 힘을 다시 모았고, 3월 중순의 어느 서늘한 아침에 병원을 나섰다. 한 손에 여행 가방을 든 채로 그는 정문 계단을 내려갔다. 몸이 떨리고 겁이 났지만, 그래도 비로소 자유롭게 되어 기뻤다. 매일 아침 요법을 받는 동안 그는 정부 당국에서 갑자기 찾아와 체포하지 않을까 하는 두려움을 느꼈다. 하지만 그들은 그렇게 하지 않았다. 어째서인지 궁금한 생각이 들었다.

비행택시를 잡기 위해 늘어선 사람들의 대열에 끼어있던 그는 한쪽에 서있는 앞 못 보는 거지 한 사람을 알아보았다. 나이가 많고, 머리가 하얗고, 덩치가 매우 크고, 때묻은 옷을 입고 있었다. 그 노인은 컵을 하나 들고 있었다.

"일라이어스." 허브 애셔가 말했다.

그는 옛 친구에게 다가가서 물끄러미 바라보았다. 둘 중 누구도 한동안 입을 열지 않았다. 곧이어 일라이어스 테이트가 말했다. "잘 있었나, 허버트."

"리비스가 나한테 그랬었죠. 당신은 종종 거지 행색을 하고 다닌다고요." 허브 애셔가 말했다. 그는 옛 친구를 끌어안으려고 팔을 내밀었지만, 일라이어스는 고개를 저었다.

"오늘은 유월절이네." 일라이어스가 말했다. "그래서 내가 여기 있는 거지. 내 영의 힘이 너무 강력해. 자네는 날 만져서는 안 돼. 지금 이 순간은 오로지 나의 영만 있는 거야."[*]

"그럼 당신은 한 사람이 아니군요." 허브 애셔는 경외감에 사로잡혀 말했다.

"나는 수많은 사람이지." 일라이어스가 말했다. "여하간 자네를 다시 만나게 되어 반갑군. 이매뉴얼이 그러더군. 자네가 오늘 퇴원할 거라고 말이야."

"그 아이는 괜찮습니까?"

"아주 예쁘게 자랐지."

"그 아이를 봤어요." 허브 애셔가 말했다. "한 번요. 그러니까 얼마 전에요. 환상을 봤는데―" 그는 말을 멈추었다. "여호와가 저한테 보낸 환상이었어요. 저를 도와주려고요."

"자네 꿈을 꾼 건가?" 일라이어스가 물었다.

"리비스에 대한 꿈을 꾸었어요. 당신에 대한 꿈도요. 지금까지 일어난 일 모두에 대해서요. 그런 삶을 거듭거듭 살았던 거예요."

---

[*] 유대인의 명절 가운데 하나인 유월절에는 5잔의 포도주를 따르는데, 처음 4잔은 출애굽 당시의 네 가지 구원 사건을 기념하기 위한 것이고, 마지막 한 잔은 엘리야(미래의 구원을 상징)를 위해 남겨놓는다.

"하지만 이제 자네는 다시 살아난 거군." 일라이어스가 말했다. "여하간 다시 돌아온 걸 환영하네, 허버트 애셔. 이제 우리가 할 일이 무척 많다네."

"우리한테 아직 기회가 있나요? 그러니까 진짜로 기회가 있는 건가요?"

"그 아이는 이제 열 살이 되었지." 일라이어스가 말했다. "그 아이가 그들의 머리를 혼란시켜버렸다네. 생각을 뒤죽박죽으로 만든 거지. 그들이 까맣게 잊어버리도록 했다네. 하지만—" 일라이어스는 잠시 말이 없었다. "그 아이 역시 까맣게 잊어버리고 말았다네. 자네도 알게 될 거야. 몇 년 전부터 그 아이도 조금씩 기억이 돌아오더군. 무슨 노래를 들었다고 하더니, 기억 중에 일부가 돌아왔다네. 어쩌면 그 정도로도 충분하고, 또 어쩌면 충분하지 않을 수 있겠지. 자네 덕분에 더 많은 기억이 돌아올 수도 있지. 그 아이는 원래 사건이 벌어지기 전에 본인이 알아서 프로그램을 했으니까."

허브 애셔는 차마 입이 떨어지지 않는 상황을 가까스로 이기고 말했다. "그 아이가 부상을 당한 건가요, 그러면? 그 사고 때문에요?"

일라이어스가 고개를 끄덕였다. 굳은 표정이었다.

"두뇌 손상이군요." 허브 애셔가 말했다. 친구의 얼굴에 나타난 표정을 보고 하는 말이었다.

노인이 다시 한 번 고개를 끄덕였다. 한 손에 컵을 든 늙은 거지. 유월절을 맞이해 이곳에 온 불멸의 엘리야. 평소와 마찬가

215

지로. 도움을 제공하는, 인간의 영원한 친구. 풍파에 시달리고 초라한 행색이지만, 아주 현명한 인물.

지나가 말했다. "너네 아빠 오신다, 저 분 맞지?"

두 사람은 록 크리크 파크의 어느 벤치에 나란히 앉아있었다. 얼어붙은 연못 옆이었다. 두 사람 위로는 나무가 헐벗고 뻣뻣한 가지를 드리우고 있었다. 공기는 차가워졌고, 두 아이는 두꺼운 옷을 입었다. 하지만 저 위의 하늘은 맑았다. 이매뉴얼은 하늘을 한동안 바라보았다.

"그 평판에는 뭐라고 나왔어?" 지나가 물었다.

"나는 그 평판을 굳이 참고할 필요가 없어."

"그 사람은 네 아빠가 아니야."

이매뉴얼이 말했다. "그 사람은 좋은 사람이야. 우리 엄마가 죽은 건 그 사람 탓이 아니야. 그 사람을 한 번 더 보게 되어서 기쁘네. 사실 그 사람이 보고 싶었거든." 그는 생각했다. 정말 오랜 시간이 흘렀구나. 이 하부 영역에서 사람들이 사용하는 척도에 따르자면 말이야.

여기는 정말이지 끔찍한 영역이군. 그는 생각했다. 여기 있는 사람들은 결국 일종의 죄수인 거야. 그리고 이곳의 궁극적인 비극은 이 사람들이 그런 사실을 전혀 모르고 있다는 것이었다. 이들은 자기가 자유롭다고 생각하는데, 그건 이들이 이전까지 한 번도 자유로운 적이 없었기 때문이었고, 따라서 자유의 참된 의미를 이해하지 못하기 때문이었다. '이건 감옥이

216

야.' 이 사실을 짐작한 사람은 거의 없지. 하지만 나는 알아. 그는 속으로 말했다. 왜냐하면 내가 여기 있는 이유가 바로 그것이니까. 그 벽을 깨트리기 위해서. 금속 문을 부수기 위해서. 쇠사슬을 모두 끊어버리기 위해서. 곡식 떠는 소에게 그 입에 망을 씌우지 말지니라.* 그는 생각했다. 토라를 기억한 것이다. 너희는 자유로운 피조물을 구속하지 말지니라. 피조물을 속박하지 말지니라. 너의 주 하느님께서 그렇게 말씀하시니라. 내가 그렇게 말하였느니라.

그들은 자기들이 누구를 위해 봉사하는지 알지 못했다. 이것이야말로 그들이 맞은 불운의 핵심이었다. 잘못 봉사하는 것, 잘못된 대상에게 봉사하는 것이었다. 그들은 금속처럼 중독되었어. 그는 생각했다. 금속이 그들을 속박하고, 금속이 그들의 핏속에 흐르고 있지. 이곳은 금속의 세계야. 톱니바퀴에 의해 돌아가는, 갈아버리며 나아가는 기계, 위의 고통과 죽음을 처리하는…… 그들은 죽음에 워낙 익숙해져버렸지. 그는 깨달았다. 마치 죽음 역시 자연스러운 일인 것처럼. 그들이 동산을 알고 지낸 지 얼마나 오랜 시간이 흘렀던가. 동물과 식물이 쉬고 있는 그 장소를. 도대체 언제가 되어야 내가 그들을 위해 그 장소를 다시 찾아줄 수 있을까?

여기에는 두 가지 실재가 있어. 그는 속으로 말했다. 하나는 흑철 감옥이고, 이른바 보물의 동굴이라고도 하지. 그들이 지

---

* 신명기 25장 4절.

217

금 사는 곳이 바로 거기야. 또 하나는 종려나무 동산이라는 곳인데, 어마어마하게 넓고 밝은 곳이지. 그들이 원래 살던 곳이 바로 거기야. 이제 그들은 말 그대로 눈이 멀었지. 그가 생각했다. 말 그대로 짧은 거리 이상은 볼 수가 없는 거지. 멀리 떨어진 대상이 이제 그들에게는 보이지가 않는 거야. 가끔 한 번씩 그들 중 한 사람이 진실을 분별하지. 그들은 원래부터 지금 있는 모습 그대로는 아니었으며, 원래부터 지금 있는 곳에 있지도 않았다는 것을 말이야. 하지만 또다시 잊어버리지. 마치 내가 잊어버린 것처럼. 그리고 나는 여전히 뭔가를 잊어버리고 있어. 그는 깨달았다. 나는 지금도 어디까지나 부분적인 시야만 가지고 있어. 나는 폐색 상태에 있어.

하지만 이제는 그렇지 않을 거야. 조만간.

"펩시 줄까?" 지나가 말했다.

"그건 너무 차가워. 나는 그냥 앉아있을래."

"우울해하지 마." 그녀는 장갑 낀 한손을 그의 한 팔에 올려놓았다. "즐겁게 지내."

이매뉴얼이 말했다. "나는 지쳤어. 괜찮아질 거야. 해야 할 일이 많으니까. 미안해. 하지만 나한테는 버거운걸."

"겁이 나는 건 아니지, 그렇지?"

"더 이상은 아니야." 이매뉴얼이 말했다.

"너 슬프구나."

그가 고개를 끄덕였다.

지나가 말했다. "애셔 씨를 다시 보면 기분이 나아질 거야."

"나는 지금도 그 사람을 보고 있어."

"아주 좋은데." 그녀는 기쁜 듯 말했다. "심지어 그 평판이 없어도 말이지."

"나는 그걸 점점 덜 사용하고 있어." 그가 말했다. "내 안에 지식이 점차적으로 더 많이 생겨나기 때문이지. 너도 알다시피 말이야. 그리고 넌 왜 그런지 알겠지."

그 말에 지나는 아무 대답도 하지 않았다.

"우리는 가까운 사이야. 너랑 나는." 이매뉴얼이 말했다. "나는 항상 너를 제일 사랑했었어. 그리고 앞으로도 영원히 그럴 거야. 넌 계속해서 내 곁에 머물면서 내게 조언을 해줄 테니까, 안 그래?" 그는 답변을 알고 있었다. 그는 그녀가 그러리라는 것을 알고 있었다. 그녀는 태초부터 그와 함께 있었다. 본인의 말처럼, 그녀는 그의 연인이며 기쁨이었다. 그리고 그녀는—성서에서 말하듯이—인간들을 기뻐하였다. 따라서 그녀를 통하여 그 역시 인류를 사랑하게 되었다. 이는 그의 기쁨이기도 했다.

"우리 뭐 마실 걸 좀 가져오자. 따뜻한 걸로." 지나가 말했다.

그가 중얼거렸다. "나는 그냥 앉아있고 싶어." 나는 허브 애셔를 만나러 가기 전까지 계속 여기 앉아있고 싶어. 그는 속으로 말했다. 그는 리비스에 관해 내게 말해주겠지. 그녀에 관한 그의 여러 가지 기억이 내게 기쁨을 줄 거야. 지금 당장은 내게 없는 기쁨을.

나는 그를 사랑해. 그는 깨달았다. 나는 내 엄마의 남편을, 법적으로 내 부친인 사람을 사랑해. 다른 사람과 마찬가지로 그는 훌륭한 인간이야. 그는 장점이 많은 사람이고, 소중히 여겨져야 할 사람이야.

하지만 다른 사람과 달리, 허브 애셔는 내가 누군지도 알고 있지. 따라서 나는 그와 터놓고 이야기할 수 있어. 일라이어스와 이야기하는 것처럼. 그리고 지나와 이야기하는 것처럼. 그러면 도움이 될 거야. 그는 생각했다. 나는 이전보다는 덜 피곤해질 거야. 지금처럼 내 걱정에만 사로잡힌, 무게를 감당 못 하는 상태는 더 이상 아닐 거야. 그 짐의 무게도 어느 정도까지는 경감되겠지. 왜냐하면 짐은 나누어 져야만 하니까.

그리고 내가 기억 못하는 것도 여전히 많이 있어. 나는 예전 같지가 않아. 그들과 마찬가지로, 인간과 마찬가지로, 나 역시 추락했으니까. 계명성이 추락했을 때, 그는 혼자서 추락한 것이 아니었지. 다른 모든 것도 함께 찢어 내렸고, 심지어 나 역시 마찬가지였어. 나의 일부분 역시 그와 함께 추락했고, 지금 나는 바로 그 추락한 존재지.

그러나 곧이어, 춘분이 가까운 이 추운 날, 지나와 함께 공원의 벤치에 앉아있으면서, 그는 이렇게 생각했다. 하지만 허버트 애셔는 침대에 누워서 꿈을 꾸고 있었지. 린다 폭스와 상상의 삶을 꿈꾸었어. 엄마가 살아남기 위해 애쓰던 순간에도 말이야. 그는 단 한 번도 그녀를 도우려 하지 않았어. 단 한 번도 그녀의 곤란한 점을 물어보고 치료법을 찾으려 하지 않았어. 내가, 나 스스로가 그녀에게 가라고 그를 재촉하기 전까지는 전혀. 그 이전까지만 해도 그는 아무것도 하지 않았어. 나는 그 남자를 사랑하지 않아. 그는 속으로 말했다. 나는 그 남자를 알아. 그리고 그 남자는 내 사랑을 받을 권리를 박탈당한 셈이지. 그는 내 사랑을 잃어버렸어. 그가 충분히 관심을 두지 않았기 때문에.

따라서 나 역시 그에게 관심을 둘 수가 없어. 응보인 거지.

내가 이들 중 누군가를 도와야 할 이유가 무얼까? 그는 스스로에게 물었다. 그들은 오로지 강요를 받았을 때에만 올바른 일을 하지. 다른 대안이 없을 때에만. 그들은 스스로의 탓으로 추락하고, 지금도 스스로의 탓으로, 그러니까 자발적으로 행한 일 때문에 추락하는 거야. 내 엄마가 죽은 것도 그들 때문이야. 그들이 그녀를 죽였어. 그들은 나까지도 죽이려고 할 테고. 내가 어디 있는지를 알게 된다면 말이지. 어디까지나 내가 그들의 머리를 혼란시켜두었기 때문에 그들이 나를 이렇게 가만 내버려두는 거야. 그들은 줄곧 내 생명을 취하려 했지. 마치 아주 오래전에 아합이 엘리야의 생명을 취하려 했던 것처럼. 그들은 무가치한 종족이야. 그들이 추락해도 나는 신경 쓰지 않겠어. 전혀. 그들을 구하기 위해서는, 나는 그들의 본래 모습과 싸워야 해. 그건 항상 그랬으니까.

"너 무척 풀이 죽어 보인다." 지나가 말했다.

"이 모두가 무슨 소용이지?" 그가 말했다. "그들은 지금의 모습 그대로야. 나는 점점 더 싫증이 나. 그리고 점점 덜 신경 쓰고 있어. 내가 기억을 하기 시작한 때부터 말이야. 지난 10년간 나는 이 세계에 살아왔어. 그리고 지금껏, 무려 10년 동안 그들은 나를 추적해왔어. 그들은 그냥 죽게 내버려둬. 내가 그들에게 동해복수법同害復讐法에 대해 이야기하지 않았던가? '눈에는 눈으로, 이에는 이로 갚을지라'* 하고? 그게 토라에 있지 않았나? 그들은 지금으로부터 2000년 전에 나를 이 세계에서 몰아냈어. 나는 돌아왔지. 그들은 내가 죽기를 원해. 동해복수법에 따라서 나는 그들이 모두 죽었으면 좋겠어. 이것이야말로 이스라엘의 성스러운 율법이니까. 그것은 '나의' 율법, 곧 나의 말이기도 하고."

지나는 아무 말이 없었다.

"조언을 좀 해줘." 이매뉴얼이 말했다. "나야 항상 너의 조언에는 귀를 기울였으니까."

지나가 말했다.

하루는 선지자 엘리야가 라페트의 시장에서 랍비 바루카에게 나타났어. 랍비 바루카가 그에게 물었지. "혹시 이 시장에 있는 사람 가운데 장차 올 세상을 함께 누리기로 예정된 자가 하나라도 있사옵니까?" (……) 그곳에서 두 사람이 나타나자, 엘리야가 말했어. "저 두 사람은 장차 올 세상을 함께 누릴 것이니라." 랍비 바루카가 그들에게 물었어. "당신들은 직업이 뭐요?" 그들은 말했어. "우리는 익살꾼들입니다. 누군가가 풀이 죽어있으면, 우리는 그 사람을 기운

---

* 레위기 24장 20절. 신명기 19장 21절에도 같은 구절이 나온다.

나게 만들죠. 두 사람이 싸우고 있는 걸 보면, 두 사람 사이
의 평화를 중재하고요."

"네 덕분에 나도 조금 덜 슬퍼졌어." 이매뉴얼이 말했다. "그
리고 조금 덜 싫증났고. 너는 늘 그랬던 대로구나. 성서에서 너
에 대해 말하듯이 말이야.

내가 그 곁에 있어서 창조자가 되어
날마다 그의 기뻐하신 바가 되었으며
항상 그 앞에서 즐거워하였으며
사람이 거처할 땅에서 즐거워하며
인자〔인간〕들을 기뻐하였느니라.*

또 성서에서는 이렇게 말했지.

나는 젊어서부터 지혜를 그리워하고 찾았으며 지혜를 아내
로 얻으려고 찾아다녔다. 그 아름다움에 매혹되어 나는 지
혜를 사랑하였다.**

하지만 그건 솔로몬의 이야기지, 내 이야기는 아니야.

---

* 잠언 8장 30~31절.
** 지혜서 8장 2절.

그래서 나는 평생의 동반자로서 지혜를 택하였고, 지혜야 말로 내가 번영할 때 내조자가 되고 근심과 슬픔에 싸였을 때 위로자가 될 것을 알고 있었다.[*]

솔로몬은 현명한 인간이었지. 너를 그토록 사랑했으니까."

그의 곁에서는 소녀가 미소를 짓고 있었다. 아무 말도 하지 않았지만, 그녀의 까만 눈은 반짝이고 있었다.

"왜 웃는 거지?" 그가 물었다.

"왜냐하면 네가 성서의 진실을 보여주었으니까. 이런 말을 하면서.

내가 네게 장가들어 영원히 살되, 공의와 정의와 은총과 긍휼히 여김으로 예물을 삼아 네게 장가들며, 진실함으로 예물을 삼아 네게 장가들리니, 네가 여호와의 진심을 알리라.[**]

네가 인간과 언약을 세울 때를 기억해봐. 그리고 네가 스스로의 형상을 본떠서 인간을 만들 때를. 너는 언약을 깨트릴 수 없어. 네가 인간에게 그 약속을 하게 했으니까. 네가 결코 깨트리지 않으리라는 약속을."

이매뉴얼이 말했다. "그건 맞는 말이야. 네가 나한테 잘 조언

---

[*] 지혜서 8장 9절.
[**] 호세아 2장 19~20절.

해주었구나." 그는 생각했다. 그리고 내 가슴을 기쁘게 해주었구나. 다른 무엇보다도 우월한 너는, 창조 이전부터 있었던 너는. 마치 그 두 명의 익살꾼처럼. 그는 생각했다. 엘리야는 그들이 구원을 받을 거라고 말했다지. 너의 춤, 너의 노래, 그리고 종소리. "나는 알아." 그가 말했다. "네 이름이 무슨 의미인지를."

"지나?" 그녀가 말했다. "이건 그냥 이름일 뿐이야."

"그게 무슨 뜻이냐면, 루마니아어로—" 그는 말을 하다 말고 우뚝 멈추었다. 소녀가 눈에 띄게 몸을 떨기 때문이다. 그녀의 눈은 이제 커져있었다.

"도대체 언제부터 알고 있었던 거야?" 그녀가 말했다.

"몇 년 됐어. 들어봐.

나는 어느 강둑을 아네. 야생 타임이 만발하고,
앵초며, 끄덕이는 제비꽃이 자라나는 곳.
감미로운 인동동굴이 위를 잔뜩 덮었고,
달콤한 사향장미와 들장미가 있는 곳.
한밤의 언젠가 티타니아가 그곳에서 자네,
춤과 기쁨으로 이 꽃들 속에서 얼러져.
그곳에는 뱀이 그 법랑 껍질을 던지고,
잡초가 충분히 넓어서

내가 마무리할 테니, 들어봐.

그 안의 요정을 감쌀 수 있다네.[*]

나는 이걸 알고 있었어." 그가 말했다. "지금까지 줄곧."

그를 바라보며 지나가 말했다. "그래, 지나는 곧 '요정'이라는 뜻이야."

"너는 성스러운 지혜가 아니야." 그가 말했다. "디아나, 즉 요정의 여왕이지."

차가운 바람이 나뭇가지를 스쳐 지나갔다. 얼어붙은 개울 너머에서 마른 잎사귀 몇 개가 바삭거렸다.

"알았어." 지나가 말했다.

두 사람 곁에서 바람이 바스락거리며 마치 말을 하는 듯했다. 그는 바람 소리를 마치 말소리처럼 알아들을 수 있었다. 그리고 바람은 이렇게 말했다.

조심해!

그는 문득 그녀도 이 소리를 들었을지 궁금해졌다.

하지만 두 사람은 여전히 친구였다. 지나는 자기가 옛날에 취한 정체성을 이매뉴얼에게 이야기해주었다. 가령 지금으로부터 수천 년 전, 그녀는 마아트였다. 즉 우주의 질서와 정의를 상징하는 이집트의 여신이었던 것이다. 누군가가 죽으면 그의

---

[*] 셰익스피어의 『한여름 밤의 꿈』 제1막 1장에 나오는 대사.

심장을 저울 한쪽에 놓고 마아트의 타조 깃털을 저울의 나머지 한쪽에 놓아서 무게를 쟀다. 그 방법을 이용해서 그 사람의 죄의 무게를 결정하는 것이었다.

어떤 사람의 죄의 정도를 결정하는 원칙은 그의 진실함에 달려있었다. 그 사람이 어느 정도까지 진실하면, 그 판결은 그에게 유리하게 내려졌다. 이 판결은 오시리스가 주관하지만, 마아트는 진실성의 여신이기 때문에, 최종적으로 결정을 내리는 것도 그녀였다.

지나가 말했다. "인간의 영혼에 대한 판결이라는 관념은 그 다음엔 페르시아로 건너갔지." 고대 페르시아의 종교인 조로아스터교에서는 갓 죽은 사람이 일종의 걸러내는 다리를 건너야만 했다. 악한 사람인 경우에는 다리가 점점 더 좁아지다 못해 그 사람이 결국 지옥 불구덩이에 떨어지게 마련이었다. 후기의 유대교, 그리고 기독교 역시 바로 여기서 최후의 날에 관한 관념을 얻었다.

착한 사람은 걸러내는 다리를 거뜬히 건너고, 그가 믿는 종교의 영을 만나게 된다. 그 영은 멋지고 커다란 가슴을 지닌 젊고 예쁜 여성의 모습으로 나타난다. 하지만 그 남자가 사악하면, 그가 믿는 종교의 영은 젖이 축 늘어지고 빼빼 마른 노파의 모습으로 나타난다. 따라서 그 사람이 어느 범주에 속하는지를 한눈에 알 수 있다.

"그러면 너는 착한 사람을 위한 종교의 영이었어?" 이매뉴얼이 물었다.

지나는 이 질문에는 대답하지 않았다. 대신 지금 그녀가 그와 더 이야기하고 싶어하는 문제로 넘어가버렸다.

이집트와 페르시아에서 비롯된, 죽은 사람을 심판하는 이런 전통에서는 검사가 무자비하게 이루어지므로, 죄 많은 영혼은 저주를 받게 마련이었다. 사람이 죽으면 그의 착한 행동과 나쁜 행동을 열거한 책이 펼쳐졌다가 덮이고, 그때 이후로는 제아무리 신이라 해도 그 내용을 바꿀 수가 없었다. 심판의 과정은 어떤 면에서 기계적이었다. 본질적으로는 한 사람에 대한 세부명세서가 평생에 걸쳐 누적되고, 사후에 그 세부명세서를 징벌의 기계장치에 입력하는 식이었다. 일단 그 기계장치가 목록을 접수하면, 그때 가서는 말짱 끝나는 것이었다. 기계장치가 그 사람을 산산조각 내는 동안, 신들은 무감동하게 그저 지켜보고 있을 뿐이다.

하지만 지나의 말에 따르면 어느 날 새로운 인물 하나가 걸러내는 다리로 이어지는 오솔길에 모습을 드러냈다. 그 수수께끼 같은 인물은 마치 연이어 변화하는 양상, 또는 역할로 이루어진 듯했다. 때로는 위로자라고 일컬어졌다. 때로는 옹호자라고 일컬어졌다. 때로는 곁에서 돕는 자라고 일컬어졌다. 때로는 지지자라고 일컬어졌다. 때로는 조언자라고 일컬어졌다. 그가 도대체 어디서 나타났는지는 아무도 몰랐다. 수천 년 동안 그곳에 없었다가, 어느 날 갑자기 나타난 것이었다. 그는 사람이 바쁘게 오가는 길가에 서있었다. 영혼들이 걸러내는 다리 쪽으로 향하면, 그 복합적인 인물—평소에는 남자처럼 보였지만 가끔은 드물게나마 여자처럼 보이기도 했던—은 사람들에게 하나하나 신호를 해서 시선을 끌었다. 곁에서 돕는 자가 굳이 그들이 걸러내는 다리를 건너기 이전에 시선을 끈 것은, 일단 다리를 건너고 나면 때가 너무 늦어버렸기 때문이었다.

"뭐가 너무 늦어버렸다는 거야?" 이매뉴얼이 말했다.

지나가 말했다. "곁에서 돕는 자는 골라내는 다리에 접근하는 사람을 붙들어 세우고 이렇게 묻는 거야. 혹시 앞으로 있을 시험에서 자기가 변호해주기를 바라느냐고 말이지."

"그러니까 곁에서 돕는 자가 변호해준다는 거야?"

그녀의 설명에 따르면, 곁에서 돕는 자는 옹호자 역할을 해준다고 했다. 그 사람을 대신하여 이야기해주는 것이었다. 하지만 곁에서 돕는 자는 그 이상의 역할도 제공해주었다. 즉 그 사람의 세부명세서 대신에 자기가 작성한 세부명세서를 징벌의 기계장치에 입력하는 것이었다. 만약 그 사람이 무죄라면 아무 차이가 없겠지만, 만약 유죄라면 유죄 쪽보다는 오히려 무죄 쪽으로 판결을 내리게 해준다는 것이었다.

"그러면 공평하지가 않잖아." 이매뉴얼이 말했다. "유죄라면 처벌을 받아야지."

"어째서?" 지나가 물었다.

"왜냐하면 그게 법률이니까." 이매뉴얼이 말했다.

"그러면 유죄인 사람에게는 아무런 희망도 없는걸."

"그들에게는 아무런 희망이 없어야 마땅해."

"만약 모든 사람이 유죄라면 어쩌고?"

이매뉴얼은 거기에 관해서까지는 미처 생각하지 못하고 있었다. "그나저나 곁에서 돕는 자가 제출한 세부명세서에는 뭐라고 적혀있는데?" 그가 물었다.

"그냥 텅 비어있어." 지나가 말했다. "완전한 백지인 거지. 그 위에 아무것도 적혀있지 않은 문서인 거야."

"그렇다면 징벌 기계장치도 그걸 처리하지는 못할 텐데."

지나가 말했다. "처리를 하기는 해. 다만 아무런 오점도 없는 사람의 세부명세서라고 생각하고 처리를 하는 거지."

"하지만 작동이 될 리가 없잖아. 거기에는 아무런 입력 데이터도 없는데."

"그게 바로 핵심인 거지."

"그렇다면 정의의 기계가 기만을 당했다는 거로군."

"기만을 당하는 대신에 희생자를 하나 줄인 거지." 지나가 말했다. "그거야말로 바람직한 결과 아니야? 반드시 희생자가 있어야 해? 만약 희생자가 끝도 없이 이어진다고 하면 과연 무슨 소용이 있어? 그런다고 그들이 범한 잘못이 바로잡아지나?"

"그건 아니지." 그가 말했다.

"그의 생각은 결국 회로에 자비를 입력하는 거였어." 지나가 말했다. "곁에서 돕는 자는 아미쿠스 쿠리아이amicus curiae, 즉 법정의 법률고문인 거야. 법정의 허락을 받아서, 지금 이 사건은 예외의 경우에 해당한다는 사실을 조언하는 거지. 그러면 일반적인 처벌의 규칙은 적용되지 않아."

"그러면 그는 모두를 위해 그렇게 했다는 거야? 유죄인 인간 모두를 위해?"

"옹호와 도움을 주겠다는 그의 제안을 받아들인 사람 모두를 위해."

"하지만 그렇게 되면 이번에는 예외만 끝도 없이 이어질 거야. 유죄인 사람 중에서 제정신이 박혀있는 경우라면 누구라도 그런 제안을 거절할 수 없을 테니까. 결국 누구나 다 예외로 판결을 받고 싶어하겠지. 경감의 여지가 있는 상황과 관련된 사건이라면 말이야."

지나가 말했다. "하지만 제안을 받아들이려는 사람이라면 일단 자기가 유죄라는 사실을 받아들여야 해. 물론 자기가 무죄라는 쪽에 걸 수도 있지만, 그렇다면 그 사람은 굳이 곁에서 돕는 자의 옹호를 받을 필요가 없겠지."

잠시 생각해보고 난 뒤에, 이매뉴얼이 말했다. "그러면 그건 어리석은 선택이 되겠지. 그 사람의 생각이 틀릴 수도 있으니까. 반면 곁에서 돕는 자의 도움을 받아들인다고 해서 잃을 건 없으니까."

"하지만 실제로는 그렇지 않았어." 지나가 말했다. "심판을 받기 직전의 상황에 놓인 영혼들은 대부분 곁에서 돕는 자의 도와주겠다는 제안을 거절해버렸거든."

"도대체 무슨 근거로?" 그들이 무슨 생각으로 그랬는지, 그로선 도저히 짐작할 수가 없었다.

지나가 말했다. "모두들 자기는 무죄일 거라고 생각했던 것이 근거였지. 도와주겠다는 제안을 받아들일 경우, 그 사람은 마치 자기가 진짜로 유죄인 것 같은 부정적인 가정을 해야 하는 거니까. 비록 그 사람이 실제로는 무죄일 경우라도. 진짜로 무죄한 사람은 곁에서 돕는 자의 도움이 전혀 필요 없어. 건강한 사람에게 의사가 필요 없는 것처럼 말이야. 이와 같은 상황에서는 낙관적인 가정이야말로 위험하지. 이 작은 피조물들이 굴을 팔 때에 사용하는 것이 바로 이런 긴급 피난의 원리라는 거야. 그놈들이 똑똑하면 굴에다가 두 번째 출입구를 만들어놓겠지. 첫 번째 출입구를 포식자가 발견할 경우를 대비해서 말이야. 이 원리를 이용하지 않는 피조물은 무엇이든지 간에 이제는 우리 곁에 없는 거지."

이매뉴얼은 말했다. "사람이 스스로를 죄 많다고 간주하는 것도 상당히 굴욕적이겠군."

"뒤쥐의 경우에는 자기 굴이 완벽하게 지어지지는 않았을 수도 있다고, 따라서 포식자가 자기 굴을 찾아낼 수 있다고 시인해야 하는 것이야말로 굴욕적이겠지."

"법률에서 말하는 대심對審* 상황을 말하는 거구나. 거룩한 정의가 과연 대심주의 상황인 거니? 그러면 검사도 있어야 하는 거야?"

"그래, 거룩한 법정에는 인간을 고발하는 검사가 있게 마련이지. 그게 바로 사탄이야. 고발을 당한 인간을 변호하는 옹호

---

* 분쟁의 당사자인 원고와 피고가 피차를 공격하고 방어하는 방식으로 진행하는 심리를 말한다. 지금은 '당사자주의' 라는 용어를 사용하지만, 여기서는 바로 밑에 나오는 '대적자,' 즉 사탄의 별칭과 연관시켜 의도적으로 '대심주의' 라는 옛날 용어를 사용했다.

자가 있는 것처럼, 사탄은 인간을 비난하고 기소해. 옹호자는 그 사람 곁에 서서 변호하지. 사탄은 그 사람을 반격하고 비난하는 거야. 그렇다면 네 생각에 그 사람은 옹호자보다 오히려 고발자를 더 원할 것 같아? 그건 정당해 보여?"

"하지만 무죄라는 것을 반드시 가정해야 하잖아."

지나의 눈은 반짝이고 있었다. "여하간 핵심은 그거야. 재판이 한 번 열릴 때마다 옹호자가 나서게 되었다는 거지. 그는 자기 고객을 위해 본인의 흠 없는 기록을 제출하고, 그런 대리 행위를 통해서 그 사람을 죄에서 구제하는 거야."

"그럼 네가 바로 그 곁에서 돕는 자였던 거야?" 이매뉴얼이 물었다.

"아니." 지나가 말했다. "그는 나보다 훨씬 더 수수께끼 같은 인물이었어. 네가 만약 나를 상대로 해서도 어려움을 겪는다면, 그러니까 결정을 하는 데에서—"

"나야 당연히 그렇지." 이매뉴얼이 말했다.

"그는 이 세계에 비교적 늦게 왔어." 지나가 말했다. "더 이전의 영겁에는 발견되지 않았지. 그는 거룩한 전략의 진화를 상징하는 인물이기도 해. 최초의 손상을 수선하러 온 인물인 거지. 물론 수많은 인물 가운데 하나이지만, 가장 중요한 인물인 거야."

"그러면 나도 그 사람을 언젠가 만나게 될까?"

"너는 심판을 받지 않을 테니까." 지나가 말했다. "그러니 아마 못 만날 거야. 하지만 모든 인간은 바쁘게 오가는 길가에 그가 서서 도움을 제안하는 걸 보게 될 거야. 제때에 맞춰서 제안하는 거지. 그 사람이 걸러내는 다리를 건너가서 심판을 받기 전에 말이야. 곁에서 돕는 자의 간섭은 항상 제때에 맞춰 나타나게 마련이야. 그곳에 충분히 일찍 있는 것이 그의 본성 가운데 하나거든."

이매뉴얼이 말했다. "한 번 만나보고 싶은데."

"인간 중에 누구든 하나 골라서, 그의 여행 패턴을 따라가 봐." 지나가 말했다. "그러면 어느 시점에서 그 인간이 그와 만날 때가 있을 거야. 나도 그렇게 해서 그를 처음 알았지. 나 역시 심판을 받지 않은 존재이니까." 그녀는 자기가 그에게 건네주었던 평판을 가리켰다. "곁에서 돕는 자에 관해 더 자세한 정보가 필요하면 저기다 물어봐."

평판에는 이렇게 나왔다.

부르는 것

"네가 나한테 말해줄 수 있는 건 이게 전부야?" 이매뉴얼이 평판에 대고 물었다.

그러자 새로운 단어가 나타났다. 그리스어였다.

파라칼레인

그는 이 단어를 보며 궁금했다. 매우 궁금했다. 세계에 나타난 이 새로운 실체가 무엇일지를…… 도움이 필요한 사람이 부를 수 있는 자, 부정적인 심판의 위험에 놓인 자를 옹호하는 자. 이것이야말로 지나가 그에게 제기한 여러 가지 수수께끼 가운데 또 하나였다. 이제는 그런 수수께끼가 워낙 많았다. 그는 수수께끼를 즐겼다. 하지만 어리둥절하기도 했다.

'도와달라고 부르는 것: 파라칼레인.' 이상하군. 그는 생각했다. 세계는 점점 더 추락하는 상황에서도 진화했다. 여기에는 두 가지 뚜렷한 운동이 있었다. 추락, 그리고 동시에 위를 향한 개선의 작용이 있었다. 이 두 가지는 정반대의 운동이었고, 모든 창조와 그 뒤에서 겨루는 힘들의 변증법이란 형태를 취하고 있었다.

지나가 추락한 부분들을 유인한다고 간주해야 할까? 유혹을 통해서, 그것들이 더욱 멀리 떨어지도록 유인하는 것이라고. 이에 관해서는 아직 그도 뭐라고 답할 수가 없었다.

11

허브 애셔는 두 팔로 소년을 안아 올렸다. 그리고 꼭 끌어안았다.

"이 아이는 지나라네." 일라이어스 테이트가 말했다. "매니의 친구지." 그는 소녀의 한 손을 붙잡고 허브 애셔 쪽으로 데려왔다. "이 아이가 매니보다는 나이가 조금 많다네."

"안녕." 허브 애셔는 인사를 하긴 했지만 그 여자아이에겐 별로 관심이 없었다. 그는 오로지 리비스의 아들을 보고 싶을 뿐이었다.

10년이라. 이 아이가 자라나는 그 세월 동안, 나는 꿈을 꾸고 또 꾸었지. 내가 살아있다고 생각했지만 사실은 아니었어.

일라이어스가 말했다. "지나가 매니를 도와준다네. 매니를 가르치는 거지. 학교에서 가르치는 것보다 더 많이, 내가 가르치는 것보다 더 많이."

허브 애셔는 그제야 여자아이를 바라보았다. 예쁘고 하얀 계란형 얼굴에, 마치 빛이 춤추는 듯한 반짝이는 눈을 하고 있었다. 참 예쁜 아이로구나. 그는 생각했다. 그리고 리비스의 아들 쪽으로 다시 눈을 돌렸다. 그러다가 문득 뭔가를 깨달은 듯, 다시 그 여자아이를 바라보았다.

그 여자아이의 얼굴에는 장난기가 엿보였다. 특히 반짝이는 그 눈에. 그래. 그는 생각했다. 저 여자아이의 눈에는 뭔가가 있어. 일종의 지식이.

"이 아이들이 알고 지낸 지 벌써 4년째라네." 일라이어스가 말했다. "지나가 매니한테 최첨단 평판을 하나 선물했지. 일종의 최신형 컴퓨터 단말기 같은 건데 그 기계가 매니한테 이런 저런 질문을 던지지. 질문을 하고 또 힌트를 주고 한다네. 그렇지, 매니?"

이매뉴얼이 말했다. "안녕, 허브 애셔." 여자아이와는 대조적으로 남자아이는 어딘가 엄숙하고도 차분한 어조였다.

"안녕." 그는 이매뉴얼에게 말했다. "네 엄마를 참 많이 닮았구나."

"바로 그 도가니 속에서 자라났으니까." 이매뉴얼이 굳이 목소리를 높이지 않고 나지막이 말했다.

"너—" 애셔는 차마 어떻게 이야기를 꺼내야 할지 몰랐다. "전부 괜찮은 거니?"

"그래." 소년이 고개를 끄덕였다.

"너는 아주 무거운 짐을 진 셈이구나." 다시 애셔가 말했다.

"평판이 속임수도 부려." 이매뉴얼이 말했다.

잠시 침묵이 흘렀다.

"뭐가 잘못된 거죠?" 애셔가 일라이어스에게 묻자, 일라이어스는 다시 소년에게 물었다. "뭐가 잘못된 거구나, 그렇지?"

"엄마가 죽었을 때." 이매뉴얼은 허브 애셔를 빤히 바라보며 말했다. "당신은 환상에 귀를 기울이고 있었어. 그 여자는 존재하지도 않는데. 그 이미지 말이야. 당신이 좋아하는 더 폭스는 허깨비야. 고작 허깨비에 지나지 않는다고."

"그건 오래전 이야기야." 애셔가 말했다.

"그 허깨비는 우리와 함께 이 세계에 있어." 이매뉴얼이 말했다.

"그건 내 문제가 아니야." 애셔가 말했다.

다시 이매뉴얼이 말했다. "하지만 내 문제이긴 하지. 나는 그걸 해결할 거야. 지금은 아니고, 언젠가 적당한 때가 되면. 당신은 잠들어있었지, 허브 애셔. 어떤 목소리가 당신에게 잠들라고 말했기 때문이야. 바로 이 세계, 이 지구, 이 모든 것, 모든 사람. 여기 있는 모든 것이 잠을 자지. 나는 이곳을 10년 동안이나 지켜보았지만, 이곳에 대해 특별히 좋게 말할 만한 게 없었어. 당신이 행한 일 그대로 행하고. 당신이 존재한 그대로 존재하지. 어쩌면 당신은 지금도 자고 있는 건지 몰라. 당신은 잠자고 있는 거야, 허브 애셔? 냉동 대기 상태로 누워있는 동안, 당신은 어머니에 대한 꿈을 꾸었지. 나는 당신의 꿈을 엿보았어. 덕분에 그녀에 대해 많은 것을 알아냈지. 나는 나 자신인 것만큼이나 그녀이기도 하니까. 내가 그녀에게 말했던 것처럼, 그녀가 내 안에서 사는 것처럼, 나 '역시' 그러하니까. 나는 그녀를 죽지 않게 만들었어. 당신의 부인은 여기 있어. 그 지저분한 돔으로 돌아갈 필요도 없이. 알겠나? 나를 봐. 그러면 당신이 그토록 무시했던 리비스를 볼 수 있을 테니까."

허브 애셔가 말했다. "나는—"

"당신은 굳이 나한테 무슨 말을 할 필요가 없어." 이매뉴얼이 그의 말을 잘랐다. "나는 당신 말이 아니라 마음을 읽으니까. 그때 알았던 것처럼 지금도 당신을 알고 있어. '허버트, 허버트'라고 내가 당신을 불렀었지. 당신을 삶으로 돌아오게 했고. 당신을 위해서, 또 그녀를 위해서 말이야. 그녀를 위해서라는 건 곧 나를 위해서라는 이야기도 돼. 당신이 그녀를 도왔을 때, 당신은 곧 나를 도운 셈이었어. 당신이 그녀를 무시했을 때, 당신은 곧 나를 무시한 셈이었고. 너의 하느님이 이렇게 말씀하시니라."

일라이어스가 한 팔을 뻗어 허브 애셔를 끌어안았다. 그를 안심시키기 위해서였다.

"나는 당신에게 항상 진실만을 말했지, 허브 애셔." 소년이 계속 말했다. "하느님에게는 기만이라는 것이 없으니까. '나는 네가 살기를 바라노라.' 나는 이전에 당신을 한 번 살게 해주었지. 당신이 정신적인 죽음 속에 누워있을 때 말이야. 하느님은 생명 있는 것의 죽음을 바라지 않아. 하느님은 비존재를 기뻐하지 않으니까. 당신은 하느님이 무엇인지 아나, 허브 애셔? 하느님은 곧 존재의 원인이 되는 자야. 다른 식으로 말하자면, 만약 당신이 만물의 배후에 있는 존재의 기반을 찾는다면, 결국 하느님을 발견하게 될 거라는 말이지. 당신은 현상적인 우주에서 하느님으로 되짚어갈 수도 있고, 또는 창조주에서 현상적인 우주로 옮겨올 수도 있지. 어느 한쪽이나 또 다른 한쪽을 암시하고 있으니까. 만약 우주가 없었다면 창조주는 창조주가 되지 못했을 거고, 만약 창조자가 지지해주지 않았다면 우주는 더 이상 존재하지 않았을 거야. 시간 속에서, 창조주는 우주보다 더 먼저 존재하지는 않았어. 사실 그는 전혀 시간 속에 존재하지 않아. 하느님은 우주를 계속해서 창조하지. 그는 우주와 '함께' 있는 것이지, 그 위에나 그 뒤에 있지는 않아. 당신에게는 이해하기가 불가능한 얘기겠지. 왜냐하면 당신은 피조물이며 또한 시간 속에 존재하니까. 하지만 결국에는 당신도 당신의 창조주에게 돌아갈 거고, 그렇게 되면 당신은 더 이상 시간 속에 존재하지는 않게 될 거야. 당신은 당신의 창조주의 숨결이고, 그가 숨을 들이쉬고 내쉬고 하기 때문에 당신이 살아가는 거야. 이걸 잊지 말라고. 이것이야말로 당신의 하느님에 관해 당신이 알아야 할 모든 것을 요약한 한마디니까. 일단 하느님으로부터 모든 창조를 향한 내쉼이 있는 거야. 그러다가 어느 시점이 되면 그것은 뒤로 돌아가기를 시작하니, 그것이 바로 들이쉼이란 거지. 이런 순환은 결코 멈추지 않아. 당신은 나를 떠나지. 당신은 나에게서 멀리 떨어져있지. 당신은 뒤로 돌아오기 시작하지. 당신은 나와 함께 합쳐지는 거야. 당신을 비롯해서 모든 것이 말이야. 이것은 하나의 과정, 하나의 사건이야. 이것은 하나의 활동이야. '나의' 활동. 나 자신의 존재의 리듬이며, 이것이 당신들 모두를 지지하지."

놀랍군. 허브 애셔가 말했다. 겨우 열 살짜리 사내아이가, 그녀의 아들이 이런 말을 하다니.

"이매뉴얼." 지나가 말했다. "네가 한 말은 재미없었어."

그녀를 향해 미소를 지으며 소년이 말했다. "그럼 게임이라도 할까? 그게 더 나을 것 같아? 내가 반드시 형성해야 했던 과거의 사건들이 있었지. 나는 반드시 타오르는, 그을리는 불을 피워야만 했어. 성서에는 이렇게 나와있지.

그는 금을 연단하는 자의 불과 같을 것이라.[*]

또 성서에서는 이렇게 말하지.

그의 임하는 날을 누가 능히 당하며, 그의 나타나는 때에 누가 능히 서리요.[**]

하지만 나는 이보다 더할 것이라고 말하지. 나는 이렇게 말해.

---

[*] 말라기 3장 2절.
[**] 말라기 3장 2절.

보라, 용광로 불 같은 날이 이르리니, 교만한 자와 악을 행하는 자는 다 지푸라기 같을 것이라. 그 이르는 날에 그들을 살라. 그 뿌리와 가지를 남기지 아니할 것이로되.*

이에 대해 당신은 뭐라고 하겠어, 허브 애셔?"

이매뉴얼은 그를 빤히 바라보며 그의 답변을 기다렸다. 지나가 말했다.

"'내 이름을 경외하는 너희에게는 공의로운 해가 떠올라서 치료하는 광선을 비추리니.'"**

"그건 맞아." 이매뉴얼이 말했다.

일라이어스도 나지막이 말했다.

"'너희가 나가서 외양간에서 나온 송아지같이 뛰리라. 또 너희가 악인을 밟을 것이니.'"***

"그래." 이매뉴얼이 말했다. 그는 고개를 끄덕였다.

허브 애셔는 다시 소년을 똑바로 바라보며 말했다. "나는 겁이 나. 진짜로 말이야." 그는 다른 누군가의 팔이 자기를 두르고 있다는 것이 고맙기만 했다. 그를 안심시켜주려는 일라이어스의 팔 말이다.

합리적이고 온화한 어조로 지나가 말했다. "하지만 얘는 방금 말한 끔찍한 짓을 모조리 하지는 않을 거야. 그건 어디까지

---

* 말라기 4장 1절.
** 말라기 4장 2절.
*** 말라기 4장 2~3절.

나 사람들을 겁주려는 거거든."

"지나!" 일라이어스가 말했다.

그녀는 깔깔 웃으며 말했다. "진짜라니까. 애한테 물어봐."

"'주 너의 하느님을 시험하지 말라.'"* 이매뉴얼이 말했다.

"나는 겁 안 나." 지나가 나지막이 말했다.

이매뉴얼은 그녀에게 다시 이렇게 말했다.

"'네가 철장으로 그들을 깨뜨림이여, 질그릇같이 부수리라.'"**

"아니." 지나가 말했다. 그리고 허브 애셔를 돌아보며 말을 이었다. "겁낼 것 없어. 어디까지나 말하는 방식이 그런 것뿐이지, 그 이상은 아니니까. 겁이 나면 나랑 같이 가. 그러면 내가 같이 이야기해줄 테니까."

"그건 사실이야." 이매뉴얼이 말했다. "당신이 붙잡혀서 감옥으로 끌려가더라도 지나는 당신과 함께 갈 테니까. 지나는 결코 당신을 떠나지 않을 거야." 이매뉴얼의 얼굴에 뭔가 불만스러운 표정이 스치더니 갑자기 다시 열 살짜리 소년으로 되돌아갔다. "하지만—"

"왜 그러지?" 일라이어스가 말했다.

이매뉴얼이 어렵사리 말을 꺼냈다. "지금은 말하지 않을 거야." 허브 애셔로서는 믿을 수 없게도 소년의 눈에서는 눈물이 흐르고 있었다. "어쩌면 앞으로도 영영 말하지 않을 거야. 내

---

* 누가복음 4장 12절.
** 시편 2장 9절을 원용함.

243

말이 무슨 뜻인지 지나는 알아."

"맞아." 지나가 이렇게 말하며 미소를 지었다. 그녀의 미소에는 여전히 장난기가 깃들어있었다. 아니, 어쩌면 허브 애셔에게만 그렇게 보였는지도 모른다. 그는 어리둥절했다. 그로선 리비스의 아들과 이 소녀 사이에 오가는 눈에 보이지 않는 교감을 이해할 수가 없었다. 그것 때문에 그는 고민스러웠고, 두려움은 더욱 커졌다. 그의 깊은 불편함도 마찬가지였다.

네 사람은 그날 밤 함께 식사를 했다.

"어디 사니?" 허브 애셔가 여자아이에게 물었다. "가족은 있니? 부모님은?"

"엄밀히 말해서 나는 우리가 다니는 정부 소유 학교의 피보호자인 거야." 지나가 말했다. "하지만 지금은 어느 면으로 보나 일라이어스가 내 보호자 노릇을 하고 있지. 내 후견인이 되는 절차를 밟는 중이야."

여전히 자기 앞에 놓인 접시에만 신경을 쓰고 식사를 하면서 일라이어스가 말했다. "우리는 한 가족이라네, 우리 셋이 말이야. 그리고 이제 자네도 우리 가족이지, 허브 애셔."

"난 전에 살던 돔으로 돌아갈래요." 애셔가 말했다. "CY30-CY30B 태양계요."

일라이어스는 포크 가득 음식을 퍼 올리다 말고 그를 바라보았다. "어째서?"

"여기는 영 불편하니까요." 허브가 말했다. 어째서 그런지 확실히 알지는 못했다. 그의 느낌은 여전히 모호했다. 하지만 강력한 느낌이기는 했다. "여기는 억압적이에요. 저 바깥에는 이보다 더 많은 자유가 있다고요."

"침대에 누워서 린다 폭스를 듣는 것이 바로 그런 자유라는 건가?" 일라이어스가 말했다.

"아니요." 그는 고개를 저었다.

지나가 말했다. "이매뉴얼, 네가 지구를 불로 괴롭힌다느니 뭐니 하는 이야기를 해서 저 사람이 겁을 먹은 거야. 저 사람은 성서에 나오는 온갖 재앙들을 기억한 거라고. 왜, 이집트에서 벌어졌던 것 말이야."

"그냥 집에 가고 싶을 뿐이야." 애셔가 한마디로 말했다.

이매뉴얼이 말했다. "리비스가 그리운 거겠지."

"맞아." 그건 사실이었다.

"하지만 그녀는 거기에 없어." 이매뉴얼이 그에게 그 사실을 상기시키고 천천히 식사를 계속했다. 우울하게 한 입, 또 한 입. 마치 식사 자체가 엄숙한 의식인 것 같군. 애셔는 생각했다. 이매뉴얼에게는 먹는다는 것 자체가 뭔가 축성된 것을 소비하는 문제인 것처럼 보였다.

"그럼 네가 그녀를 도로 데려올 수는 없어?" 그가 이매뉴얼에게 물었다.

소년은 아무 답변도 하지 않고 그저 계속 먹기만 했다.

"답이 없는 거야?" 애셔는 씁쓸한 어조로 말했다.

"나는 그런 일을 하려고 여기 있는 게 아니야." 이매뉴얼이 말했다. "그녀는 이해했지. 당신이 이해한다는 것이 중요한 게 아니라, 그녀가 안다는 것이 중요한 거야. 그리고 나는 그녀가 이해하게 만들었지. 당신도 기억하지? 당신도 그날 거기 있었으니까. 앞으로 무슨 일이 벌어질지를 내가 그녀에게 이야기해주었을 때 말이야."

"알았어." 애셔가 말했다.

"그녀는 지금 다른 어딘가에 살고 있어." 이매뉴얼이 말했다. "당신은—"

"알았다니까!" 애셔가 화를 내면서 말했다. 어마어마하게 화를 내면서.

이매뉴얼은 허브 애셔에게 말했다. 나지막하면서도 조용하게. 소년의 얼굴은 차분했다. "당신은 상황을 전혀 이해하지 못하는군, 허버트. 지금 내가 분투하는 목표는 좋은 우주, 정의로운 우주, 아름다운 우주를 만들기 위해서가 아니야. 우주의 존재 자체가 위험에 빠져있어. 벨리알이 최후의 승리를 거둘 경우, 그 결과는 단순히 인류의 속박이나 노예제의 지속이 아니야. 그 결과는 바로 비존재라고. 내가 없으면 이 세상에는 아무것도 없어. 벨리알도 마찬가지지. 그 역시 내가 창조했으니까."

"그냥 식사나 해." 지나가 부드러운 목소리로 말했다.

"악의 위력은 바로 현실의 중지, 존재 그 자체의 중지인 거야." 이매뉴얼이 말을 이었다. "만물이 천천히 빠져나가서, 나중에는 마치 그 린다 폭스처럼 일종의 허깨비가 되어버리지. 그런 과정이 이미 시작되었어. 태초의 타락과 함께 시작됐지. 코스모스의 일부분이 떨어져 나갔어. 신성 하느님 그 자체도 재난으로 고생했지. 당신이 그걸 가늠이나 할 수 있나, 허브 애셔? 존재의 기반에서 벌어진 재난을? 그것이 당신에게 무슨 의미를 전해주지? 신성 하느님이 중지될 가능성. 과연 그런 의미가 당신에게 전해지나? 신성 하느님이 그 사이에 서있기 때문에 그나마—" 그는 말을 멈추었다. "당신은 도저히 상상도 못할걸. 그 어떤 생물도 비존재를 상상하지는 못해. 특히나 자신의 비존재는 말이야. 나는 존재를 보장해야 해. 모든 존재를. 심지어 당신의 존재까지도."

허브 애셔는 말이 없었다.

"전쟁이 다가오고 있어." 이매뉴얼이 말했다. "우리는 그 장소를 선택할 거야. 우리 둘, 벨리알과 내게는 그곳이 게임을 벌일 테이블 같은 게 되는 거지. 그 위에서 우리는 우주를, 존재 중의 존재를 내기에 걸 거야. 전쟁의 시대에서도 이 마지막 판은 내가 시작을 하지. 벨리알의 영토, 그의 본거지로 내가 직접 찾아온 거니까. 나는 '그'를 만나기 위해 전진한 거야. 다른 우회적인 방법을 택한 게 아니라. 이게 과연 현명한 생각이었는지는 앞으로 시간이 흐르면서 밝혀지겠지."

"너는 결과를 예견할 수도 있지 않아?" 애셔가 말했다.

이매뉴얼은 말없이 그를 바라보기만 했다.

"너는 할 수 있잖아." 애셔가 말했다. 너는 그 결과가 어떻게 될지 이미 알지. 그는 깨달았다. 지금도 너는 알고 있어. 애초에 리비스의 자궁 속으로 들어갔을 때에도 너는 이미 알고 있었어. 창조의 시작 때부터 너는 알고 있었어. 사실은 창조 이전 부터도. 우주가 존재하기 이전부터도.

"그들은 규칙에 따라 경기를 할 거야." 지나가 말했다. "규칙은 이미 합의되어있어."

"그러면." 애셔가 말했다. "벨리알이 너를 아직 공격하지 않은 것도 그 때문이군. 그래서 네가 여기에서 살며 자랄 수 있었던 거고. 무려 10년 동안이나. 그는 네가 여기 있는 것을 뻔히 알면서도—"

"그가 알고 있어?" 이매뉴얼이 물었다.

침묵이 흘렀다.

"나는 그에게 이야기한 적이 없어." 이매뉴얼이 말했다. "그건 내 의무가 아니야. 그는 혼자서 알아내야 할 거야. 정부를 말하는 게 아니야. 진짜로 통치하는 세력을 말하는 거지. 그에 비하자면 지금의 정부는—사실은 모든 정부가—그림자에 지나지 않아."

"그가 준비가 되면 그에게 말할 거야." 지나가 말했다. "완전히 준비가 되었을 때에."

애셔가 말했다. "너는 완전히 준비가 된 거야, 이매뉴얼?"

소년은 웃었다. 아이다운 미소였다. 방금 전의 굳은 표정과는 완전히 다른 모습이었다. 그는 아무 말도 하지 않았다. 게임인 거군. 허브 애셔는 깨달았다. 어린아이의 게임!

그 사실을 깨닫자 그는 몸이 떨렸다.

지나가 말했다.

"'시간은 놀이하는 아이, 장기를 두는 아이다. 왕국은 아이의 것이다.'"*

"그건 또 뭐지?" 일라이어스가 말했다.

"유대교에서 나온 건 아니야." 지나가 모호하게 말했다. 그녀는 굳이 더 자세히 설명하지는 않았다.

이 아이 가운데 그 어머니에게서 나온 부분은 10살짜리 아이로구나. 허브 애셔는 깨달았다. 그리고 '야'에 해당하는 부분은 나이라는 게 전혀 없었다. 그 자체로 무한이었기 때문이다. 아주 젊은 것과 시간을 초월한 것의 조합이었다. 방금 전에 지나가 수수께끼의 인용문에서 언급한 그대로였다.

어쩌면 이것은, 이 조합은 아주 독특한 건 아닌지도 몰라. 누군가 이전에 지적했었지. 지적도 하고 말로 언급하기도 했지.

"너는 벨리알의 영역으로 들어온 거야." 지나가 식사를 하면서 이매뉴얼에게 말했다. "그런데 너는 '내 영역'으로 들어올 만한 용기도 있어?"

"그게 어떤 영역인데?" 이매뉴얼이 말했다. 일라이어스 테이트 역시 소년과 마찬가지로 어리둥절한 표정이 되어 소녀를 바라보았다. 허브 애셔도 소녀를 바라보았다. 하지만 이매뉴얼은 소녀의 말을 이해한 것 같았다. 그는 아무런 놀라움도 드러내지 않았다. 비록 되묻기는 했지만 그는 알고 있었다. 허브 애셔는 그렇게 생각했다. 그는 이미 알고 있다고.

---

* 고대 그리스의 철학자 헤라클레이토스의 단편 중에서.

지나가 말했다. "내 모습이 지금 네가 보는 것과는 같지 않은 곳을 말하지."

이매뉴얼이 뭔가를 곰곰이 생각하는 동안, 잠시 침묵이 흘렀다. 그는 답변을 하지 않았다. 그는 마치 식탁을 물린 것처럼 꼼짝 않고 앉아있었다. 마치 그의 정신이 아주 먼 곳으로 가버린 것 같았다. 셀 수 없이 많은 세계를 스쳐 지나가고 있군. 허브 애서는 생각했다. 이 얼마나 기이한 일인가. 저들은 도대체 무슨 이야기를 하는 걸까?

이매뉴얼은 천천히, 그리고 신중하게 말했다. "나는 지금 끔찍스러운 세계를 하나 처리해야 해, 지나. 난 시간이 없어."

"내 생각에 너는 걱정하는 것 같은데." 지나가 말했다. 그리고는 자기 몫의 사과 파이와 아이스크림 쪽으로 손을 뻗었다.

"아니야." 이매뉴얼이 말했다.

"그럼 와봐." 그녀가 말했다. 순간 그녀의 까만 두 눈에는 어떤 불길함과 장난기, 기쁨이 드러났다. "나는 너한테 도전하는 거야." 그녀가 말했다. "자." 그녀는 한 손을 소년에게 뻗었다.

"나의 저승사자로군." 이매뉴얼이 우울한 어조로 말했다.

"그래. 나는 네 인도자가 될 거야."

"네가 너의 주 하느님을 인도하려느냐?"

"나는 종이 있는 곳을 너한테 보여주고 싶을 뿐이야. 종소리가 흘러나오는 땅을 말이야. 어떻게 할래?"

그가 말했다. "그럼 가겠어."

"지금 너희 둘이 무슨 이야기를 하는 거냐?" 뭔가 걱정스러운 듯 일라이어스가 말했다. "매니, 이게 무슨 이야기냐? 저 애가 무슨 말을 하는 거야? 내가 전혀 알지도 못하는 세상으로 쟤가 너를 데려갈 수는 없어."

이매뉴얼은 그를 흘끗 바라보았다.

"내가 있지 않은 곳은 그 어디에도 없어." 이매뉴얼이 말했다. "공상이 아니라 진짜 공간이라면 말이지. 너의 영역은 공상이야, 지나?"

"아니." 그녀가 말했다. "진짜야."

"거기가 어딘데?" 일라이어스가 물었다.

지나가 말했다. "바로 여기야."

"'여기'라고?" 일라이어스가 말했다. "그게 무슨 말이냐? 물론 여기가 뭔지는 나도 알아. 여기가 바로 여기지."

"지나의 말이 맞아." 이매뉴얼이 말했다. "하느님의 영혼이 너를 따를 거야. 너는 나를 믿니?"

"이건 게임이야." 지나가 말했다.

이매뉴얼이 말했다. "너에게는 모든 것이 게임이지. 나도 그 게임을 하겠어. 할 수 있어. 나는 놀이를 하고 돌아올 거야. 이 영역으로 돌아올 거라고."

지나가 말했다. "너는 이 영역이 너에게 그토록 가치 있다는 걸 발견한 거야?"

"여기는 끔찍스러운 장소야." 이매뉴얼이 말했다. "하지만 그 크고 두려운 날에, 나는 바로 이 장소에서 반드시 행동해야 해."

"그날을 뒤로 미뤄." 지나가 말했다. "내가 그걸 뒤로 미룰 거야. 나는 네가 듣는 소리를 내는 그 종을 너한테 보여줄 거야. 그 결과로 그날은—" 그녀는 문득 말을 멈추었다.

"그날은 여전히 올 거야." 이매뉴얼이 말했다. "그건 이미 정해져있으니까."

"그러면 우리 지금 놀아야겠네." 지나가 나지막이 말했다. 허브와 일라이어스는 모두 어리둥절한 채로 이야기를 듣고 있었다. 두 아이는 서로 상대방이 무슨 말을 하는지를 알아듣는 모양이지만, 나는 전혀 모르겠군. 허브 애셔는 생각했다. 그 장소가 바로 여기라면 저 여자아이는 이매뉴얼을 어디로 데려간다는 걸까. 우리는 지금 이미 여기 있는데.

이매뉴얼이 말했다. "비밀의 나라*를 말하는 거야."

"이런 젠장, 안 돼!" 일라이어스가 이렇게 말하며, 컵을 집어들어 내던졌다. 벽에 부딪친 컵은 산산조각이 났다. "매니— 그 장소에 대해서는 나도 들은 바가 있다고!"

"그게 뭔데요?" 허브 애셔는 노인의 격노한 모습에 깜짝 놀라 물었다.

지나가 차분하게 말했다. "그게 정확한 명칭이지. '인간과 천사가 뒤섞인 중간적인 성격을 지닌.'"**

"너는 지금 유인을 당하고 있는 거야!" 일라이어스가 격노한 듯 말하면서 몸을 앞으로 굽히더니, 커다란 자기 양손으로 아

---

* '요정의 나라' 를 말한다. 1691년에 간행된 로버트 커크의 요정 관련 민속 연구서 『엘프와 목신과 요정의 비밀의 나라』에서 비롯된 명칭이다.
** 커크의 『엘프와 목신과 요정의 비밀의 나라』에 나오는 구절.

이를 꽉 붙들었다.

"그건 맞아." 이매뉴얼이 말했다.

"저 애가 지금 너를 어디로 데리고 가는 건지 알아?" 일라이어스가 말했다. "너야 물론 알겠지. 너는 아무런 두려움도 없어, 매니. 그건 오판이야. 너는 두려워해야 마땅해." 그는 지나를 향해 말했다. "당장 여기서 나가! 나는 네가 무엇인지도 이제껏 모르고 있었군." 그는 격하면서도 못마땅한 표정으로 그녀를 바라보았다. 그의 입술이 계속 움직였다. "나는 네가 무엇인지를 몰랐어. 나는 이해가 안 되었지."

"그는 이해를 했어." 지나가 말했다. "이매뉴얼은 이미 알았다고. 평판이 그에게 이야기를 해주었으니까."

"일단 식사나 끝내도록 하자고." 이매뉴얼이 말했다. "그런 다음에 지나, 나는 너랑 같이 갈 거야." 그는 질서정연한 방식으로 다시 식사를 시작했다. 그의 표정에는 아무 감정도 없었다. "사실은 네가 깜짝 놀랄 만한 게 있어, 지나." 그가 말했다.

"뭐가?" 그녀가 물었다. "그게 뭔데?"

"네가 미처 모르는 거야." 이매뉴얼은 먹기를 멈추었다. "이것 역시 이미 예정되어있었다는 거지. 처음부터. 나는 우주가 있기 전부터 그걸 봤어. 내가 너의 땅으로 여행하는 것을."

"그러면 그게 어떻게 끝나는지도 알겠네." 지나가 말했다. 처음으로 그녀는 머뭇거리는 듯했다. 그녀는 더듬거리며 말을 이었다. "가끔은 네가 모든 것을 알고 있다는 사실을 나도 잊어버리곤 해."

253

"모든 것까지는 아니야. 왜냐하면 내 두뇌 손상 때문이지. 그 사고 말이야. 그래서 일종의 무작위적인 변수가 생겼어. 덕분에 우연이 개입할 여지도 생겼지."

"하느님도 주사위 놀이를 하나?" 지나가 이렇게 말하면서 한쪽 눈을 치켜떴다.

"필요하다면야." 이매뉴얼이 말했다. "그러니까 다른 방법이 없는 경우에는 말이야."

"네가 이걸 계획한 거지." 지나가 말했다. "그렇지 않아? 나도 판가름할 수가 없는걸. 너는 분명 손상을 입었어. 네가 미리 알았을 리가 없는데……. 너는 나를 향해 책략을 쓴 거야, 이매뉴얼." 그녀는 웃었다. "아주 좋아. 나도 확신할 수는 없지만 끝내주게 좋아. 축하해."

이매뉴얼은 말했다. "내가 계획한 건지 아닌지를 모르는 상태에서 너는 이걸 경험해봐야 해. 그래야만 내가 유리한 입장이 되지."

그녀는 어깨를 으쓱했다. 하지만 허브 애셔가 보기에 그녀는 아직 침착함을 되찾지 못한 것 같았다. 이매뉴얼이 그녀를 흔들어놓았군. 그는 생각했다. 그리고 그건 다행한 일이고.

"저를 버리지 마소서, 주여." 일라이어스가 떨리는 목소리로 말했다. "저도 함께 데려가소서."

"알았어." 소년이 고개를 끄덕였다.

"그러면 나는 어떻게 해야 하지?" 허브 애셔가 말했다.

"같이 가." 지나가 말했다.

"'비밀의 나라' 라니." 일라이어스가 말했다. "나는 그곳이 실제로 존재한다고는 결코 믿지 않았는데." 그는 당황한 듯 그녀를 노려보았다. "그곳은 존재하지 않아. 그게 바로 핵심이지!"

"그곳은 존재해." 그녀가 말했다. "그것도 바로 여기에. 우리랑 같이 가요, 애셔 씨. 당신은 환영할게. 하지만 거기서의 내 모습은 지금의 내 모습과는 다를 거야. 여기 있는 모두가 마찬가지일 거야. 너 혼자만 빼고, 이매뉴얼."

일라이어스는 소년을 향해 말했다. "주여—"

"그 땅으로 통하는 출입구가 있지." 이매뉴얼이 말했다. "황금비율이 존재하는 곳이라면 어디서든지 발견할 수 있어. 그렇지 않아, 지나?"

"맞아." 그녀가 말했다.

"피보나치 수열에 근거한 거지." 이매뉴얼이 말했다. "비율 말이야." 그는 허브 애셔에게 설명했다. "1대 1.618034의 비율이지. 고대 그리스인은 이를 황금분할, 또는 황금직사각형이라고 알고 있었지. 건축에 이걸 사용했어…… 가령 파르테논이 그렇지. 그들에게는 이것이야말로 기하학적 모델이었어. 하지만 중세에 가서야 피사의 피보나치가 이걸 순전히 숫자만 가지고 발전시켰지."

"이 방 안에만 해도 그런 문이 몇 개나 돼." 지나가 말했다. "그 비율은 트럼프 카드를 만들 때도 사용하는 거야." 그녀가 허브 애셔에게 말했다. "3대 5의 비율 말이야. 가령 달팽이 껍질이라든지, 은하계 바깥의 성운에서도 발견할 수 있지. 당신

머리에 있는 머리카락의 패턴 형성을 비롯해서―"

"한마디로 우주에 충만한 거지." 이매뉴얼이 말했다. "소우주에서 대우주까지 말이야. 그래서 이것은 하느님의 이름들 가운데 하나로 일컬어지기도 했어."

그날 밤, 허브 애셔는 일라이어스의 집에 있는 작은 별실에서 잠을 청했다. 그때 묵직하면서도 어딘가 구겨진 실내복을 걸치고 커다란 슬리퍼를 신은 일라이어스가 문간에 나타나 말했다. "나랑 잠깐 얘기 좀 할까?"

허브가 고개를 끄덕였다.

"지나가 매니를 데려가려 한다네." 일라이어스가 말했다. 그는 방 안으로 들어와 자리를 잡고 앉았다. "자네는 알고 있었나? 그건 우리가 예상했던 방향에서 오지 않았어. 아니, '내가' 예상했던 방향에서가 아니었다고 해야겠군." 그가 말을 고쳤다. 연신 양손을 움켜쥐었다 도로 풀었다 하는 그의 얼굴은 어둡기만 했다. "원수는 뭔가 낯선 형태를 취했어."

소름이 끼쳤다. 허브가 말했다. "벨리알이오?"

"그건 나도 모르네, 허브. 내가 그 여자아이를 알고 지낸 지 4년째라네. 그 아이에 대해 많은 걸 알고 있다고 생각했지. 어떤 면에서는 그 아이를 사랑했고. 매니만큼이나 말이네. 그 아이는 매니에게 좋은 친구가 되어주었으니까. 아마 매니는 알았겠지. 당장까지는 아니었더라도…… 지금까지의 와중에 언젠가 알아냈을 거야. 내가 확인해봤네. 내 컴퓨터 단말기를 이용해서 '지나(zina)'라는 단어를 검색해보았지. 루마니아어로 요정을 뜻하는 말이더군. 또 다른 세계에서 이매뉴얼을 찾아낸 거야. 우리가 학교에 갔을 때, 첫날부터 그 아이가 매니에게 접근했다네. 왜 그랬는지 이제야 알겠어. 기다리고 있었던 거야. 매니가 올 줄을 알았던 거지. 자네도 알겠나?"

"그래서 제가 그 아이를 봤을 때 장난기가 느껴졌던 거군요." 허브 애셔가 말했다. 그는 사실 매우 피곤했다. 정말 긴 하루였다.

일라이어스가 말했다. "그 여자아이는 이끌고 또 이끌어갈 것이며, 매니는 계속해서 따라가겠지. 물론 뭔가를 알고 따라가겠지, 내 생각에는. 그는 예견을 하니까. 이른바 우주에 관한 선험적인 지식이라고 일컬어지는 것 말이야. 한때 그는 모든 것을 예견할 수 있었지. 하지만 지금은 아니야. 참으로 이상한 일이지. 생각해보면 그는 예견을 못하게 되는 상황까지도, 자신의 건망증까지도 예견할 수 있었던 거니까. 나는 그를 믿을 수밖에 없다네, 허브. 그것 말고는 아무런 방법이 없어ㅡ"그가 몸을 돌렸다. "자네도 알다시피."

"어느 누구도 그에게 뭘 하라고 말할 수 없어요."

"허브, 나는 그를 잃고 싶지가 않네."

"어떻게 잃을 수나 있겠어요?"

"신성 하느님의 불화가 있었다네. 태초의 분열이 말이야. 그 것이 바로 모든 것의 근원이었지. 문제의, 이곳 상황의, 벨리알과 나머지 모두의. 그것이야말로 신성 하느님의 일부분이 추락하게 된 계기였어. 신성 하느님이 분열되자 그중 일부는 초월적인 상태로 남아있었지만, 또 일부는…… 굴욕을 당하게 되었지. 창조와 함께 추락했고, 세계와 함께 추락했어. 신성 하느님은 그 자신의 일부와 연계를 잃어버린 것이네."

"그러면 그것이 더욱 파편화될 수도 있나요?"

"그래." 일라이어스가 말했다. "또 다른 재난이 일어날 수도 있지. 이것이야말로 바로 그런 재난일 거야. 모르겠네. 과연 '그'가 알고 있는지도 나는 모르겠어. 그의 인간적인 부분, 즉 리비스에게서 나온 부분은 두려움을 알고 있어. 하지만 다른 부분, 그 절반은 두려움을 모르고 있어. 이유는 분명하지. 하지만 그게 좋은 일은 아닐 거야."

그날 밤에 허브 애셔는 꿈속에서 한 여성이 자기를 위해 노래 부르는 것을 보았다. 그녀는 린다 폭스인 것도 같았고 아닌 것도 같았다. 그는 그녀를 볼 수 있었다. 그는 대단한 아름다움을 보았다. 야성과 빛, 달콤하게 빛나는 얼굴과 그를 향해 사랑스레 반짝이는 두 눈. 그와 그녀는 차를 타고 있었고, 그녀가 운전을 했다. 그는 단지 그녀를 바라보며, 그녀의 아름다움에 감탄하고 있었다. 그녀는 노래를 불렀다.

새벽을 향해 걸어가려 하면
당신은 슬리퍼를 꼭 신어야 하네.

하지만 그는 걸어갈 필요가 없었다. 그 사랑스러운 여성이 그를 거기까지 데려다줄 테니까. 그녀는 흰 가운을 걸쳤고, 그녀의 헝클어진 머리카락에서 그는 왕관을 보았다. 아주 젊은 여성이었지만 그래도 성숙한 여성이기는 했다. 가령 지나 같은 여자아이는 아니었다.

다음 날 아침, 잠을 깨고 난 뒤에도 그 여성의 아름다움과 그녀의 노래는 여전히 그의 머릿속에 남아있었다. 그로선 잊어버릴 수가 없었다. 그는 생각했다. 그녀는 심지어 더 폭스보다도 더 매력적이야. 도무지 믿을 수가 없군. 나는 차라리 그녀 쪽을 택하겠어. 그녀는 누구일까?

"안녕히 주무셨나요." 양치질을 하러 화장실로 가던 지나가 말했다. 그녀가 신은 슬리퍼가 그의 눈에 들어왔다. 하지만 곧 일라이어스 역시 슬리퍼를 신고 나타났다. 저건 또 무슨 의미일까? 애셔는 자문했다.

하지만 그는 답을 알지 못했다.

12

"너는 밤새 춤을 추고 노래를 부르지." 이매뉴얼이 말했다. 그는 생각했다. 아름다웠어. "나한테 보여줘." 그가 말했다.

"그럼 우리 이제 시작해야겠네." 지나가 말했다.

그는 종려나무 아래 있었다. 그는 자신이 동산에 들어와있음을 알았다. 이곳은 그가 창조의 시작 때에 직접 만든 동산이었다. 그녀는 자기 영역으로 그를 데려온 것이 아니었다. 이곳은 그의 회복된 영역이었다.

건물과 차량, 그러나 사람들은 서두르지 않았다. 다만 이곳 저곳에 앉아 햇빛을 즐겼다. 어느 젊은 여성은 아예 블라우스를 벗어젖혔고, 그녀의 가슴은 땀으로 번들거렸다. 햇빛이 뜨겁고도 찬란하게 내리쬐었다.

"아니야." 그가 말했다. "여기는 비밀의 나라가 아니야."

"나는 너를 잘못된 길로 데려왔어." 지나가 말했다. "하지만 그건 문제가 아니야. 이 장소에는 잘못된 것이 하나도 없으니까, 안 그래? 여기 뭔가 결여된 게 있어? 여기 결여된 게 없다는 건 너도 알지. 여기는 낙원이거든."

"내가 그렇게 만들었으니까." 그가 말했다.

"그래." 지나가 말했다. "여기는 네가 창조한 낙원이야. 이제 나는 너한테 이보다 더 나은 걸 보여줄 거야. 가자." 그녀는 한 손을 내밀어 그를 붙잡았다. "저기 있는 저축은행 건물에는 황금직사각형 출입구가 있지. 우린 저리로 들어갈 수 있어. 거기도 다른 출입문만큼이나 훌륭하니까." 그녀는 그의 손을 붙잡고 길모퉁이로 가서 신호등이 바뀌기를 기다렸다. 잠시 후 두 사람은 보도를 내려가, 쉬는 사람들 사이를 지나서 저축은행 사무실 쪽으로 향했다.

이매뉴얼은 계단이 잠시 멈춰 서서 말했다. "나는—"

"여기가 바로 출입문이야." 그녀가 말하며 그를 계단 위로 이끌었다. "너의 영역은 여기서 끝나고 이제 내 영역이 시작되는 거야. 지금부터는 내 법칙이 시작되는 거지." 그의 손을 붙잡은 그녀의 손이 더 단단해졌다.

"그럼 그렇게 하지." 그가 말했다. 그리고 계속 갔다.

로봇 은행원이 말했다. "통장은 가져오셨죠, 팔라스 여사님?"

"내 핸드백에 있어요." 이매뉴얼의 옆에 있는 젊은 여자가 우편행낭처럼 생긴 가죽 핸드백을 열더니, 그 안에 있는 열쇠며 화장품이며 편지며 이런저런 귀중품 사이를 뒤적이다 통장을 찾아 꺼냈다. "인출하고 싶은 금액은― 음, 근데 제 통장에 얼마나 있죠?"

"현재 잔고는 여사님 통장에 나와있습니다." 로봇 은행원이 아무런 감정도 없는 어조로 말했다.

"그래요." 그녀가 대답했다. 그리고 통장을 열고 숫자를 살피더니 지급요청서를 한 장 꺼내 적었다.

"계좌를 폐쇄하실 생각이십니까?" 그녀가 통장과 요청서를 제출하자, 로봇 은행원이 말했다.

"맞아요."

"혹시 저희 은행의 서비스가 고객님 마음에―"

"내가 무엇 때문에 계좌를 폐쇄하는지는 당신네가 상관할 바가 아니에요." 그녀가 말했다. 그러더니 뾰족한 양쪽 팔꿈치를 카운터에 올려놓고 몸을 앞뒤로 흔들었다. 이매뉴얼은 그녀가 신은 하이힐을 바라보았다. 지나는 어른이 되어있었다. 면직 상의와 청바지를 입었고, 머리카락은 뒤로 빗어 넘겼다. 게다가 선글라스까지 끼고 있었다. 그녀가 그를 바라보고 미소를 지었다.

그는 속으로 말했다. 그녀는 이미 변했구나.

갑자기 두 사람은 저축은행의 옥상 주차장으로 공간 이동을 했다. 지나는 다시 한 번 핸드백을 뒤져 비행자동차 열쇠를 찾았다.

"날씨 좋은데." 그녀가 말했다. "어서 타. 내가 문 열어줄 테니까." 그녀는 비행자동차의 운전석으로 들어가더니 반대편 문의 손잡이로 손을 뻗었다.

"자동차 멋지다." 그가 말했다. 그리고 생각했다. 자기 영역을 조금씩 드러낼 모양인가 보군. 처음에는 내 동산의 세계로 데려오더니, 이제는 자기 왕국을 한 단계 한 단계씩 보여주려는 거야. 여러 층위를 따라 올라가는 식으로. 여기서 더 깊이 들어가면서 그녀는 누적된 것을 하나하나 벗겨 나가겠지. 지금은 겨우 표면일 뿐이야.

이것 참 매력적인데. 그는 생각했다. '조심해야지!'

"내 차 마음에 들어? 내가 이걸 사려고 얼마나 일을—"

"넌 거짓말을 하고 있어, 지나!" 이매뉴얼이 갑자기 상대방의 말을 거칠게 잘랐다.

"그게 무슨 말이야?" 비행자동차가 따뜻한 한낮의 하늘로 떠올라 차들이 있는 도로 속으로 섞여 들었다. 그렇게 되묻긴 했지만 그녀의 미소는 본심을 숨기지 않았다. "이건 시작에 불과해." 그녀가 말했다. "너를 당황하게 만들고 싶지 않았어."

"여기." 그가 말했다. "이 세계에서 너는 어린아이가 아니야. 그건 네가 취한 형상, 즉 겉치레라고."

"이게 내 실제 모습이야. 진짜라고."

"지나, 너한테는 실제 모습이란 게 없어. 나는 너를 알아. 너는 어떤 모습이든지 그 순간에 매력적으로 보이는 모습을 취할 수가 있어. 너는 순간에서 순간으로 옮겨 다니니까. 마치 비누

263

거품처럼."

지나는 운전하는 쪽으로 시선을 향한 채 그에게 말했다. "너는 지금 내 세계에 들어와있어, 야훼. 그러니 조심하라고."

"나는 너의 세계를 부술 수도 있어."

"그래도 다시 복구될걸. 내 세계는 항상 어디에나 있었어. 우리는 원래 있던 곳에서 아주 멀리 오지도 않았고. 여기서 불과 몇 마일 떨어진 곳에 너랑 나랑 같이 다니던 학교가 있거든. 거기에는 일라이어스와 허브 애셔가 뭘 어떻게 할지 논의하고 있는 집도 있지. 공간적으로 보자면 여기는 다른 장소랄 것도 없고, 물론 너도 그걸 알고 있잖아."

"하지만." 그가 말했다. "너는 여기서 법칙을 만들지."

"벨리알은 여기 없어." 그녀가 말했다.

그 말에 그는 깜짝 놀랐다. 미처 거기까지는 예견하지 못했기 때문이며, 또한 이를 깨닫자마자 자신이 전체 상황을 완전히 예견한 것은 아님을 알았기 때문이었다. 어느 한 가지 부분을 놓쳤다는 것은 결국 모두를 놓쳤다는 뜻이었다.

"그는 결코 내 영역으로 침투하지 못했어." 워싱턴 D.C. 상공을 지나가는 비행자동차의 홍수 속을 헤치고 나아가며 지나가 말했다. "그는 심지어 이곳에 대해 알지도 못해. 일단 타이들 베이슨*에 가서 벚나무나 구경하자. 아마 꽃이 만발했을 거야."

"진짜?" 그가 물었다. 꽃이 피기에는 너무 이른 계절이었기

---

* 미국 워싱턴 D.C.에 있는 인공호수. 인근에 공원이 조성되어있다.

때문이다.

"응. 지금 한창 만발했을 거야." 지나가 이렇게 말하며 비행 자동차를 도시 중심가로 몰았다.

"너의 세계에서는 그렇다는 거구나." 그가 말했다. 이제 이해 가 되었다. "지금은 봄이니까." 그가 말했다. 저 아래 있는 다른 나무들에도 새싹과 꽃이 돋아있었고, 밝은 녹색이 도시 전체에 넓게 펼쳐졌다.

"창문 내려봐." 그녀가 말했다. "안 추우니까."

그가 말했다. "종려나무 동산의 온기는—"

"타는 듯 압도적으로 건조한 열기지." 그녀가 말했다. "세계 를 그을리고 결국 사막으로 바꿔놓을 만큼. 너는 항상 마른 땅 을 편파적으로 좋아했지. 들어봐, 야훼. 나는 네가 전혀 모르고 있는 것들을 보여줄 거야. 너는 이 황무지에서 얼어붙은 곳으 로 갔어. 메탄 결정이 있고, 여기저기 작은 돔들이 흩어져있고, 어리석은 토착민들이 있는 곳으로. 너는 아무것도 몰라!" 그녀 의 눈이 번쩍였다. "너는 불모지를 어슬렁거리며, 너의 민족에 게 그들이 결코 찾을 수 없는 피난처를 제공하겠다고 약속했 지. 네가 한 약속은 모조리 실패했어. 그나마 다행이었지. 네가 한 약속은 대부분 결국 네가 그들을 저주하고, 괴롭히고, 파괴 한다는 것뿐이었으니까. 이제 입을 다무시지. 내 시대와 내 영 역이 도래했으니까. 이것은 내 세계이고, 지금은 봄이고, 공기 는 식물을 말라죽게 하지 않아. 너도 그럴 수는 없어. 여기, 내 영역에 있는 누구도 너는 해칠 수 없어. 무슨 말인지 알겠어?"

그가 말했다. "너는 누구지?"

웃으면서 그녀가 말했다. "내 이름은 지나잖아. 요정이고."

"내가 생각하기에―" 이매뉴얼이 혼란스러워하면서 말했다. "너는―"

"야훼." 그 여자가 말했다. "너는 내가 누군지도 모르고, 네가 지금 어디 있는지도 몰라. 여기가 과연 비밀의 나라겠어? 아니면 네가 속아 넘어간 거겠어?"

"네가 나를 속여 넘긴 거지." 그가 말했다.

"나는 네 안내인이야." 그녀가 말했다. "『세페르 예지라』*에 나온 것처럼 말이야.

> 이 위대한 지혜를 파악하라. 이 지식을 이해하라. 그것을 탐구하고 숙고하라. 그것을 드러내고 창조주를 다시 그의 보좌로 돌려놓으라.

그리고 내가 하는 일이 바로 그거야." 그녀가 말을 마무리했다. "하지만 어디까지나 네가 믿지 않을 경로를 통해서 그렇게 하는 거지. 이것이야말로 너는 모르는 경로니까. 너는 반드시 나를 믿어야 해. 반드시 안내인을 믿어야 한다는 거야. 마치 단테가 안내인을 믿은 덕분에 여러 개의 영역을 지나서 위로, 또 위로 올라갔듯이 말이야."

---

* '형성(창조)의 책'이라는 의미이며 유대교 카발라의 문헌 가운데 하나다.

그가 말했다. "네가 바로 대적자로구나."

"그래." 지나가 말했다. "그게 바로 나야."

하지만— 그는 생각했다. 그게 전부는 아니야. 그렇게 쉬울 리가 없어. 너는 복잡해. 지금 이 비행자동차를 모는 너. 역설과 모순. 그리고 다른 무엇보다도 게임을 좋아하는 성향. 놀이를 향한 너의 열망. 나는 반드시 그 모든 걸 고려하여 생각해야만 해. 그는 깨달았다. 이것은 놀이였다.

"기꺼이 놀이를 하겠어." 그가 동의했다.

"좋아." 그녀가 고개를 끄덕였다. "그러면 내 핸드백에서 담배 좀 꺼내줄래? 교통량이 점점 더 많아지네. 어쩌면 주차 공간 찾기가 쉽지 않겠는데."

그는 그녀의 핸드백 안을 뒤적였다. 하지만 찾을 수 없었다.

"못 찾겠어? 계속 찾아봐. 거기 있을 거야."

"네 핸드백 안에 워낙 물건이 많이 들어있어서 그래." 그는 세일럼 담배를 한 갑 찾아서 그녀에게 건네주었다.

"하느님은 여자한테 담뱃불도 안 붙여주나?" 그녀는 담배를 하나 빼들고 자동차 계기반의 라이터에 갖다 댔다.

"열 살짜리 꼬마애가 담뱃불이 뭔지 어떻게 알겠어?" 그가 반문했다.

"이상하네." 그녀가 말했다. "나는 네 엄마가 되고도 남을 정도로 나이가 들었는데. 그리고 너는 나보다 훨씬 더 나이가 많은데 말이야. 이건 역설이야. 너는 여기서 역설을 찾게 되리라는 걸 알지. 네가 방금 생각한 것처럼 내 영역은 역설로 가득하니까 말이야. 돌아가고 싶어, 야훼? 종려나무 동산으로? 그건 비현실이고, 너도 그걸 알잖아. 네가 그 대적자에게 결정적인 패배를 안기기 전까지 그곳은 줄곧 비현실로 남을 거야. 그 세계는 가버렸고, 이제는 기억일 뿐이지."

"네가 바로 대적자로구나." 그가 약간 어리둥절해하며 말했다. "하지만 너는 벨리알이 아니야."

"벨리알은 워싱턴 D.C.의 동물원 우리 안에 있어." 지나가 말했다. "내 영역 안에. 외계 생명체의 하나로 말이야. 그야말로 통탄할 만한 일이지. 시리우스에서, 그러니까 시리우스 태양계의 네 번째 행성에서 온 생명체로. 그 주위에 몰려든 사람들이 그를 보면서 깜짝 놀라 숨을 헐떡인다니까."

그가 웃었다.

"농담인 줄 아네. 내가 동물원으로 데려가서 보여줄게."

"나는 네가 진지하다고 생각해." 그는 다시 한 번 웃었다. 그 이야기를 듣자 기뻤기 때문이다. "사악한 자가 동물원의 우리 안에 있다니. 뭐야, 그러니까 그 기온과 중력과 대기를 가진 벨리알이, 남이 주는 먹이를 먹으며 특이한 구경거리가 되어있단 말이야?"

"아마 지옥불처럼 엄청나게 화가 났을 거야." 지나가 말했다.

"당연히 그렇겠지. 그나저나 네가 나를 위해 계획해놓은 게 뭐야, 지나?"

그녀는 침착하게 말했다. "진실이야, 야훼. 네가 여기를 떠나기 전에, 나는 너에게 진실을 보여줄 거야. 나는 우리 주 하느님을 우리에 가두지는 않을 거야. 너는 내 영역을 자유롭게 거닐어도 돼. 너는 여기서 자유로워, 야훼. 완전히 말이야. 내 말 믿어도 돼."

"수증기." 그가 말했다. "그게 바로 '지나' 의 족쇄지."

약간의 어려움 끝에 그녀는 자신의 비행자동차를 주차시킬 공간을 발견했다. "좋았어." 그녀가 말했다. "일단 산책이나 좀 하면서 벚꽃이나 구경하자, 야훼. 그 색깔은 내가 만든 색깔이야. 그 분홍색. 그게 내 보증서나 마찬가지지. 그 분홍빛이 보이면, 곧 내가 근처에 있다는 뜻이야."

"나는 그 분홍빛을 알아." 그가 말했다. "인간의 안내섬광眼內閃光이 완전한 스펙트럼의 흰색에 반응해 생기는 것이지. 순수한 햇빛에 반응해서 말이야."

비행자동차의 문을 잠근 다음, 그녀가 말했다. "사람들을 봐."

그는 주위를 둘러보았다. 하지만 아무도 보이지 않았다. 꽃이 만발한 나무들이 타이틀 베이슨을 따라서 반원을 그리며 늘어서 있었다. 하지만 수많은 자동차가 주차되어있었지만 근처를 거니는 사람은 전혀 보이지 않았다.

"그렇다면 이건 사기로군." 그가 말했다.

지나가 말했다. "너는 여기 있어, 야훼. 그래서 나는 너의 '크고 두려운 날' 을 미룰 수 있었던 거야. 나는 응징당한 세계를 보고 싶지는 않아. 나는 네가 못 보던 것을 보았으면 싶어. 지금 여기에는 오직 우리 둘만 있어. 우리 둘 뿐이야. 나는 내 영역을 조금씩 네 앞에 펼쳐 보일 거야. 그리고 내가 다 펼쳐 보였을 때, 너는 세계에 대한 너의 저주를 거두어들일 거야. 나는 지금껏 몇 년 동안 너를 지켜봐왔어. 나는 인류를 향한 너의 멸시도 봤고, 그 무가치함에 대한 너의 생각도 알아. 장담하는데, 인류는 무가치하지 않아. 인류는 너의 거만한 표현처럼 죽어 마땅하지는 않다고. 세계는 아름답고, 나도 아름답고, 벚꽃도 아름다워. 저축은행에서 만난 로봇 은행원, 심지어 그것조차도 아름다워. 벨리알의 권세는 오로지 폐색, 즉 실제 세계를 감추는 것뿐이야. 그리고 네가 만약 실제 세계를 공격한다면―너는 그러기 위해서 지구로 왔겠지만―너는 아름다움과 자비와 매력을 파괴하는 거야. 차에 치여서 길가에서 죽어가던 그 개 기억나? 그 개에 관해 네가 어떤 감정을 느꼈는지 기억해봐. 그 개가 어떻게 될지 네가 알았던 걸 기억해봐. 그 개를 위해, 또 그 개의 죽음을 기리면서 일라이어스가 지은 묘비명을 기억해봐. 그 개의 존엄성을 기억해봐. 그리고 동시에 그 개가 아무 죄도 없다는 것을 기억해봐. 그 개의 죽음은 잔인한 필연성에 의해 명령된 거야. 잘못되고도 잔인한 필연성에 의해서. 그 개는―"

"나도 알아." 그가 말했다.

"네가 뭘 알아? 그 개가 잘못 대우받았다는 것을? 그 개가 부당한 고통을 겪기 위해 태어났다는 것을? 그 개를 죽인 것은 벨리알이 아니야. 오히려 너야. 만군의 주 야훼라고. 벨리알이 이 세상에 죽음을 가져온 게 아니야. 죽음은 원래부터 항상 있었으니까. 죽음은 이 행성에서 10억 년 전부터 있었어. 그 개가 당한 일은, 그것이야말로 네가 만든 모든 피조물의 운명인 거야. 너는 그 개 때문에 울었지, 안 그래? 그 순간만 해도 나는 네가 이해한 줄 알았어. 하지만 이제 넌 잊어버렸구나. 내가 너한테 뭔가 상기시켜줄 게 있다면, 나는 그 개를, 그리고 당시에 느낀 네 감정을 상기시켜주고 싶어. 그 개가 어떻게 해서 네게 길을 보여주었는지를 네가 기억했으면 좋겠어. 그건 동정의 길이야. 무엇보다도 가장 고귀한 길이라고. 그리고 나는 네가 그런 동정을 진정으로 품었다고는 생각 안 해. 진짜로 그렇게 생각 안 한다고. 네가 여기 온 것은 벨리알, 그러니까 너의 대적자를 부수기 위해서지, 인류를 해방시키기 위해서가 아니야. 너는 전쟁을 하러 여기에 온 거야. 그거야말로 네가 하기에는 딱 어울리는 일 아니야? 난 모르겠어. 네가 인간에게 약속한 평화는 어디 있는 거지? 너는 검을 들고 왔고, 이제 수백만 명이 죽을 거야. 그 죽어가는 개가 수백만 배로 늘어나는 거지. 너는 그 개를 위해 울었지. 너는 네 엄마를 위해 울었고, 심지어 벨리알을 위해서도 울었어. 하지만 나는 이렇게 말하고 싶어. 네가 정말 그 모든 눈물을 닦아주고 싶다면—성서에 나온 것처럼 말이야—여기서 떠나고, 이 세계를 그냥 내버려둬. 왜냐면 이 세계의 악, 또는 네가 '벨리알'이라고 일컫고 너의 '대적자'라고 일컫는 것은 다름 아닌 환영의 한 형태이기 때문이야. 여기에는 나쁜 사람이 없어. 여기는 나쁜 세계도 아니고. 이 세계에서 전쟁을 벌이지 말고 대신 꽃을 가져다줘." 그녀는 손을 뻗어

벚꽃이 달린 잔가지를 하나 꺾었다. 그녀는 이 가지를 그에게 건네주었고, 그는 무의식적으로 그걸 받았다.

"너는 설득력이 뛰어나구나." 그가 말했다.

"그게 내 일이니까." 그녀가 말했다. "나는 이런 것들을 알기 때문에 말하는 거야. 너에게는 아무런 기만도 없고 나에게도 아무런 기만이 없어. 다만 네가 저주를 내린 것처럼 나는 놀이를 하는 거지. 우리 가운데 길을 찾은 건 누구일까? 2000년 동안이나 너는 너의 때를 기다리고 있었어. 벨리알의 요새로 잠입해서 그를 전복시킬 기회를. 나는 네가 뭔가 다른 할 일을 찾아야 한다고 제안하고 싶어. 나랑 같이 산책을 하면 우리는 꽃을 구경하게 될 거야. 그게 더 나아. 그리고 이 세계는 항상 그래왔던 것처럼 번영하게 될 거야. 지금은 봄이야. 지금은 꽃이 필 때이고, 나와 함께하면 춤도 종소리도 함께일 거야. 너는 종소리를 들었으니까, 그 아름다움이 악의 권세보다도 더 크다는 것을 알겠지. 어떤 면에서는 그 아름다움이 너 자신, 만군의 주 야훼의 권세보다도 더 크다는 것을 말이야, 내 말이 틀려?"

"마법이구나." 그가 말했다. "주문이야."

"아름다움은 주문이야." 그녀가 말했다. "그리고 전쟁은 현실이지. 너는 지금 이곳에서, 그러니까 내 세계에서 뭘 보고 싶은데? 가령 전쟁의 냉정함이야, 아니면 네가 지금 보고 있는 것과 같은 도취야? 지금 우리는 둘뿐이야. 하지만 나중에는 사람들도 나타날 거야. 나는 내 영역을 다시 사람들로 채울 거야. 하지만 지금 이 순간 나는 너한테 솔직하게 말하고 싶어. 너는 내가 누군지 알아? 너는 내가 누군지 모르고 있어. 하지만 결국 나는 너를 한 걸음 한 걸음 네 자리로 도로 이끌어갈 거야. 창조주인 너를. 그러면 너는 내가 누군지 알게 될 거야. 지금껏 너는 내가 누군지 추측해왔지만, 아직은 제대로 추측하지 못했어. 너에게 남아있는 추측의 여지는 아직도 많아. 너는 뭐든지 알고 있으니까. 나는 성스러운 지혜도 아니고, 디아나도 아니야. 나는 '지나'도 아니야. 팔라스 아테나도 아니야. 다른 무엇이야. 나는 봄의 여왕이지만, 동시에 그것도 아니야. 네 말마따나 이 모든 것은 수증기야. 내가 무엇인지, 내가 진실로 무엇인지를 너는 직접 알아내야만 할 거야. 자, 일단 산책이나 하자."

두 사람은 물가와 나무 곁을 지나서 길을 따라 산책을 했다.

"우리는 친구지. 너랑 나랑 말이야." 이매뉴얼이 말했다. "나는 이전에도 네 말에 귀를 기울이곤 했어."

"그러면 너의 크고 두려운 날을 뒤로 미루도록 해. 불로 인한 죽음에는 좋은 것이 전혀 없어. 그것이야말로 누구에게나 가장 끔찍한 죽음이니까. 너는 농작물을 파괴하는 태양열이야. 지난 4년 동안 우리는 같이 있었잖아. 너랑 나랑 말이야. 나는 너의 기억이 되돌아오는 것을 보았고, 솔직히 아쉬웠어. 네 엄마였던 그 불쌍한 여자를 너는 괴롭게 만들었지. 네가 사랑한다고 말하며 울기까지 했던 네 엄마를 너는 아프게 만들었던 말이야. 악에 대한 전쟁을 치르기 전에, 도랑에서 죽어가던 그 개를 치료하고, 그렇게 함으로써 너 자신의 눈물을 닦아버려. 나는 네가 우는 모습을 보기 싫어. 네가 우는 까닭은 네가 자신의 본

성을 되찾았고, 또한 그 본성을 이해했기 때문이야. 네가 우는
까닭은 너 자신이 무엇인지를 네가 깨달았기 때문이야."

그는 아무 말도 없었다.

"공기 냄새가 참 좋다." 지나가 말했다.

"그래." 그가 말했다.

"나는 사람들을 도로 데려다놓을 거야." 그녀가 말했다. "하
나씩 하나씩. 우리 주위가 온통 사람으로 가득 찰 때까지. 그들
을 둘러보고 혹시 네가 도륙하고 싶은 사람이 하나라도 있는지
살펴봐. 혹시 있으면 나한테 말만 해. 그러면 그 사람을 다시
한 번 사라지게 할 테니까. 하지만 네가 도륙하고 싶은 사람이
있다면, 너는 반드시 그 사람을 똑바로 바라보아야 해. 반드시
그 사람 속에서 그 차에 치어 죽어가던 개를 볼 수 있어야 한다
는 거야. 그런 다음에야 너는 그 사람을 도륙할 권리를 지닐 수
있을 거야. 오직 네가 울 때에만 너는 파괴할 권한을 지니게 되
는 거야. 무슨 말인지 알았어?"

"알았어." 그가 말했다.

"왜 너는 그 개가 자동차에 치이기 전에 그 개를 위해 울지
않았니? 왜 상황이 너무 늦어버릴 때까지 기다렸던 거지? 그
개는 자기 상황을 받아들였지만, 나는 그렇지 않아. 내가 너한
테 충고하자면, 나는 너의 안내인이야. 내 말은, 네가 한 일은
잘못이라는 거야. 내 말 들어. 그만두라고!"

그가 말했다. "나는 그들이 당하는 압제를 벗겨주려고 온 거
였어."

"너는 손상을 입었어. 나는 그걸 알아. 나는 신성 하느님에게 무슨 일이 일어났는지 알아. 최초의 재난 말이야. 그거야 나한테는 비밀도 아니지. 이런 상황에서 너는 크고 두려운 날을 통해서 그들이 당하는 압제를 벗겨주겠다는 거야? 그게 과연 타당한 일일까? 네가 죄수를 풀어주는 방법이 정말 그거야?"

"나는 반드시 그 권세를 무너트려야만—"

"그 권세는 어디 있는데? 정부야? 불코프스키와 함스? 그들은 바보야. 그들은 농담이라고. 그럼 넌 그들을 죽일 거야? 네가 만든 동해복수법에 따르면 이렇지. 들어봐.

> 또 눈은 눈으로, 이는 이로 갚으라 하였다는 것을 너희가
> 들었으나, 나는 너희에게 이르노니 악한 자를 대적하지
> 말라.*

네가 한 말이니까 너는 반드시 지켜야 해. 즉 너는 반드시 대적자인 벨리알을 향하여 앙갚음하지 말아야 한다는 거야. 내 영역에서만은 그의 권세가 여기 있는 게 아니야. '그'는 여기 있지 않아. 여기 있는 것은 공립 동물원의 우리에 있는 변종 한 마리일 뿐이야. 우리는 그놈에게 먹이를 주고, 물과 대기와 적당한 온도를 주지. 우리는 가급적 일을 편안하게 하려고 노력하고 있어. 내 영역에서 우리는 죽이지 않아. 여기에는 크고 두

---

* 마태복음 5장 38~39절.

려운 날이라는 게 없어. 그리고 앞으로도 전혀 없을 거야. 내 영역에 머무르든지, 아니면 내 영역을 곧 너의 영역으로 만들어. 대신 벨리알은 용서해줘. 모두를 용서해줘. 그러면 너는 굳이 울지 않아도 될 거야. 그리고 네가 약속한 것처럼 눈물도 닦여버리겠지."

이매뉴얼이 말했다. "너는 그리스도구나."

지나는 웃으며 말했다. "아니, 그렇지 않아."

"그리스도의 말을 인용했잖아."

"악마도 성서의 구절을 인용할 수는 있지."

이들의 주위로 사람들이 여럿 나타났다. 따뜻한 햇빛 아래 여름 옷차림이었다. 남자들은 셔츠 차림이었고, 여자들은 원피스 차림이었다. 그는 아이들을 모두 바라보았다.

"요정의 여왕." 그가 말했다. "너는 나를 미혹시켰어. 빛과 춤과 노래와 종소리를 이용해서 나를 원래의 길에서 이쪽으로 이끌었지. 항상 종소리를 이용해서."

"그 종소리는 바람에 실려 오는 거야." 지나가 말했다. "그리고 바람은 진실을 이야기하지. 항상. 사막의 바람. 너도 알고 있잖아. 나는 네가 바람에 귀를 기울이는 걸 지켜봤어. 종소리는 바람의 음악이야. 그 소리를 들어봐."

그는 귀를 기울였다. 그러자 요정의 종소리가 멀리서 메아리 쳤다. 수많은 종들, 작은 종들이. 교회의 종들이 아니라 마법의 종들이. 이것이야말로 그가 들은 것 중에서도 가장 아름다운 소리였다.

"나 혼자서는 저런 소리를 만들어낼 수 없어." 그가 지나에게 말했다. "어떻게 한 거지?"

"깨어있음을 이용한 거지." 지나가 말했다. "종소리는 너를 깨어있게 해. 너를 잠에서 깨워주는 거지. 네가 개입을 통해서 허브 애셔를 잠에서 깨워버렸던 것처럼 말이야. 나는 아름다움을 이용해서 깨우는 거지."

두 사람 주위로 부드러운 봄바람이 불어왔다. 그녀의 영역의 수증기가.

13

이매뉴얼은 속으로 말했다. 나는 중독당했어. 그녀의 영역에 있는 수증기가 나를 중독시키고 내 의지를 무력화시킨 거야.

"네 생각은 틀렸어." 지나가 말했다.

"나는 이전보다 덜 강해진 것 같아."

"차라리 이전보다 덜 분개하는 것 같다고 해야겠지. 가서 허브 애셔를 데려오자. 그 사람이 우리랑 같이 있으면 좋겠어. 나는 우리 게임의 영역을 좁힐 거야. 특별히 그를 위해서."

"어떤 식으로?"

"그를 놓고 경쟁을 벌이는 거야." 지나가 말했다. "가자." 그녀는 소년에게 자기를 따라오라고 말했다.

칵테일라운지에서 허브 애셔는 스카치 앤드 워터를 한 잔 앞에 놓고 앉아있었다. 그는 1시간째 기다리고 있었지만, 이날의 공연은 아직 시작되지 않고 있었다. 칵테일라운지에는 사람들이 가득했다. 끊임없는 소음이 그의 귀를 괴롭혔다. 비록 서비스 요금은 비싼 편이었지만, 그에게는 충분히 감당할 만한 가치가 있었다.

그의 건너편에 앉아있던 리비스가 말했다. "나는 솔직히 당신이 그 여자에게서 뭘 보는지 이해가 안 돼요."

"그녀는 이제 먼 길을 떠날 거예요." 애셔가 말했다. "물론 그녀가 뭔가 기회를 얻을 수만 있다면 말이에요." 그는 혹시 레코드 회사의 스카우트 담당자가 이곳 골든 하인드로 오지 않았나 궁금했다. 그랬으면 좋겠는데.

"나가고 싶어요. 기분이 별로 안 좋아요. 같이 나가죠?"

"나는 나가고 싶지 않아요." 그가 대답했다.

리비스는 커다란 컵에 담긴 혼합음료를 홀짝였다. "여긴 너무 시끄러워요." 그녀가 말했다. 그 목소리조차 사실상 들리지 않을 정도였다.

그는 시계를 들여다보았다. "9시가 다 됐어요. 그녀의 첫 번째 공연은 9시에 예정되어있으니까."

"그나저나 그 여자가 누구예요?" 리비스가 물었다.

"젊은 신인 가수예요." 허브 애셔가 말했다. "존 다울런드의 류트곡집을 편곡해서—"

"존 다울런드는 또 누군데요? 처음 듣는 사람인데."

"16세기 말에 잉글랜드에서 살던 사람이에요. 린다 폭스는 그의 류트곡을 현대식으로 편곡했어요. 다울런드는 사상 최초로 독창곡을 쓴 작곡가였어요. 그 이전까지만 해도 노래는 네댓 명이 함께 부르는 것이 일반적이었죠……. 옛날 마드리갈 형식이 그랬어요. 나도 전부 설명은 못하겠군요. 당신도 직접 한 번 들어봐요."

"그 여자가 그렇게 노래를 잘하면 왜 텔레비전에는 안 나온대요?" 리비스가 말했다.

애셔가 말했다. "언젠가는 나오겠죠."

무대에 조명이 켜지고 음악가 세 명이 무대로 뛰어올라 오디오 시스템을 만지기 시작했다. 모두 진동류트를 한 대씩 들고 있었다.

누군가가 허브 애셔의 어깨에 손을 얹었다. "안녕."

그쪽을 바라보니 웬 젊은 여자가 하나 서있었는데, 그로선 전혀 모르는 얼굴이었다. 하지만 그녀는 그를 아는 모양이었다. "미안하지만 누구……." 그가 말을 꺼냈다.

"같이 앉아도 되지?" 그 여자는 예뻤으며, 꽃무늬 상의에 청바지를 입고 우편행낭 같은 핸드백을 어깨에 메고 있었다. 여자는 의자를 하나 빼더니 허브 애셔 곁에 앉았다. "여기 앉아, 매니." 그러면서 테이블 근처에 어색하게 서있는 어느 작은 소년에게 말했다. 참 예쁜 아이로구나. 허브 애셔는 생각했다. 그나저나 저 아이는 여기 어떻게 들어왔지? 여기는 어린아이가 함부로 들어올 수 있는 곳이 아닌데.

"당신 친구들인가 보죠?" 리비스가 물었다.

예쁜 얼굴에 검은 머리카락을 한 젊은 여자가 말했다. "허브랑은 대학 시절 이후로 통 못 만났어요. 잘 있었어, 허브? 나 누군지 모르겠어?" 그녀는 한 손을 그에게 내밀었다. 그는 무의식적으로 그 손을 잡았다. 그녀와 악수하는 순간, 그는 상대방이 누군지 기억났다. 두 사람은 대학교를 같이 다닌 사이였고 정치학 전공이었다.

"지나." 그가 반가워하며 말했다. "지나 팔라스."

"얘는 내 동생이야." 지나는 이렇게 말하며 소년에게 앉으라고 손짓을 했다. "이름은 매니야. 매니 팔라스." 그녀는 리비스를 향해 말했다. "어쩌면 허브는 외모가 옛날 그대로네요. 딱 보자마자 알겠더라니까요. 그럼 두 사람이 같이 린다 폭스 보러 온 거예요? 난 이런 가수가 있는 줄도 몰랐어요. 그런데 사람들 말이 진짜 잘한다고 하더라고요."

"아주 잘해." 린다를 칭찬하는 그녀의 말이 반가운 듯, 허브애셔도 대꾸했다.

"안녕, 애셔 아저씨." 소년이 말했다.

"만나서 반갑다, 매니." 그는 소년과 악수를 나누었다. "이쪽은 우리 집사람 리비스야."

"그럼 두 사람이 부부구나." 지나가 말했다. "담배 피워도 되지?" 그녀는 담배에 불을 붙였다. "이놈의 것 끊으려고 해도, 안 피우면 이것저것 집어 먹어서 돼지처럼 살만 찌더라니까."

"그 핸드백, 진짜 가죽이에요?" 리비스가 관심을 보이며 물었다.

"맞아요." 지나가 핸드백을 그녀에게 건네주었다.

"진짜 가죽 핸드백은 난생 처음 봐요." 리비스가 말했다.

"저기 나온다." 허브 애셔가 말했다. 린다 폭스가 무대에 등장하자 관객들이 박수를 쳤다.

"꼭 무슨 피자 가게 여종업원처럼 생겼네." 리비스가 말했다.

지나가 핸드백을 도로 받아오며 말했다. "저 여자도 크게 성공하려면 일단 살을 좀 빼야 할 것 같은데. 무슨 말이냐 하면 제법 외모가 괜찮기는 하지만 그래도—"

"몸무게에 관해서는 너도 할 말이 없을 것 같은데?" 허브 애셔가 짜증스러운 듯 대꾸했다.

그때 매니라는 소년이 말했다. "허버트, 허버트."

"응?" 그는 소년 쪽으로 몸을 숙이고 귀를 갖다 댔다.

"기억해봐." 소년이 말했다.

어리둥절해진 그가 '도대체 뭘 기억하라는 거야?'라고 말하려는 순간, 린다 폭스가 마이크를 잡고 눈을 반쯤 감은 채 노래를 시작했다. 그녀는 둥근 얼굴에 거의 이중 턱이었지만, 그래도 피부는 깨끗했다. 그리고 그가 보기에 무엇보다 중요한 점은, 그녀가 노래하는 내내 펄럭거리는 긴 속눈썹을 갖고 있다는 것이었다. 그는 그 모습에 매료되었으며 앉은 채로 홀딱 반해버리고 말았다. 린다는 극도로 짧은 가운을 입고 있어서 그가 앉은 곳에서도 그녀의 젖꼭지 윤곽이 도드라져 보였다. 그녀는 브래지어도 하고 있지 않았다.

구애를 해야 하나? 은총을 구해야 하나?

기도를 해야 하나? 증명을 해야 하나?

지상의 사랑을 가지고

천상의 기쁨을 위해 분투를 해야 하나?

리비스는 큰 목소리로 말했다. "난 저 노래 싫어요. 저 노래
는 예전에도 들은 건데."

몇몇 사람이 조용히 하라는 듯 그녀에게 '쉿' 소리를 냈다.

"원래는 저 여자 노래도 아니에요." 리비스가 말했다. "순수
창작곡도 아니라고요. 저 노래는—" 그녀는 결국 입을 다물었
지만 영 심기가 불편했다.

노래가 끝나고 청중들이 박수를 치기 시작했다. 허브 애셔가
아내에게 말했다. "당신이 언제 〈구애를 해야 하나〉를 들었겠
어요. 저 노래는 오로지 린다 폭스만 부르는 건데."

"당신은 저 여자 젖꼭지만 보고 해해거리는 거죠." 리비스가
말했다.

작은 소년이 허브 애셔에게 말했다. "나 화장실에 좀 데려다
주면 안 돼, 애셔 아저씨?"

"지금?" 그는 썩 내키지 않는 듯 물었다. "저 가수가 노래 끝
날 때까지 기다리면 안 될까?"

소년이 말했다. "지금 가야 돼, 애셔 아저씨."

마뜩잖긴 했지만 그는 매니를 데리고 테이블로 이루어진 미
로를 뚫고 라운지 뒤의 문 쪽으로 향했다. 하지만 남자 화장실

로 들어가기 전, 매니가 문득 그를 멈춰 세웠다.

"여기 서면 그 가수가 더 잘 보일 거야." 매니가 말했다.

그건 사실이었다. 이제 그는 무대에 더 가까이 와있는 셈이 되었다. 그는 소년과 나란히 서서 린다 폭스가 부르는 〈더는 울지 마라, 슬픈 분수여〉를 들었다.

노래가 끝나자 매니가 말했다. "당신은 전혀 기억을 못 하는군, 그렇지? 저 여자는 당신을 매료시켰어. 깨어나라, 허브 애셔. 당신은 나를 잘 알고 있어. 나 역시 당신을 잘 알고 있고. 린다 폭스는 할리우드의 보잘것없는 칵테일라운지에서 노래를 부르고 있는 것이 아니야. 그녀는 은하계에서 가장 유명한 가수지. 지난 10년간 가장 중요한 연예인이었고. 다만 최고 성직자와 최고 행정관이 억지로 그녀를—"

"다시 노래를 하려나봐." 허브 애셔가 소년의 말을 막았다. 그는 소년의 말을 거의 듣지도 않고 있었으며, 그 이야기를 도무지 이해하지도 못했다. 꼬마 녀석이 뭐라고 떠들고 있군. 이렇게 생각할 뿐이었다. 저 녀석 말소리 때문에 린다 폭스의 노랫소리가 잘 안 들리잖아. 내가 듣고 싶은 건 그건데.

그 다음 노래가 끝나자 매니가 말했다. "허버트, 허버트. 당신 저 여자를 만나고 싶어? 당신이 원하는 게 그거야?"

"응?" 그가 성의 없이 반문했다. 그의 두 눈은—관심은—오로지 린다 폭스에게만 맞춰져 있었다. 하느님 맙소사. 그는 생각했다. 대단한 몸매로군. 말 그대로 드레스가 터질 것 같아. 그는 생각했다. 우리 집사람도 저런 체형이었으면 얼마나 좋을까.

"그 여자는 이리로 올 거야." 매니가 말했다. "노래가 끝나면 말이야. 여기 서있어, 허브 애셔. 그러면 저 여자가 바로 당신 곁을 지나갈 거야."

"농담이겠지." 그가 말했다.

"아니." 매니가 말했다. "당신은 이제 무엇보다도 더 바라던 것을 갖게 될 거야……. 당신 돔에 있는 침대에 누워서 꿈꾸던 것을 말이야."

"돔이라니?" 그가 말했다.

매니가 말했다. "'너 아침의 아들 계명성이여 어찌 그리 하늘에서 떨어졌으며―'"

"그러니까 저 식민지 행성에 있는 돔 말이니?" 허브 애셔가 말했다.

"당신은 도무지 내 말을 듣지 않는군, 안 그래?" 매니가 말했다. "내가 당신한테 말을 하면―"

"그 여자가 이리로 온다!" 허브 애셔가 말했다. "넌 도대체 어떻게 알았니?" 그는 몇 발자국 그녀를 향해 다가갔다. 린다 폭스는 종종걸음으로 빠르게 지나갔으며, 얼굴에는 부드러운 표정이 떠올라있었다.

"고마워요." 말을 거는 사람들에게 그녀는 이렇게 인사하고 있었다. 그러다가 잠시 자리에 멈춰 서서 어느 말쑥한 흑인 청년에게 사인을 해주었다.

어느 여종업원이 허브 애셔의 어깨를 두들기며 말했다. "죄송합니다만 아이는 데리고 나가셔야 하는데요, 손님. 여기는 미성년자 출입 금지거든요."

"죄송합니다." 허브 애셔가 말했다.

"지금 당장 데리고 가주세요." 여종업원이 말했다.

"알았어요." 그가 말했다. 그는 매니를 안아서 어깨에 둘러메고, 영 마뜩잖은 기분으로 자기네 테이블 쪽으로 향했다. 뒤로 돌아서면서 곁눈으로 보니, 방금 전에 자기와 소년이 함께 서 있었던 바로 그곳을 더 폭스가 지나가고 있었다. 매니의 말이 맞았다. 불과 몇 초만 더 기다렸어도 그녀에게 몇 마디 말이라도 건넬 수 있었을 텐데. 그리고 잘만 하면 그녀가 몇 마디 대답을 했을 수도 있었을 텐데.

매니가 말했다. "그녀는 당신을 놀리는 거야, 허브 애셔. 당신에게 기회를 제공했다가 도로 가져가버린 거지. 당신이 린다 폭스를 만나고 싶다면, 그렇게 되도록 내가 도와주겠어. 왜냐하면 그것도 지나갈 테니까. 내가 약속하지. 이걸 기억해. 나는 당신이 속는 것을 가만두고 보지 않을 거야."

"도대체 네가 무슨 말을 하고 있는 건지 모르겠다만." 애셔가 말했다. "그래도 내가 그녀를 만날 수만 있다면—"

"만나게 될 거야." 매니가 말했다.

"넌 참 이상한 애구나." 허브 애셔가 말했다. 두 사람이 조명 장치 아래를 지나는 사이, 그는 뒤늦게 뭔가를 깨닫고서 당황했다. 그는 우뚝 걸음을 멈추고 매니를 안은 채 몇 발자국 움직여서 불빛 바로 아래로 갔다. '이 아이는 리비스를 많이 닮았구나.' 그는 생각했다. 순간 기억의 섬광이 그를 엄습했다. 그의 정신이 확 열리면서 마치 우주가, 탁 트인 우주가, 별들이 가득한 우주가 그 안으로 쏟아져 들어오는 것 같았다.

"허버트." 소년이 말했다. "그녀는 현실이 아니야. 린다 폭스 말이야. 그녀는 당신의 허깨비야. 하지만 나는 그녀를 현실로 만들 수 있지. 나는 존재를 베푸니까. 비현실을 현실로 만드는 것이 바로 나니까. 그리고 나는 당신을 위해 그렇게 할 수 있으니까."

"무슨 일이에요?" 두 사람이 테이블로 돌아오자 리비스가 말했다.

"매니는 여기서 내보내야 된대." 허브가 지나 팔라스에게 말했다. "여종업원이 그러더라고. 두 사람은 이제 가봐야 할 것 같아. 미안해."

지나가 자기 핸드백과 담배를 챙겨서 일어났다. "미안하게 됐네. 그럼 이제 두 사람이 오붓이 더 폭스를 구경하게 두고 우린 가봐야겠군."

"우리도 같이 나가요." 리비스가 이렇게 말하며 덩달아 자리에서 일어났다. "머리가 지끈거린다니까요, 허브. 나 여기서 나가고 싶어요."

체념한 그가 말했다. "알았어." 속았군. 그는 생각했다. 매니가 한 말이 바로 그런 뜻이었다. '나는 당신이 속는 것을 가만두고 보지 않을 거야.' 그런데 실제로 벌어진 일은 바로 그거였다. 그는 깨달았다. 나는 오늘 저녁 내내 속고 있었던 거야. 글쎄, 언젠가 나중에 그녀와 이야기하게 되면 무척 재미있을 거야. 어쩌면 사인이라도 받을 수 있겠지. 그는 생각했다. 가까이서 보면 그 속눈썹이 가짜라는 것도 알게 되겠지? 예수님 맙소사. 그는 생각했다. 얼마나 실망스러울까. 어쩌면 가슴도 가짜일지 몰라. 그냥 패드 두 장을 끼워 넣은 건지도 모르지. 그는 실망스럽고 언짢아졌다. 그래서 이제는 그 역시 이곳을 나가고 싶다는 생각이 들었다.

오늘 저녁은 뭔가 아귀가 맞지 않았어. 리비스와 지나와 매니를 데리고 클럽에서 나와 어두운 할리우드의 거리를 지나가면서 그는 생각했다. 내가 너무 많은 걸 기대했어……. 곧이어 그는 아까 소년이 했던 말을 기억해냈다. 참으로 이상한 이야기들이었다. 게다가 찰나적으로 엄습했던 그 기억은 무엇일까. 너무 짧은 순간 떠올랐지만 그럼에도 불구하고 너무 확실한 장면들이었다. 이 아이는 평범하지가 않아. 그는 깨달았다. 게다가 이 아이가 우리 집사람과 닮은 것 하며— 둘이 나란히 서있으니까 이제는 분명히 알겠어. 어쩌면 저 아이는 그녀의 아들인지도 몰라. 정말 섬뜩하군.

그는 몸을 떨었다. 비록 공기는 따뜻했지만.

지나가 말했다. "나는 그의 소원을 이뤄줬어. 그가 꿈꾸던 것을 주었지. 그 몇 달 동안 그가 침대에 누워서 꿈꾸던 것. 그녀가 나온 3D 포스터며 테이프를 가지고 꿈꾸던 것을 말이야."

"넌 그에게 아무것도 주지 않았어." 이매뉴얼이 말했다. "사실 너는 그에게서 훔친 거야. 뭔가를 그에게서 앗아버렸어."

"그녀는 미디어의 생산품에 불과해." 지나가 말했다. 두 사람은 한밤의 할리우드 보도를 천천히 걸어서 그녀의 비행자동차가 있는 곳으로 가고 있었다. "그건 내 잘못이 아니야. 린다 폭스가 현실이 아니라고 해서 내가 비난을 받을 이유는 없지."

"너의 영역인 이곳에서는 그런 구분이 아무 의미가 없어."

"그럼 너는 그에게 뭘 줄 수 있는데?" 지나가 말했다. "오로지 질병뿐이지. 아내의 질병 말이야. 그리고 너를 위해 봉사하다가 그녀가 죽게 만들었을 뿐이고. 네가 준 그런 선물이 내가 준 선물보다 더 낫다는 거야?"

이매뉴얼이 말했다. "나는 그에게 약속을 했고, 나는 거짓말을 하지 않아." 그리고 그는 속으로 말했다. 나는 그 약속을 지킬 거야. 이 영역 속에서, 또는 나의 영역 속에서. 그건 문제가 되지 않아. 왜냐하면 어떤 경우든지 간에 나는 린다 폭스를 현실로 만들 거니까. 그건 내가 지닌 힘이고, 마법의 힘이 아니니까. 그것이야말로 무엇보다도 가장 귀중한 선물이니까. '현실' 말이야.

"무슨 생각하는 거야?" 지나가 물었다.

"'산 개가 죽은 군주보다 낫기 때문이니라.'"* 매니가 말했다.

"누가 한 말이야?"

"그냥 상식일 뿐이야."

지나가 말했다. "네가 말하려는 의미는 뭔데?"

"내가 말하고 싶은 의미는, 너의 마법이 그에게는 아무것도

---

* 전도서 9장 4절의 변형. 원래는 '군주'가 아니라 '사자獅子'이다.

주지 못했고, 현실 세계는—"

"현실 세계는—" 지나가 말했다. "그를 무려 10년 동안이나 냉동 대기 상태에 놓아두었지. 잔인한 현실보다는 아름다운 꿈이 더 낫지 않아? 너 같으면 실제로 고통을 겪는 것보다는 차라리 여기서 즐기는 게 낫지 않겠어? 바로 여기." 그녀가 말을 멈추었다.

"중독이지." 그가 말했다. "여기 있는 너의 영역은 중독으로 이루어져있어. 이곳은 도취된 세계야. 춤과 기쁨에 도취된 세계라고. 나는 현실성의 질이야말로 다른 어떤 질보다도 더 중요하다고 말하겠어. 일단 현실성이 없어지면 결국 아무것도 아니니까. 꿈은 아무것도 아닌 거야. 나는 네 의견에 동의하지 않아. 나는 네가 허브 애셔를 속였다고 말해야겠어. 네가 그에게 잔인한 짓을 했다고 말해야겠어. 나는 그의 반응을 봤어. 그가 낙담한 걸 감지했어. 그래서 그에게 보상을 해주기로 했지."

"더 폭스를 현실로 만들려는 거지?"

"내가 그럴 수 없다는 쪽에 내기를 걸고 싶어?"

"내가 내기를 걸고 싶은 쪽은." 지나가 말했다. "결국 어떤 경우든 상관없다는 거야. 현실이건 아니건 간에, 그녀는 아무 가치가 없어. 너는 아무것도 성취하지 못할 거야."

"그 내기를 받아들이도록 하지." 그가 말했다.

"그럼 악수를 해서 맹세를 하는 거야." 그녀가 한 손을 내밀었다.

두 사람은 악수를 했다. 할리우드의 보도 위, 밝은 인공조명

아래서.

워싱턴 D.C.로 날아서 돌아오는 동안 지나가 말했다. "내 영역에서는 여러 가지가 달라. 당 의장 니콜라스 불코프스키를 만나면 너도 아마 재미있어할 거야."

이매뉴얼이 말했다. "그 사람은 행정관 아니었던가?"

"그 공산당은 네가 잘 아는 그 세계의 권력이 아니야. 여기에는 '과학 교황사절단'이라는 이름 자체가 없어. 그리고 풀턴 스테이틀러 함스가 C.I.C.의 최고성직자인 것도 아니고, 사실은 기독이슬람 교회라는 것 자체가 없어. 그는 로마가톨릭의 일개 추기경이야. 수백만 명의 생명을 좌우하지도 않고 말이야."

"잘됐네." 이매뉴얼이 말했다.

"내 영역에서 나는 잘한 거지." 지나가 말했다. "너도 동의하는 거지? 왜냐하면 네가 동의하기만 하면—"

"그런 건 잘된 일이야." 이매뉴얼이 말했다.

"그럼 네가 이의 제기하고 싶은 게 뭔지 말해봐."

"이건 환상에 불과하다는 거지. 현실 세계에서는 그 두 사람이 세계 권력을 장악하고 있어. 둘이서 연합해서 이 행성을 조종한다고."

지나가 말했다. "네가 이해하지 못한 걸 내가 말해줄게. 우리는 과거를 변화시켰어. 따라서 우리는 과거에 C.I.C.와 S.L.이 아예 존재하지도 않게 했다는 거야. 지금 네가 바라보고 있는 여기의 세계, 즉 나의 세계는 바로 너의 세계의 대체 세계인 거야. 여기도 현실인 거지."

"네 말을 믿을 수 없어." 이매뉴얼이 말했다.

"세계는 여러 개가 있어."

그가 말했다. "나는 세계의 창조자야. 내가, 그리고 나 혼자 만이. 나 말고는 어느 누구도 세계를 창조할 수 없어. 나는 곧 존재의 원인이 되는 자야. 너는 그렇지 않아."

"그래도—"

"이해하지 못하는구나." 이매뉴얼이 말했다. "실현되지 못한 가능성이야 여러 개일 수 있어. 나는 그런 여러 가능성 중에서 내가 선호하는 것들을 선택해서 거기다가 실현을 부여하지."

"그러면 너는 지금껏 어설픈 선택을 한 거야. 애초에 C.I.C. 와 S.L. 자체가 존재하지 않았다면 훨씬 더 좋았을 테니까."

"그러면 너도 시인하는 거야? 너의 세계가 현실이 아니라는 걸? 즉 이건 가짜에 불과하다는 걸?"

지나는 머뭇거렸다. "그건 중요한 순간마다 갈라져 나온 거 야. 과거에 대한 우리의 간섭 때문에. 그걸 마법이라고 부르든 아니면 기술이라고 부르든, 그건 네 마음이야. 어쨌거나 우리 는 시간을 거슬러 올라가서, 역사상의 실수를 번복시킬 수 있 어. 실제로 그렇게 했지. 이 대체 세계에서는 불코프스키와 함 스가 보잘것없는 인물에 불과해. 물론 그들도 존재하기는 하 지만 너의 세계에서처럼 영향력을 갖지는 않아. 그건 여러 세계 들의 선택이야. 모두 마찬가지로 현실이고."

"그리고 벨리알은." 그가 말했다. "벨리알은 동물원의 우리 속에 앉아서 사람들의 구경거리가 되고 있다는 거지? 떼로 몰려와서는 입을 벌리고 그를 들여다보고."

"맞았어."

"거짓말." 그가 말했다. "그건 소원의 성취일 뿐이야. 소원에 근거해서 세계를 구축할 수는 없어. 현실의 기반이 황폐하게 되었으니까. 네가 이런 식으로 계속해서 거짓 추억을 호의로 베풀 수는 없어. 너는 반드시 가능한 것을 고수해야 해. '필연 법칙' 말이야. 그것이야말로 현실성의 토대니까. 필연성 말이야. 있는 것은 무엇이든지 간에, 그것이 반드시 있어야 하기 때문에 있는 거야. 그것이 다른 방식으로는 결코 존재할 수 없기 때문에 있는 거라고. 누군가가 소원하기 때문에 그런 것이 아니라, 그러지 않을 수 없으니까 그런 거야. 그것이, 바로 그것이 되는 거야. 아주 사소한 세부 사항까지도 말이야. 내가 이걸 아는 까닭은, 내가 이걸 하기 때문이지. 너에게는 너의 일이 있고, 나에게는 나의 일이 있어. 그리고 나는 내 일을 잘 이해하고 있지. 나는 필연 법칙을 이해하고 있어."

잠시 후에 지나가 말했다.

"'아르카디아의 숲은 죽어버렸으며, 그곳의 오랜 즐거움도 끝나버렸다. 옛날에 세계는 꿈으로 연명했으나, 이제 회색 진실이 그 채색 장난감. 그곳은 여전히 들뜬 머리를 돌린다.'* 이건 예이츠가 처음으로 쓴 시야." 그녀가 말했다.

"그 시 알아." 이매뉴얼이 말했다. "이렇게 끝나지. '그러나, 아! 이젠 꿈꾸지 않는다. 꿈꾸라, 그대! 산마루의 양귀비는 아

---

* W.B. 예이츠의 〈행복한 목자의 노래〉의 일부.

293

름다우니. 꿈꾸라, 꿈꾸라, 이것도 참이니.' 여기서 '참'은 곧 '진실'이라는 뜻이야." 그가 설명했다.

"네가 굳이 설명할 필요는 없어." 지나가 말했다. "너는 이 시와 의견이 일치하지 않으니까."

"꿈보다는 차라리 회색 진실이 더 낫지." 그가 말했다. "그것 역시 참이니까. 그것은 모든 것의 최종적인 진실이야. 그 진실은 어떤 거짓말보다도 더 나아. 제아무리 축복 가득한 거짓말이라 해도. 나는 이 세계를 불신해. 지나치게 달콤하니까. 너의 세계는 지나치게 좋아서 현실이 아닌 것 같아. 너의 세계는 일시적인 변덕이야. 허브 애셔가 더 폭스를 보았을 때, 그는 그런 기만을 간파했어. 그리고 그런 기만은 너의 세계의 핵심에 놓여있지." 그리고 그런 기만이야말로 내가 이제 없애버리려고 하는 것이고. 그는 마지막 말은 속으로 했다.

나는 그것을 뭔가 진실한 것으로 대체하고 말겠어. 그는 계속해서 속으로 말했다. 너는 감히 이해하지 못할 것으로.

현실의 더 폭스라면 허브 애셔도 더 잘 받아들이겠지. 더 폭스에 관한 어떤 꿈보다 더 잘. 나는 알아. 나는 이 명제에 모든 것을 걸었어. 나는 여기서 버티거나 아니면 쓰러지겠지.

"그건 맞아." 지나가 말했다.

"외관상은 현실이지만, 뭔가를 호의로 베푸는 것은 일단 의심하고 봐야 해." 이매뉴얼이 말했다. "부정 이득의 특징은 네가 그랬으면 하고 바라는 그대로 된다는 것이니까. 나는 여기서 그런 모습을 보게 돼. 너는 니콜라스 불코프스키가 막대한 영향력을 지닌 사람이 아니었으면 하고 바라지. 풀턴 함스가 역사의 일부가 아니라 그저 보잘것없는 인물이었으면 하고 바라고. 너의 세계는 너에게 호의를 베풀지. 너의 세계는 실제의 모습 대신에 그런 모습을 주는 거야. 나의 세계는 완강해. 그곳은 양보하지 않을 거야. 다루기 어렵고 대체가 불가능한 세계가 바로 현실의 세계라고."

"그 속에서 살 수밖에 없도록 강요받은 사람들을 죽이는 세계지."

"그게 전부는 아니야. 내 세계가 그 정도로 나쁘진 않아. 그 안에는 죽음과 고통 말고도 많은 것이 있어. 지구에는, 현실의 지구에는, 아름다움과 기쁨과—" 그는 말을 멈추었다. 그는 또 속아 넘어가버리고 말았다. 그녀가 다시 한 번 이긴 것이다.

"그러면 지구도 아주 나쁜 곳은 아니네." 그녀가 말했다. "그러니 불로 응징해서도 안 될 테고. 그곳에는 아름다움과 기쁨과 사랑과 착한 사람들이 있으니까. 벨리알이 통치하는데도 말이야. 내가 먼저 그 이야기를 했을 때에는 네가 아니라고 했었지. 우리가 그 벚나무 아래를 산책할 때에 말이야. 이제는 뭐라고 말씀하시겠어요, 만군의 주, 아브라함의 하느님이여? 아직도 나한테 제대로 증명한 것이 아니라고 하실 건가요?"

그가 패배를 시인했다. "너는 아주 영리하구나, 지나."

두 눈을 반짝이며 그녀가 미소를 지었다. "그러면 네가 성서에서 말한 바 있는, 그 크고 두려운 날을 중지하도록 해. 내가 제발 그래달라고 간청했던 것처럼."

난생 처음으로 그는 패배를 감지했다. 스스로 멍청한 이야기를 하도록 유인을 당했군. 그는 깨달았다. 이 여자는 참으로 영리하군. 아주 기민해.

"성서에도 그렇게 나와있잖아." 지나가 말했다. "'나 지혜는 기민함으로 주소를 삼으며 지식과 근신을 찾아 얻나니.'"*

"하지만." 그가 말했다. "너는 성스러운 지혜가 아니라고 나한테 그랬지. 다만 그런 척한 것뿐이라고."

"내가 누군지를 분별하는 것은 너한테 달렸어. 너 스스로의 힘으로 내 정체를 알아내야만 해. 나는 너 대신 해주지 않을 거야."

"그리고 그 와중에— 속임수도."

"맞아." 지나가 말했다. "왜냐하면 속임수를 통해서만 너는 배울 수 있으니까."

그녀를 바라보며 그가 말했다. "너는 속임수를 통해서 나를 깨웠구나! 내가 허브 애셔를 깨운 것처럼!"

"어쩌면."

"그럼 너는 탈 억제적 자극인 건가?" 그는 그녀를 뚫어져라 쳐다보며 나지막하고도 굳은 목소리로 말했다. "내 생각에는 내가 너를 창조한 것 같은데. 내 기억을 돌려놓기 위해서, 나를 나 자신으로 회복시키기 위해서 말이야."

"너를 도로 너의 보좌로 이끌어가기 위해서." 지나가 말했다.

_____

* 잠언 8장 12절.

296

"내가 정말 그랬어?"

지나는 아무 말 없이 비행자동차를 몰았다.

"대답해." 그가 말했다.

"어쩌면." 지나가 말했다.

"내가 너를 창조했다면, 나는—"

"너는 만물을 창조했잖아." 지나가 말했다.

"나는 너를 이해하지 못하겠어. 따라잡지 못하겠어. 너는 나를 향해 춤을 추고, 또다시 멀어지니까."

"하지만 내가 그렇게 하는 동안, 너는 깨어나잖아." 지나가 말했다.

"그래." 그가 말했다. "그렇기 때문에 그 사실로부터 역으로 추론해서 네가 혹시 탈 억제적 자극이 아닌가 싶은 거야. 내 두뇌가 손상되어 기억을 잊어버릴 것을 이미 알고 있었기 때문에 내가 오래전에 준비해놓은 것이 아닌가 싶은 거지. 너는 내 정체성을 체계적으로 나에게 돌려주고 있어, 지나. 그러면— 나는 네가 누군지 알 것 같아."

그녀가 고개를 돌리며 물었다. "내가 누군데?"

"그건 말하지 않을 거야. 그리고 너는 내 머릿속을 읽지는 못할 거야. 왜냐하면 내가 그걸 억압했으니까. 내가 생각하자마자 곧바로 그렇게 했으니까." 또 왜냐하면 그건 나로서도 차마 감당하기 어려우니까. 심지어 나조차도 감히 믿을 수 없으니까. 그는 깨달았다.

두 사람은 계속 날아갔다. 대서양과 워싱턴 D.C. 쪽으로.

14

허브 애셔는 매니 팔라스라는 그 소년을 자기가 이전부터 알
고 있었던 것 같다는 생각에 사로잡혔다. 마치 다른 언젠가, 어
쩌면 또 다른 생애에 그를 알았던 것 같았다. 우리는 도대체 얼
마나 많은 생애를 사는 걸까? 그는 속으로 물어보았다. 우리는
일종의 테이프상에 있는 것일까? 그래서 일종의 반복 재생이
가능한 것일까?

그가 리비스를 향해 말했다. "그 아이는 당신을 닮았어요."

"그 애가요? 난 전혀 몰랐는데." 평소처럼 리비스는 어떤 패
턴을 가지고 드레스를 만들려고 하다가, 결국 엉망진창으로 만
들어버리고 말았다. 천 조각이 거실 사방에 널려있었고, 음식
을 먹고 팽개쳐둔 접시며, 잔뜩 넘쳐나는 쓰레기통이며, 구겨
지고 얼룩진 잡지들도 여기저기 놓여있었다.

허브 애셔는 자신의 동업자인 중년의 흑인 일라이어스 테이트와 이 문제를 상의해보기로 결심했다. 그는 테이트와 함께 벌써 몇 년째 오디오 소매점을 운영하고 있었다. 하지만 테이트는 두 사람의 가게인 일렉트로닉 오디오를 일종의 부업으로 여기고 있었다. 그의 인생에서 중심적인 관심사는 오히려 선교 일이었다. 테이트는 어느 작고 유별난 교회에서 설교를 했는데, 그곳은 대부분 흑인 신도들이 모이는 곳이었다. 그의 메시지는 항상 다음과 같은 내용으로 이루어져 있었다.

회개하라! 천국이 가까이 왔느니라!*

허브 애셔가 보기에는 그처럼 지적인 사람이 그런 일에 몰입한다는 것이 기이할 정도로 이상하게만 느껴졌다. 여하간 그건 테이트가 알아서 할 문제였다. 두 사람은 이 문제에 대해서는 거의 대화를 하지 않았다.

가게의 감상실에 앉아서 허브 애셔는 자기 동업자에게 말했다. "어젯밤에 뭔가 좀 놀라우면서도 매우 특이한 남자아이를 하나 만났어요. 할리우드에 있는 칵테일라운지에서 말이에요."

신형 레이저트래킹 축음기 컴포넌트를 조립하느라 정신이 없었던 테이트가 중얼거렸다.

"할리우드에서 뭘 하고 있었나? 영화에라도 출연해보게?"

---

* 마태복음 3장 2절과 4장 17절.

"린다 폭스라는 신인 가수의 노래를 들으러 갔었죠."

"처음 듣는 이름인데."

애셔가 말했다. "엄청나게 섹시하고 실력도 좋아요. 그 여자
는—"

"자네는 이미 결혼했잖아."

"그래도 꿈이야 꿀 수 있죠." 애셔가 말했다.

"그럼 아예 그 가수를 우리 가게로 데려와서 사인회라도 열
어보든가."

"하지만 우리 가게는 분야가 다르잖아요."

"여기는 오디오 가게고 그 여자는 노래를 부르지 않나. 그게
다 곧 오디오지, 뭐. 설마 그 여자 노래는 오디오로 들을 수도
없다는 거야?"

"내가 알기로 그 여자는 아직 무슨 테이프나 레코드를 만들
지도 않았고, 텔레비전에 출연하지도 않았어요. 내가 그 여자
노래를 처음 들은 건 지난달에, 그러니까 애너하임 트레이드센
터에서 열린 오디오 전시회에서였어요. 내가 그랬잖아요, 거기
같이 갔어야 했다고."

"성적 매력이야말로 이 세상을 좀먹는 병폐라네." 테이트가
말했다. "이곳은 정욕에 사로잡혀있고 미쳐버린 행성이고."

"그러면 우리는 모조리 지옥에 가겠군요."

테이트가 말했다. "나는 그럴 거라고 확신한다네."

"당신이 무척 시대에 뒤떨어진 거 알아요? 진짜 그래요. 윤리
적 기준이 무슨 암흑시대로 거슬러 올라가야 할 정도라고요."

"아니, 사실 그보다 더 오래되었다네." 테이트가 말했다. 그러고는 턴테이블에 판을 하나 올려놓고 컴포넌트를 작동시켰다. 그가 보기에는 패턴이 적당한 것 같기는 해도, 그렇다고 완벽한 것 같지는 않았다. 테이트는 인상을 찡그렸다.

"잘만 하면 그 여자를 직접 만날 뻔했어요. 아주 가까이에 있었죠. 그런데 거의 몇 초 차이로 어긋났어요. 지금껏 내가 본 어느 누구보다도 가까이서 봤을 때 더 멋져 보이는 사람이었어요. 당신도 직접 봤어야 한다니까요. 나는 알아요. 딱 보니까 그런 생각이 들더라고요. 그 여자는 언젠가는 정상의 자리에 오를 거예요."

"좋아." 테이트가 합리적인 결론을 내렸다는 듯 말했다. "나도 동감일세. 그 여자한테 팬레터라도 쓰라고. 그 여자한테 그럴 거라고 말해줘."

"근데 일라이어스." 애셔가 말했다. "내가 어제 만났다는 그 남자애 있잖아요. 그 애가 리비스랑 똑같이 생겼더라고요."

흑인은 그를 흘끗 바라보았다. "진짜?"

"리비스가 그 특유의 산만한 정신을 단 1초만이라도 집중했더라면 분명히 그걸 알고도 남았을 거예요. 그런데 도무지 집중을 해야 말이지요. 그 애를 한 번 제대로 쳐다보지도 않더라고요. 그 애가 리비스의 아들이라고 해도 믿을 수 있을 정도예요."

"그럼 자네가 미처 몰랐던 뭔가가 있는지도 모르지."

"농담 마세요." 애셔가 말했다.

일라이어스가 말했다. "그 애를 내가 한 번 보고 싶은데."

"어쩐지 내가 그 애를 오래전부터, 그러니까 다른 생애에서라도 알고 있었다는 느낌이 들더라고요. 순간적으로 그런 기억이 나한테 돌아오는가 싶더니, 갑자기—" 그는 몸짓을 곁들이며 말했다. "사라져버리는 거예요. 정확히 꼬집어 말할 수가 없었어요. 그것뿐만 아니라…… 마치 내가 여기랑은 전혀 다른 세상에 살았던 걸 기억해내는 것 같았어요. 그러니까 전혀 다른 생애를 말이에요."

일라이어스는 일을 하다가 우뚝 멈추었다. "어디 한 번 생각나는 걸 말해보게."

"그러니까 당신은 지금보다 나이가 훨씬 더 많았어요. 그리고 흑인도 아니었죠. 예복을 입은 아주 나이가 많은 사람이었어요. 나는 지구에 살지도 않았어요. 얼어붙은 풍경을 내다보는데, 거기는 지구의 땅이 아니었어요. 일라이어스, 내가 정말 다른 행성에서 온 걸까요? 혹시 어떤 권력 기관에서 내 머릿속에다가 가짜 기억을 집어넣어서 그 기억을 덮어버린 걸까요? 그리고 그 아이가— 그 아이를 본 것 때문에 내 기억이 돌아오기 시작한 걸까요? 그리고 나는 리비스가 매우 아프다는 인상을 받았어요. 사실은 거의 죽기 직전이라는 인상을요. 총을 들고 있는 출입국관리소의 관리들 비슷한 것도 봤고요."

"출입국관리소의 관리들은 총을 안 갖고 다녀."

"그리고 우주선도요. 아주 빠른 속도로 아주 긴 여행을 떠났어요. 긴박함이 있었죠. 그리고 다른 무엇보다도— 어떤 임재

臨在가 있었어요. 뭔가 신비로운 임재가요. 인간이 아니었어요. 어쩌면 외계인이었는지도 몰라요. 나 역시 사실은 그중 일부라고 할 수 있는 인종이오. 내 고향 행성에서 온 것이었죠."

"허브." 일라이어스가 말했다. "완전히 헛소리잖나."

"나도 알아요. 하지만 정말 순간적으로나마 나는 그걸 다 경험한 거예요. 그리고─ 잘 들어보세요." 그는 열심히 손짓을 섞어가며 열변을 토했다. "그건 사고였어요. 우리가 탄 차가 다른 차와 부딪친 거죠. 내 '몸'은 기억을 했어요. 그 결론을, 그 외상을 기억한 거라고요."

"최면요법사한테 한번 가보게." 일라이어스가 말했다. "더 제대로 기억을 할 수 있게 최면을 걸어달라고 해. 어쩌면 자네는 이 세계를 날려버리기 위해 프로그램된 괴상한 외계인인지도 모르지. 아니면 어쩌면 자네 몸속에 폭탄이 하나 들어있을지도 모르고."[*]

애셔가 말했다. "별로 재미없는 농담이네요."

"좋아. 그럼 자네는 어느 현명하고, 매우 진보하고, 고귀하고, 영적인 종족 출신인 거야. 인류를 계몽시키기 위해 이곳까지 파견된 거지. 우리를 구하기 위해서."

그 순간 허브 애셔의 머릿속에 기억이 깜박 하고 돌아왔지만, 곧이어 깜박 하고 사라졌다. 거의 동시에.

"무슨 일인가?" 일라이어스가 상대방을 유심히 바라보며 물

---

[*] 영화로도 제작된 필립 K. 딕의 단편 「사기꾼 로봇」(1953)이 그런 내용을 담고 있다.

었다.

"기억이 더 났어요. 방금 당신이 그 말을 할 때요."

잠시 침묵이 흐르더니 일라이어스가 말했다. "언제 시간이 나면 성서를 읽어보지 그러나."

"진짜 성서랑 무슨 관계가 있었던 것 같아요." 허브가 말했다. "내 임무는 말이에요."

"어쩌면 자네는 일종의 메신저인지도 모르지." 일라이어스가 말했다. "이 세계에 전할 메시지를 갖고 왔는지도 몰라. 하느님의 메시지를."

"그만 좀 놀리라니까요."

일라이어스가 말했다. "자네를 놀리는 게 아니야. 지금은 말이야." 그는 정말 진심인 것 같았다. 그의 검은 얼굴은 이미 굳어져있었다.

"왜요, 뭐가 잘못됐어요?" 애셔가 말했다.

"가끔 나는 이 행성이 마법 같은 데 걸린 것 같거든." 일라이어스가 말했다. "그러니까 우리는 잠을 자거나, 또는 몽환 상태에 있는 거지. 저 위에 뭔가가 있어서, 자기가 원하는 것을 우리가 보게 하고, 자기가 원하는 것을 우리가 기억하거나 생각하게 하고 말이야. 무슨 뜻이냐 하면, 우리는 그 뭔가가 원하는 대로 살 수밖에 없다는 말일세. 바꿔 말하자면 우리는 진정한 존재가 아니라는 거야. 다만 어떤 변덕의 손길에 좌우될 뿐이라는 거지."

"이상한 이야기로군요." 허브 애셔가 말했다.

그의 동업자가 말했다. "그래, 아주 이상하지."

그날 업무가 끝날 무렵, 허브 애셔는 동업자와 함께 문을 닫을 준비를 하고 있었다. 바로 그때 웬 젊은 여성이 스웨이드 가죽 재킷에 청바지와 모카신, 그리고 목에는 빨간 실크 스카프를 두른 모습으로 들어왔다. "안녕." 양손을 재킷 주머니에 찔러 넣은 채, 그녀가 허브에게 인사를 했다. "잘 있었어?"

"지나." 그는 반가워하며 말했다. 그의 머릿속에서 어떤 목소리가 말했다. 저 여자가 널 어떻게 찾았지? 여기는 할리우드에서 무려 3000마일이나 떨어져있는데. 아마도 위치 확인용 컴퓨터를 이용한 모양이지. 그래도…… 그는 뭔가가 잘못되었음을 감지했다. 하지만 이렇게 예쁜 여자의 방문을 거절하는 것은 그의 성격과 맞지 않는 일이었다.

"나랑 커피 한 잔 같이 마실 시간 있어?" 그녀가 물었다.

"그럼." 그가 말했다.

잠시 후, 두 사람은 근처 식당의 테이블을 가운데 놓고 마주보며 앉아있었다.

커피에 크림과 설탕을 넣으며 지나가 말했다. "나는 매니에 관해서 너랑 이야기하러 온 거야."

"그런데 그 아이는 어떻게 해서 우리 집사람을 그렇게 닮았지?" 그가 말했다.

"그래? 난 전혀 몰랐는데. 매니는 그날 네가 린다 폭스랑 만나는 걸 자기가 방해했다면서 무척 미안해하고 있어."

"내 생각에는 아닐 것 같은데."

"그 여자가 너 있는 데로 곧장 왔다며."

"우리가 있던 곳을 지나가긴 했지. 하지만 그렇다고 해서 내가 그녀를 만났으리라는 보장까지는 없어."

"걔는 네가 그녀를 만났으면 하더라고. 엄청나게 미안해했어. 밤새 잠도 못 자더라니까."

어리둥절한 그가 말했다. "그 애가 무슨 소리를 했다고?"

"매니는 너한테 팬레터를 하나 쓰라고 했어. 상황을 설명하라는 거지. 걔 생각으로는 그녀가 확실히 답장을 할 것 같대."

"어디까지나 가능성이겠지."

지나가 나지막이 말했다. "그걸 써주면 너는 매니한테 좋은 일을 해주는 셈인 거야. 비록 그녀에게 답장을 받지는 못해도 말이지."

"너희를 조만간 다시 만나보고 싶어." 그가 말했다. 그는 조심스럽게 단어를 골라가며 말했다. 최대한 조심스럽게.

"응?" 그녀는 고개를 들었다. 얼마나 까만 눈인가!

"너희 두 사람 모두." 그가 말했다. "너랑 네 남동생이랑."

"매니는 두뇌 손상을 겪었어. 걔 엄마가 걔를 임신했을 때 공중 충돌 사고로 부상을 입었거든. 결국 걔는 몇 달 동안이나 인공자궁에 들어가있어야 했지. 그런데 사람들이 제때에 거기서 꺼내지 못한 거야. 그래서……" 그녀는 테이블을 손가락으로 딱딱 두드렸다. "그 애는 장애가 있어. 결국 특수학교에 다녔지. 신경 손상 때문에 온갖 황당한 생각을 다 떠올렸거든. 가

306

령—" 그녀는 말을 머뭇거렸다. "음, 모르겠다. 자기 말로는 자기가 바로 하느님이라나."

"그러면 내 동업자랑 그 아이가 한 번 만나봐야겠는걸." 허브 애셔가 말했다.

"어머, 아니야." 그녀는 이렇게 말하면서 고개를 세차게 저었다. "내 동생이 일라이어스랑 만나는 건 싫어."

"그 사람 이름이 일라이어스라는 건 어떻게 알았어?" 그가 말했다. 순간적으로 묘한 감각이 그를 스쳐 지나갔다.

"여기 오기 전에 너희 아파트에 들러서 리비스랑 이야기를 했거든. 그렇잖아도 몇 시간 같이 있다 오는 길이야. 이 가게고 일라이어스고 간에 리비스가 다 이야기해 준 거야. 안 그러면 내가 이 가게를 어떻게 찾았겠어? 네 이름으로 등록되어있지도 않은데 말이야."

"일라이어스는 종교를 열심히 믿지." 그가 말했다.

"리비스도 그 이야길 하더라고. 그렇기 때문에 나는 매니가 그 사람을 안 만났으면 좋겠다는 거야. 혹시나 만나게 되는 날에는 시너지를 일으켜선 피차 신학적인 헛소리만 점점 더 늘어날 테니까."

그가 대답했다. "내가 알기로 일라이어스는 매우 분별력 있는 사람인데."

"그래, 매니도 여러 가지 면에서 분별력은 있어. 하지만 종교를 열심히 믿는 사람 둘을 나란히 붙여놓으면, 어떤— 너도 알잖아. 무슨 예수니, 무슨 세계의 종말이니 하는 이야기만 끝도 없이 늘어놓는 거. 가령 아마겟돈 전쟁이라느니, 대참화라느니." 그녀는 몸을 떨었다. "그 이야기만 생각하면 소름이 다 돋는다니까. 무슨 지옥불이니 천벌이니 말이야."

"일라이어스도 그런 면은 있지. 맞아." 애셔가 말했다. 그가 보기에는 그녀가 이미 잘 알고 있는 것 같았다. 아마도 리비스가 그런 이야기까지 했나보지. 그게 전부겠지.

"허브." 지나가 말했다. "그럼 우리 매니한테 좋은 일 하나 해줄 수 있어? 그러니까 네가 더 폭스한테 편지를 써서─" 그녀의 표정이 바뀌었다.

"'더' 폭스." 그가 말했다. "그 말이 유행할지 모르겠네. 정말 딱이잖아."

지나는 말을 이었다. "그러니까 네가 린다 폭스한테 편지를 써서, 그녀를 만나고 싶다고 말하면 안 될까? 다음에 어디서 공연하느냐고 직접 물어보면 되잖아. 클럽 공연 일정이야 한참 전에 미리 정해놓으니까. 네가 운영하는 오디오 가게 이야기도 해봐. 그 여자는 아주 유명하진 않으니까, 팬레터를 하루에도 몇 자루씩 받는 전국적인 스타까지는 아니잖아. 매니 말로는, 그러니까 그 여자가 당연히 답장을 줄 거라는 거야."

"그럼 당연히 써야지." 그가 말했다.

그녀가 미소를 지었다. 그녀의 까만 눈이 춤을 추는 듯했다.

"걱정 마." 그가 말했다. "일단 우리 가게로 가서 거기서 타자로 치면 돼. 그리고 같이 가서 부치자."

그녀는 우편행낭 같은 핸드백에서 봉투를 하나 꺼냈다. "그

럴 줄 알고 매니가 아예 너 대신 편지도 하나 써서 줬어. 걔 말
로는 네가 이런 이야기를 하면 좋겠다는 거야. 필요하다면 조
금 바꿔도 돼. 하지만 너무 많이 바꾸지는 말고. 매니가 이거
쓰느라고 엄청나게 고생했거든."

"알았어." 그는 그녀가 내민 봉투를 받아들고 자리에서 일어
나며 말했다. "일단 우리 가게로 돌아가자."

그가 사무실에 있는 타자기를 이용해 매니가 더 폭스―지나
의 말마따나―에게 쓴 편지를 베끼는 동안, 지나는 연신 담배
를 피우며 문 닫힌 가게 안을 이리저리 거닐었다.

"혹시 이 일에 내가 모르는 뭔가가 더 있는 거야?" 그가 물었
다. 그는 사실 여기에 뭔가가 더 있다는 것을 감지했다. 그녀가
이상하게도 긴장한 것처럼 보였기 때문이다.

"사실 매니랑 나는 일종의 내기를 했어." 지나가 말했다. "무
슨 내기냐 하면― 음, 한마디로 설명하자면, 과연 린다 폭스가
이 편지에 답장을 할 것이냐 말 것이냐 하는 거였지. 사실은 그
보다 더 복잡한 내기가 되기는 했지만, 핵심은 결국 그거야. 혹
시 그것 때문에 신경 쓰이는 건 아니지?"

"아니." 그가 말했다. "그럼 누가 어느 쪽에 판돈을 건 거야?"

그녀는 대답하지 않았다.

"됐어, 안 들은 말로 쳐." 그가 말했다. 왜 그녀가 대답하지
않는지, 그리고 왜 그녀가 이렇게 긴장하는지, 문득 그는 궁금
해졌다. 그는 속으로 어째서 그들이 이런 내기를 하는 것인지

생각했다. "우리 집사람한테는 아무 말도 하지 마." 그는 이렇게 말하고 나서 자기만의 생각을 몇 가지 떠올렸다.

그러다가 그는 강렬한 직관에 사로잡혔다. 이 일의 배후에는 뭔가가 자리 잡고 있었다. 뭔가 중요한 것, 그로선 감히 헤아릴 수 없는 차원이.

"나도 준비해야 하는 거야?" 그가 말했다.

"어떤 면에서?"

"나도 모르겠어." 그는 타자를 마쳤다. 그리고 기계―스마트 타자기―에 달린 '인쇄' 버튼을 누르자, 곧바로 그의 편지가 인쇄되어서 아래의 받침대로 툭 떨어졌다.

"내가 서명도 해야겠지?" 그가 말했다.

"그래. 결국 네 이름으로 가는 거니까."

그는 편지에 서명을 하고 봉투에 주소를 찍었다. 매니가 직접 쓴 편지에 나온 그대로였다……. 순간 그는 궁금해졌다. 지나와 매니가 도대체 어떻게 린다 폭스의 집 주소를 알고 있는 거지? 거기에는 실제로 주소가 있었다. 그 소년이 조심스럽게 쓴 홀로그래프 편지에 나와있었다. 골든 하인드가 아니라 진짜 집 주소였다. 주소는 셔먼 오크스로 되어있었다.

이상하군. 그는 생각했다. 가수인데 그녀의 주소가 주소록에서 빠져있지도 않다는 건가? 아마 아닌가 보지. 뭐 아직 아주 유명한 가수는 아니니까. 사람들이 거듭해서 그에게 지적하는 것처럼 말이다.

"내 생각에는 그녀가 답장할 것 같지는 않아." 그가 말했다.

"음, 그러면 은전銀錢의 주인이 새로 바뀌게 되겠지."

갑자기 그가 말했다. "요정의 나라."

"뭐?" 그녀가 깜짝 놀라며 말했다.

"아이들이 보는 책. 『은전』이라는 게 있어.* 고전이지. 거기 이런 구절이 나오거든. '요정의 나라로 들어가려면 은전이 하나 필요하다.'" 그는 어린 시절에 그 책을 한 권 갖고 있었다.

그녀는 마치 신경이 곤두선 듯 웃었다. 아니면 단지 그에게만 그렇게 들릴 뿐이었거나.

"지나." 그가 말했다. "뭔가가 잘못되었다는 느낌이 들어."

"내가 알기로 잘못된 건 하나도 없어." 그녀는 얼른 그의 손에 있던 편지 봉투를 낚아챘다. "내가 가서 부쳐줄게."

"고마워." 그가 말했다. "나중에 다시 볼 수 있는 거지?"

"그야 당연히 볼 수 있지." 그녀는 그를 향해 몸을 굽히더니 자기 입술을 오므려 그의 입술에 갖다 댔다.

그는 주위를 둘러보았다. 대나무가 보였다. 하지만 그 사이로 어떤 색깔이 스쳐 지나가고 있었다. 마치 세인트 엘모의 불처럼. 그 색깔은 빛나고 번쩍이는 붉은색이었고, 마치 살아있는 것 같았다. 그 색깔은 여기저기 모여있었고, 그렇게 모인 곳에서는 단어가, 또는 단어처럼 보이는 것이 형성되었다. 마치 이 세계가 언어로 변모한 듯했다.

---

* 블랜치 제닝스 톰슨의 저서 『은전: 소년소녀를 위한 현대시 선집』(1925)을 말한다.

내가 여기서 뭘 하고 있는 거지? 그는 당황하며 생각했다. 도 대체 무슨 일이 벌어진 거야? 불과 일 분 전만 해도 내가 있었던 곳은 여기가 아니었는데!

붉게 번쩍이는 불, 마치 눈에 보이는 전기의 섬광 같은 것이 그에게 메시지를 보여주었다. 대나무와, 놀이터의 그네와, 짧게 깎은 마른 잔디 사이로 그 메시지가 퍼져 나갔다.

너는 마음을 다하고 뜻을 다하고 힘을 다하여 네 하느님 여 호와를 사랑하라.*

"예." 그가 말했다. 한편으로는 두려움을 느꼈지만, 그 액체 같은 불의 혀는 워낙 아름다웠기 때문에, 그는 두려움보다도 오히려 경외감을 더 많이 느꼈다. 그는 마법에 걸린 듯 주위를 둘러보았다. 불은 움직이고 있었다. 이리 왔다가 지나가버렸고, 이쪽저쪽으로 흘러 다녔다. 불이 고인 웅덩이가 만들어졌고, 그는 자기가 바라보는 그것이 살아있는 생물이라는 것을 알고 있었다. 아니 살아있는 생물의 '피'라는 것을 알고 있었다. 그 불은 살아있는 피였지만 마법의 피였다. 물질의 피가 아니라 변모된 피였다.

그는 몸을 떨면서 손을 내밀어 그 피를 만졌다. 순간 어떤 충격이 그의 몸을 훑고 지나갔다. 그는 그 살아있는 피가 자기 몸

---

* 신명기 6장 5절.

312

속으로 들어왔다는 것을 깨달았다. 그 즉시 그의 머릿속에 단어가 떠올랐다.

조심하라!

"저를 도와주소서." 그가 힘없이 말했다.

고개를 들자 무한한 우주가 보였다. 워낙 광대한 공간으로 보였기 때문에 그는 그가 보는 것을 감히 이해할 수조차 없었다. 우주는 영원히 뻗어있었다. 그리고 그 역시 그 우주와 함께 팽창하고 있었다.

하느님 맙소사. 그는 속으로 말했다. 그리고 격렬히 몸을 떨었다. 피와 살아있는 단어, 그리고 지적인 뭔가가 바로 곁에 있었고 그것들은 세계를 시뮬레이션했다. 또는 반대로 세계가 그것을 시뮬레이션하는지도 모른다. 뭔가가 모습을 숨기고 있었다. 그를 알고 있는 어떤 실재가.

분홍색 불빛이 비추자 그는 눈앞이 캄캄해졌다. 머리에서 끔찍한 고통이 느껴졌다. 그는 양손을 들어 눈을 만졌다. 내 눈이 멀었어! 그는 깨달았다. 그 고통과 분홍색 불빛과 함께 뭔가 새로운 이해가, 또렷한 지식이 찾아왔다. 그는 지나가 평범한 인간 여성이 아니라는 사실을 알게 되었다. 나아가 그는 매니가 인간 아이가 아니라는 사실도 알게 되었다. 그가 있는 세계는 진짜 세계가 아니었다. 분홍색 불빛이 말해주었기 때문에 그는 이 모든 사실을 이해하게 되었다. 이 세계는 시뮬레이션에 불과했다. 살아있고, 지적이고, 동정적인 뭔가가 그에게 이 사실을 알려주고 싶어했다. 나를 걱정하는 뭔가가 있어. 그 뭔가가 내게 경고를 주기 위해 이 세계로 관통해 들어온 거야. 그 뭔가는 자기 모습을 감추고 있어. 그래야만 이 세계의 주인, 비현실적인 영역의 주인이 그 존재를 모를 테니까. 그러면 그 뭔가가 여기 있다는 것도 모를 테고, 그 뭔가가 내게 이야기했다는 것도 모를 테니까. 이것이야말로 감히 알기가 두려운 비밀이로구나. 그가 생각했다. 이걸 안다는 것만으로도 목숨이 달아날 수 있어. 나는 지금—

두려워 말라

"알았습니다." 그는 대답했다. 그는 하지만 여전히 떨고 있었다. 그의 머릿속에는 단어가 있었다. 그의 머릿속에는 지식이 있었다. 하지만 그는 여전히 눈이 먼 상태였고 고통도 여전히 남아 있었다. "당신은 누구십니까?" 그가 물었다. "당신의 이름을 알려주세요."

발리스

"그 '발리스'란 누구입니까?" 그가 말했다.

주 너의 하느님이니라.

그가 말했다. "저를 해치지 마세요."

두려워 말라, 인간이여.

갑자기 그의 시야가 맑아지기 시작했다. 그는 양손을 두 눈에서 떼었다. 지나가 그 앞에 서 있었다. 스웨이드 가죽 재킷과 청바지 차림이었다. 불과 일 초밖에 흐르지 않은 것이었다. 그녀는 그에게 입을 맞추고 뒤로 물러서는 중이었다. 그녀도 알았을까? 그녀가 어떻게 알겠는가? 오로지 그와 발리스만 아는 일이었다.

그가 말했다. "너는 요정이지."

"내가 뭐라고?" 그녀는 웃기 시작했다.

"나는 이미 정보를 전송받았어. 나는 알아. 모든 걸 안다고. 나는 CY30-CY30B를 기억해. 내 돔도 기억해. 리비스의 병과 지구로의 여행도 기억해. 그 사고도. 다른 세계, 현실 세계도 모조리 기억해. 그가 이 세계로 침투해서, 나를 깨웠어." 그는 그녀를 빤히 바라보았다. 지나 역시 그를 빤히 바라보았다.

"물론 내 이름이 요정이라는 뜻이긴 해." 지나가 말했다. "하지만 그렇다고 해서 내가 요정인 건 아니야. 가령 이매뉴얼(임마누엘)은 '하느님이 우리와 함께하신다'는 뜻이지만, 그렇다고 해서 개가 하느님인 건 아니니까."

허브 애셔가 말했다. "나는 야도 기억해."

"아." 그녀가 말했다. "그래. 잘됐네."

"이매뉴얼이 바로 야지." 허브 애셔가 말했다.

"나는 가봐야겠어." 지나가 말했다. 양손을 재킷의 주머니에 넣은 채, 그녀는 재빨리 가게의 앞문으로 향했고, 열쇠를 넣고 돌려서 자물쇠를 열더니 바깥으로 사라졌다. 순식간에 사라진 것이다.

그녀가 편지를 가지고 있지. 그는 깨달았다.

내가 더 폭스에게 보내는 편지를.

그는 서둘러 그녀를 뒤쫓았다. 하지만 그녀의 흔적은 어디에도 없었다. 그는 사방을 둘러보았다. 자동차와 사람들이 있었지만 지나는 없었다. 사라진 것이다.

그녀가 그 편지를 부치겠지. 그는 속으로 말했다. 그녀와 이매뉴얼 사이의 내기. 그건 나와 관련이 있어. 그들은 나를 놓고 내기를 한 거야. 그리고 지금 우주 자체가 위험에 처해있어. 불가능한 일이야. 하지만 분홍색 불빛은 그에게 분명히 말해주었다. 그 모든 이야기가 정말 눈 깜짝할 새도 없이 순식간에 그에게 전달된 것이었다.

그는 몸을 떨었다. 여전히 머리가 아팠다. 그는 가게로 돌아와 자리에 앉은 뒤 아픈 이마를 문질렀다.

그녀는 나를 더 폭스와 연관시켰지. 바로 그 연관으로부터, 그것이 어떤 방향으로 흘러가는지에 따라서 현실의 구조도 바뀌게 될 거야. 그는 자신이 장차 어떻게 될지를 확신할 수 없었다. 하지만 그것이 바로 핵심이었다. 현실의 구조 그 자체, 우주와 그 안의 모든 살아있는 피조물.

그것은 존재와 관련이 있어. 그는 생각했다. 내가 그걸 아는 까닭은 그 분홍색 빛 때문이지. 오로지 그것 때문이야. 그 빛은 살아있는, 전기적인 피였어. 뭔가 거대한 초실체의 피. '자인 Sein.' 그는 생각했다. 독일어로군. 그게 무슨 뜻이지? '다스 니히츠Das Nichts.' 그건 '자인'의 반대말이지. '자인'은 곧 존재存在이고, 곧 실존이며, 곧 진정한 우주이지. '다스 니히츠'는 곧 무無이고, 곧 우주의 가상세계 속이고 꿈이지. 지금 내가 있는 곳이 바로 거기야. 그는 알았다. 분홍색 불빛이 내게 그렇게 말해주었으니까.

술이라도 마셔야겠군. 그는 속으로 말했다. 전화를 들고 펀치카드를 집어넣자 곧바로 집으로 연결되었다. "리비스." 그는 쉰 목소리로 말했다. "나 오늘 늦어요."

"그 여자랑 나가는 거예요? 당신 동창생?" 아내의 목소리는 냉랭했다.

"아니에요, 젠장." 그는 이렇게 말하며 전화를 끊었다.

하느님은 우주의 보증자인 거지. 그는 깨달았다. 그래, 내가 들은 이야기의 근거는 바로 그것이었어. 즉 하느님이 없으면 아무것도 없는 거지. 모두 흘러가버리고 사라져버리는 거야.

애셔는 가게 문을 닫고 비행자동차에 올라타서 시동을 걸었다. 누군가가 보도에 서 있었다. 웬 남자였다. 낯익은 얼굴에 옷을 잘 차려입은 중년의 흑인 남자였다.

"일라이어스!" 애셔가 불렀다. "여기서 뭐하는 거예요? 무슨 일 있어요?"

"자네가 어떤지 궁금해서 들러본 거야." 일라이어스가 그의 자동차로 다가왔다. "어쩐지 얼굴빛이 창백한데."

"어서 차에 타요." 애셔가 말했다.

일라이어스가 차에 탔다.

15

술집에 들어간 두 남자는 평소에 자주 앉던 자리에 앉았다. 일라이어스는 평소처럼 얼음 넣은 코크를 시켰다. 그는 술을 안 마셨다.

"그래." 고개를 끄덕이며 그가 말했다. "이제 자네가 그 편지를 막을 방법은 없어. 이미 발송되었을 테니까."

"나는 포커의 판돈이었던 셈이죠." 허브 애셔가 말했다. "지나와 매니가 치는 포커 판에서 말이에요."

"그들은 단순히 린다 폭스가 답장을 할 것이냐 말 것이냐를 놓고 내기를 하지는 않았을 거야." 일라이어스가 말했다. "차라리 뭔가 다른 것을 놓고 내기를 걸었겠지." 그는 판지 조각을 손가락으로 뭉치더니, 자기가 시킨 코크 속에 던져 넣었다. "두 사람이 뭘 갖고 내기를 걸었는지 알아낼 방법은 전혀 없어. 그

대나무와 놀이터의 그네며, 짧게 깎은 잔디며…… 나 역시 남아있는 기억이 약간 있군. 그런 꿈을 꾸기도 했지. 내가 어떤 학교에 있는. 아이들 다니는 학교 말이야, 특수학교. 잠을 잘 때면 거듭해서 그곳으로 돌아가게 돼."

"거기가 현실 세계예요." 애셔가 말했다.

"아마 그렇겠지. 자네가 많은 것을 재구성했으니까. 그렇다고 해서 여기는 가짜 우주라고 하느님께서 말씀하셨다는 이야기를 여기저기 퍼트리고 다니지는 말게. 방금 나한테 한 말은 다른 누구한테도 하지 말라고."

"당신은 내 말을 믿어요?"

"나는 자네가 아주 보기 드물고 설명이 불가능한 경험을 했다는 사실을 믿어. 하지만 이곳이 일종의 대용품 세계라는 사실은 믿지 않아. 여기는 완벽하게 실체적이잖아." 그는 두 사람 사이에 놓인 테이블의 플라스틱 표면을 톡톡 두들겼다. "그러니까 나는 믿지 않아. 비현실 세계는 믿지 않는다고. 코스모스는 오직 하나뿐이고, 여호와 하느님께서 창조하셨으니까."

"내 생각에는 가짜 우주를 누가 창조한 것 같지는 않아요." 허브가 말했다. "왜냐하면 그건 실제로는 없으니까요."

"하지만 자네가 그러지 않았나. 누군가가 우리로 하여금 있지도 않은 우주를 보게 만들었다고 말이야. 그렇다면 그 누군가가 누구란 말이지?"

그가 말했다. "사탄이죠."

일라이어스는 고개를 갸우뚱하고 애셔를 바라보았다.

"그게 바로 현실 세계를 바라보는 방법이에요." 애셔가 말했다. "폐색된 방법. 마치 꿈과 같은 방법이죠. 최면에 걸린, 잠들어버린 방법이에요. 세계의 본성은 지각의 변화를 겪고 있어요. 사실은 세계가 아니라 지각 자체가 변화하는 거예요. '변화는 우리 안에 있어요.'"

"'하느님의 원숭이.'" 일라이어스가 말했다. "악마에 관한 중세의 이론이지. 악마가 하느님의 합법적인 창조를 흉내 내서 자기만의 모조품을 만든다는 이야기야. 인식론적으로 말하자면 극도로 정교한 관념이 아닐 수 없지. 그렇다면 결국 이 세계의 일부분은 모조품이라는 뜻인가? 아니면 때로는 온 세계가 모조품이라는 뜻인가? 아니면 세계는 여러 개이며, 그중 하나만 현실이고 나머지는 현실이 아니란 뜻인가? 모체인 하나의 세계가 있고, 바로 거기서부터 사람들의 서로 다른 지각이 만들어져서 또 다른 세계가 만들어지는 것일까? 그래서 당신이 보고 있는 세계는 내가 보고 있는 세계와 다른 것일까?"

"내가 아는 건 이것뿐이에요." 애셔가 말했다. "누군가가 나를 기억하게끔 촉진했다는 것, 나를 기억하게끔 만들었다는 거죠. 현실 세계를 기억하도록이오. 여기 있는 이 세계에 대한 내 지식은—" 그는 테이블을 톡톡 두들겼다. "어디까지나 그 기억에 의거한 거지, 이 가짜 세계에 대한 내 경험에 의거한 게 아니에요. 나는 비교하고 있어요. 이 세계를 비교할 뭔가를 나는 가지고 있는 거예요. 그런 거예요."

"그 기억도 가짜일 수 있지 않나?"

"가짜가 아니란 걸 나는 알아요."

"자네가 어떻게 알아?"

"나는 그 분홍색 불빛을 신뢰하니까요."

"어째서?"

"그것까진 모르겠어요." 그가 말했다.

"그 불빛이 자기가 하느님이라고 말했다고 해서? 마법의 매개자도 그런 말이야 할 수 있어. 악마의 권세도 말이야."

"두고 보면 알겠죠." 허브 애셔가 말했다. 그들의 내기는 도대체 무엇에 관한 것일지, 그들은 도대체 그에게 무엇을 바라는 것인지, 그는 궁금하기만 했다.

닷새 뒤, 그는 집에서 장거리 전화를 받았다. 화면에는 약간 통통해 보이는 여자의 얼굴이 나타났고, 수줍으면서도 숨찬 목소리가 들려왔다. "애셔 씨? 저는 린다 폭스라고 하는데요. 여기는 캘리포니아고요. 보내주신 편지는 잘 받았습니다."

그의 심장이 딱 멎어버렸다. 몸속에서 딱 정지해버린 것이다. "안녕하세요, 린다." 그가 말했다. "아니, 더 폭스 양." 그는 어리벙벙한 느낌이었다.

"제가 지금 전화 드린 거는요." 그녀의 목소리는 부드럽고 빠르고 흥분한 듯한 느낌이었다. 마치 소심하게 헐떡이는 듯했다. "일단 편지 보내주셔서 감사하다는 말을 드리고 싶었어요. 저를 좋아해주셔서 감사합니다. 그러니까 제 노래를 좋아해주셔서요. 다울런드 좋아하세요? 그 노래를 편곡한 게 좋은 생각

322

이었을까요?"

그가 말했다. "아주 좋아요. 전 특히 〈더는 울지 마라, 슬픈 분수여〉가 마음에 들더라고요. 제가 제일 좋아하는 곡이에요."

"제가 여쭤보고 싶은 거는요, 그러니까 편지지 위에 적힌 건데요. 홈 오디오 시스템 소매 일을 하고 계시다면서요? 제가 앞으로 한 달쯤 뒤에 맨해튼에 있는 아파트로 이사할 건데, 그러면 제가 그 집에서 사용할 오디오 시스템을 하나 장만해주시면 좋겠거든요. 이쪽 웨스트코스트에서 테이프를 만들어서 저희 프로듀서가 조만간 보내주기로 했어요. 제대로 녹음이 되었는지 들어봐야 하거든요. 아주 괜찮은 시스템으로요." 마치 알았느냐고 물어보는 듯, 그녀의 긴 속눈썹이 펄럭거렸다 "다음 주에 뉴욕으로 오셔서 어떤 사운드 시스템을 설치해주실 수 있는지 좀 알려주실 수 있을까요? 가격은 어느 정도라도 상관이 없어요. 제가 낼 것은 아니니까요. 슈퍼바 레코드사하고 계약을 했는데, 계산은 뭐든지 그쪽에서 할 거예요."

"그렇게 하죠." 그가 말했다.

"아니면 제가 워싱턴 D.C.로 직접 가는 게 더 나을까요?" 그녀가 말을 이었다. "어느 쪽이 더 나을까요? 최대한 빨리 해야만 하거든요. 회사에서 저한테 그걸 강조하더라고요. 회사에서는 저한테 많은 기대를 걸고 있어요. 이제 계약도 했고, 새 매니저도 생겼죠. 나중엔 비디오디스크도 만들어야 하겠지만 지금은 오디오테이프로 시작하려고요. 여하간 해주실 수 있죠? 마침 누구한테 부탁해야 하나 싶었거든요. 이쪽 웨스트코스트에도 전자제품 소매점이야 있지만, 그쪽 이스트코스트에서는 그런 사람을 전혀 몰라서요. 사실은 뉴욕에 있는 누군가라면 좋겠다 싶었지만, 워싱턴 D.C. 정도면 아주 멀지는 않잖아요. 그렇죠? 그러니까 거기까지 와주실 수 있죠, 그렇죠? 슈퍼바 레코드사랑 저희 프로듀서―그 회사 소속이죠―가 비용은 모두 지불할 거예요."

"그야 문제없습니다." 그가 말했다.

"좋아요. 그러면 셔면 오크스의 제 번호는 이거고요, 맨해튼의 번호는 나중에 알려드릴게요. 양쪽 모두 전화번호예요. 그나저나 셔면 오크스의 제 주소는 어떻게 아신 거예요? 저한테 직접 왔더라고요. 목록에 올라있지 않을 텐데요."

"친구 덕분에요. 그 업계에서 일하는 친구가 있거든요. 연줄이죠. 아시다시피 저도 이 일을 하다 보니까요."

"이전에 하인드에서 저를 보셨다고요? 거기는 음향이 좀 특이하더라고요. 그때 제 목소리가 제대로 들리긴 했었나요? 그리고 보니 어딘가 낯이 좀 익은 분 같네요. 그때 관객 중에서 뵌 것도 같고. 구석에 서 계셨던 것 같은데……."

"어린 남자애 하나가 저랑 같이 있었죠."

린다 폭스가 말했다. "확실히 본 것 같네요. 그때 저를 바라보고 계셨죠? 얼굴 표정이 뭔가 좀 특이했던 게 기억나요. 그 남자애는 아드님인가요?"

"아뇨." 그가 말했다.

"전화번호 적으실 준비 되셨어요?"

그녀는 전화번호를 두 개 알려주었다. 그는 떨리는 손으로 그걸 받아 적었다. "아주 죽이는 오디오 시스템을 설치해드릴게요." 그는 이렇게 말하려고 했다. "당신과 직접 이야기를 하다니 정말 기분이 끝내줘요. 나는 당신이 성공할 거라고 믿어요. 최고가 될 거라고요. 차트 정상에도 오르고 말이요. 은하계 어디서나 사람들이 당신 노래를 듣고, 당신 모습을 지켜볼 거예요. 난 알아요. 믿어도 돼요."

"정말 친절하시네요." 린다 폭스가 말했다. "이만 끊어야겠어요. 고맙습니다. 그럼 됐죠? 안녕히 계세요. 조만간 연락 기다릴게요. 잊지 마시고요. 급한 일이니까요. 꼭 해야 되는 일이거든요. 문제도 많기는 하지만— 그래도 재미있어요. 그럼 안녕히 계세요." 그녀가 전화를 끊었다.

전화를 끊자마자 허브 애셔가 큰 소리로 말했다. "사람 미치고 환장하겠군. 도무지 믿을 수가 없어."

그때 그의 등 뒤에서 리비스가 말했다. "그 여자가 당신한테 전화를 걸었네요. 진짜로 전화를 걸었어요. 대단하기는 대단하네요. 당신 정말로 그 여자한테 시스템을 설치해줄 거예요? 그러면 결국—"

"기꺼이 뉴욕으로 달려가야죠. 컴포넌트는 거기서 바로 구입하면 돼요. 굳이 여기서 싸가지고 갈 필요는 없어요."

"그러면 일라이어스랑 같이 갈 거예요?"

"일단 이야기를 해보고요." 그는 말했다. 머릿속은 부옇게 안개가 낀 것 같았다. 놀라움으로 윙윙 울렸다.

"축하해요." 리비스가 말했다. "어쩐지 당신을 따라가야 할 것 같은 생각이 들지만, 당신이 한 가지 약속만 한다면 굳이 그러지 않아도—"

"그래도 괜찮아요." 그가 말했다. 너무 흥분하여 리비스의 말에는 거의 귀를 기울이지 않았다. "더 폭스와." 그가 말했다. "그녀와 이야기를 했어요. 그녀가 나한테 전화를 걸었다고요. 나한테."

"그나저나 지나랑 그 남동생이랑 무슨 내기를 했다고 나한테 그러지 않았어요? 그 내기라는 게 그 여자가 당신한테 답장을 할 건지 말 건지였다면서요. 한쪽은 한다는 데에 걸고, 또 한쪽은 안 한다는 데에 걸었다고."

"그래요." 그가 말했다. "내기를 했대요." 하지만 그는 정작 내기에 관해서는 아무 관심도 없었다. 그녀를 만날 거야. 그는 속으로 말했다. 그녀가 맨해튼에 새로 마련한 아파트를 방문할 거야. 하루 저녁을 그녀와 함께 보낼 거야. 옷, 그래, 옷을 새로 장만해야겠어. 예수님 맙소사. 반드시 멋있게 보여야 돼.

"그럼 그 여자한테 얼마나 장비를 팔 수 있을 것 같아요?" 리비스가 말했다.

그는 화난 어조로 대답했다. "그런 질문이 어디 있어요."

리비스는 한 발 뒤로 물러나면서 말했다. "미안해요. 내 말은—왜 있잖아요. 얼마나 큰 시스템을 설치해야 하나 그런 뜻이었어요."

"그녀는 돈으로 살 수 있는 한 최고의 시스템을 갖게 될 거예요." 그가 말했다. "제일 좋은 것으로만 골라서. 내가 구축하고 싶은 정도의 시스템으로요. 아니, 내가 구축하고 싶은 시스템 보다도 훨씬 더 좋은 것으로요."

"그러면 당신 가게도 광고 효과를 톡톡히 누리겠네요."

그가 그녀를 노려보았다.

"왜 그래요?" 리비스가 말했다.

"더 폭스였어요." 그는 이렇게만 말했다. "더 폭스가 나한테 전화를 걸었다고요. 도무지 믿어지지가 않아요."

"지나랑 이매뉴얼한테 전화를 걸어서 알려주는 게 낫지 않을까요. 그쪽 전화번호 내가 알거든요."

그가 생각했다. 아니야. 이건 내 일이야. 그들의 일이 아니야.

이매뉴얼이 지나에게 말했다. "이제 때가 됐어. 이제는 일이 어떤 방향으로 흘러가는지를 보게 될 거야. 그는 조만간 뉴욕 으로 날아가겠지. 오래 걸리지 않을 거야."

"너는 무슨 일이 벌어질지 이미 알고 있어?" 지나가 물었다.

"내가 알고 싶은 건 이것뿐이야." 이매뉴얼이 말했다. "네가 과연 공허한 꿈으로 가득한 너의 세계를 철회하느냐 하는 거 지. 조만간 그가 발견하게 될 것은, 그녀가—"

"그가 발견하게 될 것은, 그녀가 아무 가치 없다는 것뿐이겠 지." 지나가 말했다. "그녀는 머리가 텅 빈 바보에 불과해. 위트 도 없고, 지혜도 없어. 그녀는 분별력도 없어. 그는 금세 그녀 에게서 등을 돌려버리게 될 거야. 왜냐하면 너는 그런 것들까지 현실로 만들 수는 없으니까."

이매뉴얼이 말했다. "두고 보면 알겠지."

"그래, 두고 보면 알겠지." 지나 역시 말했다. "허브 애셔를 기다리는 것은 비실재일 뿐이야. 그녀는 '그를' 고대하고 있지."

거기야, 정확히. 이매뉴얼은 자신의 비밀스러운 정신의 깊은 곳에서 이렇게 선언했다. '거기서 너는 실수를 저지르고 만 거야.' 허브 애셔는 단순히 그녀를 향한 애정에만 근거해 살아가는 게 아니야. 상호적인 애정이 필요하고, 너는 이미 그것을 내게 건네주었어. 네가 그녀를 너의 영역에서 평가절하했을 때 너는 뜻하지 않게도 그녀에게 실체를 나눠준 거야.

그건 실체가 어떤 것인지를 네가 모르고 있기 때문이야. 그는 생각했다. 실체는 너를 넘어선 곳에 있지. 하지만 나를 넘어선 곳에 있지는 않아. 그곳은 '나의' 영역이니까.

"내 생각에 너는 이미 진 것 같은데." 그가 말했다.

지나는 기쁜 듯 말했다. "너는 내가 누구를 위해 움직이는지도 모르잖아! 너는 내가 누군지도, 내 목적이 무엇인지도 모른다고!"

그건 사실일 수도 있지. 그는 생각했다.

하지만 나는 나 자신을 알아. 그리고─ 나는 내 목적이 무엇인지 알아.

허브 애셔는 상당한 돈을 들여 구입한 멋진 정장을 입고, 특등석 여객용 로켓을 타고 뉴욕 시로 향했다. 겨우 삼 분간의 여행이 펼쳐지는 동안, 한 손으로는 서류가방을 든 채로—가방에는 현재 시장에서 구입 가능한 최신형 홈 오디오 시스템의 사양에 관한 자료가 담겨있었다—그는 자리에 앉아서 창밖을 내다보고 있었다. 로켓은 이륙하자마자 곧바로 착륙했다.

이것이야말로 내 인생에서 가장 멋진 순간이야. 로켓이 역분사를 할 무렵, 그는 속으로 이렇게 선언했다. 내 모습을 보라고. 마치 《스타일》 잡지에서 바로 걸어 나온 것 같잖아. 리비스가 따라오지 않은 걸 하느님께 감사드려야 하겠군.

"신사 숙녀 여러분." 머리 위의 스피커에서 안내 방송이 나왔다. "본 여객기는 현재 케네디 우주공항에 착륙했습니다. 신호가 들릴 때까지 좌석에 계속 앉아계시기 바랍니다. 신호가 들리면 여객기 앞쪽에 마련된 출구를 이용해주십시오. 델타 스페이스라인을 이용해주셔서 감사합니다."

"좋은 하루 되세요." 로봇 스튜어드가 경쾌한 걸음으로 빠져나가는 허브 애셔에게 말했다.

그는 택시를 잡아타고 곧바로 에익스 하우스로 향했다. 그는 이곳에 이틀간 머물기로 예약해놓았었다. 어찌나 방 값이 비싸던지! 짐을 풀자마자 그는 객실의 멋진 설비를 살펴보았고, 밸진—최근에 나온 피질 자극제 가운데서도 가장 좋은 것—을 하나 섭취하고, 수화기를 들고 린다 폭스의 맨해튼 전화번호를 눌렀다.

"벌써 도착하셨다니 반갑네요." 그가 누구라고 말하자마자 그녀가 대답했다. "그럼 지금 와주실 수 있어요? 다른 사람들

329

도 몇 명 와있는데 마침 모두 가려던 중이었거든요. 제가 사용할 장비에 관한 결정이다보니까 가급적 천천히, 또 신중하게 내리고 싶은데. 그런데 지금 시간이 어떻게 되죠? 저도 캘리포니아에서 방금 막 온 참이라서요."

"지금이 뉴욕 시간으로 오후 7시군요." 그가 말했다.

"그럼 저녁은 하셨어요?"

"아뇨." 그가 말했다. 정말이지 무슨 판타지 같았다. 마치 꿈의 세계 속에, 거룩한 왕국 속에 들어와있는 것 같았다. 어린애 같군. 그는 생각했다. 내가 갖고 있던 『은전』이라는 시집을 읽는 것 같아. 아마도 나는 그런 은전을 정말 발견하고 요정의 나라로 들어가는 모양이지. 내가 항상 그리워하던 곳에. "집에 돌아왔네, 선원이 바다에서 집으로."* 그는 생각했다. 그리고 사냥꾼이…… 그는 이 시가 어떻게 이어지는지 기억이 나지 않았다. 어쨌거나 적절하기는 했다. 그는 마침내 집에 돌아온 것이었으니까.

그리고 그녀가 피자 가게 여종업원처럼 생겼다고 말할 사람은 여기 아무도 없어. 그는 속으로 말했다. 나는 그 불쾌한 표현을 잊어버릴 수 있어.

"우리 아파트에 음식이 좀 있어요. 저는 건강식품만 먹거든요. 혹시 괜찮으시면 같이…… 진짜 오렌지주스랑, 두부랑, 유기농 식품 같은 것들이거든요. 저는 동물을 도살하는 걸 지지

---

* A.E. 하우스먼의 시 「집에 왔네 선원이」의 한 대목.

330

하지 않아서요."

"좋습니다." 그가 말했다. "그럼요, 뭐든지요. 원하시는 대로
하죠."

그가 아파트—눈에 띄게 멋진 건물이었다—에 도착해보니
그녀는 모자를 쓰고, 터틀넥 스웨터와 흰색 즈크 반바지 차림
이었다. 그녀는 맨발로 그를 맞이해 거실로 안내했다. 가구는
하나도 없었다. 아직 완전히 이사를 온 것이 아니었기 때문이
다. 침실에는 침낭이 하나 놓여있었고, 그 옆에는 여행 가방이
열린 채 있었다. 방들은 아주 크고, 붙박이 전망창을 통해 센트
럴파크가 한눈에 내려다보였다.

"안녕하세요." 그녀가 말했다. "제가 린다예요." 그녀가 한
손을 내밀었다. "만나서 반가워요, 애셔 씨."

"허브라고 불러주세요." 그가 말했다.

"코스트에서, 그러니까 웨스트코스트에서는 사람들이 누구
나 서로를 성 말고 이름으로만 불러요. 저는 가급적 그 습관을
떨치려고 노력 중인데도 잘 안 되네요. 저는 캘리포니아 남부
리버사이드에서 자랐어요." 그가 들어오자 그녀는 아파트 문을
닫았다. "가구가 없으니까 좀 을씨년스럽죠, 안 그래요? 우리
매니저가 지금 가구를 고르러 갔어요. 아마 모레쯤 도착할 거예
요. 음, 매니저가 혼자 고른다고 할 수는 없겠네요. 저도 부분적
으로나마 돕는 셈이니까. 일단 가져오신 카탈로그 좀 보여주세
요." 그의 서류가방을 보자 그녀의 눈은 기대로 반짝거렸다.

그녀는 실제로 피자 가게 여종업원하고 약간 닮은 것도 같

군. 그가 생각했다. 하지만 그것도 괜찮아. 가까이서, 밝은 천장 조명 밑에서 보자, 그녀의 피부색은 그가 이전에 생각했던 것만큼 희지는 않았다. 그리고 사실은 여드름도 약간 있다는 걸 그는 깨달았다.

"우리 일단 바닥에 앉아요." 그녀가 말했다. 그러면서 털썩 바닥에 주저앉더니, 맨 무릎을 올리고 등을 벽에 기댔다. "어디 봐요. 저는 전적으로 선생님 판단에 의존할 거니까요."

그가 말을 꺼냈다. "제 생각에는 스튜디오 수준의 물건을 필요로 하실 것 같더군요. 위는 흔히 전문가용 컴포넌트라고 부르는 거죠. 그러니까 일반인이 가정에 두는 물건하고는 다른 거예요."

"저건 뭐죠?" 그녀가 사진에 나온 커다란 스피커를 손가락으로 가리켰다. "꼭 무슨 냉장고처럼 생겼네요."

"저건 디자인이 구식이에요." 그는 이렇게 말하며 다음 장을 넘겼다. "이건 플라스마를 이용해서 작동하죠. 헬륨에서 나온 플라스마를요. 그렇다고 해서 헬륨 탱크를 계속 구입할 필요까지는 없어요. 모양도 근사하죠. 헬륨 플라스마가 번쩍번쩍하거든요. 높은 전압 때문에 그렇게 되는 거예요. 여기요, 더 최근 제품을 보여드릴게요. 헬륨 플라스마 변환 방식은 이미 구식이 되어가고, 또 조만간 확실히 그렇게 될 거예요."

어째서 이 모두가 나의 상상에 불과한 것 같은 느낌이 드는 걸까? 그는 속으로 물었다. 왜냐하면 너무 멋진 일이기 때문이지. 하지만 여전히 뭔가가…….

두 시간 동안 두 사람은 벽에 등을 기대고 나란히 앉아서 제품 카탈로그를 뒤적였다. 그녀는 대단한 열성을 보였지만, 나중에 가서는 지치기 시작한 모양이었다.

"이젠 배가 고프네요." 그녀가 말했다. "사실 지금은 식당에 갈 때에 입을 만한 적당한 옷도 없고 해서요. 아마 선생님은 여기까지 오시느라 옷을 신경 쓰셨겠죠. 여기는 아무 거나 입고 다녀도 그만인 캘리포니아 남부랑은 전혀 다른 곳이니까요. 그런데 어디 묵고 계세요?"

"에식스 하우스에요."

린다 폭스는 자리에서 일어나 기지개를 켜면서 말했다. "그러면 선생님 숙소에 가서 룸서비스를 좀 주문해주시겠어요? 괜찮죠?"

"물론이죠." 그는 이렇게 말하며 자리에서 일어났다.

그의 방에서 함께 식사를 하고 나서, 린다 폭스는 혼자 팔짱을 낀 채로 이리저리 돌아다녔다. "혹시 그거 아세요?" 그녀가 말했다. "제가 자주 꾸는 꿈이 하나 있어요. 은하계에서 가장 유명한 가수가 되는 꿈이죠. 이전에 전화로 이야기할 때에 선생님이 말씀하신 것과 똑같아요. 저의 무의식 속에 있는 판타지의 삶인가봐요, 제 생각에는요. 하지만 이상하게도 그런 장면을 계속 꿈으로 꾼다니까요. 제가 연이어 테이프를 녹음하고 공연을 개최하는, 그리고 이 모든 돈을 벌어들이는 꿈을요. 혹시 점성학을 믿으세요?"

"믿는다고 봐야겠죠." 그가 말했다.

"그리고 또 제가 한 번도 간 적이 없었던 곳, 그런 곳의 꿈도 꾼다니까요. 제가 한 번도 본 적이 없었던 사람들, 중요한 사람들. 연예계에서 거물인 사람들. 그리고 우리는 이 장소에서 저 장소로 계속 바쁘게 돌아다니는 거예요. 괜찮으시면 와인 좀 주문해주실래요, 네? 프랑스 와인은 제가 잘 몰라서요. 직접 골라주세요. 너무 드라이한 걸로는 말고요."

그 역시 프랑스 와인에 관해 잘 모르기는 마찬가지였지만 호텔 식당에서 받은 와인 목록을 보고 담당 종업원의 도움을 받아서, 꽤 비싼 부르고뉴 와인을 한 병 주문했다.

"맛이 상당히 좋은데요." 린다 폭스가 이렇게 말하며 소파 위에서 몸을 웅크리고, 구부린 무릎을 양팔로 끌어안았다. "선생님 이야기도 좀 해주세요. 오디오 컴포넌트 판매 일을 하신 지는 얼마나 되셨어요?"

"한 몇 년쯤 됐죠." 그가 말했다.

"군대는 어떻게 다녀오셨어요?"

그는 어리둥절했다. 그로선 징병 제도가 벌써 몇 년 전에 사라졌다고 알고 있었기 때문이다.

"그랬어요?" 그의 설명을 듣자 린다가 하는 말이었다. 당혹스러운 모양인지 얼굴에 살짝 찡그린 표정이 스치더니 린다가 다시 말했다. "그것 참 재미있네요. 저는 아직도 징병 제도가 있는 줄 알았어요. 식민지로 이민 가는 남자가 많은 것도 그래서라고 생각했죠. 혹시 지구 밖으로 나가보신 적 있어요?"

"아뇨." 그가 말했다. "하지만 경험 삼아서 행성 간 여행을 한 번쯤 해보고 싶기는 했었죠." 그녀와 나란히 소파에 앉은 그는 태연하게 한 팔을 그녀의 어깨에 올렸다. 그녀는 그의 팔을 뿌리치지 않았다. "다른 행성에 한 번쯤 발을 디뎌보고 싶어서 말이에요. 그러면 기분이 진짜 끝내줄 것 같더라고요."

"저는 여기서도 완벽하게 행복해요." 그녀는 자기 머리를 뒤로 젖혀 그의 팔을 지그시 누르며 눈을 감았다. "등 좀 주물러주실래요." 그녀가 말했다. "아까 한참 벽에 기대고 있었더니 뻐근하네요. 특히 여기가 아파요." 그녀는 등뼈 가운데 부분을 손으로 만지며 앞으로 몸을 숙였다. 그는 그녀의 목을 마사지하기 시작했다. "시원하네요." 그녀가 중얼거렸다.

"침대에 엎드려봐요." 그가 말했다. "그래야 누르는 힘이 더 들어갈 수 있을 거예요. 지금처럼 앉아서는 제대로 주무르기가 힘들어요."

"알았어요." 그녀는 소파에서 벌떡 일어나 맨발로 방을 걸었다. "그나저나 방이 참 좋네요. 저는 아직 에식스 하우스에는 한 번도 머물러본 적이 없거든요. 결혼은 하셨어요?"

"지금은 아니에요." 그가 말했다. 지금 상황에서 리비스 이야기를 하는 건 의미가 없었으니까. "예전에 한 번 했지만 결국 이혼했죠."

"이혼을 하면 정말 힘든가요?" 그녀는 침대에 납작 엎드려서 양팔을 쭉 뻗었다.

그는 고개를 숙여서 그녀의 뒤통수에 입을 맞추었다.

"하지 마세요." 그녀가 말했다.

"뭐가요?"

"안 되거든요."

"뭐가 안 되는데요?" 그가 말했다.

"같이 자는 거요. 저 지금 생리해요."

'생리? 린다 폭스가 생리를 한다고?' 그로선 도무지 믿어지지가 않았다. 그는 곧바로 그녀에게서 물러나 똑바로 앉았다.

"미안해요." 그녀가 말했다. 어쩐지 노곤해진 것 같았다. "어깨 근처부터 좀 주물러주세요." 그녀가 말했다. "거기가 뻣뻣해요. 이젠 졸리네요. 와인 때문인가? 아마 그런가봐요. 그래도……." 그녀가 하품을 했다. "맛이 괜찮긴 했어요."

"그러게요." 그는 여전히 그녀에게서 약간 떨어진 채로 앉아 있었다.

순간 그녀는 꺽 하고 트림을 했다. 그러더니 곧바로 한 손을 입에 갖다 댔다. "실례했어요." 그녀의 말이었다.

다음 날 아침, 그는 워싱턴 D.C.로 돌아왔다. 그녀는 그날 밤에 텅 빈 자기 아파트로 돌아갔지만, 생리 때문에 두 사람의 문제는 일종의 미결 상태가 되고 만 셈이었다. 그녀가 무려 두어 번이나—그가 생각하기에는 불필요하게도—강조한 바에 따르면, 그녀는 생리 때마다 극심한 통증을 겪곤 하는데 지금이 딱 그렇다는 것이었다. 집으로 향하는 그의 몸은 피곤했지만, 그래도 비교적 고가의 거래를 성사시킨 후라 기분이 좋았다. 린다 폭스는 최고급 사양의 스테레오 시스템을 주문하는 신청서에 서명했고, 나중에 그가 다시 돌아와서 비디오 녹화 및 재생 컴포넌트의 설치를 감독하기로 했다. 전반적으로 상당히 수지맞는 출장이었다.

하지만— 그의 궁극적인 목적은 린다 폭스 때문에 좌절을 당한 셈이었으니…… 하필이면 때가 맞지 않았던 까닭이다. 그녀의 생리 주기 때문이지. 그는 생각했다. 린다 폭스가 생리를 하는 데다 생리통까지 겪는다고? 그는 속으로 생각했다. 도무지 믿기지 않는군. 하지만 사실인 것 같긴 하던데. 아니면 혹시 일종의 핑계일까? 아니, 핑계까지는 아니었어. 진짜였지.

그가 집에 도착하자 아내는 한 가지 질문을 던졌다.

"둘이서 결국 놀아난 거예요?"

"아니에요." 그가 말했다. 운도 없지.

"피곤해 보이는데요." 리비스가 말했다.

"피곤하기는 해도 기분은 좋네요." 그에게는 실제로 만족스럽고 보람 있는 경험이었다. 더 폭스와 나란히 앉아서 몇 시간이나 같이 이야기를 했으니까. 쉽게 친해질 수 있는 종류의 사람이더군. 그는 생각했다. 편안하고도 열정적인 사람. 좋은 사람이었다. 안정적인 사람, 결코 쉽게 휘둘리지 않는 사람. 그녀가 마음에 들어. 그는 속으로 말했다. 그녀를 다시 만나게 되면 참 좋을 것 같아.

게다가— 그는 생각했다. 나는 그녀가 정상에 오를 것을 아니까.

그의 머릿속에 떠오른 직관, 장차 더 폭스가 거둘 성공에 관한 그의 느낌이 어찌나 강렬한지 오히려 이상할 정도였다. 하지만 그건 린다 폭스가 진짜로 그렇게 훌륭하기 때문이라는 사실로 충분히 설명이 가능했다.

"그 여자는 어떤 사람이에요?" 리비스가 물었다. "그저 사기 일에 관한 이야기만 늘어놓는 사람이겠죠, 아마도."

"온화하고 친절하고 겸손한 사람이에요." 그가 말했다. "전혀 격식을 따지지도 않고요. 둘이서 참 많은 이야기를 했죠."

"그럼 나에게도 언젠가 그 여자 소개시켜줄 거예요?"

"안 될 건 없죠." 그가 말했다. "나중에 다시 한 번 다녀와야 하니까요. 게다가 자기가 언제 이쪽으로 와서 가게에 들러도 되느냐고 묻기도 했어요. 이제 막 경력이 시작된 셈이니 여기 저기 안 다니는 데가 없더라고요. 본인이 필요로 하고 또 도착 해야 마땅한 중요한 결승점에 가까워졌으니까요. 그녀가 잘되 어서 난 기뻐요. 진짜로 기뻐요."

하필이면 생리 주기만 아니었어도…… 하지만 인생이 다 그런 거지, 뭐. 그는 속으로 말했다. 현실이라는 게 다 그런 거잖아. 그런 점에서는 린다도 다른 모든 여자와 똑같아. 당연히 감수해야 하는 일이지.

그래도 나는 그녀가 좋아. 그는 속으로 말했다. 비록 같이 잠을 자지는 못했지만 말이야. 그녀와 함께하는 즐거움, 그것만 으로도 충분했어.

소년이 지나 팔라스에게 말했다. "네가 졌어."

"그래, 내가 졌어." 그녀가 고개를 끄덕였다. "너는 그녀를 현실로 만들었고, 그는 여전히 그녀를 애틋하게 생각하지. 한때 그에게 꿈이었던 것이 이제는 더 이상 꿈이 아닌 거야. 이제는 현실이지. 자칫 실망에 이를 수도 있을 정도로 말이야."

"그거야말로 진정성의 특징인 셈이지."

"그래." 그녀가 말했다. "축하해." 지나는 한 손을 이매뉴얼에게 뻗었고, 두 사람은 악수를 나누었다.

"그러면 이제—" 소년이 말했다. "네가 누구인지 말해줄 차례야."

16

지나가 말했다. "그래. 내가 누군지 너한테 말해줄게, 이매뉴얼. 하지만 그렇다고 해서 너의 세계가 돌아오게 해주는 것까지는 아니야. 내 세계가 그 세계보다 더 좋으니까. 허브 애셔는 훨씬 더 행복하게 살아가고 있어. 리비스도 살아있고…… 린다 폭스도 현실이고—"

"하지만 그녀를 현실로 만든 건 네가 아니야." 그가 말했다. "바로 나지."

"그럼 너는 저 사람들을 애초에 네가 주었던 그 세계로 되돌려놓고 싶은 거야? 만물 위에 겨울이, 그 계절의 얼음과 눈이 뒤덮은 그곳으로? 감옥을 무너트린 건 바로 나야. 내가 그 안에 봄을 가져다준 거라고. 최고 행정관과 최고 성직자를 물러나게 한 것도 바로 나고."

"나는 너의 세계를 현실로 변형시킬 거야." 그가 말했다. "이미 시작했어. 네가 허브 애셔에게 입을 맞추었을 때, 내가 그에게 현현했지. 내 참모습으로 너의 세계에 침투한 거야. 나는 이곳을 '나의' 세계로 만들고 있어. 조금씩 또 조금씩. 하지만 사람들이 반드시 해야 하는 일이 있어. 바로 기억하는 거야. 그들은 너의 세계에서 살아갈지 몰라도, 그보다 더 나쁜 세계가 존재한다는 사실을, 그리고 한때 거기서 살아가도록 강요받았다는 사실을 반드시 기억해야만 해. 나는 허브 애셔의 기억을 회복시켰어. 그리고 다른 사람들은 꿈을 꾸게 만들었지."

"그것도 괜찮은데."

"그럼 어디 말해봐." 그가 말했다. "네가 누구인지."

"가자." 그녀가 말했다. "손에 손을 잡고. 마치 베토벤과 괴테처럼. 두 친구처럼 말이야. 브리티시컬럼비아의 스탠리 파크에 가서, 거기 있는 동물을 구경하는 거야. 늑대, 크고 하얀 늑대를. 거기는 아름다운 공원이야. 라이온스게이트 다리도 아름답고 말이야. 브리티시컬럼비아의 밴쿠버는 지구상에서 가장 아름다운 도시지."

"그건 맞아." 그가 말했다. "나도 잊고 있었군."

"나는 네가 일단 그곳을 구경하고 나서, 스스로에게 한 번 물어봤으면 좋겠어. 그곳을 파괴할 것인지 아니면 어떻게든 바꿔볼 것인지를 말이야. 또 나는 네가 스스로에게 물어봤으면 좋겠어. 이런 지상의 아름다움을 보고 나서도 네가 과연 크고 두려운 날을 존재하게 만들고 싶은지. 그래서 오만하고 사악한 자들을 찍어버리고 불에 태워서 뿌리도, 가지도 남지 않도록 진멸하고 싶은지를 말이야. 어때?"

"좋아." 이매뉴얼이 말했다.

지나가 말했다.

> 우리는 공기의 영들
> 우리는 인간을 돌보지.[*]

"네가 그렇다고?" 그가 물었다. 만약 그렇다면 너는 대기의 영이라는 거군. 그는 생각했다. 다시 말해서 천사라는 거지.

지나가 말했다.

> 오라, 너희 모든 하늘의 가객들아,
> 이 숲속에서 모두 깨어 모여라.
> 하지만 불길한 새는 가까이 없네.
> 오로지 해 없고 좋은 것들뿐이네.[**]

"무슨 말을 하는 거야?" 이매뉴얼이 물었다.

"일단 우리를 스탠리 파크로 데려다줘." 지나가 말했다. "왜냐하면 네가 우리를 거기로 데려다주면 우리는 실제로 거기 있

---

[*] 존 드라이든과 로버트 하워드 경이 쓰고 헨리 퍼셀이 작곡한 세미 오페라 〈인도의 여왕〉의 한 구절을 변형시켰다.
[**] 셰익스피어의 『한여름 밤의 꿈』을 토대로 한 헨리 퍼셀의 세미 오페라 〈요정 여왕〉의 한 대목.

게 될 테니까. 그러면 더는 꿈이 아니게 될 거야."

그는 그렇게 했다.

두 사람은 싹이 푸릇푸릇 돋아난 땅을 지나 커다란 나무 사이로 함께 걸어갔다. 이 숲은 한 번도 벌채되었던 적이 없어. 그는 깨달았다. 이곳은 원시림이야. "여기는 정말 아름다운걸." 그가 그녀에게 말했다.

"이게 바로 세계야." 그녀가 말했다.

"네가 누군지 말해줘."

지나가 말했다. "나는 토라야."

잠시 후에 이매뉴얼이 말했다. "그렇다면 나는 너를 참고하지 않고는 우주를 향해 아무 일도 할 수가 없어."

"따라서 너는 내가 말한 바와 반대되는 일을 우주를 향해 할 수가 없지. 아무것도." 지나가 말했다. "태초에, 네가 나를 창조했을 때 네가 결심한 것처럼 말이야. 너는 나를 살아있게 만들었지. 나는 생각하며 살아있는 존재야. 나는 우주의 설계도이며, 우주의 청사진이지. 네가 의도한 바가 이것이며, 그것이 원래의 모습이야."

"그래서 네가 나한테 정보 평판을 준 거군." 그가 말했다.

"날 바라봐." 지나가 말했다.

그는 그녀를 바라보았다. 한 젊은 여성이 왕관을 쓰고 보좌에 앉아있었다. "말쿠트." 그가 말했다. "열 개의 세피로트 가운데 가장 낮은 것."

"그리고 너는 영원한 무한인 엔 소프*야." 말쿠트가 말했다. "생명의 나무의 세피로트 중에서도 가장 처음이고 가장 높은 것이지."

"하지만 너는 토라라고 했잖아."

"『조하르』에서는 이렇게 묘사하지." 말쿠트가 말했다. "토라는 어느 커다란 성에 갇혀서 혼자 살아가는 아름다운 처녀라고 말이야. 그녀를 사랑하는 남자가 그 성에 찾아오지만, 그가 할 수 있는 일이라고는 바깥에서 그녀의 모습을 한 번이라도 보기 위해 무익하게 기다리는 것뿐이야. 마침내 그녀가 창문에 모습을 나타내고, 그는 얼핏 바라보지만 그것도 어디까지나 순간일 뿐이야. 나중에 그녀가 창문에 계속 머무르자 그는 겨우 그녀와 이야기를 나누게 되지. 하지만 그녀는 여전히 베일로 얼굴을 가린 상태야……. 그리고 그의 질문에 대한 그녀의 답변은 어딘가 모호하고. 마침내 오랜 시간이 흐르고 나서야, 즉 평생이 걸려도 그녀를 결코 알 수 없으리라는 생각에 남자가 좌절하고 나서야, 그녀는 비로소 그에게 얼굴을 볼 수 있게 허락하는 거지."

이매뉴얼이 말했다. "그리하여 그 남자에게 여태껏 자기가 갖고 있던 모든 비밀을 드러내는 거지. 오랜 연애 기간 동안 그녀가 가슴속에 품고 있던 것들을. 나도 『조하르』를 알아. 네 말

---

* '아인 소프(Ein Sof 또는 Ayn Sof)'라고도 하며 하느님이 영적 영역을 창조하여 스스로를 드러내기 이전의 상태를 가리키는 것으로 이해된다.

이 맞아."

"그러면 너는 이제 나를 아는 거야, 엔 소프." 말쿠트가 말했다. "기쁘지 않아?"

"그렇지는 않아." 그가 말했다. "왜냐하면 네가 한 말이 사실이라 하더라도, 너의 얼굴에는 아직 벗겨내야 할 베일이 하나 더 있어. 한 걸음이 더 남았다고."

"맞아." 말쿠트가 말했다. 왕관을 쓰고 보좌에 앉아있는 사랑스러운 젊은 여성의 모습으로. "하지만 그게 뭔지는 네가 직접 찾아내야 해."

"그럴 거야." 그가 말했다. "나는 지금 아주 가까이까지 와있어. 한 걸음 남았지. 겨우 한 걸음만 남았어."

"너는 이미 추측을 내놓았지." 그녀가 말했다. "하지만 그것보다는 더 잘해야만 해. 추측만 가지고는 충분하지 않아. 반드시 알아야만 해."

"너는 참 아름답구나, 말쿠트." 그가 말했다. "물론 너는 이세계에 있고 이 세계를 사랑하지. 너는 지구를 상징하는 세피라야. 너는 만물을, 심지어 생명의 나무 그 자체를 구성하는 다른 세피로트조차도 모조리 품은 자궁이야. 그 다른 힘들, 그 아홉 가지가 모두 너에게서 비롯되지."

"심지어 케테르조차도." 말쿠트가 조용히 말했다. "가장 높은 것 말이야."

"너는 디아나, 곧 요정의 여왕이야." 그가 말했다. "너는 팔라스 아테나, 곧 의로운 전쟁의 영이야. 너는 봄의 여왕, 너는 하기아 소피아, 곧 거룩한 지혜야. 너는 토라, 곧 우주의 공식이며 청사진이야. 너는 카발라의 말쿠트, 곧 생명의 나무를 이루는 열 개의 세피로트 가운데 가장 낮은 것이야. 그리고 너는 나의 동반자이며 친구이며 안내자야. 하지만 너는 정확히 뭐지? 이 모든 겉모습 아래에는 뭐가 있지? 나는 네가 무엇인지 알아. 그리고—" 그는 한손으로 그녀의 손을 잡았다. "나는 이제 기억이 나기 시작하고 있어. 타락(추락), 그러니까 신성 하느님이 분열되었을 때를."

"그래." 그녀는 이렇게 말하며 고개를 끄덕였다. "이제 너는 그때를 도로 기억하게 되었구나. 태초를 말이야."

"잠시 시간을 줘." 그가 말했다. "조금만 시간을 달라고. 어려운 일이야. 아픈 일이고."

그녀가 말했다. "기다릴게." 그녀는 자기 보좌에 앉아서 기다렸다. 그녀는 수천 년의 세월 동안 기다려왔다. 그는 그녀의 얼굴을 바라보았다. 필요하다면 얼마든지 더 오래 기다릴 수 있다는 인내심 많고도 침착한 의향이 드러나있었다. 두 사람은 이 순간이 결국 찾아올 것임을 태초부터 피차 알고 있었다. 그들이 서로 다시 만날 때가 올 것임을 말이다. 이제 그들은 다시 만났다. 마치 처음에 그랬듯이. 이제는 그가 그녀의 이름을 부르기만 하면 되었다. 이름을 부른다는 것은 곧 안다는 것이지. 그가 생각했다. 안다는 것은 소환하는 것이야. 부르는 것이지.

"내가 너의 이름을 말해줄까?" 그가 그녀에게 말했다.

그녀는 미소를 지었다. 사랑스럽고도 춤추는 듯한 미소를.

그러나 이번에는 그녀의 두 눈에 아무런 장난기가 드러나있지 않았다. 대신 그를 향한 사랑이 빛나고 있었다. 어마어마한 사랑이.

니콜라스 불코프스키는 붉은 군대赤軍의 군복을 입고, 콜롬비아의 수도 보고타 중앙 광장에서 당의 충실한 지지자들에게 할 연설을 준비하고 있었다. 공산당은 최근 이곳에서 당원을 모집해 큰 성공을 거둔 바 있었다. 만약 공산당이 콜롬비아를 반反파시즘의 기지로 만들 수만 있다면, 쿠바의 상실이라는 크나큰 손실도 어느 정도 만회될 수 있을 것이었다.

하지만 로마가톨릭교회의 한 추기경이 최근에 모습을 나타냈다. 이 지역 출신은 아니고 미국인이었는데, 공산당의 활동을 저지하기 위해 바티칸이 파견한 인물이었다. 왜 그들이 간섭하려는 것일까? 불코프스키는 자문했다. 불코프스키. 그는 이미 옛 이름을 버렸다. 지금 그는 고메스 장군으로 통했다.

그가 콜롬비아인 고문에게 말했다. "함스 추기경의 심리분석 보고서를 가져다주게."

"알겠습니다, 장군 동무." 라이스 여사가 그 미국인 골칫거리에 관한 파일을 하나 꺼내서 건네주었다.

파일을 검토한 불코프스키가 말했다. "진짜 어리석은 작자로군. 신학에 몰두한 인간이야. 바티칸에서는 사람을 잘못 고른 것 같은데." 함스란 놈을 혼쭐내주어야지. 그는 속으로 생각했다. 기꺼이.

"장군님." 라이스 여사가 말했다. "함스 추기경은 제법 카리스마가 있다고들 하던데요. 가는 곳마다 군중을 끌어 모은다고도 하고 말이죠."

"총구라면 확실히 끌어 모을 수 있겠지." 불코프스키가 말했다. "일단 그놈이 콜롬비아에 모습을 나타낸다면 말이야."

오후 텔레비전 토크쇼의 초대 손님으로 출연한 로마가톨릭 추기경 풀턴 스테이틀러 함스는 평소처럼 교훈적인 이야기를 늘어놓는 쪽으로 빠져버리고 말았다. 사회자는 영 불편한 표정이었다. 이쯤에서 상대방의 말을 끊어야만 방송에 무척이나 필요한 상업광고의 정보 세례를 퍼부을 수 있을 것이기 때문이었다.

"그들의 정책은 무질서를 야기하고, 이를 또다시 그들이 이용하는 것입니다." 함스가 주장했다. "사회 불안은 무신론적인 공산주의의 주춧돌인 것입니다. 한 가지 사례를 들자면—"

"잠시 후에 다시 뵙겠습니다." 카메라가 사회자의 온화한 모습을 비추자, 그가 덧붙여 말했다. "그 사이에 전하는 말 듣겠습니다." 화면은 곧이어 야드가드 스프레이캔 광고로 바뀌었다.

사회자를 향해서—왜냐하면 잠시 동안이나마 이들은 카메라에서 벗어나있었으니까—풀턴 함스가 말했다. "여기 디트로이트의 부동산 시장은 좀 어떻습니까? 지금 여유가 좀 있어서 투자를 하고 싶은데, 내가 듣기로는 사무용 건물이야말로 가장 확실한 투자 대상이라고들 하던데 말입니다."

"그런 문제에 대한 상의라면 당연히—" 순간 프로듀서가 사회자에게 신호를 보냈다. 곧바로 사회자는 평소처럼 총명한 표정을 지으며, 자연스럽고도 전문가적인 어조로 말했다. "오늘 나와 주신 초대 손님은 풀턴 하머—"

"함스." 함스가 말했다.

"—함스 추기경이십니다. 디트로이트 주교 관구—"

"대주교 관구." 함스가 불끈하며 말했다.

"—를 담당하고 계십니다." 사회자가 말을 이었다. "추기경님, 대부분의 가톨릭 국가에는, 특히 제3세계의 가톨릭 국가에는 실질적인 중산층 자체가 없다는 것이 사실 아닙니까? 그러니까 추기경님께서 찾으실 수 있는 사람이라곤 아주 부유한 엘리트 아니면 가난에 시달리는 다수, 즉 교육은 거의 또는 전혀 받지 못했고, 스스로를 더 낫게 만들 능력도 거의 또는 전혀 없는 사람들뿐일 텐데요. 이런 통탄할 만한 상황과 교회 사이에는 어떤 관계가 있습니까?

"글쎄요." 함스가 난처해하며 얼버무렸다.

"그러면 이런 식으로 설명해보겠습니다." 사회자가 말을 이었다. 그는 완벽하게 여유로웠고, 완벽하게 상황을 장악하고 있었다. "교회는 지난 몇 세기 동안 경제적이고 사회적인 진보를 저지한 것이 사실 아닙니까? 교회는 사실상 인간의 어리석음을 이용하여 소수의 이득과 다수의 착취를 위해 헌신하는 반동 조직 아닙니까? 이것이야말로 공정한 표현이 아닐까요, 추기경님?"

349

"교회는 인간의 영적 복지를 돌보는 곳입니다." 함스가 맥없이 주장했다. "교회는 인간의 영혼을 책임지는 곳이지요."

"하지만 인간의 몸까지는 아니죠."

"공산주의자들은 인간의 육체, 그리고 인간의 영혼 모두를 예속시키고 있습니다." 함스가 말했다. "교회는—"

"죄송합니다만, 풀턴 함스 추기경님." 사회자가 추기경의 말을 끊었다. "아쉽게도 시간이 다 되어서 말입니다. 지금까지 시청자 여러분께서는—"

"인간을 원죄에서 해방시키고 있습니다."

사회자가 그를 흘끗 바라보았다.

"인간은 원죄를 안고 태어나니까요." 함스가 말했다. 그는 더 이상 생각의 흐름을 제대로 정리하지 못하고 있었다.

"말씀 감사합니다, 풀턴 스테이틀러 함스 추기경님." 사회자가 말했다. "잠시 전하는 말씀입니다."

또다시 광고가 나왔다. 함스는 속으로 신음 소리를 내뱉었다. 방송국에서 마련해준 호화스러운 의자에서 일어나면서 그는 이렇게 생각했다. 어째서인지는 모르겠지만 내게도 지금보다는 더 나았던 시절이 있었던 것 같은 기분이 드는데.

정확히 꼬집어 말할 수는 없었지만, 그런 느낌이 분명히 있었다. 그런데 나는 지금 저 보잘것없는 나라 콜롬비아로 다시 한 번 가야 한다는 거지. 그가 생각했다. 나는 언젠가 거기 간 적이 있었어. 아주 잠깐이긴 하지만. 그리고 오늘 오후에 나는 다시 그곳으로 가야 하는 거지. 그들은 나를 마치 꼭두각시마냥 조종해서 이렇게, 또는 저렇게 마음대로 움직이고 있군. 콜롬비아로 갔다가, 디트로이트로 왔다가, 다시 볼티모어로 갔다가, 또 콜롬비아로 돌아가게. 추기경인 내가 이 모두를 참아 넘겨야만 하는 건가? 마치 점점 밀려나는 느낌인데.

이것이야말로 최선은 아닐 거야. 그는 엘리베이터 쪽으로 걸어가면서 속으로 말했다. 낮 방송의 텔레비전 토크쇼 사회자들은 나를 매도하고 있어.

'리베라 메 도미네.' 그는 속으로 이렇게 말했다. 이것은 침묵의 호소였다. 저를 구하소서, 하느님. 어째서 그분은 내게 귀를 기울이지 않으시는 걸까? 함스는 엘리베이터를 기다리며 궁금해했다. 어쩌면 이 세상에는 하느님이 없는 건지도 몰라. 어쩌면 저 공산주의자들이 맞는지도 몰라. 만약 하느님이 계시다고 해도 그분은 '나를' 위해서는 아무것도 하지 않으셨음이 분명하고.

디트로이트를 떠나기 전에 일단 투자 브로커를 만나서 업무용 건물 매입에 관해 논의를 해봐야겠군. 그는 결심했다. 시간이 있다면 말이야.

리비스 로미 애셔는 자기 아파트의 거실로 힘없이 들어오며 말했다. "나 왔어요." 그녀는 현관문을 닫고 코트를 벗어서 걸었다. "의사 말이 궤양이래요. 유문 궤양이라고 하던데요. 수면제를 먹고 궤양 치료제를 마셔야 된대요."

"아직도 아파요?" 허브 애셔가 물었다. 그는 테이프 컬렉션을 훑어보며 말러의 교향곡 제2번을 찾던 중이었다.

"나 우유 좀 따라줄래요?" 리비스가 소파에 털썩 주저앉으며 말했다. "온몸에 힘이 하나도 없어요." 그녀의 얼굴은 부석부석하고 거무스름했으며 마치 부어오른 것 같았다. "그리고 시끄러운 음악 좀 틀지 마요. 지금 당장은 도무지 소음을 견디지 못할 것 같아요. 그나저나 왜 가게 안 나갔어요?"

"오늘은 내가 쉬는 날이에요." 그는 드디어 말러 교향곡 제2번 테이프를 발견했다. "헤드폰을 쓰고 들을게요." 그가 말했다. "그러면 당신한테도 방해가 안 될 테니까."

리비스가 말했다. "나랑 그 궤양 이야기 좀 해요. 그 궤양에 대해서 흥미로운 사실을 알게 되었어요. 오는 길에 도서관에 잠깐 들렀거든요. 여기요." 그녀는 종이 서류철을 하나 내밀었다. "최근의 어느 기사를 하나 출력해왔거든요. 여기 나온 이론에 따르면—"

"나는 말러 교향곡 제2번을 들을 참인데." 그가 말했다.

"알았어요." 그녀의 말투가 씁쓸하고도 조소적으로 바뀌었다. "좋을 대로 하세요."

"궤양에 관해서 내가 어떻게 할 수 있는 일도 없잖아요." 그가 말했다.

"적어도 내 말을 들어줄 수는 있잖아요."

허브 애셔가 말했다. "우유나 갖다 줄게요." 그는 부엌으로 걸어가며 속으로 생각했다. 왜 항상 이렇게밖에 안 되지?

말러 교향곡 제2번을 듣고 나면 기분이 좀 좋아지겠지. 그는 생각했다. 여러 개의 등나무 회초리를 이용한 교향곡은 이게 유일했다. 그는 생각에 잠겼다. 루테라는 그 물건은 작은 빗자루처럼 생겼는데 그걸 이용해서 베이스 드럼을 연주했다. 말러가 전자기타에 쓰는 몰리 와와 페달을 한 번도 본 적이 없었다니 아쉽군. 그는 생각했다. 만약 그랬다면 말러는 더 긴 작품 가운데 하나에 이 악기를 집어넣었을 텐데 말이야.

거실로 돌아와서 그는 아내에게 우유 잔을 건네주었다.

"뭐 하고 있었어요?" 그녀가 물었다. "뭘 치우거나 청소하거나 한 것 같지는 않은데요."

"뉴욕하고 통화를 했어요." 그가 말했다.

"린다 폭스." 리비스가 말했다.

"맞아요. 오디오 컴포넌트 주문 때문에요."

"그 여자, 언제 다시 가서 만나기로 했어요?"

"설치를 내가 감독하고, 다 되고 나면 내가 시스템을 체크해봐야 하니까요."

"당신은 그 여자를 진짜 좋아하네요." 리비스가 말했다.

"많이 팔아주는 손님이니까요."

"아니, 내 말은 개인적으로 말이에요. 당신은 '그 여자를' 좋아하고 있어요." 그녀는 잠시 말을 멈추었다가 이렇게 말했다. "내 생각에, 허브. 나 당신이랑 이혼해야겠어요."

그가 말했다. "진심으로 하는 말이에요?"

"그래요."

"린다 폭스 때문에?"

"이 집이 돼지우리가 되는 것도 이제는 지긋지긋하기 때문이에요. 당신과 당신 친구들을 위해 요리해주는 것도 이제는 지긋지긋해요. 특히 일라이어스가요. 그 사람은 항상 갑자기 들이닥치잖아요. 찾아오기 전에 전화 한 번 하는 법이 없고. 마치 여기가 자기 집인 것처럼 구는데, 우리가 쓰는 식비 가운데 절반은 그 사람 때문에 나가는 거나 마찬가지잖아요. 그 사람은 일종의 거지예요. 생긴 것도 거지같고요. 거기다가 그 정신 나간 종교 어쩌고 하는 것하며, '세계의 종말이 다가오리라' 어쩌고 하는 것하며…… 더 이상은 나도 못 견디겠어요." 그녀는 말을 멈추더니, 고통 때문인지 인상을 찡그렸다.

"궤양 때문인가요?" 그가 물었다.

"궤양 때문이에요, 맞아요. 나는 그 궤양 때문에 걱정이—"

"가게에 나가봐야겠어요." 그가 문 쪽으로 향하며 말했다. "잘 있어요."

"잘 가요, 허브 애셔." 리비스가 말했다. "난 여기 내버려두고 얼른 가서 그 예쁘장한 여자 손님하고 이야기를 나누고, 깜짝 놀랄 만한 50만 달러짜리 고성능에 신형 오디오 컴포넌트의 소리나 들어요."

그는 문을 닫고 나갔다. 그러고는 잠시 후 비행자동차에 올라타 하늘로 솟아올랐다.

그날 늦게, 신형 장비를 체크하러 가게 안을 돌아다니는 손님이 더 이상 없자, 그는 감상실에 들어가서 동업자와 마주 앉았다. "일라이어스." 그가 말했다. "내 생각에 나랑 리비스는 끝난 것 같아요."

일라이어스가 말했다. "그럼 이제 어떻게 할 건가? 자네는 그녀와 함께 사는 데에 적응하지 않았나. 그 생활은 이제 자네의 일부분이지. 그녀를 돌봐줘. 원하는 걸 해주라고."

"정신적인 면에서." 애셔가 말했다. "집사람은 병이 깊어요."

"그거야 자네가 애초에 결혼할 때부터 알지 않았나."

"정신을 집중하지 못하더라고요. 영 산만하죠. 전문적인 용어도 있더라고요. 검사를 해봤더니 그렇게 나왔어요. 그래서 그렇게 너저분한 거예요. 생각을 할 수가 없으니, 행동을 할 수도 없고, 집중을 할 수도 없는 거죠." 쓸데없는 노력의 영靈. 그는 속으로 말했다.

"자네들 두 사람한테는 아들이 필요해." 일라이어스가 말했다. "나는 자네가 매니라는 아이, 그러니까 그 여자 동생을 얼마나 예뻐하는지 봤다고. 차라리 자네들 두 사람이─" 그러다 일라이어스는 말을 끊었다. "하긴 내가 참견할 문제는 아니지."

"내가 만약 누군가와 함께 살아야 한다면." 허브가 말했다. "그게 누군지 알 것 같아요. 하지만 그 사람은 내게 관심을 보이지 않아요."

"그 가수 말인가?"

"맞아요." 그가 말했다.

"시도는 해보게." 일라이어스가 말했다.

"내 손이 닿는 범위를 벗어난 일이에요."

"정말로 자네 손이 닿는 범위를 벗어났는지 아닌지는 아무도 모르지. 그건 어디까지나 하느님이 알아서 결정할 문제라고."

"그 여자는 은하계에서 가장 유명하게 될 거라고요."

일라이어스가 말했다. "하지만 지금은 아니지 않나. 그러니 혹시나 그 여자한테 대시하고 싶다면 지금 당장 해야지."

"더 폭스." 허브 애셔가 말했다. "나는 그녀를 그렇게 생각해요." 문득 그의 머릿속에 한 가지 문구가 떠올랐다.

여러분은 더 폭스와 함께 있습니다. 그리고 더 폭스는
'여러분'과 함께 있습니다.

린다 폭스의 노래가 아니라, 린다 폭스의 말이었다. 도대체 어디서 이런 생각이 떠올랐는지 그는 알 수가 없었다. 그녀가 이런 말을 하게 되리라는 생각이, 또다시 희미한 기억이 떠올랐다. 그 내용은— 그도 정확히 알 수가 없었다. 보다 적극적인 린다 폭스. 보다 전문적이고 역동적인. 하지만 어딘가 멀리 떨어진, 마치 수백만 마일 밖에서 오는 것 같은, 별에서 오는 신호. 물론 별(스타)이라는 단어가 갖고 있는 중의적인 의미 모두에서 말이다.

그는 그 음악과 종소리가 멀리 떨어진 별에서 오는 것 같다고 생각했다.

"어쩌면." 그가 말했다. "나는 식민지 세계로 이민을 가야 할까봐요."

"리비스는 너무 몸이 아파서 못 갈 텐데."

"나 혼자 가려고요." 애셔가 말했다.

일라이어스가 말했다. "차라리 린다 폭스와 데이트를 시작해 보라니까. 자신이 있다면 말이야. 조만간 그 여자를 다시 만나게 되지 않나. 미리 그렇게 포기하지 말고 일단 시도나 해보라고. 시도야말로 우리 삶의 기반이야."

"알았어요." 허브 애셔가 말했다. "시도는 해볼게요."

17

이매뉴얼은 지나와 나란히 손을 잡고 스탠리 파크의 어두운 숲속을 걸었다. "너는 나 자신이야." 그가 말했다. "너는 '셰키나,' 즉 이 세계를 떠나지 않은 내재적 현존이야." 즉 하느님의 여성적 측면이라고 그는 생각했다. 유대인은 알고 있는, 그리고 오로지 유대인만 알고 있는. 태초의 타락 때, 신성 하느님에도 분열이 일어났다. 결국 그 가운데 초월적인 일부는 세계에서 분리되었다. 그것이 바로 엔 소프였다. 하지만 또 다른 일부, 여성적인 내재적 부분은 추락한 세계와 함께 남아있었다.

신성 하느님의 이 두 가지 부분은 수천 년 동안 서로 떨어져 있었어. 그는 생각했다. 하지만 이제 우리는 다시 만났지. 신성 하느님의 남성적인 절반과 여성적인 절반이. 내가 이곳을 떠난 사이에 '셰키나'는 인류의 삶에 관여하고, 인류를 도와주었지.

358

여기, 또 저기, 간헐적으로 '셰키나'는 남아있었어. 따라서 하느님은 결코 인류를 완전히 떠난 적은 없었던 거야.

"우리는 곧 서로인 거야." 지나가 말했다. "그리고 우리는 서로를 다시 발견한 거야. 그리고 다시 하나가 되는 거지. 분열은 치유되었어."

"너의 그 베일 너머에." 이매뉴얼이 말했다. "너의 모든 형체 아래에 놓여있었던 것은…… 바로 나 자신이었어. 그런데도 나는 너를 알아보지 못했지. 네가 내게 상기시켜줄 때까지 말이야."

"내가 어떻게 그렇게 한 거지?" 지나가 물었다. 그리고 바로 이어서 말했다. "하지만 난 알아. 나는 게임을 좋아하니까. 그건 너의 사랑이었어, 너의 은밀한 즐거움이고. 마치 어린아이처럼 노는 것. 심각해지지 않는 것. 나는 거기에 호소했지. 나는 너를 깨웠고, 너는 기억을 한 거야. 결국 너는 나를 알아보았지."

"참으로 어려운 과정이었어." 그가 말했다. "내가 기억을 되찾기까지 말이야. 고마워." 그가 이곳을 떠난 뒤에도, 그녀는 지금껏 줄곧 추락한 세계에서 스스로를 낮추어 살아가고 있었다. 그녀의 행위야말로 더 대단한 영웅적 행위였다. 인간의 그 모든 불명예스러운 상황 속에서도 인간과 함께 머물며…… 인간과 함께 감옥으로 내려간 거야. 이매뉴얼은 생각했다. 인간의 아름다운 동반자. 지금 내 곁에 있는 것처럼, 인간의 곁에 있어준.

"하지만 너는 돌아왔지." 지나가 말했다. "너는 결국 돌아왔어."

"그래." 그가 말했다. "너에게 돌아온 거야. 나는 네가 존재했다는 사실조차도 잊어버렸어. 그저 세계를 회고한 거야." 너는 나의 친절한 측면이지. 그가 생각했다. 동정적인 측면. 지금의 나는 두려움과 떨림을 야기하는 무서운 측면이고. 우리는 함께 통일을 이루지. 분열된 상태에서 우리는 전체가 아니야. 개별적으로 우리는 충분하지가 않아.

"단서들." 지나가 말했다. "나는 너한테 계속 단서를 제공했지. 하지만 네가 나를 알아볼 수 있느냐의 여부는 너에게 달린 거였어."

이매뉴얼이 말했다. "나는 한동안 내가 누군지 몰랐어. 그리고 네가 누군지도 몰랐어. 두 가지 수수께끼가 닥쳐왔던 건데 알고 보니 대답은 하나였던 거지."

"늑대들을 구경하러 가자." 지나가 말했다. "그들은 워낙 아름다운 동물이야. 그리고 작은 기차를 타자. 동물들을 모두 구경할 수 있게 말이야."

"그리고 동물들을 모두 풀어주자." 이매뉴얼이 말했다.

"그래." 그녀가 말했다. "하나도 남김없이 풀어주자."

"이집트는 앞으로도 항상 존재할까?" 그가 말했다. "노예제는 앞으로도 항상 존재할까?"

"그래." 지나가 말했다. "그리고 우리도 마찬가지일 거야."

스탠리 파크 동물원에 도착했을 때 이매뉴얼이 말했다. "동물들은 갑자기 찾아온 자유에 깜짝 놀랄 거야. 처음에는 뭘 해야 할지도 모를 거야."

"그러면 우리가 가르쳐주면 되지." 지나가 말했다. "우리가 늘 그랬던 것처럼 말이야. 그들이 알고 있는 것은 우리에게서 배운 것이니까. 우리가 그들의 안내자니까."

"그렇게 하자." 그는 이렇게 말하며 한 손을 첫 번째 금속 우리에 갖다 댔다. 우리 안에 있는 작은 동물 한 마리가 머뭇거리며 그를 바라보았다. 이매뉴얼이 말했다. "우리에서 나와."

그 동물은 몸을 떨면서 그에게 다가왔고, 그는 그 동물을 양팔로 안았다.

오디오 가게에서 허브 애셔는 셔면 오크스의 자택에 있는 린다에게 전화를 걸었다. 시간이 걸리기는 했지만―두 명의 로봇 비서가 잠깐 그를 기다리게 했다―마침내 그는 린다와 연결되었다.

"안녕하세요." 그녀가 모습을 드러내자 그가 말했다.

"제 사운드 시스템은 어떻게 되어가나요?" 그녀는 빠르게 눈을 깜박이면서, 한 손가락을 한쪽 눈에 갖다 댔다. "콘택트렌즈가 하나 빠져서요. 방금 전에요." 그녀의 얼굴이 잠시 화면에서 사라졌다 나타났다. "됐어요." 그녀가 말했다. "그나저나 제가 일전에 식사를 얻어먹었잖아요. 혹시 캘리포니아로 오실 생각 없으세요? 저 아직 골든 하인드에 있거든요. 앞으로 한 주 동안은 여기서 공연할 거예요. 관객도 많이 올 거고요. 전부 새로운 곡으로 공연할 건데 당신의 반응도 보고 싶어서요."

"좋아요." 그가 말했다. 사실 어마어마하게 기뻤다.

"그러면 다시 만날 수 있는 거죠?" 린다가 말했다. "이쪽에서
요?"

"그래요." 그가 말했다. "시간만 말해봐요."

"그럼 내일 밤은 어때요? 대신 공연 전이라야 해요. 같이 식
사를 해야 하니 말이에요."

"좋아요." 그가 말했다. "캘리포니아 시간으로 오후 6시경?"

그녀가 고개를 끄덕였다. "허브." 그녀가 말했다. "괜찮으시
면 우리 집에 와계셔도 돼요. 우리 집이 좀 크거든요. 방도 많
고요."

"그럼 그렇게 하죠." 그가 말했다.

"캘리포니아 와인도 아주 좋은 걸로 대접해드릴게요. 몬다비
레드 와인으로 말이에요. 캘리포니아 와인을 드셔보면 아마 마
음에 들어하실 거예요. 물론 지난번에 뉴욕에서 마신 부르고뉴
와인도 아주 좋았어요. 하지만— 여기도 아주 끝내주는 와인이
있거든요."

"어디 특별히 저녁 먹을 만한 장소 생각해둔 데 있어요?"

"사치코로 가죠." 린다가 말했다. "일식 전문점이에요."

"그렇게 할게요." 그가 말했다.

"그나저나 제가 주문한 사운드 시스템은 지금 오고 있는 거
죠?" 그녀가 물었다.

"그럼요." 그가 말했다.

"일하느라 너무 무리하지는 않으셨으면 좋겠어요." 린다 폭스가 말했다. "어쩐지 평소에 너무 열심히 일하시느라 무리하는 것 같은 느낌이 들더라고요. 가능하면 휴식을 취하고 즐기면서 살아가보세요. 즐길 게 어마나 많은데요. 좋은 와인이며 친구며."

애셔가 말했다. "라프로익 스카치 위스키도요."

린다 폭스가 깜짝 놀란 듯 말했다. "라프로익 스카치를 아세요? 저는 지금껏 라프로익을 마시는 사람은 세상에 저 하나뿐일 거라고 생각했어요!"

"지금까지 무려 이백 하고도 오십 년 동안이나 전통적인 구리 증류기를 이용해서 만든 술이죠." 허브 애셔가 말했다. "두 번의 증류에다가 전문가적인 기사의 솜씨가 필요하다니까요."

"맞아요. 그 포장지에 딱 그렇게 나와있죠." 그녀가 웃기 시작했다. "그거 포장지에서 읽은 거죠, 허브."

"맞아요." 그가 말했다.

"그나저나 맨해튼에 있는 제 아파트가 참 대단해질 것 같지 않아요?" 그녀는 열성적으로 말했다. "당신이 설치해주기로 한 사운드 시스템 덕분에 말이에요. 그런데 허브—" 그녀는 그를 유심히 바라보았다. "당신은 진짜로 내 음악이 좋다고 생각하는 거예요?"

"그래요." 그가 말했다. "난 알아요. 내가 한 말은 사실이에요."

"당신은 참 친절하시네요." 그녀가 말했다. "저를 훨씬 앞서서 바라봐주고 계시니까요. 당신이야말로 저에게는 행운의 인물인 것 같아요. 아시죠, 허브. 어느 누구도 저에 대해서 당신만큼 진정한 확신을 지닌 적은 없었어요. 저는 학교 성적도 별로 좋지 않았죠……. 우리 식구들은 제가 결코 가수가 되지 못할 거라고 생각했어요. 저는 피부 트러블도 있고요. 그것도 심하게 말이에요. 물론 아직까지는 이름을 날리지도 못했죠. 이제 겨우 시작이니까요. 그런데도 당신에게만은 제가—"그녀는 손짓을 했다.

"중요한 사람인 거죠." 그가 받아서 말했다.

"그리고 그거야말로 저에게는 아주 의미가 많아요. 저는 그런 확신이 몹시 필요해요. 허브, 저는 스스로를 굉장히 낮춰서 평가하고 있어요. 결국 제가 실패할 거라고 생각하고 있는 거죠. 아니, 확신하고 있었던 거라고 해야겠네요." 그녀는 말을 바꾸었다. "그런데 당신은 제게— 음, 당신의 눈을 통해서 본 제 모습은 결코 성공하기 위해 애쓰는 신인가수의 모습이 아니에요. 제게 보이는 그 모습은……" 그녀는 말을 이으려고 노력했다. 그녀는 눈꺼풀을 펄럭이며 그를 바라보고 미소를 지었다. 걱정스러우면서도 희망이 부푼 표정으로 그가 대신 말을 마무리해주기를 바라고 있었다.

"나는 당신을 잘 알아요." 그가 말했다. "다른 누구보다도 더 잘 말이에요." 이것은 물론 사실이었다. 왜냐하면 그는 그녀를 기억한 반면, 다른 사람은 어느 누구도 그녀를 기억하지 못했기 때문이다. 이 세계는 집단적으로 그녀에 대한 기억을 잊어버렸고, 그대로 잠들어버렸다. 하지만 이 세계는 반드시 상기

364

해야 할 것이었다. 그리고 반드시 그럴 것이었다.

"웨스트코스트로 오세요, 허브." 린다가 말했다. "부탁이에요. 여기 오면 우리끼리 재미있게 지낼 수 있을 거예요. 캘리포니아를 잘 아세요? 잘 모르시죠, 예?"

"잘 몰라요." 그가 시인했다. "골든 하인드에 갔던 것도 어디까지나 당신을 보려던 것이었어요. 사실 저는 항상 캘리포니아에 사는 걸 꿈꾸어왔어요. 하지만 실제로는 그런 적이 없었죠."

"제가 구경시켜드릴게요. 여기는 정말 끝내줘요. 그리고 당신은 제가 우울해졌을 때 기운을 북돋워주고, 제가 겁에 질렸을 때 안심을 시켜줄 수 있잖아요. 그렇죠?"

"그래요." 그가 말했다. 그러면서 그의 마음속에 자리 잡은 그녀를 향한 대단한 사랑을 느꼈다.

"이리로 오시면 제 음악에서 뭐가 제대로 되었고 뭐가 잘못되었는지를 저한테 말씀해주세요. 하지만 무엇보다도 제가 과연 성공을 하겠는지 여부를 좀 말씀해주시고요. 제가 실패를 하지 않는다고도 말씀해주세요. 저는 아무래도 실패하지 않을까 조마조마하니까요. 다울런드를 쓴 게 좋은 생각이었다고도 말해주세요. 다울런드의 류트 음악은 정말로 아름답고, 지금까지 작곡된 것 중에서도 가장 아름다운 음악이에요. 그러니까, 당신은 진짜로 믿으시는 거예요? 제 음악이, 그러니까 제가 지금 부르는 종류의 음악이 나를 정상에 올려놓을 만하다고 생각하시는 거예요?"

"나는 그렇다고 봐요." 그가 말했다.

"그런 것들을 어떻게 다 알고 계세요? 당신은 마치 뭔가 천재적 재능을 지닌 것 같아요. 그리고 그런 천재적 재능을 이제는 제게도 나눠주시는 것 같고요."

"그건 바로 하느님에게서 온 거예요." 허브 애셔가 말했다. "내가 당신에게 주는 선물은요. 당신에 대한 내 확신은요. 내가 한 말을 그대로 받아들여요. 사실이니까요."

그녀는 진지한 투로 말했다. "우리 주위에 어떤 마법이 있는 걸 느껴요, 허브. 마법의 주문 같은 거요. 이상하게 들릴지 모르겠지만, 전 그렇게 느껴요. 모든 것에 아름다움이 깃들어있어요."

"나는 당신에게서도 그런 아름다움을 발견했어요." 그가 말했다.

"제 음악에서요?"

"당신과 당신 음악 모두요."

"혹시 전부 꾸며내서 말하는 거 아니죠?"

"아니에요." 그가 말했다. "하느님의 이름에 걸고 맹세할 수 있어요. 우리를 창조하신 아버지의 이름에 걸고."

"하느님에게서 온 거라니." 그녀가 말했다. "허브, 솔직히 저 겁이 나요. 당신이 겁이 난다고요. 당신에게는 뭔가가 있어요."

허브 애셔가 말했다. "당신은 그 음악으로 인해 높이 뻗어 나갈 겁니다."

그는 알았다. 왜냐하면 그는 기억했기 때문이다.

그는 알았다. 왜냐하면 그에게는 이미 모두 벌어진 일이었기 때문이다.

"진짜요?"

"그래요." 그가 말했다. "당신은 그 음악으로 저 별들이 있는
곳까지 도달할 거예요."

18

우리에서 풀려난 그 작은 짐승은 이매뉴얼의 팔 안으로 기어
들어왔다. 그와 지나는 이 짐승을 안아주었고, 이 짐승은 그들
에게 고마움을 표시했다. 둘 모두 그 짐승이 고마워하고 있음
을 느꼈다.

"작은 염소네." 지나는 그 짐승의 발굽을 살펴보면서 말했다.
"새끼 염소야."

"얼마나 고마운지 모르겠군." 새끼 염소가 둘을 향해 말했다.
"이 우리에서 풀려날 날을 얼마나 오래 기다렸는지 몰라. 바로
네가 나를 집어넣은 이 우리에서 말이야, 지나 팔라스."

"너 나를 아니?" 그녀는 깜짝 놀라 물었다.

"그래, 나는 너를 알아." 새끼 염소가 이렇게 말하며, 자기 몸
을 그녀에게 더 바짝 갖다 댔다. "나는 너희 둘 다 알아. 비록

너희 둘은 원래 하나이지만 말이야. 너희는 서로 떨어져있던 자신이었는데 이제 도로 합친 거지. 하지만 전투는 아직 끝나지 않았어. 전투는 이제 겨우 시작인 거야."

　이매뉴얼이 말했다. "나는 이 피조물이 뭔지 알아."

　지나의 품에 안긴 작은 염소가 말했다. "나는 벨리알이지. 네가 우리에 가둔 자. 그리고 네가 방금 풀어준 자."

　"벨리알." 이매뉴얼이 말했다. "나의 대적이여."

　"내 세계에 온 것을 환영해." 벨리알이 말했다.

　"여기는 '내' 세계라고." 지나가 말했다.

　"더 이상은 아니지." 염소의 목소리에는 갑자기 권세와 위엄이 깃들었다. "갇힌 자들을 풀어주러 서둘러 오는 통에, 너희는 갇힌 자 중에서도 가장 큰 자를 풀어주게 된 것이다. 나는 너희와 다툴 것이다. 빛의 신들이여, 나는 너희를 빛이라고는 없는 깊은 동굴로 끌고 내려갈 것이다. 너희의 광휘는 이제 결코 빛나지 않을 것이다. 불은 이미 꺼져버렸다. 아니면 조만간 꺼질 것이다. 지금까지 너희가 벌인 게임은 너희 자신을 상대로 한 가짜 게임에 지나지 않았지. 양편 모두 상대방이 자신의 일부분인 상황에서, 어찌 빛의 신이 패할 수 있겠나? 이제 너희는 진정한 대적을 맞이하였다. 너희는 혼돈으로부터 질서를 이끌어내었으며, 이제 나를 그 질서에서 도로 빼내었지. 나는 너희가 지닌 힘을 시험할 것이다. 너희는 이미 실수를 했으니까. 내가 누군지 모른 채로 나를 풀어주었으니까 말이지. 이건 분명히 말해두지. 너희의 지식은 완벽하지 않다는 것을. 이 말은 너희도 깜짝 놀랄 수 있다는 것이지. 내가 지금 너희를 깜짝 놀라 게 하지 않았나?"

지나와 이매뉴얼은 말이 없었다.

"너희는 나를 무기력하게 만들었지." 벨리알이 말했다. "우리 에 가두어서 말이다. 그런 뒤에 너희는 나를 딱하게 여기게 되 었어. 너희는 무척 감상적이더군, 빛의 신들이여. 그것 때문에 너희는 몰락할 것이다. 나는 고발한다. 너희의 나약함을, 강력 하지 못함을 고발한다. 나는 고발하는 자이니, 나의 창조주를 고발한다. 통치하기 위해서 너희는 반드시 강해야만 한다. 강 한 자가 통치하게 마련이니까. 강력한 자가 나약한 자를 통치 하게 마련이니까. 그런데 너희는 거꾸로 나약한 자를 보호했 지. 너희는 나를 도와주겠다고 했어. 너희의 적인 나를. 과연 그게 현명한 일이었는지 어디 두고 보아라."

"강한 자는 약한 자를 보호해야 마땅한 것이다." 지나가 말했 다. "토라가 그렇게 말하느니라. 이것이야말로 토라의 기본 정 신이다. 이것이야말로 하느님의 율법이다. 하느님이 인간을 보 호하신 것처럼, 인간 역시 불우한 사람을 보호해야 마땅한 것 이다. 하다못해 동물이며 커다란 나무에 이르기까지 말이다."

벨리알이 말했다. "그런 주장은 생명의 본성과도 배치되는 것이다. 바로 너희가 생명 안에 심어놓은 본성과도 말이다. 생 명은 이렇게 해서 발전하니까. 나는 너희를 고발한다. 너희가 스스로 만들어놓은 생물학적 기초를, 곧 세계의 질서를 침해했 음을 고발한다. 그렇다. 갇힌 자를 모두 풀어주고, 이 세계에 살인자들의 물결을 가져오는 것을 말이다. 너희가 나를 풀어줌으로써 시작되었다. 다시 한 번 너희에게 고마워해야겠지. 하지만 이제 나는 가봐야겠다. 너희가 했던 것 못지않게 나도 할 일이 많으니. 어쩌면 너희보다도 더 많을지도 모르고. 이제 나를 내려다오." 염소는 그들의 품 안에서 풀쩍 뛰어내려 달려갔다. 지나와 이매뉴얼은 그 짐승이 도망치는 모습을 보았다. 달려가는 와중에 그 짐승은 점점 더 몸집이 커졌다.

"그는 우리의 세계를 와해시킬 거야." 지나가 말했다.

이매뉴얼이 말했다. "우리가 그를 먼저 처치해야 해." 그는 한 손을 들었다. 하지만 염소는 이미 사라지고 없었다.

"아직 완전히 가버리지는 못했어." 지나가 말했다. "다만 이 세계에서 자기 모습을 감춘 것뿐이야. 위장한 것뿐이지. 지금으로서는 그를 찾아낼 수조차 없어. 너도 알다시피 그는 죽지 않을 거야. 우리와 마찬가지로 그 역시 영원불멸이니까."

다른 우리에 갇힌 짐승들도 풀려나고 싶어서 아우성치고 있었다. 지나와 이매뉴얼은 이런 호소를 무시했다. 대신 그들은 이쪽저쪽을 살펴보며 방금 자신들이 풀어준 염소의 모습을 찾았다. 이제 풀려나서 자신의 소원대로 행할 수 있게 된 벨리알의 모습을.

"그의 존재가 느껴져." 지나가 말했다.

"나도." 이매뉴얼이 우울한 어조로 말했다. "우리의 작품은 이미 와해되었어."

"하지만 전투는 아직 끝난 게 아니야." 지나가 말했다. "그의 말마따나 '전투는 이제 시작' 인 거야."

"그럼 그렇게 하지." 이매뉴얼이 말했다. "우리는 함께 싸울 거야. 태초에, 그러니까 타락 이전에 그랬던 것처럼."

지나는 그에게 몸을 굽히고 입을 맞추었다.

그는 그녀의 두려움을 느낄 수 있었다. 그녀의 크나큰 공포를. 똑같은 공포가 그에게도 들어있었다.

이제 그들은 어떻게 되는 걸까? 그는 속으로 물었다. 그가 자유롭게 풀어주기를 원했던 사람들은. 감옥을 고안하는 데에 무한한 능력을 지닌 벨리알은 과연 어떤 감옥을 고안하여 사람들을 가둬둘 것인가? 미묘한 감옥과 커다란 감옥, 감옥 안에 또 감옥. 신체를 가둬두는 감옥, 그리고 그보다 더 나쁜, 정신을 가둬두는 감옥.

동산 아래에 있던 보물의 동굴. 어둡고 비좁고 공기도 빛도 없는, 진정한 시간도 진정한 공간도 없는 곳. 수축되어서 꽉 죄인 벽들, 마찬가지로 수축된 정신들. 그런데 우리는 이 모두를 허락해버리고 말았지. 지나와 내가. 우리는 염소 모양의 그것과 공모하여 이 모두를 가져온 거야.

그것의 해방은 곧 그들의 속박이지. 그는 깨달았다. 역설이군. 우리는 지하 감옥의 건립자에게 자유를 주었어. 해방을 향한 열망 때문에 우리는 모든 살아있는 것들의 영혼을 짓밟아버린 거야.

이제 이 세계의 모두에게 그 영향이 미치겠군. 가장 높은 것에서부터 가장 낮은 것에 이르기까지 모두에게. 염소 모양의 그것을 원래 들어있던 상자 안에 돌려놓기 전에는 말이야. 우리가 그것을 그 보관함 속에 돌려놓기 전에는.

이제 그것은 어디에나 있지. 단순히 어딘가에 담긴 게 아니라 공기의 원자 속에도 그것이 머물러있는 거야. 마치 수증기처럼 들이마실 수 있어. 그리고 그것을 호흡한 모든 생물은 죽게 될 거야. 완전히 죽는 것도 아니고, 신체적으로 죽는 것도 아니지만, 그럼에도 불구하고 죽음이 찾아올 거야. 우리는 죽음을 풀어주었어. 영의 죽음을. 지금 살아있는, 또한 살고자 소망하는 모든 것들에게 말이야. 우리가 그들에게 주는 선물이 이것이란 말인가. 자비로 인해 행한 일의 결과가 이것이란 말인가.

"동기는 문제가 아니야." 그의 생각을 감지한 지나가 말했다.

이매뉴얼이 말했다. "지옥으로 가는 길이군." 말 그대로가 되었어.* 그는 생각했다. 이번 경우에 우리가 열어젖힌 문은 이것 하나뿐이었어. 그런데 그게 하필 무덤으로 들어가는 문이라 이거지.

내게는 그 작은 피조물들이 가장 불쌍하게 여겨져. 그는 생각했다. 가장 덜 해를 끼친 것들이 말이야. 그들이야말로 이런 일을 당할 이유가 전혀 없는데, 염소 모양의 그것은 이제 그들을 골라내서 가장 큰 고통을 선사하겠지. 그들의 무죄함에 비례해서 더 큰 고통이 엄습할 거야…… 그렇게 함으로써 커다란

---

* '지옥으로 가는 길은 선의로 뒤덮여있다'라는 속담을 언급한 것이다.

저울이 정확한 상태에서 크게 기울어지고, 그리하여 계획이 와해되는 것이지. 그것은 나약한 자를 고발하고, 무기력한 자를 파괴할 거야. 그것은 스스로를 방어할 능력이 부족한 자들을 향해 능력을 사용할 거야. 다른 무엇보다도 그것은 작은 희망을 집어삼킬 거야. 작은 자가 지닌 빈약한 꿈까지.

　여기서 우리가 반드시 간섭해야 해. 그는 속으로 말했다. 작은 자들을 보호하기 위해서. 이것이야말로 우리의 첫 번째 임무이며, 우리의 첫 번째 방어 전선이지.

　워싱턴 D.C.에 있는 자신의 거처에서 이륙한 허브 애셔는 즐거운 마음으로 린다 폭스가 있는 캘리포니아로 향하는 비행을 시작했다. 내 인생에서 가장 행복한 시기가 될 거야. 그는 속으로 말했다. 뒷좌석에 놓인 여행용 가방에는 그의 필수품이 모조리 들어있었다. 그는 이제부터 한동안 워싱턴 D.C.며 리비스에게는 돌아오지 않을 작정이었다. 어쩌면 영영 돌아오지 않을 수도 있었다. 새로운 삶이라. 그는 선명한 대륙 횡단 교통로를 따라 자동차를 운전하는 내내 이에 대해 생각하고 있었다.

　바로 그때, 그 청승맞은 현악 소리가 그의 차 안을 가득 채웠다. 깜짝 놀란 그는 생각을 멈추고 음악에 귀를 기울였다. 〈남태평양〉에 나오는 노래로, 〈그 남자를 내 머리에서 싹 씻어내버리겠어요〉라는 노래였다. 팔백 하고도 아홉 개의 현악기였고, 그나마 파트 분할도 없는 상태였다. 내가 카스테레오를 틀어놓았나? 그는 계기반의 표시등과 다이얼을 살펴보았다. 하지만 아니, 그렇지 않았다.

'나는 냉동 대기 상태에 있는 거야!' 문득 그는 이런 생각이 들었다. 이 노래는 바로 옆집에 있는 대형 FM 송신기에서 나오는 거고. 5만 와트의 오디오에서 흘러나온 전파가 크라이랩스 사의 모두를 방해하고 있는 거야. 이런 개자식들!

그는 자동차 속도를 늦추었다. 놀랍고도 두려웠다. 도무지 이해가 안 가는데. 그는 당황하면서 생각했다. 냉동 대기 상태에서 풀려난 게 분명히 기억나는데. 나는 10년이나 냉동 상태로 있다가, 결국 병원에서 나한테 맞는 장기를 찾아서 도로 소생시켰다고 했는데 그러지 않았나? 아니면 혹시 나는 지금 정신이 죽은 상태로 일종의 환상 속에 머물러있는 걸까? 그렇다면 이건 결국…… 하느님 맙소사. 지금까지의 일이 마치 꿈처럼 느껴진 것도 이상할 건 없겠군. 이건 정말로 꿈이었던 거야.

더 폭스도 꿈이었던 거야. 그는 생각했다. '내' 꿈이었던 거라고. 나는 냉동 대기 상태로 누워있으면서 그녀를 만들어냈던 거야. 지금도 나는 그녀를 만들어내고 있어. 거기에 대해 내가 가진 분명한 단서는 저 짜증나는 음악이 사방에서 스며든다는 것이지. 저 음악이 없었더라면 나는 이 사실을 전혀 알아차리지 못했을 거야.

정말로 지독한 짓이로군. 그가 생각했다. 인간을 가지고, 인간의 희망을 가지고 그런 게임을 하다니. 인간의 기대를 가지고……

그의 계기반에 빨간불이 들어오더니, 이와 동시에 삐삐삐삐 하는 소리가 들렸다. 지금과 같은 상황에서 운이 없게도 경찰차의 단속 대상이 되어버린 것이었다.

경찰차가 곁으로 다가오더니 그의 자동차를 단단히 붙잡았다. 양쪽의 문이 열리더니 경찰관 한 명이 그를 보았다. "면허증 좀 보여주시죠." 경찰관이 말했다. 플라스틱 마스크를 쓰고 있어서 얼굴은 볼 수 없었다. 마치 제1차 세계대전 당시에 사용되던 어느 요새, 베르됭에 지어진 요새를 연상시키는 모습이었다.

"여기요." 허브 애셔는 면허증을 경찰관에게 건네주었다. 그 와중에도 그의 자동차와 경찰차는 하나로 얽힌 채 천천히 앞으로 움직이고 있었다.

"혹시 수배된 적 있지 않으십니까, 애셔 씨?" 경찰관은 이렇게 말하며 자기 단말기에 정보를 입력했다.

"없는데요." 허브 애셔가 말했다.

"잘못 알고 계시군요." 경찰관의 디스플레이에 반짝이는 글자가 줄줄이 나타났다. "저희 기록에 따르면 지구에 불법 입국하신 것으로 되어 있는데요. 모르고 계셨습니까?"

"그렇지 않은데요." 그가 말했다.

"수배가 떨어진 지 오래되기는 했네요. 한동안 댁을 찾으려다가 결국 못 찾았던 모양입니다. 댁은 지금부터 구금 상태가 되겠습니다."

허브 애셔가 말했다. "그럴 수는 없을걸요. 저는 지금 냉동 대기 상태에 있으니까요. 그러니 실체가 아니란 겁니다. 보세요. 제가 이렇게 팔을 뻗으면 아마 당신 몸을 획 뚫고 지나갈 거예요." 그는 경찰관을 향해 한 팔을 뻗었다. 단단한 방탄조끼 안쪽으로 살이 만져졌다. "이상하네." 허브 애셔가 말했다. 그는 더 세게 팔을 밀어보았다. 곧이어 그는 경찰관이 총을 꺼내 겨누고 있음을 깨달았다.

"정말 내기라도 하고 싶은 거요?" 경찰관이 말했다. "냉동 대기라 이거요?"

"아뇨." 허브 애셔가 말했다.

"다시 한 번 허튼수작을 부리면 그때는 그냥 쏴버릴 줄 알아요. 댁은 현재 수배 중인 범죄자입니다. 필요하다면 그냥 쏴버리면 그만이라 이거요. 당장 그 손 떼지 못하겠습니까. 치우라고요."

허브 애셔는 손을 거둬들였다. 하지만 그의 귀에는 여전히 〈남태평양〉의 노래가 들려왔다. 그 청승맞은 음악 소리가 사방에서 웅웅거렸다.

"댁이 손을 뻗어서 내 몸을 통과할 수 있다면." 경찰관이 말했다. "지금 그 자동차 밑바닥을 뚫고 떨어질 수도 있겠죠. 논리적으로 좀 생각해보라고요. 이건 단순히 내가 현실이냐, 아니냐 하는 의문이 아니잖아요. 이건 세상 만물이 현실이냐, 아니냐 하는 의문이죠. 바로 당신이 지닌 의문이오. 내 말은, 바로 당신의 문제라 이거예요. 아니면 당신이 문제라고 생각하는 것이거나요. 혹시 언제 진짜로 냉동 대기에 있었던 적이 있었습니까?"

"예."

377

"그러면 당신은 플래시백을 겪는 겁니다. 흔히 벌어지는 일이죠. 뭔가 압박을 받으면 두뇌가 억압된 기억을 방출하는 겁니다. 냉동 대기는 마치 자궁 안에 들어있는 듯한 안정감을 제공하기 때문에, 당신의 두뇌가 그걸 기록해두었다가 나중에 재생하는 거죠. 이런 일을, 그러니까 이런 플래시백을 처음 겪는 모양이죠? 지금껏 내가 겪어본 바에 따르면, 냉동 대기 상태에 있었던 사람들 중에는 자기들이 거기서 벗어났다는 사실을 아예 납득하지 못하는 경우도 있더군요. 그 어떤 증거를 들이대도, 그 누구의 말을 들어도, 그 어떤 일이 벌어져도 말이에요."

"그러면 지금 당신은 그런 사람 중에 하나랑 이야기하고 있는 모양입니다." 허브 애셔가 말했다.

"무엇 때문에 댁이 지금 냉동 대기 상태에 있다고 생각하는 겁니까?"

"저 청승맞은 음악 때문에요."

"나는 전혀—"

"물론 댁은 전혀 안 들리겠죠. 그게 핵심이에요."

"그럼 댁은 지금 환각을 겪는 겁니다."

"그렇군요." 허브 애셔가 고개를 끄덕였다. "그게 핵심이군요." 그는 경찰관의 총을 향해 손을 뻗었다. "그럼 어디 저를 쏴보시죠." 그가 말했다. "그래도 제가 다치지는 않을 테니. 광선이 저를 그냥 뚫고 지나갈 겁니다."

"내 생각에 댁은 감옥이 아니라 정신병원에 가야 할 것 같은데요."

"어쩌면 그럴지도요."

경찰관이 말했다. "지금 어디로 가는 중입니까?"

"캘리포니아로요. 더 폭스를 만나러요."

"더 폭스라니. 가령 '더 폭스 앤드 더 캣'이라고 말할 때의 그 거 말입니까?"

"현존하는 최고의 가수죠."

"그런 남자 가수는 한 번도 들어본 적이 없는데."

"여자예요." 허브 애셔가 말했다. "이 세계에서는 아직 잘 알려져있지 않아요. 이 세계에서는 이제 겨우 경력을 시작한 셈이니까요. 하지만 앞으로 제가 도와주기만 하면 은하계에서 가장 유명한 가수가 될 겁니다. 그러겠다고 약속했어요."

"그러면 이 세계가 아닌 딴 세계도 있다는 말입니까?"

"현실 세계요." 허브 애셔가 말했다. "하느님이 나로 하여금 그걸 기억하게 하셨죠. 나는 그걸 기억하는 소수의 사람 가운데 하나인 거고요. 대나무 덤불 사이에서 하느님이 내 앞에 나타나셔서, 시뻘건 불길로 단어를 만들어 진실을 말씀해주시고 제 기억을 회복시키셨죠."

"댁은 정말 많이 아픈 사람 같네요. 자기가 냉동 대기 상태에 있다고 생각하지를 않나, 또 다른 우주를 기억한다고 말하지를 않나. 내가 이렇게 댁을 붙잡아 세우지 않았다면 과연 무슨 일이 일어났을지 궁금하군요."

"저기 웨스트코스트에 가면 아주 즐거운 시간을 보내게 될 거예요." 허브 애셔가 말했다. "지금 겪는 것보다도 훨씬 더 즐거운 시간을요."

"혹시 하느님이 댁에게 다른 말은 안 하던가요?"

"이런저런 이야기를 하시더군요."

"그럼 하느님이 댁에게 자주 말을 겁니까?"

"가끔씩요. 사실 법적으로는 제가 하느님의 아버지거든요."

경찰관이 그를 똑바로 바라보았다. "뭐라고요?"

"법적으로는 제가 하느님의 아버지라고요. 그러니까 친아버지는 아니고요, 그냥 법적으로만 아버지인 거죠. 제 집사람이 하느님의 어머니니까요."

경찰관은 계속해서 그를 똑바로 바라보았다. 그의 레이저 권총이 흔들리고 있었다.

"하느님이 자기 어머니와 저를 결혼하게 만드는 바람에—"

"양손 앞으로 내밀어요."

허브 애셔는 양손을 앞으로 내밀었다. 그 즉시 경찰관이 그의 손목에 수갑을 채웠다.

"어디 계속 말해봐요." 경찰관이 말했다. "다만 분명히 말해두는데, 지금 말하는 내용이 나중에 법정에서 댁에게 불리하게 작용할 수도 있다는 걸 명심하십시오."

"우리의 계획은 하느님을 지구로 밀반입하는 거였죠." 허브 애셔가 말했다. "그러니까 제 집사람의 자궁 안에 넣어서요. 결국 성공했어요. 그렇기 때문에 아마 저한테 지명 수배가 떨어졌을 거예요. 제가 저지른 죄란 바로 하느님을 지구로 밀반입한 것인데, 마침 지구는 사악한 자가 다스리는 곳이었으니까요. 사악한 자는 이곳의 모든 사람을, 그리고 모든 것을 몰래 조종하고 있죠. 가령 댁의 경우만 해도 결국 사악한 자를 위해 일하는 거예요."

"나는―"

"물론 댁은 그 사실을 전혀 모르고 있죠. 아마 벨리알에 대해서도 들어본 적이 없을 거예요."

"그건 그래요." 경찰관이 말했다.

"내 요점은 바로 그거예요." 허브 애셔가 말했다.

"내가 댁을 붙든 이후에 지금까지 댁이 말한 내용은 모조리 기록되어있어요." 경찰관이 말했다. "조만간 분석을 해볼 겁니다. 그러니까 댁이 바로 하느님의 아버지라 이거죠?"

"어디까지나 법적으로만 아버지라는 거죠."

"댁이 지명수배가 된 것도 바로 그 때문이라는 거고요. 그나저나 이게 정확히 말해서 어떤 법규 위반인지 궁금하군요. 이런 내용은 본 적이 없었으니까. 즉 하느님의 아버지를 사칭한 죄 말이에요."

"법적으로만 아버지라니까요."

"그러면 친아버지는 누구고요?"

"그 자신이죠." 허브 애셔가 말했다. "자기 어머니를 스스로 임신시킨 거예요."

"별 지저분한 이야기를 다 듣겠네."

"그게 사실이에요. 그는 자기 어머니가 자기를 갖도록 임신시켰고, 스스로를 미세한 형태로 복제했죠. 그렇게 해야만―"

"하여간 그런 이야기를 지금 나한테 꼭 말해야겠습니까?"

"전투는 끝났어요. 하느님이 이겼지요. 벨리알의 권세는 파괴되었어요."

"그러면 댁은 왜 여기 이렇게 가만 앉아있는 겁니까? 손에는 수갑을 차고, 코앞에 레이저 총구를 마주하고 말이에요."

"그건 저도 모르겠어요. 그렇잖아도 어떻게 된 영문인지 이해가 안 되는군요. 지금 이 상황이랑 이 〈남태평양〉 노래랑. 저로선 도무지 꿰어 맞출 수 없는 퍼즐 조각이 몇 개 있어요. 하지만 저도 나름대로 생각해보는 중이니까요. 그래도 저는 야의 승리를 자신하는 쪽이죠."

"'야' 라니. 그게 아마 하느님을 가리키는 말인 모양이군요."

"맞아요. 그의 진짜 이름이죠. 원래 이름이고요. 그는 어느 산의 꼭대기에 살고 있었어요."

경찰관이 말했다. "댁의 곤란한 상황을 더욱 복잡하게 만들 생각은 없습니다만, 댁이야말로 지금까지 내가 만난 중에서 가장 정신이 나간 양반이네요. 물론 나야 지금까지 오만 종류의 사람을 다 만났지만요. 아마 댁이 냉동 대기 상태에 있을 때에 병원 사람들이 댁의 두뇌를 어떻게 잘못 건드린 모양인데. 아니면 댁을 제때 맞춰 깨우지 못했거나요. 그래서 댁의 두뇌는 6분의 1가량은 제대로 움직이고, 나머지 6분의 5가량은 제대로 움직이지 않는 거죠. 전혀. 예전에 있던 곳보다 훨씬, 아주 훨씬 좋은 곳으로 모셔다드릴 테니 걱정 마십시오. 거기 가면 댁이 상상하는 것보다 훨씬, 아주 훨씬 더 좋은 치료를 받을 수 있을 테니까. 내 생각에는—"

"제가 하나 더 말씀드릴까요." 허브 애셔가 말했다. "제 동업자가 누군지 아세요? 바로 선지자 엘리야예요."

경찰관은 무전기에 대고 말했다. "여기는 캔자스 356. 정신과 치료가 필요한 운전자 한 사람을 데려가는 중이다. 백인 남성이고—" 그는 허브 애셔에게 물었다. "내가 면허증을 돌려드렸던가?" 경찰관은 권총을 케이스에 도로 집어넣고, 허브 애셔의 면허증을 찾기 위해 몸을 뒤졌다.

허브 애셔는 경찰관의 권총을 케이스에서 꺼내 상대방에게 겨누었다. 수갑 때문에 양손을 나란히 들어 올려야 했지만, 그래도 마음만 먹으면 충분히 총을 쏠 수 있었다.

"상대방이 내 총을 강탈했다." 경찰관이 말했다.

무전기 스피커에서 지지직 소리가 났다. "정신 나간 작자한테 총을 빼앗겼다고?"

"그래, 이 사람은 지금 하느님에 대한 이야기를 주절거리고 있다. 내 생각에 이 사람은⋯⋯." 경찰관은 차마 말을 끝맺지 못했다.

"그 사람 이름이 뭐지?" 스피커에서 흘러나오는 목소리가 물었다.

"애셔. 허브 애셔."

"애셔 씨." 스피커에서 말했다. "총을 경찰관에게 돌려주시기 바랍니다."

"안 돼요." 허브 애셔가 말했다. "나는 지금 냉동 대기 상태에서 꽁꽁 얼어붙어있거든요. 그리고 바로 옆에는 5만 와트짜리 FM 송신기에서 〈남태평양〉에 나오는 노래가 흐르고요. 그것 때문에 미칠 것 같습니다."

스피커에서 말했다. "그러면 우리가 방송국에 이야기해서 송신기를 끄도록 하겠습니다. 그러면 총을 경찰관에게 돌려주시겠습니까?"

"저는 마비된 상태입니다." 허브 애셔가 말했다. "저는 죽었다고요."

"만약 당신이 죽었다면 총을 갖고 있어도 당신에게는 소용이 없겠군요." 스피커에서 말했다. "그러니까 만약 당신이 죽었다면 도대체 그 총을 가지고 어디에 쓸 생각입니까? 당신은 지금 꽁꽁 얼어붙어있다고 말했죠. 냉동 대기 상태인 사람은 움직일 수가 없습니다. 말하자면 장난감 블록 같은 상태라고요."

"그러면 이 경찰관 양반한테 말씀하시죠. 이 총을 직접 가져가보라고요." 허브 애셔가 말했다.

스피커에서 말했다. "이봐, 그 총을—"

"이 총은 현실이야." 경찰관이 말했다. "그리고 이 사람도 현실이라고. 이 사람은 미쳤어. 이 사람은 꽁꽁 얼어붙지도 않았다고. 설마 내가 죽은 사람을 체포했을까? 설마 죽은 사람이 캘리포니아로 날아가겠느냐고? 이 사람한테는 지명수배가 내려져있다니까. 이 사람은 수배 중인 범죄자라고."

"도대체 뭘 원하는 겁니까?" 스피커에서 말했다. "지금 당신한테 말하는 겁니다, 애셔 씨. 그러니까 당신 주장대로 0도에서 꽁꽁 얼어붙어 죽은 사람에게 말하고 있는 겁니다."

"기온이 그보다는 더 낮지요." 허브 애셔가 말했다. "방송국에 말러의 교향곡 제2번을 틀라고 하세요. 그것도 원곡 그대로 틀라고요. 모조리 현악으로만 이루어진 판본 말고요. 이 현악 소리, 이 이지리스닝 음악은 더 이상 견딜 수가 없군요. 나한테는 결코 '편안'하지가 않아요. 한 번은 몇 달이나 〈지붕 위의 바이올린〉만 들었죠. 〈중매인 중매인〉이 며칠이나 계속되더군요. 그때야말로 내 주기에서 가장 중요한 때였어요. 그때 나는—"

"알았습니다." 스피커에서 이런 대답이 돌아왔다. "그러면 이렇게 하면 되겠습니까? 우리가 FM 방송국에 이야기해서 말러의 교향곡 제2번을 틀어드릴 테니까, 그러면 당신은 경찰관에게 총을 돌려주는 겁니다. 그러니까— 잠깐만 기다려보세요." 침묵이 흘렀다.

"이봐, 근데 뭔가 앞뒤가 안 맞잖아." 허브 애셔 곁에 있던 경찰관이 말했다. "자네도 이 사람의 '강박관념'에 같이 넘어가 버린 것 아닌가? 내가 지금 무슨 말을 듣고 있는지 알아? 그야말로 '감응성 정신병'이라니까. 이건 중지시켜야만 해. 〈남태평양〉을 방송하는 FM 송신기 따위는 없다니까. 그런 게 있다면 내 귀에도 들려야 할 것 아냐. 애초에 방송국 따위가 없는데 어떻게 방송국에다가 이야기해서 말러 교향곡 제2번을 튼다는 거야. 말이 되는 소리를 해야지."

스피커에서 말했다. "그래도 저쪽은 틀었다고 '생각' 할 수도 있잖아, 이 멍청한 자식아."

"아." 경찰관이 뒤늦게 실수를 깨닫고 입을 닫았다.

"죄송하지만 잠시만 기다려주시죠, 애셔 씨." 스피커에서 말했다. "잠시만 기다리시면—"

"아뇨." 허브 애셔가 말했다. "속임수로군요. 나는 절대 총을 내놓지 않을 겁니다." 그는 옆에 있던 경찰관에게 말했다. "내 차를 다시 놓아줘요."

"그 양반 차를 그냥 놓아주는 게 낫겠어." 스피커에서 말했다.

"그리고 이 수갑도 도로 벗기고요." 허브 애셔가 말했다.

"댁은 말러 교향곡 제2번을 정말 좋아하게 될 거예요." 뒤늦게 그를 설득하려는 듯 경찰관이 말했다. "거기에는 합창도 들어있다고요."

"말러 교향곡 제2번에 뭐가 들어있는지 당신이 알아요?" 허브 애셔가 말했다. "그 악보에 어떤 악기가 편성되어있는지? 어떤 악기가 사용되는지 내가 말해드리죠. 먼저 플루트 4개. 이건 모두 피콜로와 교체 가능하죠. 오보에 4개. 이 가운데 세 번째와 네 번째는 잉글리시호른과 교체가 가능하고요. E 플랫 클라리넷 1개, 일반 클라리넷 4개. 이 가운데 세 번째는 베이스 클라리넷하고 교체가 가능하죠. 바순 4개. 이 가운데 세 번째와 네 번째는 콘트라바순하고 교체가 가능하고요. 호른 10개, 트럼펫 10개, 트롬본 4개—"

"트롬본 4개?" 경찰관이 반문했다.

"예수님 맙소사." 스피커에서 말했다.

"―튜바 1개." 허브 애셔가 말을 이었다. "오르간, 팀파니 2개. 그리고 무대 밖에 드럼 1대 더. 베이스 드럼 2대. 그중 1대 는 무대 밖에. 심벌즈 2개. 그중 한 개는 무대 밖에. 공 2개. 한 대는 상대적으로 높은 피치, 또 한 대는 낮은 피치. 트라이앵글 2개. 한 개는 무대 밖에. 스네어드럼 1개. 하나 이상이면 더 좋 고. 철금, 종, 루테―"

"그런데 '루테'가 뭐죠?" 허브 애셔의 옆에 있던 경찰관이 물 었다.

"여기서 '루테'라는 건 원래 '회초리'라는 뜻이죠." 허브 애 셔가 말했다. "등나무로 만든 회초리를 여러 개 묶어서 만드니 까요. 마치 커다란 옷솔이나 작은 빗자루처럼 생겼죠. 그걸로 베이스 드럼을 두들기는 겁니다. 모차르트도 루테를 위한 곡을 썼죠. 하프 2대. 가능하다면 두 명 이상의 연주자가 각자의 부 분을 연주하게 하고―" 그는 잠시 생각을 더듬었다. "거기다가 당연히 일반적인 오케스트라 하나가 필요하죠. 현악 부문을 완 전하게 갖춘. 대신 믹싱 보드에서 현악 소리를 줄이게 하면 좋 겠군요. 현악 소리는 정말 질리도록 들었으니까요. 그리고 뛰 어난 솔리스트도 두 명 있어야 하죠. 소프라노랑 알토요."

"그게 전부입니까?" 무전기에서 말했다.

"자네 또다시 이 양반의 망상에 말려들어간 건가." 허브 애셔 의 곁에 있던 경찰관이 말했다.

"자네도 알다시피, 이 양반 말을 들어보면 멀쩡한 것 같잖 아." 무전기에서 말했다. "그나저나 이 양반이 자네 총을 빼앗

아간 게 맞긴 한 건가? 애셔 씨, 도대체 어떻게 해서 음악에 관해 그렇게 잘 알고 계시는 겁니까? 가만 보니 전문가이신 것 같은데요."

"거기에는 두 가지 이유가 있죠." 허브 애셔가 말했다. "하나는 제가 CY30-CY30B 태양계에 있는 어느 행성에서 살아야 했기 때문이죠. 저는 비디오와 오디오 모두를 포함한 전자 장비를 상당히 많이 갖고 있었고요. 모선에서 송신하는 내용을 녹음해두었다가, 우리 행성이나 다른 행성에 있는 다른 돔으로 쏘아 보내곤 했죠. 저는 포말하우트에서 오는 연락망은 물론이고 그 행성의 긴급 연락망까지도 관리했으니까요. 또 하나는 선지자 엘리야와 제가 워싱턴 D.C.에서 오디오 컴포넌트 소매점을 운영하고 있었기 때문이고요."

"하나 더 있겠죠." 허브 애셔의 곁에 있던 경찰관이 말했다. "댁은 냉동 대기 상태에 있었다고 하지 않았습니까."

"맞아요. 모두 세 가지네요." 허브 애셔가 말했다.

"그리고 하느님께서는 댁에게 이런저런 이야기도 해주고요." 경찰관이 말했다.

"음악에 관해서는 아니었어요." 허브 애셔가 말했다. "그는 굳이 그럴 필요가 없었죠. 하지만 내가 갖고 있던 린다 폭스의 테이프를 모조리 지워버리기는 했어요. 그리고 내가 전송받던 린다 폭스 노래를 망쳐놓기도—"

"그곳은 또 다른 우주라는군." 허브 애셔의 곁에 있던 경찰관이 설명했다. "그곳에서는 린다 폭스라는 가수가 어마어마하게 인기가 많은 거지. 애셔 씨는 지금 그 여자를 만나기 위해 캘리포니아로 가는 거고. 이 양반이 꽁꽁 얼어붙어 있는 냉동 대기 상태에서 도대체 어떻게 그럴 수 있었는지는 나도 알 도리가 없지만, 그게 바로 이 양반의 계획이었던 거야. 아니, 적어도 내가 이 양반을 붙들기 직전까지 이 양반의 계획이었던 거지.”

“나는 지금도 여전히 그리로 가고 있어요.” 허브 애셔가 말했다. 그러고 나서야 이들에게 그 사실을 이야기한 것이 실수임을 깨달았다. 이제 그가 설령 도망친다 하더라도 이들은 그를 뒤쫓을 수 있을 것이었다. 어리석은 실수를 한 것이다. 너무 말을 많이 했다.

그를 유심히 바라보고 있던 경찰관이 말했다. “내 생각에는 이 양반의 자체 감시 회로에서 방금 경고 메시지를 보낸 것 같군. 왜 쓸데없는 말을 그렇게 많이 했느냐고 말이야.”

“그렇잖아도 그게 언제쯤 끼어들까 궁금하더라니까.” 스피커에서 말했다.

“이제는 나도 더 폭스에게 갈 수가 없어요.” 허브 애셔가 말했다. “거기에는 가지 않을 거예요. 대신 CY30-CY30B 태양계에 있는 내 돔으로 돌아갈 거예요. 거기는 당신들의 관할 구역이 아니니까요. 그리고 거기는 벨리알이 통치하지도 않으니까요. 거기는 야가 통치하고 있어요.”

경찰관이 말했다. “그런데 아까 그러지 않았나요? 야가 이곳으로 돌아왔다고 말이에요. 내 생각에 그 양반이 이곳으로 돌아왔다고 하면, 이제는 그 양반이 여기를 통치하는 것 같은데."

"지금 이렇게 이야기를 나누다 보니까 어떻게 된 것인지가 분명해지네요." 허브 애셔가 말했다. "그가 지금 이곳을 통치하고 있는 게 아니에요. 적어도 아직은 완전히는 아닌 거죠. 뭔가가 잘못되었어요. 그 짜증나고 청승맞은 현악 소리가 들리기 시작했을 때부터 난 알고 있었어요. 특히 당신이 나를 붙들어서 지명수배 이야기를 했을 때, 난 알 수 있었어요. 어쩌면 벨리알이 이겼는지도 몰라요. 어쩌면요. 그러면 당신들은 모두 벨리알의 하수인들인 거겠군요. 어서 이 수갑을 풀어요. 안 그러면 쏴버릴 거니까."

경찰관은 마지못해 허브 애셔의 수갑을 풀었다.

"제가 보기에는 말입니다, 애셔 씨." 스피커에서 말했다. "방금 댁이 한 말에는 뭔가 내적 모순이 있는 것 같습니다. 댁도 가만 생각해보시면, 어째서 댁이 뭔가 정신 나간 사람 같은 인상을 주게 되었는지를 알 수 있을 겁니다. 댁은 한 가지 이야기를 했다가, 곧이어 또 다른 이야기를 하고 있습니다. 그나마 앞뒤가 맞는 말은 아까 그 말러의 교향곡 제2번을 이야기할 때뿐이었죠. 그건 아마도 댁의 말마따나 댁이 오디오 컴포넌트 상점을 운영하는 덕분일 거고요. 아니면 한때는 멀쩡했지만 지금은 그렇지 못한 정신의 마지막 남은 부분일지도 모릅니다. 하지만 분명히 약속드리겠습니다. 지금 곁에 있는 경찰관과 동행하시면 저희도 댁을 처벌하지는 않겠다고 말입니다. 일단 정신 질환자로 간주하도록 하겠습니다. 실제로도 그런 것 같으니까요. 방금 댁이 말한 것과 같은 이야기를 한다면, 그 어떤 판사도 유죄 선고를 내리지는 않을 겁니다."

"그건 맞아요." 허브 애셔의 곁에 있던 경찰관도 그 말에 맞장구쳤다. "판사 앞에 가면, 대나무 덤불에서 하느님이 댁한테 이야기를 하더라고 주장하기만 해요. 그러면 바로 풀려나서 집에 갈 수 있을 테니까. 게다가 댁이 하느님의 아버지라고 주장한다면 확실히―"

"법적으로만 아버지라니까요." 허브 애셔가 상대방의 말을 고쳐주었다.

"여하간 그것만 해도 법정에서는 상당한 반응을 불러일으킬 수 있을 거예요."

허브 애셔가 말했다. "지금 이 시간에도 하느님과 벨리알 사이에는 대대적인 전쟁이 벌어지고 있어요. 우주의 운명이, 우주의 물리적 존재 자체가 위험에 처해있다고요. 웨스트코스트를 향해 이륙할 때에만 해도 만사형통이라고 생각했어요. 그렇게 생각할 이유가 충분했죠. 하지만 이제는 확신을 못하겠어요. 기분이 어둡고도 끔찍한 것이, 뭔가 잘못되어버렸다는 생각이 들어요. 당신네 경찰은 그 본보기, 또는 축도인 셈이죠. 만약 야가 정말로 이겼다고 한다면, 내가 이렇게 붙들리는 일은 없었을 테니. 이제 나는 캘리포니아로 가지 않을 거예요. 자칫하면 린다 폭스를 위험에 빠트릴 수도 있을 테니까요. 당신네들이야 물론 그녀를 찾아내겠지요. 하지만 그녀는 애초부터 아무것도 몰랐어요. 그녀는, 적어도 이 세계에서는, 이제 막 데

뛰한 신인 가수에 불과하니까요. 나는 그녀를 도와주려는 생각 밖에는 없었어요. 그러니 그녀는 그냥 내버려두세요. 나도 그냥 내버려두고요. 당신네들은 지금 당신네들이 누구를 위해 일하는지 전혀 모르고 있어요. 내 말 무슨 뜻인지 알겠어요? 당신들은 지금 악을 위해 일하고 있단 말입니다. 당신네들은 상부에 누가 있다고 생각할지 몰라도 당신네들은 그저 오래된 지명수배를 처리하는 기계에 불과해요. 당신네들은 내가 뭘 했는지, 또는 뭘 했다고 고발당했는지를 전혀 몰라요……. 당신네들은 내가 지금 무슨 말을 하는지 이해도 못할 거예요. 이 상황 자체를 전혀 이해하지 못하니까요. 당신네들은 적용되지 못하는 규범을 따라 움직이고 있어요. 지금은 특별한 시간이에요. 특별한 사건이 벌어지는. 특별한 두 세력이 서로를 향해 맞서고 있다고요. 린다 폭스에게 가지는 않을 거지만, 대신 어디로 가야 할지는 나도 모르겠어요. 어쩌면 일라이어스는 알지도 모르죠. 나더러 어떻게 하라고 말해줄지도 모르고요. 당신네들이 날 붙들었을 때, 내 꿈은 이미 산산조각 난 셈이에요. 그녀의 꿈도 마찬가지고요. 린다 폭스의 꿈이오. 어쩌면 이제 저는 애초의 약속과는 달리, 그녀가 스타로 성장할 수 있도록 도와주지 못할지도 몰라요. 시간이 지나면 알 수 있겠죠. 결과가 나와야 결정이 될 거예요. 대대적인 전투의 결과가 말이지요. 당신네들이 딱하네요. 그 결과가 어느 쪽이든 간에 당신네들은 파괴되고 말 테니까요. 당신네들의 영혼은 이제 사라져버린 거예요."

침묵이 흘렀다.

"댁은 참으로 특이한 사람 같군요, 애셔 씨." 그의 곁에 있던 경찰관이 말했다. "미쳤거나 말거나, 또는 다른 뭐가 잘못되었건 간에, 댁은 여하간 특이한 사람이 분명합니다." 그는 마치 생각에 잠긴 듯 천천히 고개를 끄덕였다. "이건 일반적인 종류의 광기가 아니에요. 내가 지금껏 보고 들은 것과는 전혀 다르다고요. 댁은 전 우주에 관해 이야기하고 있죠. 아니, 우주보다 '더 많은' 것에 관해서 말이에요. 물론 그런 표현이 가능한지는 모르겠지만. 댁의 이야기를 듣고 보니 감동도 되고, 겁도 나고 그러네요. 댁을 붙잡아놓아서 미안한 생각이 듭니다. 댁의 이야기를 모두 듣고 나니 말이에요. 날 쏘지는 마세요. 댁의 차량을 풀어드릴 테니까 그냥 가셔도 좋습니다. 굳이 추적하지는 않을 테니까요. 방금 몇 분 사이에 내가 들은 이야기를 차라리 그냥 잊어버렸으면 좋겠습니다. 당신은 지금 하느님과 적敵 하느님에 관해서, 그리고 그 둘 사이의 두려운 전쟁에 관해 이야기했죠. 어쩌면 하느님이 졌을지도 모른다고, 그러니까 적敵 하느님에게 권세가 넘어갔을지도 모른다고 말이에요. 그 이야기는 지금까지 내가 아는, 또는 이해하는 다른 이야기들과는 전혀 맞지가 않지만요. 얼른 가세요. 저는 댁을 잊어버릴 거고 댁도 나를 부디 잊어버리길 바랍니다." 경찰관은 이렇게 말하면서 금속제 마스크를 확 내렸다.

"자네가 무슨 권한으로 그 작자를 놓아준다는 건가." 스피커에서 말했다.

393

"왜, 내가 못할 것 같나." 경찰관이 말했다. "나는 이 사람을 놓아주고, 이 사람이 한 말을 모조리 잊어버릴 거야. 내가 들은 이야기를 모조리."

"하지만 모조리 녹음이 되어있을 텐데." 스피커에서 말했다.

경찰관은 손을 뻗어서 버튼을 하나 눌렀다. "방금 지웠어."

"그러고 보니 전투가 끝난 모양이군요." 허브 애셔가 말했다. "어쩌면 하느님이 이겼을지도 몰라요. 아니면 못 이겼을지도 모르고요. 당신이 나를 보내주더라도 나는 그 사실을 알고 있을 거예요. 어쩌면 이게 일종의 징조인지도 모르죠. 당신이 나를 놓아주는 것이오. 당신에게서 뭔가 응답이 보였어요. 인간의 따뜻함에 상응하는 뭔가요."

"나는 기계가 아니니까요." 경찰관이 말했다.

"하지만 그것이 과연 계속해서 진실이 될 수 있을까요?" 허브 애셔가 물었다. "난 모르겠어요. 지금으로부터 일주일 뒤에 당신은 어떻게 될까요? 한 달 뒤에는요? 우리 모두는 이제 어떻게 되는 걸까요? 거기에 영향을 끼치기 위해서 우리가 지닌 힘은 무엇일까요?"

경찰관이 말했다. "나는 단지 당신으로부터 떨어져있고 싶을 뿐이에요. 아주 멀찌감치 말이에요."

"좋아요." 허브 애셔가 말했다. "어쩌면 이것도 미리 계획된 것일 수도 있죠. 누군가는 이 세계에 진실을 말해야 하니까요." 그가 덧붙였다. "바로 당신이 알고 있는, 내가 말해준 진실을요. 즉 하느님은 전투를 벌였고 결국 패배했다. 누가 이런 말을 할 수 있을까요?"

"당신은 할 수 있겠죠." 경찰관이 말했다.

"아니에요." 허브 애셔가 말했다. 하지만 사실은 할 수 있다는 것을 본인도 알고 있었다. "엘리야만이 할 수 있어요." 그가 말했다. "그건 그의 임무예요. 그가 여기 온 이유가 바로 그것이니까요. 이 세계에 알리기 위해서요."

"그러면 그 양반한테 얼른 하라고 시켜요."

"그렇게 할 거예요." 허브 애셔가 말했다. "내가 갈 곳은 거기예요. 내 동업자한테로, 워싱턴 D.C.로 돌아가는 거죠."

더 폭스는 이제 포기해야겠어. 그는 속으로 말했다. 그런 손해는 내가 반드시 감내해야 해. 이 사실을 깨닫자마자 크나큰 서글픔이 온몸을 채웠다. 하지만 이것이 사실이었다. 그는 더 이상 그녀와 함께 있을 수 없었다. 나중이 될 때까지는. 전투에서 이길 때까지는.

경찰은 허브 애셔의 차량을 풀어주고 나서, 한 가지 묘한 말을 건넸다. "저를 위해서 기도해주세요, 애셔 씨." 그가 말했다.

"기도할게요." 허브 애셔가 말했다.

차량이 비로소 자유로워지자, 그는 크게 커브를 그리며 다시 워싱턴 D.C.로 향했다. 경찰차는 그를 뒤쫓지 않았다. 그 경찰관은 약속을 지켰던 것이다.

19

오디오 가게에서 그는 일라이어스 테이트에게 전화를 걸어 깊이 잠들어있던 상대방을 깨웠다. "엘리야." 그가 말했다. "때가 왔어요."

"뭐라고?" 일라이어스가 중얼거렸다. "가게에 혹시 불이라도 난 건가? 지금 자네 무슨 소리인가? 도둑이 들기라도 했어? 뭐 잃어버린 건 없고?"

"비현실이 돌아오고 있어요." 허브 애셔가 말했다. "우주가 해체되기 시작했어요. 지금 우리 가게만이 아니에요. 만물이 그렇다고요."

"자네 또 그 음악을 들은 게로군." 일라이어스가 말했다.

"맞아요."

"그게 바로 신호야. 자네 말이 맞아. 뭔가 일이 벌어졌어. 그로선—그들로선—미처 짐작하지 못했던 뭔가가. 허브, 또 한 번의 추락이 벌어진 거야. 그런데 나는 잠만 자고 있었지. 자네가 나를 깨워주다니, 하느님께 감사드릴 일이군. 어쩌면 지금은 아직 때가 아닌지도 몰라. 단지 사고인지도 모르지. 그들도 사고가 터지도록 허락은 하니까. 태초에 그랬던 것처럼 말이야. 음, 그렇게 해서 주기에 스스로 닿게 되면 예언도 완성되는 거지. 이제 내가 활동해야 할 때가 온 거야. 자네 덕분에 나도 망각에서 벗어날 수 있게 되었군. 우리 가게는 이제 거룩함의 본거지가 되어야만 해. 전 세계의 성전이 되는 거지. 자네가 들었다는 소리가 나는 FM 방송국에 접속해야 해. 그 방송국에서 자네를 이용한 것처럼, 이제는 우리가 그 방송국을 이용해야지. 그 방송국이 우리의 목소리가 될 거야."

"무슨 이야기를 하려고요?"

일라이어스가 말했다. "이렇게 말할 거야. '잠자는 자여, 깨어나라.' 귀를 기울이는 세계를 향한 우리의 메시지는 그거라고. '깨어나라! 이제 야훼께서 여기 오셨으며, 전투가 시작되었다. 너희 모두의 생명이 저울에 놓였다. 이제 너희 모두의 무게를 잴 것이며, 이것 또는 저것, 좋거나 또는 나쁘게 결과가 나올 것이다. 어느 누구도 여기서 피하지 못할 것이며, 심지어 하느님 자신조차도 그러할 것이며, 그 모든 현현도 마찬가지일 것이다. 이때 이후로는 전혀 없을 것이다. 그러니 흙먼지에서 일어나라, 너희 피조물들아. 그리고 시작하라. 살기를 시작하라. 너희가 살려면 너희는 반드시 싸워야 할지니라. 너희가 가

지려면―무엇이든지 간에―너희는 반드시 저마다 벌어야 하며, 나중이 아니라 지금 벌어야 하리라. 오라!' 이게 바로 우리가 거듭해서 틀어주는 곡조가 될 걸세. 그리고 세계가 듣게 되겠지. 우리가 세계 전체로 다가갈 테니까. 처음에는 좁은 일부분에, 나중에는 나머지로. 애초에 내 목소리가 생긴 것도 바로 이때를 위해서라네. 내가 이 세계에 거듭해서 돌아왔던 것도 바로 이때를 위해서이고. 내 목소리는 이제 소리를 낼 걸세. 이 마지막 때에 말이네. 어서 가세. 어서 시작하세. 너무 늦지는 않기를 바라자고. 내가 너무 오랫동안 잠들어 있지는 않았기를 말이네. 우리는 전 세계의 정보 원천이 되어야 해. 여러 나라 말로 이야기를 해야 하고. 우리는 처음에 한 번은 실패했던 탑이 될 거네. 그리고 이제 우리가 또 실패하면 이제는 이걸로 끝날 거네. 그리고 잠이 되돌아오겠지. 자네의 귀에 맴돌던 그 따분한 소음이 온 세계를 그 무덤까지 따라올 것이고 쇳녹이 지배할 것이고 흙먼지가 지배할 것이야. 잠깐 동안이 아니라 앞으로 영원히, 모든 인간이며 심지어 인간이 만든 기계까지도 말이네. 앞으로 남은 모든 나날 동안."

"어이쿠." 허브 애셔가 말했다.

"지금 이 순간에 우리의 딱한 상황을 살펴보라니까. 우리, 그러니까 자네랑 나는 진실을 알고 있지만, 그걸 세계에 알릴 방법까지는 미처 못 갖고 있다네. 그 방송국이 있으면 우리에게는 그래도 길이 있어. 우리는 '그' 길을 갖게 될 거네. 그나저나 그 방송국의 호출부호가 뭐였지? 거기다 전화해서 내가 사들이겠다고 제안해야겠군."

"그게 WORP-FM이에요." 허브 애셔가 말했다.

"그럼 일단 전화를 끊게." 일라이어스가 말했다. "그래야 내가 거기다가 전화를 해보지."

"그나저나 매입 자금은 어디서 나는데요?"

"돈은 나한테 있어." 일라이어스가 말했다. "일단 끊게. 한시가 급하니까."

허브 애셔가 전화를 끊었다.

만약 린다 폭스가 우리를 위해 테이프를 하나 만들어준다면 우리 방송국에 틀어줄 수도 있을 거야. 그는 생각했다. 그러니까 그 방송국을 단순히 전 세계에 경고를 보내는 데에만 이용할 필요는 없다는 거지. 벨리알 말고 다른 용도도 있는 거니까.

전화가 울렸다. 일라이어스였다. "3000만 달러만 있으면 그 방송국을 살 수 있다더군."

"그 정도 돈이 있어요?"

"지금 당장이야 없지." 일라이어스가 말했다. "하지만 모으면 돼. 일단 우리 가게랑 물건 재고를 다른 사람한테 넘겨야겠어."

"예수님 맙소사." 허브 애셔는 힘없이 반박했다. "하지만 우리는 그 가게 덕분에 먹고사는 거잖아요."

일라이어스가 그를 노려보았다.

"알았어요." 허브가 말했다.

"그리고 재고 처리를 위해 세례 특판 행사도 할 거야." 일라이어스가 말했다. "그러니까 우리 가게에서 물건을 사 가는 사람에게는 내가 직접 세례를 베풀어주겠다 이거지. 그 기회를 빌어서 회개하라고 가르치면 일석이조니까."

"그러면 이제는 당신 정체를 완전하게 기억하는 모양이군요." 허브 애셔가 말했다.

"이제는 기억이 나는군." 일라이어스가 말했다. "한동안은 까먹고 있었지만 말이야."

"만약에 린다 폭스가 허락한다면 우리 방송국에서도—"

"우리 방송국에서는 오로지 종교 음악만 내보낼 거야." 일라이어스가 말했다.

"그건 그 청승맞은 현악 소리보다도 나쁘겠군요. 더 나쁘겠어요. 아까 그 경찰관한테 했던 말을 당신에게도 똑같이 해야하겠어요. 말러 교향곡 제2번을 틀어달라고요. 뭔가 흥미로운 것을, 뭔가 정신을 자극할 만한 것을 틀어달라고요."

"봐서 그러든가." 일라이어스가 말했다.

"그 말이 무슨 뜻인지 내가 모를 것 같아요?" 허브 애셔가 말했다. "우리 집사람도 툭하면 '봐서 그러든가' 어쩌고 했단 말이에요. 그 말이 무슨 뜻인지는 삼척동자도 다 안다고—"

"어쩌면 그 여자도 복음성가를 부를 수는 있겠지." 일라이어스가 말했다.

허브 애셔가 말했다. "어쩐지 이번 일은 시작부터 사람을 정말 맥 빠지게 만드네요. 이제 우리는 가게도 팔아야 하죠, 3000만 달러를 모아야죠. 나는 저놈의 〈남태평양〉도 감당이 안 되고, 〈나 같은 죄인 살리신〉은 더더욱 감당이 안 된다고요. 그 노래를 들으면 무슨 안마시술소에 있는 매춘부 같은 느낌이 들어요. 내 말이 심했다면 미안하게 됐지만요. 하지만 그 경찰관 때문에 나는 하마터면 감방에 들어갈 뻔했다고요. 그 사람 말로는 내가 불법으로 입국했다는 거예요. 내가 지명수배를 당했다고 하던데 그렇게 되면 결국 당신도 똑같이 지명수배를 당했을 수 있다는 거잖아요? 만약에 벨리알이 이매뉴얼을 죽이면 어떻게 하죠? 우리한테는 무슨 일이 일어나는 거죠? 그가 없으면 우리도 살아남지 못해요. 내 말은 벨리알이 그를 지구에서 쫓아내리라는 거예요. 물론 그 전에 그를 패배시키겠죠. 내 생각에 아무래도 이번에는 그놈이 그를 패배시킬 것 같아요. 그러니 워싱턴 D.C.에 있는 FM 방송국을 하나 사들여봤자, 그 전투의 흐름을 바꿔놓진 못한다고요."

"이래 봬도 나는 제법 말을 잘해." 일라이어스가 말했다.

"그렇겠죠. 하지만 벨리알은 당신의 말에 귀 기울이지 않을 거고, 그놈의 통제를 받는 사람들도 모두 마찬가지일 거라고요. 당신의 목소리는—" 그는 잠시 말을 멈추었다. "그러니까 내가 하고 싶은 말은 이거예요. 당신은 '광야에서 외치는 자의 소리'*라는 거죠. 아마 그 이야기는 예전에도 들어본 적이 있을 거예요."

일라이어스가 말했다. "어쩌면 우리 두 사람 다 목이 잘리고 은 쟁반 위에 머리가 놓이는 것으로 끝날 수도 있겠지. 내가 예

---

* 이사야 40장 3절. 신약성서의 사복음서에서는 이 구절을 세례요한에 관한 예언으로 해석한다.

전에 한 번 겪었던 것처럼 말이야.* 지금 상황에서 분명한 사실은 벨리알이 갇혀있던 우리에서 풀려났다는 걸세. 원래는 지나가 그를 우리에 집어넣었지. 그런데 이제는 사슬에서 풀려난 거야. 풀려나자마자 그는 이 세계로 들어왔지. 하지만 내가 자네에게 하고 싶은 말은 이거네. '어찌하여 무서워하느냐, 믿음이 적은 자들아!'** 이 상황에서 할 수 있는 말은 이미 몇 세기 전에 다 했다네. 린다 폭스에게도 우리 방송국의 방송 시간 중에 조금은 양보해주겠네. 자네가 그 여자한테 이야기하게. 부르고 싶은 노래는 뭐든지 부르라고 말이야."

"나는 포기할래요." 허브 애셔가 말했다. "그녀에게 전화를 해서 내가 당분간은 웨스트코스트에 못 갈 것 같다고 해야겠어요. 지금 내가 겪는 곤란한 처지에 그녀까지 말려들게 하고 싶지는 않—"

"그 문제는 나중에 다시 이야기하세." 일라이어스가 말을 잘랐다. "대신 자네는 일단 리비스한테 전화를 해보게. 내가 가장 최근에 만났을 때 울고 있더군. 유문 궤양인가가 생겼다고 얘기하던데. 아마도 악성인 모양이야."

"유문 궤양은 악성이 아니에요." 허브 애셔가 말했다. "바로 여기가 애초에 내가 끼어들었던 대목이에요. 리비스 로미가 자기 병 때문에 주저앉아 울고 있는 순간 말이에요. 바로 이것 때

---

* 팔레스타인 왕 헤롯 안티파스가 세례 요한을 구금했다가, 헤로디아의 딸(살로메)의 계교에 넘어가 요한의 목을 잘라 은 쟁반에 담게 했다는 이야기를 언급한 것이다.
** 마태복음 8장 26절 등에 나온다.

문에 내가 말려들었다고요. 그녀가 아픈 것은 그 병 때문이고 그 병 자체 때문이에요. 다른 이유 때문이 아니라고요. 이제 나는 이 일에서 벗어나고 싶어요. 일단 린다 폭스한테 전화나 걸어야겠어요." 그는 전화를 끊었다.

예수님 맙소사. 그는 생각했다. 난 그저 캘리포니아로 날아가서 나만의 행복한 삶을 시작하고 싶을 뿐인데. 하지만 졸지에 대우주가 나와 내 행복한 삶을 모조리 삼켜버렸어. 도대체 일라이어스는 어떻게 해서 3000만 달러를 모은다는 거지? 우리 가게와 재고를 매각해도 어림없어. 어쩌면 하느님이 그에게 금 덩어리를 던져줄지도 모르지. 옛날 유대인이 광야에서 먹고 살았던 만나처럼, 아예 금가루를 비처럼 내려줄지도 모르고. 일라이어스의 말마따나, 이 모두가 벌써 몇 세기 전에 이야기되고, 이미 몇 세기 전에 일어났다는 거지. 더 폭스와 함께하는 내 인생은 새로울 수도 있었어. 그런데 나는 또다시 여기서 처량하고 청승맞은 현악 소리에 붙들려있고, 얼마 안 있으면 이번에는 복음성가에 붙들려있게 되겠지.

그는 린다 폭스의 개인 번호로 전화를 걸었다. 셔먼 오크스에 있는 그녀의 집 번호였다. 하지만 녹음된 메시지만 나올 뿐이었다. 전화의 작은 화면에 그녀의 얼굴이 나타났지만, 기계적이고 일그러진 얼굴에 불과했다. 순간적으로 그의 눈에는 그녀의 피부가 갈라지고 그녀의 용모가 살찌고 뚱뚱한 것처럼 보였다. 깜짝 놀란 그는 이렇게 말했다. "아니, 메시지는 안 남기겠어요. 나중에 다시 전화하죠." 그는 누구라고 밝히지도 않은 채 전화를 끊었다. 어쩌면 조만간 그녀가 먼저 전화할지도 몰라. 그는 생각했다. 내가 나타나지 않으면 말이야. 여하간 그녀는 내가 거기 도착하리라고 생각하고 있을 테니까. 그나저나 그녀의 얼굴은 정말 이상했어. 어쩌면 예전에 녹음한 메시지인지도 모르지. 아마 그럴 거야.

마음을 가라앉히기 위해 그는 가게에 있는 오디오 시스템 가운데 하나 쪽으로 다가갔다. 그는 오디오 홀로그램에 연결된 믿을 만한 프리앰프 컴포넌트를 선택했다. 라디오 방송국 중에서도 그는 평소에 좋아하는 클래식 음악 방송국을 골랐다. 그런데—

시스템의 변환기에서 사람 목소리만 나오는 것이었다. 음악은 없이. 단어를 거의 알아들을 수 없을 정도의 속삭임. 이건 도대체 뭐야? 그는 속으로 말했다. 무슨 말을 하는 거지?

"……지치고." 건조하면서도 어딘가 유들유들한 어조로 속삭이는 말이었다. "……그리고 두렵고 아무런 가능성이 없어…… 무게가 짓누르고 패배할 수밖에 없어. 너는 패배할 수밖에 없어. 너는 쓸모없어."

이 말과 함께 유명한 옛날 노래 하나가 흘러나왔다. 린다 론스태트의 〈너는 쓸모없어〉였다. 론스태트는 이 가사를 거듭해서 노래했다. 마치 영원히 계속될 것만 같았다. 단조롭고도 최면적이었다. 그는 이 노래에 매료되어 가만히 서서 들었다. 이런 빌어먹을 것 같으니. 마침내 그는 이렇게 생각했다. 그리고 시스템을 꺼버렸다. 하지만 그 단어는 계속해서 그의 머릿속에서 맴돌고 또 맴돌았다. 너는 가치가 없다. 그는 이렇게 생각했다. 너는 가치가 없는 인간이야. 예수님 맙소사! 그는 생각했다. 이거야말로 그 처량하고 청승맞은 현악 이지리스닝 쓰레기보다 더 심하군. 이거야말로 치명적이야.

그는 집으로 전화를 걸었다. 한참 있다가 리비스가 받았다. "지금쯤이면 캘리포니아에 가있을 줄 알았는데." 그녀가 중얼거렸다. "왜 자는데 깨우고 난리예요. 지금이 몇 시인지 알기나 해요?"

"돌아올 수밖에 없었어요." 그가 말했다. "경찰이 나를 지명수배했더군요."

리비스가 말했다. "난 그냥 잠이나 잘래요." 화면이 어두워졌다. 불이 꺼지면서 그의 눈앞에는 아무것도 보이지 않았다. 그저 무無뿐이었다.

지금은 모두들 잠을 자다가 전화를 받거나, 아니면 녹음된 메시지가 나타나는군. 그는 생각했다. 그들에게 뭐라고 말해주려고 하면, 그들은 나더러 쓸모없다고 말하는 거지. 벨리알의 영역은 만물에 가치의 결핍을 심어주고 있어. 대단하군. 딱 우리가 필요했던 거야. 그 경찰관이 나에게 부탁한 것 중에서 유일하게 밝은 부분은 그를 위해 기도해달라는 것뿐이로군. 심지어 일라이어스도 변덕스럽게 행동했어. 우리가 그 FM 라디오 방송국을 3000만 달러에 매입해서 사람들에게 이야기를 해야 한다는 둥 말이지. 게다가 사람들에게 홈 오디오 시스템을 팔면서 일종의 보너스로 세례를 베풀겠다고 하지 않나. 그게 무슨 공짜 동물 인형이라도 주는 행사인 줄 아나.

동물이라. 그는 생각했다. 벨리알은 짐승이었어. 내가 방금 들은 라디오에서의 목소리는 짐승의 목소리였어. 인간보다 하등하고, 더 뛰어나지는 않은 짐승. 그야말로 최악의 의미에서의 짐승. 인간 이하이고 비천한. 그는 몸을 떨었다. 지금 이 순간에도 리비스는 잠을 자면서 악성 종양에 관해 꿈을 꾸고 있었다. 그녀에게는 질병이 끝도 없이 찾아왔다. 본인이 의식하건 말건 간에 말이다. 질병은 항상 그녀와 있었고, 항상 거기 있었다. 그녀 본인이 일종의 병원체로써 스스로를 감염시키는 셈이었다.

그는 불을 끄고 가게를 나왔다. 출입문을 잠그고 주차된 차로 향하며, 이제 어디로 가야 하나 궁리했다. 몸이 아프고 불평이 많은 아내에게 돌아갈 것인가? 캘리포니아로, 아까 전화 화면에서 본 기계적이고 땅딸막한 이미지를 찾아갈 것인가?

그가 차를 세워둔 곳 근처의 보도에서 뭔가 작은 물체가 움직였다. 뭔가가 마치 두려움에 사로잡힌 듯, 그에게서 주춤거리며 물러나고 있었다. 짐승이었다. 고양이보다 약간 더 커다란. 하지만 개는 아닌 것처럼 보였다.

허브 애셔는 걸음을 멈추고 몸을 굽힌 다음 한 손을 내밀었다. 그 동물은 머뭇머뭇 그에게로 다가왔다. 그 순간 그는 머릿속에서 그 짐승의 생각을 들을 수 있었다. 그 짐승은 텔레파시로 그와 의사소통을 하고 있었다. 나는 CY30-CY30B 태양계에서 왔어. 그 짐승은 그에게 이런 생각을 불어넣었다. 나는 과거에 야에게 희생 제물로 바쳐진 그곳의 토착종 짐승 가운데 하나지.

그는 비틀거리며 말했다. "그런데 지금 여기서 뭘 하고 있는 거지?" 뭔가가 잘못되었다. 이런 일은 불가능했다.

나를 좀 도와줘. 그 염소 모양 생물이 생각을 전해왔다. 나는 너를 찾아서 여기까지 왔어. 너를 찾아서 지구까지 왔다니까.

"거짓말하지 마." 그는 이렇게 말했다. 그러면서도 차 문을 열고 플래시를 꺼냈다. 그는 몸을 굽히고 노란 플래시 불빛을 그 짐승에게 비추었다.

실제로 그의 앞에는 염소가 한 마리 있었다. 별로 큰 놈도 아니었다. 하지만 이곳의 일반적인 염소라고 할 수는 없었다. 그는 분명히 그 차이를 식별할 수 있었다.

나를 차에 태워서 돌봐줘. 염소 모양 생물이 생각을 전해왔다. 나는 길을 잃었어. 우리 엄마한테서 떨어졌어.

"알았어." 허브 애셔가 말했다. 그가 팔을 내밀자 염소는 머뭇거리며 그에게 다가왔다. 어딘가 이상하게 약간 야윈 얼굴에, 상당히 뾰족하고 작은 굽을 지니고 있었다. 아직 새끼로구나. 그는 생각했다. 몸을 떠는 것 좀 봐. 굶주린 모양이지. 여기 내버려두면 자칫 차에 치일지도 몰라.

고마워. 염소 모양 생물이 그에게 생각을 전했다.

"내가 돌봐줄게." 허브 애셔가 말했다. 염소 모양 생물이 생각을 전했다. 나는 야가 무서워. 야가 화를 냈다 하면 정말 끔찍하니까.

불길, 그리고 염소의 목을 따는 생각이 그에게 떠올랐다. 허브 애셔는 그 생각에 몸을 떨었다. 최초의 희생, 죄 없는 짐승의 희생. 신의 분노를 가라앉히기 위한 것이었다.

"나랑 같이 있으면 안전할 거야." 그가 이렇게 말하며 그 염소 모양 생물을 안아 들었다. 그 생물을 통해 본 야의 모습에 그는 충격을 받았다. 이제 그는 이 염소 모양 생물이 바라보는 것과 마찬가지로 야를 바라보게 되었다. 그렇게 바라본 야는 무시무시한 존재였으며, 이 작은 생명까지도 바치라고 요구하는 거대하고 분노한 산의 신이었다.

네가 나를 야의 손길에서 구해줄래? 염소 모양 생물이 떨리는 목소리로 물었다. 그 짐승의 생각은 걱정으로 가득했다.

"당연히 구해주고 말고." 허브 애셔가 말했다. 그는 이 염소 모양 생물을 조심스레 뒷좌석에 내려놓았다.

내가 어디 있는지 야한테 이야기 안 할 거지, 그렇지? 염소 모양 생물이 애원했다.

"약속할게." 허브 애셔가 말했다.

고마워. 염소 모양 생물이 자신의 생각을 전했다. 순간 허브 애셔는 그 짐승의 즐거움을 느꼈다. 이상하게도 거기에는 일종의 승리감이 깃들어있었다. 그는 운전석에 앉아서 시동을 걸면서 문득 이상한 생각이 들었다. 이것이 저 짐승에게는 일종의 승리가 되는 것일까? 그는 속으로 물었다.

나는 그저 안전해져서 기쁜 것뿐이야. 염소 모양 생물이 설명했다. 그리고 나를 보호해줄 사람을 찾아서 말이야. 이 지구에서는 워낙 많은 죽음이 있게 마련이잖아.

죽음이라. 허브 애셔는 생각했다. 내가 죽음을 두려워하듯 저 짐승도 죽음을 두려워하는구나. 저 짐승도 나와 마찬가지로 살아있는 유기체니까. 비록 여러 가지 면에서 저 짐승은 나와 상당히 다르지만 말이야.

염소 모양 생물이 그에게 생각을 전했다. 나는 아이들에게 괴롭힘을 당했어. 두 아이, 남자아이랑 여자아이 하나씩이야.

순간 허브 애셔의 머릿속에는 그 모습이 떠올랐다. 못된 아이 두 명. 잔인한 얼굴에 적대적이고 번뜩이는 눈을 지닌 아이들. 그 아이들이 이 염소 모양 생물을 괴롭혔고, 그래서 이 짐승은 혹시나 그 아이들의 손에 다시 잡히지 않을까 두려워하는 거로군.

"그런 일은 일어나지 않을 거야." 허브 애셔가 말했다. "약속할게. 아이들은 짐승에게 끔찍하게 잔인한 행동을 할 수 있으니까 말이야."

그의 머릿속에서 그 염소 모양 생물이 웃었다. 허브 애셔는 그 짐승의 기쁨을 경험했다. 당황한 그는 뒤를 돌아보았다. 하지만 뒷좌석은 어두워서 그 염소 모양 생물의 모습은 알아볼 수가 없었다. 그 짐승이 지금 차 뒷좌석에 있다는 사실은 감지되었지만 도저히 알아볼 수가 없었다.

"어디로 가야 할지 모르겠는데." 허브 애셔가 말했다.

원래 가려던 곳으로 가. 염소 모양 생물이 생각을 전했다. 캘리포니아로. 린다에게로.

"알았어." 그가 말했다. "하지만 나는—"

이번에는 경찰도 너를 멈춰 세우지 않을 거야. 염소 모양 생물이 그에게 생각을 전했다. 그건 내가 알아서 할 테니까.

"하지만 너 같은 작은 짐승이 어떻게?" 허브 애셔가 말했다.

염소 모양 생물이 웃었다. 너는 나를 린다에게 선물로 건네주기만 하면 돼. 그 짐승이 생각했다.

불편한 마음으로 그는 자동차를 캘리포니아 방향으로 돌리고 하늘로 솟아올랐다.

그 아이들은 바로 여기 워싱턴 D.C에 있어. 염소 모양 생물이 그에게 생각을 전했다. 원래는 캐나다의 브리티시컬럼비아주에 있었는데, 지금은 이리로 왔어. 나는 그들에게서 멀리 떨어져 있고 싶어.

"그럴 만도 하겠지." 허브 애셔가 말했다.

차를 몰고 가는 동안 그의 자동차에서 냄새가 났다. 염소 냄새가. 그 냄새가 어찌나 고약한지, 불편할 정도였다. 냄새 참 고약하군. 그는 생각했다. 덩치는 쪼끄만 녀석이. 물론 저 종의 특성이 그렇기는 하겠지. 그래도 좀…… 그는 냄새 때문에 점차 속이 울렁거리기 시작했다. 그런데 저 냄새나는 짐승을 린다 폭스에게 선물해야 한다고? 그는 스스로에게 물어보았다.

물론 그래야지. 염소 모양 생물이 그에게 생각을 전했다. 그의 머릿속에서 펼쳐지는 생각을 읽은 모양이었다. 그녀도 기뻐할 거야.

바로 그 순간, 허브 애셔는 염소 모양 생물의 정신으로부터 뭔가 정말로 끔찍한 인상을 받았다. 어찌나 끔찍하던지, 그는 순간적으로 차를 엉뚱한 방향으로 몰기까지 했다. 그 생물에게서 린다 폭스를 향한 성적 욕망이 감지되었던 것이다.

내가 지금 무슨 얼토당토않은 상상을 하고 있지! 허브 애셔는 자책하듯 고개를 저었다.

순간 염소 모양 생물이 생각했다. 나는 그녀를 원해. 그 생물은 그녀의 가슴을, 그녀의 허리를, 그녀의 몸 전체를 상상했으며, 벌거벗겨서 쉽사리 손에 넣기까지 했다. 예수님 맙소사! 허브 애셔가 생각했다. 이런 끔찍스러운 일이 있나. 내가 지금 뭘 신고 가는 거지? 그는 자동차를 도로 워싱턴 D.C. 방향으로 돌리려고 했다.

그러나 그는 도무지 운전대를 돌릴 수가 없었다. 염소 모양 생물이 운전대를 장악했기 때문이다. 그 짐승이 허브 애셔의 몸 안에서, 그의 정신 한가운데서 힘을 발휘하고 있었다.

그녀는 나를 좋아할 거야. 염소 모양 생물이 생각했다. 나도 그녀를 좋아할 거고. 곧이어 그 짐승의 생각은 허브 애셔가 감히 이해할 수 있는 범위를 넘어서버렸다. 린다 폭스를 일종의 염소 모양 생물로 바꿔서 그 짐승의 영역으로 끌고 간 것이었다.

그녀는 내 장소에서 희생 제물이 될 거야. 염소 모양 생물이 생각했다. 그녀의 목을 따버릴 거야. 예전에 남들이 내 목을 딴 것처럼.

"안 돼." 허브 애셔가 말했다.

돼. 염소 모양 생물이 생각을 전했다.

그 생물은 계속해서 그에게 운전을 시켰다. 캘리포니아를 향해, 린다 폭스를 향해. 그를 강제하고 조종하는 동안, 그 짐승은 기쁨을 드러냈다. 자동차 뒷좌석의 어둠 속에서 그 짐승은 제 나름대로의 춤을 추었고, 그 발굽으로 드럼 소리를 냈다. 승리감에 사로잡혀 내는 소리였다. 그리고 기대감과 즐거움에 도취되어서.

그 짐승은 죽음을 생각하고 있었다. 죽음에 대한 생각 때문에 그 짐승은 기쁨에 사로잡혔고, 끔찍한 노래까지 곁들이며 스스로 축하를 하고 있었다.

그는 최대한 차를 비뚤배뚤 몰았다. 다시 한 번 경찰차에 붙들릴 심사였다. 하지만 염소 모양 생물이 약속한 것처럼 결코 붙들리지 않았다.

허브 애셔의 머릿속에 들어있는 린다 폭스의 이미지는 처참한 변모를 겪고 있었다. 그는 그녀를 뚱뚱하고 안색이 나쁜 모습으로 그렸다. 너무 많이 먹고, 목표도 없이 방황하며 축 늘어진 사람으로. 그러다가 그는 비로소 깨달았다. 이것이야말로 고발자의 관점이라는 사실을 말이다. 그 염소 모양 생물은 린다 폭스의 고발자였다. 따라서 그 짐승은 그녀를—창조된 만물을—가능한 한 최악의 시각에서 바라보았다. 추악한 측면에서만 바라보았던 것이다.

내 차 뒷좌석에 있는 저것이 하는 짓이야. 그는 속으로 말했다. 저 염소 모양 생물이 하느님의 완전한 창조물을, 하느님이 좋다고 말씀하신 세계를 바라보는 방식이 바로 저런 것뿐인 거야. 이것이야말로 악의 비관주의 그 자체야. 악의 본성은 무엇이든 이런 식으로 바라보는 것, 이런 식으로 부정의 평결을 선포하는 거야. 따라서 악은 창조를 파괴하는 거야. 창조주가 존재하게 만든 것을 와해시키는 거야. 이것은 또한 비현실의 한 형태지. 이 평결은, 이 끔찍한 측면은. 창조는 이렇지 않아. 린다 폭스도 이렇지 않아. 하지만 저 염소 모양 생물은 나에게 그렇다고 말하겠—

나는 너에게 오로지 진실을 보여줄 뿐이야. 염소 모양 생물이 그에게 생각을 전했다. 네가 좋아하는 피자 가게 여종업원에 관한 진실을 말이야.

"지나가 넣어둔 우리에서 네가 빠져나왔다고 하더니 사실이었군." 허브 애셔가 말했다. "일라이어스의 말이 맞았어."

아무것도 우리에 들어갈 필요는 없지. 염소 모양 생물이 그에게 생각을 전했다. 특히 나는 말이야. 나는 세계를 돌아다닐 거야. 그리고 세계를 확장시켜서 내가 가득 채울 거야. 이것은 내 권리지.

"벨리알." 허브 애셔가 말했다.

왜 그러시나. 염소 모양 생물이 생각으로 대답했다.

"나는 너를 린다 폭스에게 데려가고 있어." 허브 애셔가 말했다. "내가 세상에서 가장 사랑하는 사람에게." 다시 한 번 그는 운전대를 돌리려고 노력했지만, 운전대는 여전히 꼼짝하지 않았다.

잘 생각해봐. 염소 모양 생물이 그에게 생각을 보냈다. 이게 바로 이 세계를 바라보는 내 관점이지. 나는 이걸 네 관점으로, 그리고 모두의 관점으로 만들 거야. 이게 바로 진실이지. 원래 비추던 빛은 가짜의 빛에 불과했어. 그 빛은 이제 꺼졌고, 그 빛이 부재함으로써 현실의 진정한 본성이 드러나는 거지. 그 빛은 사람의 눈을 멀게 해서 사물의 진짜 상태를 못 보도록 하지. 그 진짜 상태를 드러내는 것이 바로 내 임무라고.

네가 상상한 것보다는 회색의 진실이 차라리 더 나을걸. 염소 모양 생물이 말을 이었다. 너는 깨어나고 싶어했지. 이제 너는 깨어난 거야. 나는 너에게 있는 그대로의 사물을, 그야말로 가차 없이 보여줄 거야. 하지만 그래야 마땅하지 않겠나. 너는 내가 과거에 야훼를 어떻게 패퇴시켰는지 알고 있나? 그의 창조를 있는 그대로의 모습으로, 즉 혐오할 만한 천박한 것으로 드러내줌으로써 가능했지. 이것이 그의 패배지. 네가 보는 것이 말이야. 네가 나의 정신과 눈을 통해서 보는 것, 다시 말해서 세계를 바라보는 나의 시야. 나의 올바른 시야. 리비스 로미의 돔을 생각해보라니까. 네가 그곳을 처음 봤을 때의 모습 그대로를 말이야. 그녀가 어떤 모습이었는지를 생각해보라고. 그녀가 지금은 어떤 모습인지도 생각해보고. 네가 생각하기에는 린다 폭스라고 해서 별다를 것 같은가? 아니면 너 자신은 뭔가 별다를 것 같은가? 너도 결국 똑같아. 네가 리비스의 돔에서 잡동사니며 상한 음식과 썩은 찌꺼기를 보았을 때, 너는 실제의 현실을 바라본 거야. 삶을 바라본 거야. 진실을 바라본 거야.

머지않아 더 폭스의 진실을 너에게 보여주지. 염소 모양 생물이 말을 이었다. 이 여행의 막바지에 가서 네가 발견할 것이 그거야. 지금으로부터 몇 년 전, 네가 리비스 로미의 지저분한 돔 안에서 발견했던 바로 그것이지. 아무것도 변하지 않았고 아무것도 다르지 않아. 그때도 너는 도망칠 수 없었고, 지금도 마찬가지지.

너의 생각은 어떤가? 염소 모양 생물이 그에게 물었다.

"미래라고 해서 반드시 과거를 닮아야 할 필요는 없지." 허브 애셔가 말했다.

아무것도 변하지 않아. 염소 모양 생물이 대답했다. 성서에서도 우리에게 그렇게 말하고 있지 않나.

"하다못해 염소마저 성서를 인용할 줄 아는군." 허브 애셔가 말했다.

이들은 로스앤젤레스 지역으로 향하는 수많은 차들의 교통 흐름 속으로 들어갔다. 자동차와 상업용 차량이 이들의 양옆과 위아래에서 오가고 있었다. 허브 애셔의 눈에는 경찰차가 보였지만, 어느 누구도 그에게 관심을 보이지는 않았다.

그 여자 집까지 내가 안내해주지. 염소 모양 생물이 그에게 알렸다.

"더러운 놈 같으니." 허브 애셔는 화를 내며 말했다.

공중 신호등에서 진행 표시가 나왔다. 이들은 캘리포니아에 거의 다 와있었다.

"나하고 내기를 할까. 너는—" 허브 애셔가 말했다. 하지만 염소 모양 생물이 그의 말을 가로막았다.

나는 내기를 하지 않아. 그 생물이 그에게 생각을 보냈다. 나는 놀이를 하지 않아. 나는 강하고, 약한 것을 먹이로 삼지. 네가 바로 그런 약한 것이야. 린다 폭스는 심지어 너보다도 더 약한 것이고. 게임 따위는 잊어버리시지. 그건 어린아이들이나 하는 거니까.

"그래도 어린아이와 같을 필요가 분명히 있어." 허브 애셔가 말했다. "하느님의 왕국에 들어가려고 한다면 말이야."[*]

나는 그 왕국에는 아무 관심이 없어. 염소 모양의 생물이 그에게 생각을 보냈다. 지금 이곳이 내 왕국이니까. 네 자동차의 자동 조종 컴퓨터에 그녀의 집으로 가는 좌표를 맞추도록 해.

그의 손이 움직였다. 그의 의지와는 무관한 일이었다. 그로선 저지할 방법이 없었다. 염소 모양 생물이 그의 운동중추를 장악했기 때문이었다.

카폰을 이용해서 그 여자한테 전화나 거시지. 염소 모양 생물이 그에게 말했다. 조금 있으면 도착한다고 말해.

"싫어." 그가 말했다. 하지만 그의 손가락은 이미 그녀의 전화번호가 입력된 카드를 슬롯에 집어넣은 다음이었다.

"여보세요." 린다 폭스의 목소리가 작은 스피커에서 흘러나왔다.

"나 허브예요." 그가 말했다. "늦어서 미안해요. 중간에 웬 경

---

[*] 마가복음 10장 15절 등에 나오는 구절을 인용한 것이다.

찰관이 멈춰 세우는 바람에요. 너무 늦었죠?"

"아니에요." 그녀가 말했다. "잠깐 밖에 나와있던 중이었거든요. 어쨌거나 다시 만나게 되니 참 좋네요. 여기 있다 가실 거죠? 그러니까 오늘 바로 돌아가실 건 아닌 거죠?"

"있다 갈 거예요." 그가 말했다.

그 여자한테 말해. 염소 모양의 생물이 그에게 생각을 보냈다. 나를 데리고 왔다고 말이야. 애완동물로 선물할 거라고 말이야. 새끼 염소를.

"당신 주려고 애완동물을 한 마리 데려왔어요." 허브 애셔가 말했다. "아기 염소를요."

"어머, 진짜요? 그럼 저한테 주고 가실 거예요?"

"그래요." 그가 말했다. 역시나 그의 의지와는 무관한 말이었다. 염소 모양 생물이 그의 말을, 심지어 어조까지도 제어하고 있었기 때문이다.

"그렇게까지 생각해주시니 정말 고맙네요. 사실 저는 애완동물을 여러 마리 키우는데, 마침 염소는 없었어요. 그러면 제가 키우는 양이랑 같은 우리에 넣어놓으면 되겠네요. 그 녀석 이름이 허먼 W. 머제트거든요."

"양 이름 치고는 희한하네요." 허브 애셔가 말했다.

"허먼 W. 머제트는 영어권에서 가장 악명 높은 연쇄살인범 이름이죠." 린다 폭스가 말했다.

"음." 그가 말했다. "그러면 괜찮은 것 같네요."

"그럼 조금 있다 봐요. 내릴 때 조심하세요. 혹시나 염소가 다치면 안 되니까요." 그녀가 접속을 끊었다.

몇 분 뒤, 그의 자동차가 그녀의 집 옥상에 사뿐히 내려앉았다. 그는 시동을 껐다.

문을 열어. 염소 모양 생물이 그에게 생각을 전했다.

그는 자동차 문을 열었다.

희미한 불빛을 배경으로 린다 폭스가 그의 차 쪽으로 걸어오고 있었다. 그녀의 얼굴에는 미소가 가득했고, 그녀의 두 눈은 반짝이고 있었다. 그녀는 반기는 듯 손을 흔들었다. 그녀는 탱크톱과 반바지 차림이었고, 이전에도 그랬듯이 맨발이었다. 서둘러 달려오느라 머리카락이 펄럭였고 가슴이 출렁거렸다.

"안녕하세요." 그녀가 숨을 헐떡이며 말했다. "그 새끼 염소는 어디 있어요?" 그녀는 자동차 안을 들여다보았다. "아." 그녀가 말했다. "여기 있네요. 이리 나와, 새끼 염소야. 이리 와."

염소 모양 생물이 펄쩍 뛰어서 캘리포니아 저녁의 희미한 불빛 속으로 나왔다.

"벨리알." 린다 폭스는 이렇게 말하며 몸을 굽혀 염소를 만졌다. 염소는 서둘러 뒷걸음질했지만, 그녀의 손가락이 순식간에 그 짐승의 옆구리를 스쳤다. 그러자 염소 모양 생물은 죽어버리고 말았다.

20

"그놈들이 아직 많이 남아있어요." 그녀가 말했다. 허브 애셔는 줄곧 염소의 시체를 멍하니 바라보고만 있었다. "들어오세요. 이미 냄새로 알고 있었어요. 벨리알은 정말 하늘 꼭대기까지 미칠 정도로 냄새가 고약하거든요. 얼른 들어오세요." 그녀는 그의 팔을 끌어서 문간으로 데려갔다. "떨고 있군요. 저게 뭔지 알고 있었죠, 그런 거죠?"

"그래요." 그가 말했다. "그나저나 당신은 도대체 누구죠?"

"때로는 옹호자라고 불리죠." 린다 폭스가 말했다. "그러니까 내가 누군가를 옹호할 때에는 옹호자인 거예요. 때로는 위로자이기도 하죠. 내가 누군가를 위로할 때는요. 곁에서 돕는 자이기도 하죠. 벨리알은 고발자예요. 우리는 법정에서 서로 반대편에 서있는 거죠. 얼른 들어와서 좀 앉아 계세요. 당신에게는 끔찍한 일이었을 거예요, 아마도. 괜찮아요?"

"괜찮아요." 그는 그녀를 따라 옥상 엘리베이터로 향했다.

"내가 이미 당신을 위로해준 적이 있지 않았어요?" 린다 폭스가 물었다. "예전에 안 그랬어요? 당신이 어느 낯선 세계의 돔 속에 들어가 누워있고, 마침 아무도 같이 이야기할 사람도 하나 없을 때에요. 그건 내 일이에요. 내가 하는 일 가운데 하나죠." 그녀는 한 손을 그의 가슴에 얹었다. "심장이 쿵쾅거리고 있네요. 겁이 많이 났나봐요. 내가 어떻게 될지를 그가 이야기했던 모양이죠? 하지만 보시다시피, 그는 당신이 자기를 어디로 데려가는지 미처 몰랐던 거예요. 어디로, 또는 누구에게로 데려가는지를요."

"당신이 그를 파괴했군요." 그가 말했다. "그리고—"

"하지만 그는 이미 우주 전체에 증식해버렸어요." 린다가 말했다. "방금 전에 당신이 옥상에서 본 일은 한 가지 사례에 지나지 않아요. 모든 사람은 저마다 옹호자와 고발자를 하나씩 거느리고 있죠. 히브리어에서는, 그러니까 고대 이스라엘인들은 옹호자를 '예체르 하 토브'라고 불렀고, 고발자를 '예체르 하 라'라고 불렀죠. 마실 거를 갖다 줄게요. 캘리포니아 진판델 와인이 괜찮은 게 있어요. 부에나비스타 진판델 와인이오. 헝가리산 포도로 만든 거죠. 대부분의 사람들은 그걸 모르지만요."

허브 애셔는 그녀의 집 거실에 있는 공중 의자에 힘없이 털썩 주저앉았다. 여전히 고약한 염소 냄새가 진동을 했다. "과연

이게—"그가 말을 꺼냈다.

"그 냄새는 금방 없어질 거예요." 그녀가 레드와인을 한 잔 따라서 그에게 가져다주었다. "와인은 일찌감치 따서 향을 열어놨어요. 괜찮죠? 아마 당신도 좋아할 거예요."

와인은 매우 맛이 좋았다. 그의 심장 박동도 정상으로 돌아왔다.

그의 맞은편에 앉아있던 린다 폭스가 와인 잔을 들고 그를 유심히 바라보았다. "혹시 당신 부인이 해를 당한 건 아니죠, 그렇죠? 아니면 일라이어스나요."

"아니에요." 그가 말했다. "저놈을 만났을 때에는 나 혼자 있었어요. 길 잃은 짐승인 척하더군요."

린다 폭스가 말했다. "지구상에 있는 모든 사람이 언젠가는 자신의 '예체르 하 토브'와 자신의 '예체르 하 라' 가운데 어느 한쪽을 선택해야 할 거예요. 당신은 나를 선택했고, 그래서 나도 당신을 구한 거죠……. 당신이 만약 저 염소 모양 생물을 선택했다면 나로서도 당신을 구할 길이 없었을 거예요. 당신의 경우에는 나를 고른 거죠. 전투는 하나하나의 영혼에서 개별적으로 벌어지고 있어요. 랍비들이 가르친 것과 똑같죠. 그들은 타락한 인간 전체에 대한 교리를 갖고 있지 않아요. 구원은 한 사람 한 사람에게 달려있는 것이죠. 진판델 와인이 입에 맞으세요?"

"그래요." 그가 말했다.

"앞으로는 당신네 FM 방송국도 이용할 거예요." 그녀가 말했다. "새로운 곡을 방송하기에는 딱 좋은 곳이죠."

"그걸 벌써 알고 있었어요?" 그가 말했다.

"일라이어스는 너무 완고해요. 내 노래가 오히려 적절할 거
예요. 내 노래는 인간의 마음을 기쁘게 할 거고, 중요한 건 바
로 그거니까요. 음, 허브 애셔. 당신은 지금 나랑 같이 캘리포
니아에 있어요. 당신이 애초에 상상했던 것처럼요. 당신이 또
다른 태양계에 있을 때에, 당신의 돔 안에서 상상했던 것처럼
요. 그때 당신은 나의 홀로그램 포스터를 보고 있었죠. 움직이
고 말하는, 나의 모조품인 인조품을 말이에요. 이제 당신은 진
짜 나랑 같이 있는 거예요. 바로 당신 건너편에 말이에요. 기분
이 어때요?"

그가 물었다. "이게 현실인가요?"

"혹시 200대의 청승맞은 현악기 소리가 지금도 들려요?"

"아뇨."

린다 폭스가 말했다. "그럼 현실이에요." 그녀는 자기 와인
잔을 내려놓고 자리에서 일어나더니 그에게 다가와 자기 양팔
로 그를 끌어안았다.

아침에 잠을 깨어보니, 더 폭스는 그에게 몸을 바짝 붙이고
잠들어있었고, 그녀의 머리카락이 그의 얼굴을 간질였다. 그는
속으로 말했다. 정말이구나. 꿈이 아닌 거야. 그 사악한 염소
모양 생물은 옥상에 죽어서 쓰러져있지. 내 삶을 타락시키기
위해 찾아온 나만의 특별한 염소 괴물이 말이야.

이 여자야말로 내가 사랑하는 사람이지. 그녀의 검은 머리카락과 하얀 뺨을 어루만지며 그는 생각했다. 아름다운 머리카락이었다. 잠들어있는 중에도 그녀의 속눈썹은 길고도 아름다웠다. 불가능해 보이는 일이지만 사실이야. 이런 일은 벌어질 수 있어. 종교적 신앙에 관해서 일라이어스가 뭐라고 했더라? "불가능한 일이기 때문에 확실하다[Certum est quia impossibile est]." 초창기의 교부 테르툴리아누스가 예수 그리스도의 부활에 관해서 남긴 유명한 말이다. "그리고 무덤에서 부활했다. 불가능한 일이기 때문에 확실하다[Et sepultus resurrexit; certum est quia impossibile est]." 지금이 바로 그런 경우로군.

참으로 먼 길을 지나온 셈이로군. 여자의 맨 팔을 쓰다듬으며 그는 이렇게 생각했다. 한때는 이런 일을 상상만 했었는데 지금은 이런 일을 경험하고 있으니까. 내가 시작했던 곳으로 되돌아오기는 했는데, 사실 여기는 내가 시작했던 곳과는 전혀 다른 곳이야! 역설과 기적이 동시에 벌어진 셈이군. 심지어 여기는 캘리포니아야. 내가 그토록 가고 싶던 곳, 상상만 했던 곳. 마치 나의 미래를 미리 보는 꿈을 꾸고 있는 것 같아. 실제로 벌어지기도 전에 경험하는 거지.

그리고 옥상에 죽어있는 것이야말로 이것이 현실임을 보여주는 증거지. 설마 내 상상력만으로 그런 냄새 고약한 짐승을 만들어냈을 리는 없잖아. 제 정신을 내게 주입해서 내게 거짓말을, 그것도 피부도 엉망인 뚱뚱하고 땅딸막한 여자에 관한 추악한 이야기를 늘어놓은 짐승을 말이야. 그 상상 속 여자는 그 짐승만큼이나 추악했지. 결국 그 짐승 자신의 투사일 테니까.

내가 그녀를 사랑하는 것만큼, 한 사람이 다른 한 사람을 사랑한 적이 과연 있었을까? 그는 자문했다. 그러고 나서 이렇게 생각했다. 그녀는 내 옹호자이고, 내 곁에서 돕는 자이지. 정확히는 기억이 안 나지만, 그녀가 누구인지 히브리어로 뭐라고 했으니까. 그녀는 수호의 영인 거야. 그 염소 괴물은 기껏 여기까지 무려 3000마일이나 달려와서는, 그녀가 옆구리에 손가락 하나를 갖다 대자마자 죽어버렸지. 심지어 끽 소리도 못 내고 말이야. 그녀는 정말 손쉽게 그놈을 죽여버렸어. 그녀는 그놈을 기다리고 있었던 거야. 그게 바로—그녀의 말마따나—그녀의 임무, 여러 가지 임무 가운데 하나라 했지. 그녀에게는 다른 임무도 있어. 그녀는 나를 위로하고, 수백만의 다른 사람들을 위로하지. 그녀는 옹호하지. 위안을 주지. 게다가 그녀는 제때에 맞춰 거기 있었어. 늦게 도착하지 않았어.

그는 몸을 굽혀 린다의 뺨 위에 입을 맞추었다. 그녀는 잠결에 한숨을 쉬었다. 약하고, 그 염소 괴물의 힘에 사로잡힌 상태였지. 그는 생각했다. 여기 도착했을 때, 내 상태가 그랬어. 내가 약했기 때문에, 그녀는 나를 보호해주었지. 내가 그녀를 사랑하는 것만큼 그녀도 나를 사랑하지는 않아. 그녀는 반드시 모든 인간을 사랑해야만 하니까. 하지만 나는 오로지 그녀만 사랑해. 내 있는 모습 그대로. 이 약한 자인 내가 저 강한 자인 그녀를 사랑해. 나는 그녀에게 충성을 바치고, 그녀는 나에게 보호를 제공하지. 하느님이 이스라엘 백성과 맺은 언약이 바로 그거였어. 강한 자가 약한 자를 보호하고, 그 대가로 약한 자는 강한 자에게 헌신과 충성을 바치는 거지. 상호 의존 관계. 나는 이제 린다 폭스와 언약을 맺은 거야. 앞으로 영원히 깨지지 않을 거야. 우리 둘 중 어느 쪽이든지 간에.

그녀를 위해 아침을 장만해야지. 그는 생각했다. 그는 슬며시 물침대에서 빠져나와 부엌으로 향했다.

부엌에는 웬 사람의 형체가 그를 기다리고 있었다. 어딘가 친숙해 보이는 형체였다.

"이매뉴얼." 허브 애셔가 말했다.

소년은 마치 유령처럼 빛을 발했다. 허브 애셔의 눈에 소년의 몸 뒤에 있는 벽과 카운터와 찬장이 비쳐 보일 정도였다. 이것이야말로 거룩한 자의 현현이었다. 이매뉴얼은 지금 사실 다른 어딘가에 있었다. 하지만 동시에 여기에도 있었다. 여기서 허브 애셔를 보고 있었다.

"그녀를 발견했군." 이매뉴얼이 말했다.

"그래." 허브 애셔가 말했다.

"그녀의 곁에 있으면 당신은 늘 안전할 거야."

"그래." 그가 말했다. "내 평생에 처음으로 말이지."

"당신은 이제 두 번 다시는 은둔할 필요가 없어." 이매뉴얼이 말했다. "예전에 당신의 돔에 처박혀있었던 것처럼 말이야. 당신이 은둔한 까닭은 당신이 두려워했기 때문이지. 이제 당신에게는 두려워할 것이 없어……. 그녀가 곁에 있으니까. 그녀는 지금 있는 그대로의 모습이야, 허버트. 현실이고 살아있지. 단순한 이미지가 아니란 거야."

"무슨 말인지 알았어." 그가 말했다.

"차이가 있기는 하지. 그녀의 노래를 당신의 라디오 방송국에서 틀어줘. 그녀를 도와주라고. 당신의 보호자를 도와주란 말이야."

"역설이군." 허브 애셔가 말했다.

"하지만 진실이지. 당신은 그녀에게 많은 것을 줄 수 있어. 당신이 '상호 의존 관계'라는 단어를 생각한 건 옳았어. 어젯밤에 그녀는 당신의 생명을 구했으니까." 이매뉴얼은 한손을 들었다. "내가 그녀를 당신에게 준 거야."

"나도 알아." 그가 말했다. 그 역시 이런 것이 아닐까 하고 추측하던 참이었다.

이매뉴얼이 말했다. "때로는 강한 자가 약한 자를 보호한다는 방정식에서, 과연 누가 강한 자이고 누가 약한 자인지를 결정하기가 어렵지. 대부분의 경우에는 그녀가 당신보다는 강하지만, 당신도 몇 가지 특별한 길로 그녀를 보호할 수 있어. 그녀가 당신에게 의지할 수도 있다는 뜻이야. 그것이야말로 진정한 생명의 법칙이야. 상호 의존적 보호. 결국에 가서는 양쪽 모두가 강하면서 약하게 되는 거지. 심지어 '예체르 하 토브' 조차도. 당신의 '예체르 하 토브' 조차도 말이야. 그녀는 권능인 동시에 인격이기도 해. 수수께끼지. 이제 당신도 남은 생애 동안에 그 수수께끼를 측량할 시간을 갖게 될 거야. 약간이라도 말이지. 점차 그녀를 더 잘 알아가게 될 거야. 하지만 그녀는 이미 당신을 완벽하게 알고 있지. 지나가 나에 대한 절대적 지식을 갖고 있었던 것처럼, 린다 폭스는 당신에 대한 절대적 지식을 갖고 있어. 당신도 깨달았나? 더 폭스가 당신을 완전히 알고 있었다는 것을, 그것도 아주 오랫동안 그랬다는 것을?"

"그 염소 괴물 앞에서도 그녀는 놀라지 않더군." 허브 애셔가 말했다.

"그 무엇도 인간의 '예체르 하 토브'를 놀라게 할 수는 없어." 이매뉴얼이 말했다.

"나중에라도 내가 너를 다시 만날 수 있을까?" 허브 애셔가 물었다.

"지금 당신이 보는 모습 그대로는 아닐 거야. 그러니까 당신 같은 인간의 모습으로는 아닐 거야. 지금 당신이 보는 모습은 내 본래 모습이 아니야. 지금 나는 인간의 측면을 벗어버렸으니까. 그러니까 내 어머니인 리비스로부터 비롯된 측면을 말이야. 지나와 나는 대우주적인 한 쌍 속에서 하나가 될 거야. 우리에게는 소마, 그러니까 이 세계와 구분되는 물리적 신체가 없어. 이 세계가 곧 우리의 신체이며, 우리의 정신이 곧 이 세계의 정신이기 때문이지. 그건 또한 당신의 정신이기도 해, 허버트. 그리고 각자의 '예체르 하 토브,' 즉 각자의 선한 영을 선택한 다른 모든 피조물의 정신이기도 하지. 이는 랍비들이 가르친 바와 똑같아. 모든 인간은— 아니, 이건 당신도 이미 알고 있겠군. 린다가 말해주었으니까 말이야. 그녀가 아직 당신에게 하지 않은 말은, 그녀가 당신을 위해 간수했다가 나중에 선물로 줄 거야. 바로 당신의 삶 전체에 대한 궁극적인 변호의 선물인 거지. 당신이 심판을 받을 때 그녀는 함께 있을 거고, 심판의 대상은 당신이 아니라 오히려 그녀가 될 거야. 그녀는 한 점의 흠도 없으니, 최후의 검사가 다가오면 당신에게도 이런 완벽함을 베풀어 한 점의 흠도 없게 해줄 거야. 그러니 두려워하지 마. 당신의 궁극적인 구원은 이미 보장되었으니까. 그녀는 당신을 위해, 자기 친구를 위해 생명까지 바칠 거야. 예수도 그랬으니까. '사람이 친구를 위하여 자기 목숨을 버리면 이보다 더 큰 사랑이 없나니.'* 그녀가 그 염소 모양 생물을 만졌을 때— 음, 그 이야기는 안 하는 게 좋겠군."

"그녀는 순간적으로 죽어버렸지." 허브 애셔가 말했다.

"워낙 짧은 순간이다보니, 거의 존재하지도 않을 정도지."

"하지만 분명히 일어난 일이야. 그녀는 죽었고, 다시 소생했어. 물론 나는 아무것도 못 보았지만."

"맞는 말이야. 그런데 당신은 그걸 어떻게 알았지?"

허브 애셔가 말했다. "오늘 아침에 그녀가 잠자는 모습을 바라보다가 문득 느낄 수 있었어. 그녀의 사랑을 느낄 수 있었지."

꽃무늬가 새겨진 실크 실내복을 거친 린다 폭스가 잠이 덜 깬 표정으로 부엌에 들어왔다. 그러다 이매뉴얼을 보자 그녀는 우뚝 걸음을 멈추었다.

"퀴리오스Kyrios." 그녀가 나지막이 말했다.

---

* 요한복음 15장 13절.

"Du hast den Mensch gerettet(당신이 이 사람을 구했어)." 이매뉴얼이 그녀에게 말했다. "Die giftige Schlange bekämpfe……es freut mich sehr. Danke(독사를 물리치고…… 무척 기쁘군. 고마워)."

린다 폭스가 말했다. "Die Absicht ist nur allzuklar. Lass mich fragen: wann also wird das Dunkel schwinden(그 의도가 명백해 보였으니까. 근데 궁금한 게 있어. 언제쯤 되어야 어둠은 없어질까)?"*

"Sobald dich führt der Freundschaft Hand ins Heiligtum zum ew'gen Band(성스러운 우정이 너의 손을 잡고 영원한 결사에 가담하게 할 때가 되어야지)."

"O wie(음, 어떻게)?" 린다 폭스가 말했다.

"Du―(당신―)" 이매뉴얼이 그녀를 바라보았다. "Wie stark ist nicht dein Zauberton, deine Musik. Sing immer für alle Menschen, durch Ewigkeit. Dabei ist das Dunkel zerstören(당신의 마술피리보다, 당신의 음악보다 강한 건 없을 테니까. 모든 인간을 위해 노래를 불러줘. 영원히. 그러면 어둠은 분쇄될 거야)."

"Ja(알았어)." 린다 폭스가 이렇게 말하며 고개를 끄덕였다.

"이런 이야기였어." 이매뉴얼이 허브 애셔에게 말했다. "그녀가 당신을 구해주었다고. 독사를 이겼기 때문에 나는 기쁘다

---

* 이하의 독일어 대사 가운데 일부는 모차르트의 오페라 〈마술피리〉에 나오는 대사와 아리아를 원용한 것이다.

429

고. 내가 그녀에게 고맙다고 했어. 그녀의 말로는 그 짐승의 의
도가 너무 뚜렷하게 보였다더군. 그리고 그녀는 어둠이 언제쯤
없어질지를 내게 물어보았지."

"뭐라고 대답을 했지?"

"그건 그녀와 나 사이의 일이지." 이매뉴얼이 말했다. "다만
이 말은 했어. 그녀의 음악은 반드시 영원토록 모든 인간과 함
께 있어야 한다고. 그게 바로 대답의 일부야. 중요한 것은 그녀
가 이해했다는 것이지. 그녀는 이제 반드시 해야 할 일을 할 거
야. 그녀와 우리 사이에는 아무런 오해도 없어. 그녀와 법정 사
이에는."

린다 폭스는 스토브로 가서—부엌은 깔끔하고도 깨끗했고
필요한 것이 모두 갖춰져있었다.—버튼을 눌렀다. 그러고는 냉
장고에서 음식을 꺼냈다. "그럼 아침 준비할게요."

"내가 하려고 했는데." 허브 애셔는 아쉬운 듯 미소를 지었
다.

"당신은 그냥 쉬어요." 그녀가 말했다. "지난 스물네 시간 동
안 너무 많은 일을 겪었으니까 말이에요. 중도에 경찰관에게
붙잡히지를 않나, 벨리알에게 조종을 당하지를 않나……." 그
녀는 돌아서서 그를 바라보며 미소 지었다. 머리가 헝클어진
상태였지만 그녀는— 음, 그는 감히 뭐라고 말할 수가 없었다.
그녀가 그에게 어떤 존재인지, 그는 감히 뭐라고 말할 수가 없
었다. 최소한 그로서는. 지금 이 순간에는. 그녀와 이매뉴얼을
나란히 바라보고 있는 것만으로도 그는 압도되고 말았다. 그는

차마 말을 할 수 없었다. 오로지 고개만 끄덕일 뿐이었다.

"그가 당신을 매우 사랑하는군." 이매뉴얼이 그녀에게 말했다.

"맞아." 그녀가 담담하게 말했다.

"Sei fröhlich(즐거워하라)."* 이매뉴얼이 그녀에게 말했다.

린다가 허브 애셔에게 말했다. "그가 나한테 행복하라고 하네요. 난 행복해요. 당신은요?"

"나는—" 그는 머뭇거렸다. '그녀는 어둠이 언제쯤 없어질지를 내게 물어보았지.' 그는 기억했다. 어둠은 아직 없어지지 않았어. 독사를 이겼지만 어둠은 남아있어.

"항상 즐겁게 지내." 이매뉴얼이 말했다.

"알았어." 허브 애셔가 말했다. "그렇게 하지."

린다 폭스가 스토브에서 아침식사를 준비하는 동안, 그는 문득 그녀의 노랫소리를 들은 것 같았다. 확실한지는 그도 알 수 없었다. 왜냐하면 그의 머릿속에는 그녀의 노래의 아름다움이 항상 담겨있었기 때문이다. 항상 들어있었기 때문이다.

"노래를 부르고 있어." 이매뉴얼이 말했다. "당신 생각이 맞아."

노래를 부르며, 그녀는 커피를 준비했다. 이제 하루가 시작된 것이다.

"그나저나 옥상에 있는 것 말인데." 허브 애셔가 말을 꺼냈

---

* 마태복음 5장 12절의 '기뻐하고 즐거워하라'를 원용했다.

다. 하지만 이매뉴얼은 이미 사라지고 없었다. 그 자리에는 그와 린다 폭스만 남아있었다.

"내가 시청에 연락할게요." 린다 폭스가 말했다. "그러면 그 사람들이 치워갈 거예요. 그걸 하는 기계가 따로 있어요. 그 독사도 치워갈 거고요. 수많은 사람의 삶이며, 수많은 집 옥상에서 말이에요. 라디오나 틀어서 뉴스나 들어봐요. 전쟁이며, 전쟁에 관한 소문이 있을 거예요. 대격변도 있을 거고요. 세계는— 우리는 오로지 그중 일부만 보았을 뿐이에요. 그런 다음에 엘리야한테 전화해서 라디오 방송국 이야기나 해보자고요."

"더 이상은 그 〈남태평양〉의 현악 버전이 들리지 않는데." 그가 말했다.

"조금만 지나면, 모든 게 제대로 될 거예요." 린다 폭스가 말했다. "그는 우리에서 나왔지만, 결국 우리로 돌아가게 될 거라는 말이죠."

그가 말했다. "만약 우리가 진다면?"

"나는 앞날을 내다볼 수 있어요." 린다가 말했다. "우리가 이길 거예요. 우리는 이미 이긴 거예요. 이미 우리는 항상 이겨왔으니까요. 태초부터, 그리고 창조 이전부터 말이에요. 그나저나 당신 커피에는 뭐 넣어요? 잊어버렸네요."

나중에 그는 린다와 함께 옥상으로 가서 벨리알의 잔해를 살펴보았다. 하지만 놀랍게도 염소 괴물의 말라비틀어진 시체는 없었다. 대신 빛을 발하는 커다란 연의 잔해처럼 보이는 것이

432

부딪쳐 박살난 듯 옥상 위에 산산조각으로 흩어져있었다.

그와 린다는 담담한 기분으로 옥상에 박살 나 흩어져있는 것들을 살펴보았다. 파편은 크고도 아름다웠다. 마치 손상을 입은 불빛처럼 산산조각 나있었다.

"그는 한때 이런 모습이었어요." 린다가 말했다. "원래는 그랬죠. 추락 이전에는요. 이게 그의 진짜 형체예요. 우리는 그를 나방이라고 불렀죠. 천천히, 수천 년의 세월에 걸쳐 추락해서 지구와 교차하는 나방이라고 말이에요. 가령 어떤 기하학적 형체가 한 단계 한 단계 추락해서 나중에는 그 모습은 아무것도 남지 않는 것처럼 말이에요."

허브 애셔가 말했다. "아주 아름다운데요."

"그는 계명성이었어요." 린다가 말했다. "하늘에서 가장 밝은 별이었죠. 하지만 이제 남은 것은 이것뿐이에요."

"그렇게 추락한 거였군요." 허브 애셔가 말했다.

"그와 함께 만물이 추락해버렸죠." 그녀가 말했다.

두 사람은 아래로 내려와 시청에 전화를 걸었다. 기계를 가져와서 그 잔해를 치워달라고.

"그렇다면 그는 한때 그랬던 모습으로 다시 돌아갈 수 있을까?" 허브 애셔가 말했다.

"어쩌면요." 그녀가 말했다. "어쩌면 우리 모두 그럴 수 있을 거예요." 곧이어 그녀는 허브를 위해 다울런드의 노래 가운데 하나를 불러주었다. 더 폭스가 원래는 크리스마스 당일에, 모든 행성을 위해서 부르던 노래였다. 그녀가 개작한 존 다울런드의 류트곡 가운데 가장 인상적인 곡이었다.

> 연못 옆에 가난한 불구자가 누워있었지
> 여러 해 동안 슬픔과 고통에 사로잡힌 채
> 그리스도께서 그에게 눈을 돌리시자마자
> 그는 건강해졌고 다시 위로를 얻었다네

"고마워요." 허브 애셔가 말했다.

두 사람의 머리 위에서는 시청의 기계가 가동하며 벨리알의 잔해를 쓸어 모으기 시작했다. 한때는 빛이었던 것의 산산조각 난 파편들을 한데 쓸어 모으는 것이었다.

역자 후기

비합리적인 우주에 침투한 합리적인 정신, 『성스러운 침략』

1. '발리스 3부작'과 『성스러운 침입』

필립 K. 딕(이하 PKD로 지칭)의 장편소설 『성스러운 침입』(1981)은 먼저 나온 『발리스』(1981), 그리고 저자의 사후에 간행된 『티모시 아처의 환생』(1982)과 더불어 이른바 '발리스 3부작'을 이루는 작품이다. 따라서 이 작품을 보다 깊이 이해하기 위해서는 우선 '발리스 3부작'의 밑바탕이 된 PKD의 신비 체험과 그 산물인 『주해서』의 내용에 관한 이해가 필수적이다.

이미 『발리스』의 역자 해설에서 상세히 설명한 것처럼, PKD는 이른바 "2-3-74"라고 일컬어지는 자신의 신비 체험을 해명하기 위해서 최후의 몇 년 동안 『주해서』라는 제목을 가진 일종의 비망록을 집필했다. 그는 『주해서』에서 자신의 체험의 원인을 설명하는 여러 가지 가설(가령 정신 이상, 소련의 비밀 실험, 외계인과의 접촉 등등)을 세웠고, 결국 이 가운데 일부를 소설의 소재로 사용하기에 이르렀다.

PKD는 1980년 초에 『되찾은 발리스VALIS Regained』라는 제목으로 『발리스』의 속편을 쓰기 시작했다. 하지만 외계의 행성에 사는 지구 출신 이민자 남녀의 만남을 다룬 단편 「공기의 사슬, 에테르의 그물」(1979)의 내용이 편입되면서 애초의 구상과는 많이 달라졌다. 1980년 3월 22일, 불과 2주 만에 원고를 탈고한 PKD는 이 속편에 『성스러운 침입The Divine Invasion』이라는 제목을 붙였다.

『성스러운 침입』의 줄거리는 『발리스』의 여러 부분에서 이미 암시된 바 있다. 제5장에는 비합리적인 우주에 침입한 합리적인 정신에 관한 언급("어쩌면 우주는 비합리적일 수도 있었다. 하지만 합리적인 뭔가가 그 안으로 뚫고 들어왔다")이 있고, 제8장과 제14장에는 호스러버 팻이 다섯 번째 구세주(합리적인 정신)를 찾기 위해 여행을 떠나기로 하는 내용이 등장한다.

『성스러운 침입』에도 『발리스』의 내용이 종종 재등장한다. '발리스'(거대 활성 생체 지능 시스템)라는 존재에 관한 언급(제6장, 제14장), 구약성서의 선지자 엘리야(일라이어스)를 '호모 플라스마테'의 사례로 소개하는 대목(제8장), 초기 기독교인이 물리적인 죽음을 극복하기 위해 섭취하는 '분홍색 음식물'에 관한 언급(제9장) 등은 두 작품의 연관성을 보여주는 구체적인 증거이다.

그런가 하면 『성스러운 침입』의 서두에 나온 "한밤중의 수수께끼 같은 목소리"는 PKD가 1979년에 직접 체험한 구세주 강림에 관한 환청이다. 1981년에 PKD는 그 구세주가 '타고르'라는 이름으로 스리랑카(실론)에 살고 있다는 환상을 보기도 했다. 이것 역시 『성스러운 침입』이 '발리스 3부작'의 다른 작품과 마찬가지로 PKD의 신비 체험과 『주해서』의 내용을 소설화한 작품임을 보여주는 증거라 하겠다.

2. 『성스러운 침입』의 줄거리

CY30-CY30B 태양계의 행성에 사는 지구인 남성 허브 애셔는 인근의 산에 살고 있는 토착신 '야' 의 계시를 받는다. 누군지도 모르는 지구인 여성 리비스 로미와 결혼해서 지구로 돌아가라는 것이다. '야' 는 원래 '야훼' 라는 이름으로 통하는 구약성서의 하느님이었고, 서기 73년에 대적자 '벨리알' 과의 전투에서 패배하여 다른 행성으로 쫓겨났다. '야' 는 리비스의 몸에 잉태한 아기의 모습으로 지구에 잠입할 것이었다.

허브와 리비스는 선지자 엘리야의 화신인 일라이어스의 도움을 받아 지구로 향하지만, 벨리알의 꼭두각시인 과학교황사절단(SL)의 불코프스키 행정관과 기독이슬람교회(CIC)의 함스 추기경이 이 사실을 알고 허브 일행을 제거하려 시도한다. 허브와 리비스는 '야' 의 도움으로 지구에 도착해 출입국관리소를 통과하지만, 뜻밖의 교통사고가 일어나면서 리비스는 사망하고 허브는 중상을 입고 냉동 인간이 된다.

일라이어스는 리비스의 뱃속에 들어있다가 인공 자궁으로 옮겨진 아이를 빼돌려 비밀리에 양육한다. 사고 후 10년 만에 냉동 상태에서 벗어난 허브는 일라이어스와 재회하지만, 리비스의 아들이며 '야' 의 화신인 매니(이매뉴얼)는 사고 후유증으로 기억을 잃어버리고 절대자로서의 능력도 봉인된 상태다. 그러나 특수학교에서 만난 수수께끼의 소녀 지나 팔라스가 매니와 대화를 주고받으며 그의 기억을 조금씩 살려낸다.

자신의 정체성을 자각한 매니는 벨리알과 최후 결전을 준비하지만, 지나는 이 세계와 인간의 아름다움을 상기시키며 절대자의 분노를 가라앉히려 내기를 제안한다. 지나의 정체를 의심하던 매니는 기꺼이 이 제안에 응한다. 가상의 여가수 린다 폭스를 향한 허브의 애정을 실현시킬 수 있는 대체 현실을 만든 다음, 그 현실에서 허브의 반응이 긍정적인지 부정적인지에 따라 승패가 엇갈릴 것이었다.

대체 현실 속의 허브는 리비스와 애정 없는 결혼 생활을 하며, 기독교 광신자인 일라이어스와 함께 오디오 대리점을 운영한다. 대학 동창으로 가장하고 나타난 지나는 허브를 신인 가수 린다 폭스와 만나게 해준다. 매니는 지나의 계획을 방해하기 위해 허브에게 '발리스'의 모습으로 현현하여, 그가 지금 일종의 대체 현실 속에 있음을 상기시킨다. 허브는 비로소 이 세계의 진정한 모습을 알고 큰 충격을 받는다.

허브가 현실로 나타난 린다를 진심으로 사랑하자, 결국 내기에서 이긴 매니는 지나의 정체를 묻는다. 지나는 토라(하느님의 말씀)였고, 매니(남성적 측면)와 함께 신성 하느님을 이루는 나머지 절반(여성적 측면)이었다. 매니가 기억을 되찾고 지나와 만남으로써 오랫동안 분열된 신성 하느님의 재통합으로 가는 길이 열리고, 매니는 지나의 설득대로 벨리알과 인류 모두를 너그러이 용서하기로 결심한다.

그러나 매니와 지나는 벨리알을 풀어주는 실수를 저지른다. 지나의 힘에 의해서 한동안 새끼 염소의 모습으로 동물원의 우리에 갇혀 있었던 벨리알은 신성 하느님의 어리석은 너그러움을 조롱하며 도망쳐버린다. 그때 리비스와 헤어지기로 마음먹고 린다를 찾아가던 허브는 갑자기 대체 현실의 붕괴를 감지한다. 그는 경찰의 검문을 간신히 피해 도망치지만, 우연히 새끼 염소 모습의 벨리알과 마주친다.

벨리알은 린다를 향한 추악한 욕망을 드러내며, 허브의 정신을 조종하여 자신을 그녀에게 데려가도록 한다. 하지만 벨리알을 만난 린다는 태연스럽게 염소를 어루만져 죽여버린다. 알고 보니 린다는 야훼나 토라와는 또 다른 신성한 존재 '곁에서 돕는 자'였던 것이다. 이제 허브는 일라이어스와 함께 린다의 노래를 널리 퍼트림으로써 온 인류가 저마다 벌일 벨리알과의 전투를 측면 지원하는 임무를 맡기로 한다.

3. 성가족, 하느님의 이름, 그리고 영지주의 세계관

'발리스 3부작'은 기독교를 주요 소재로 삼고 종종 원용하기 때문에, 이들 작품의 재미를 만끽하려면 기독교에 대한 사전 지식이 필수적이다. 가령 허브-리비스-매니라는 세 주인공은 요셉-마리아-예수라는 성가족을, 매니-지나-린다라는 세 명의 성스러운 초월적 존재는 삼위일체를 암시한다. 이 책에서 '하느님'과 '예수님'이 들어가는 감탄사를 굳이 직역한 것도 소재의 특성상 아이러니가 강조되기 때문이다.

439

하느님의 이름(제3장, 제5장)은 이 작품을 이해하는 중요한 단서 가운데 하나다. 구약성서에서는 하느님을 '야훼,' '여호와,' '엘로힘,' '아도나이'로 다양하게 간접 지칭하는데, 이는 그 성스러운 이름을 말로나 글로나 직접 지칭해서는 안 된다는 금기와 관련이 있다. 나중에 가서는 하느님의 이름을 YHWH로 적는 것이 관습처럼 되었는데, 이는 모음이 없는 자음만의 불완전한 표기여서 그 발음에 대한 추측이 난무했다.

본문에서도 언급된 것처럼 YHWH의 원래 발음에 가장 가깝다고 추정되는 것이 바로 '야훼'지만, 가령 리비스 같은 유대인은 여전히 그 이름을 입에 올리는 것을 금기로 여긴다. 그렇기 때문에 이 작품에서 야훼의 화신인 매니가 "내가 누구인지 말해보라"고 부탁해도, 일라이어스나 지나는 감히 그 이름을 입에 올릴 수 없으므로, 매니의 손상된 기억력이 회복될 때까지 기다려야만 했던 것이다.

또한 일라이어스가 구약성서에 나오는 선지자이며 유대교의 영웅 가운데 한 명인 '엘리야'라는 설정, 그리고 린다 폭스가 신약성서에 나오는 성령(파라클레이토스)을 의미하는 '곁에서 돕는 자'라는 설정 역시 기독교에서 유래했다. 다만 일라이어스가 '호모플라스마테'의 대표자이며, 린다가 '야훼'나 '토라'와는 별개로 인류를 돕는 존재라는 사실 등은 PKD 특유의 변주로 간주하면 되겠다.

이 작품에서는 기독교와 유대교의 정통 교리뿐만 아니라 영지주의 세계관도 부각되어있다. 가령 야훼의 화신 매니의 지구

강림과 기억 상실 및 회복에 관한 이야기는 발렌티누스의 영지주의 설화(『발리스』의 역자 후기 참고)를 연상시킨다. 또한 분열된 것의 재통합이라는 설정도 『발리스』에 수록된 「비밀의 서 논고」의 #47 항목에 나오는 이른바 "두 가지 원천의 우주발생론"의 내용을 연상시킨다.

4. 『주해서』, 그리고 아직 남은 이야기

앞에서도 설명했지만, 이른바 '발리스 3부작'은 PKD가 말년에 심혈을 기울여 집필한 방대한 원고인 『주해서』의 일부 내용을 소설화한 작품이라고 볼 수 있다. 그렇다고 해서 PKD가 갑자기 SF 작가에서 신비주의 저술가로 전향한 것은 아니며, 다만 이전부터 갖고 있던 두 가지 문제 의식("인간이란 무엇인가?"와 "현실이란 무엇인가?")이 "2-3-74"를 통해서 더 심화되었을 뿐이다.

사변적인 『발리스』에 비하자면 『성스러운 침입』은 그 설정에서 정통 SF에 더욱 가까워 보인다. 그럼에도 불구하고 이 작품 역시, 종종 배경이 되는 세계관에 대한 장황하고 사변적인 설명이 끼어든다는 점은 마치 옥의 티처럼 보일 수도 있겠다. 이미 설명했듯이 그런 내용은 기독교와 영지주의, 심지어 PKD의 신비 체험에 관해 어느 정도 사전 지식을 갖고 있어야만 비로소 이해가 가능하기 때문이다.

역시나 『발리스』와 마찬가지로 『성스러운 침입』에서도 내용에서는 뭔가 미진한 느낌이 여전히 남아있다. 가령 야훼(이매뉴얼), 토라(지나), 대적자(벨리알), 옹호자(린다), 그리고 잠 깐 등장하는 '발리스'의 관계가 정확히 무엇인지는 여전히 명쾌하게 설명되지 않는다. 가령 허브에게 현현한 발리스는 야훼 그 자신인가, 아니면 야훼의 도구이며 인공물인가? 이에 관해서는 PKD도 시원한 대답을 내놓지 않는다.

이런 불완전한 설명이 PKD의 의도인지 실수인지는 알 수 없다. 다만 분명한 점은 이 책에서 잠시 언급된 일부 내용 중에는 빙산의 일각처럼 더 깊고 방대한 내용을 밑에 숨기고 있는 경우가 있다는 것이다. 가령 제5장에 나온 PKD의 신조어 '필로곤' (phylogons)에 관한『주해서』의 설명을 보자.(아래 내용의 출처는 다음과 같다. P. K. 딕 원저, 로렌스 서틴 편집,『'발리스'를 찾아서: 주해서 선집』, 162~163쪽).

내가 보기에 문제는 플라톤이 180도 틀렸다는 점이다. '에이도스' (eidos, 형상), 즉 추상적이고 완벽한 것은 구체적인 것, 불완전한 것이 되지 않는다. 오히려 Q가 그래야 마땅하다. '어떻게 해서 구체적인 것, 유일무이한 것, 불완전한 것, 국소적인 것이 추상적인 것, 에이도스, 보편적인 것이 된다는 말인가?' 우리는 구체적인 것, 잡초와 골목의 잡석을 찾아야만 한다. 답변은 거기에 있다. 나는 가면을 바라보며, 그 가면은 플라톤이 바라보았던 것과는 정반대로 작동한다. 그는 '에이드' (eid)가 존재론적으로 우선이며, 구체적인 것에 '앞서서' 존재한다고 바라보았다. 하지만 나는 구체적인 것이 '에이드' (또는 내가 명명한 대로 '필로

442

곤')를 '창조한다'고 바라본다. 이 영구적이고 영원한 실재는 요동하는 영역의 위에 건설되며, 그 영역에 근거를 둔다. 모든 서양의 형이상학은 180도 틀린 것이다. 여기에 잘못이 있는 것이다. 보편자는 실재이지만 (여기서는 유명론이 아니라 실재론이 맞다) '에이드'는 여러 개의 유일무이하고 특수한 것으로 '시작하는' 것이다. 이것(진리)은 어떻게 해서인지 나의 메타추상과 결부되어있다. 그 안에서 나는 어떻게 해서인지 특수한 것들과 '에이데'(eide) 간의 '진짜' 관계를 바라보았다. 이것이야말로 만물의 이치였고, 실제 현실이 움직이는 방향, 흐름, 선이었다. 따라서 더 낮은 것이 더 높은 것을 야기했으며, 따라서 존재론적으로는 더 앞선/주요한 것이었다. 즉 특수한 것들이 그러하다는 뜻이다. 하지만 '에이드'는 단순히 질서 만들기의 지적 범주에 불과한 것은 아니었다. 그것 역시 본래적으로 실재이며, 이것이야말로 내가 74년 2월에 이해한 바였다.

물론 본문에 첨부한 역주대로 PKD의 '필로곤'은 플라톤의 '에이도스'와 유사한 의미라고 대강 이해하고 넘어가도 큰 무리는 없다. 하지만 PKD가 이 신조어를 통해 나타내려던 보다 정확하고 구체적인 의미는 『주해서』의 위 대목과 다른 여러 대목을 참고해야만 비로소 해명될 수 있을 것이다. '발리스 3부작'의 세계관을 이루는 PKD의 신비 체험에 대한 해명이 바로 거기에 담겨있기 때문이다.

"2-3-74" 이후 인공지능(AI)의 중성적인 목소리를 통해 주기적으로 반복되던 계시는 PKD가 1980년 초에『성스러운 침입』을 탈고하면서부터 그쳤다. 그리고 같은 해 말에 PKD는 자신의 신비 체험을 온전히 표현한다는 것은 사실상 불가능에 가깝다는 사실을 자각하고 결국『주해서』집필을 거의 단념하게 된다. 이후『주해서』는 원고 상태로만 남아있고, 일부를 제외하면 아직 전부가 대중에게 공개된 적은 없다.

 미국에서 2012년에 완간 예정인『주해서』영어판의 출간이 관심을 끄는 까닭은, PKD의 주요 작품 속에 담긴 여러 가지 개념과 의미를 새로운 각도에서 재조명함으로써 '발리스 3부작'의 깊이 읽기가 가능해지리라는 기대 때문이다. 물론 그의 머릿속을 고스란히 엿보는 것까지는 불가능하더라도, 그가 무슨 이야기를 하려고 노력했는지는 어느 정도 짐작할 수 있지 않을까.

박중서

1928   필립 킨드리드 딕. 12월 16일 일리노이 주 시카고의 자택에서 쌍둥이 누이인 제인 샬럿 딕과 함께 예정일보다 6주 일찍 태어났다. 아버지 조셉 에드거 딕은 제1차 세계대전에 참전했다가 제대 후 농무부에서 일했다. 어머니 도로시 킨드리드 딕은 공문서를 검열하는 비서였으며, 만성 신부전증을 앓고 있어서 쌍둥이들에게 수유를 하기가 힘들었고 의사의 도움도 제대로 받지 못했다. 그래서 쌍둥이들은 둘 다 발육 상태가 좋지 않았다.

1929   1월 26일, 심각한 탈수 증세와 영양실조에 시달리던 갓난애들을 서둘러 병원으로 데려갔지만 누이는 병원으로 가던 중 사망했다. 그는 체중 5파운드*가 될 때까지 인큐베이터 신세를 지게 된다(쌍둥이 누이의 죽음에 괴로워하던 그는 훗날 이렇게 기술했다. "누이는 살기 위해, 나는 누이를 살리기 위해 발버둥을 친다, 영원히……. 그녀는 내게는 전부나 다름없다. 나는 늘 내 누이와 헤어지는 동시에 함께해야 하는 저주를 받았다"). 아버지에게 샌프란시스코로 전근해도 좋다는 농무부의 허락이 떨어졌다. 가족은 콜로라도 주 포트 모건으로 휴가를 떠났고, 그는 어머니 도로시와 함께 현지 친척의 집에 머물며 아버지의 전근 절차가 끝나기를 기다렸다. 누이는 포트 모건 공동묘지에 묻혔다. 가족은 캘리포니아의 베이지역에 있는 소살리토로 이사했고, 퍼닌슐러**로 옮겼

---

* 2.3킬로그램
** 샌프란시스코 반도.

다가 마지막에는 앨러미다에 자리를 잡았다.

1930   아버지가 네바다 주 리노에 위치한 국가부흥청(NRA) 서부 지부 국장으로 승진한다. 가족은 버클리에 정착했고, 아버지는 주중에는 리노에 머물며 직장과 가정을 오갔다.

1931   캘리포니아 대학의 아동 복지 연구소가 운영하는 실험적인 탁아소에 다녔다. 기억력과 언어능력 및 손의 협응력 테스트에서 높은 점수를 받았다. 음악적 재능이 뛰어나다는 칭찬도 듣게 되었다.

1933-34   어머니가 이혼을 요구하면서 부모가 별거에 들어간다. 그는 어머니와 외갓집에서 외조부모 및 매리언 이모와 함께 살게 되었다. 어머니가 정규직을 얻으면서 집에 남겨지게 된 그는 '미마Meemaw'라는 애칭으로 부르던 외할머니의 자상한 보살핌을 받으며 진보적인 성격이 강한 브루스태틀록 스쿨 부설 유치원을 다녔다. 매리언 이모는 신경쇠약으로 가끔 병원에 입원하기도 했지만 그를 무척 귀여워했다.

1935-37   부모의 이혼 절차가 마무리되면서 어머니를 따라서 워싱턴 D. C.로 이사했다. 아버지는 재혼했다. 이 시기부터 천식과 심계 항진증을 앓기 시작했다. 기숙학교로 보내라는 의사의 권유를 받고 행동장애를 가진 아동들을 위한 컨트리데이 스쿨로 보내졌다. 그곳에서 처음으로 구토 공포증을 경험하며, 사람들 앞에서는 음식을 삼키지도, 먹지도 못하게 되었다. 6개월 뒤 귀가 조치를 받고 처음으로 심리치료사를 만난다. 프렌즈 퀘이커 데이 스쿨을 다니다가 2학년 때 공립학교로 전학했다. 학교에서는 소외감 때문에 힘들어했고 이것은 곧잘 무단결석으로 이어졌다("그 후에는 내가 혐오하는 학교에

가는 일을 제외하면 딱히 하는 일이 없는 시기가 오래 계속 되었다. 기껏해야 수집한 우표들을 만지작거리거나…… 구슬치기, 딱지치기, 볼로배트bolo bats, 당시 갓 출판되기 시작한 코믹북 읽기 같은 남자아이들의 놀이를 하는 정도였다……"). 자연스럽게 우러나오는 마음의 평화와 감정 이입을 체험한 것도 이 시기였다. 그는 훗날 인터뷰에서 이 경험을 어린 시절의 '사토리'*라고 표현했다. 어머니의 격려를 받고 처음으로 글쓰기를 시작한 것도 이 무렵이었다.

1938   어머니와 함께 버클리로 돌아갔다. 3년 동안 만나지 못했던 아버지를 찾아갔다. 새로 전학한 공립학교에서 자신을 '짐 딕'이라고 소개하지만 곧 다시 필립이라는 이름을 사용했다. 지역 소식과 연재만화를 실은 개인 신문인《더 데일리 딕 The Daily Dick》을 만들었다.

1940–43   고전 음악과 오페라에 열중하기 시작했고, 평생 그 열정을 가슴에 품고 살았다.『어린 왕자』와『호빗』,『곰돌이 푸』및『오즈』시리즈를 읽었다.《어스타운딩》《어메이징》《언노운》 등의 SF 잡지를 발견하고 열심히 모으기 시작했다. 이 잡지들의 내용을 본떠 그림을 그리고 글을 썼다. 독학으로 타자 치는 법을 익혔고, 라디오 방송으로 접한 제2차 세계대전 소식을 들으며 친구들과 전황에 대해 곧잘 토론을 벌였다. 두 번째 개인 신문인《진실The Truth》을 만들면서 연재만화의 주인공으로 '미래 인간Future-Human'을 등장시켰다("자신의 초超 과학기술을 인류의 복지를 위해 사용하고, 미래의 암흑가에 맞서는 인물"이었다). 지금은 소실된 첫 번째 소설『소인국으로의 귀환Return to Liliput』을 완성했다.《버클리

---

*Satori. 일어로 '깨달음'을 의미함.

가제트》지에 정기적으로 단편소설과 시를 기고했다. 가필드
공립 중학교와 오하이 시에 위치한 기숙사제 사립 고등학교
인 캘리포니아 예비 학교를 다녔다. 정서장애를 극복하기는
여전히 어려웠지만, 급우들에게 정신의학과 심리 테스트에
관한 해박한 지식을 피력하기도 했다(1974년에 딸 로라에게
보낸 편지에서 그는 이렇게 쓰고 있다. "어떤 의미에서는, 학
교에 적응을 잘하면 잘할수록 나중에 현실 세계에 적응할 수
있는 확률은 도리어 낮아진다고 할 수 있어. 그러니까 네가
학교에 제대로 적응을 못하면 못할수록, 나중에 학교에서 자
유로워진 뒤에 마주치는 현실에 더 잘 대처할 확률이 높아진
다고도 할 수 있겠지. 그런 날이 정말로 온다면 말이야. 아마
나는 군대에서 말하는 '안 좋은 태도'를 갖고 있는지도 모르
겠구나. 제대로 하든지, 아니면 포기하든지 양자택일하라는
뜻인데, 나는 언제나 그만두는 쪽을 택했어"). 광장공포증과
공황장애로 인한 발작이 더 심해졌다.

1944-47 버클리 고등학교에 입학했다. 독일어를 배우고 칼 구스타프
융의 저서를 읽기 시작했다. 곧잘 현기증 발작을 일으켜 앓아
눕곤 했다. 샌프란시스코의 랭글리 포터 클리닉에서 매주 융
학파의 심리분석가에게 치료를 받았지만 결국은 그 분석가
를 철두철미하게 경멸하기에 이르렀다. 유니버시티 라디오
에 판매원으로 취직했으나, 나중에 아트 뮤직으로 옮겼다. 두
곳 모두 음반, 악보, 전자기기 등을 판매하고 수리도 해주는
음악 상점이었다. 이 두 가게의 소유주인 허브 홀리스는 카리
스마 넘치는 까다로운 인물이었는데, 딕에게는 멘토이자 아
버지 같은 존재가 되었다(홀리스는 훗날 딕의 소설에 자주
등장하는 전제적이지만 따스한 마음을 가진 '보스'의 모델이
된다). 홀리스 밑에서 일하는 동안 딕의 불안장애는 많이 나
아졌지만, 학교에만 가면 악화되는 통에 마지막 1년 과정은

집에서 개인 교습을 받으며 마쳐야 했다. 같은 해 가을이 되자 집에서 나와 로버트 던컨, 잭 스파이서, 필립 라만티어 같은 작가들과 함께 창고를 개조한 공동주택으로 이사를 갔다. 대부분 동성애자로, 작가 특유의 보헤미안적 삶을 즐기던 룸메이트들은 딕의 독자적인 지적 성장의 원천이 되었다. 딕은 버클리 대학에 잠시 다니며 철학을 전공했지만 의무적으로 참가해야 하는 ROTC 훈련을 혐오했다. 광장공포증은 더욱 악화되었고, 11월에는 결국 자퇴를 하고 말았다. 훗날 그는 ROTC 훈련 도중 소총 분해결합을 거부했다는 이유로 퇴학당했다고 주장했다.

1948–49   아트 뮤직의 매니저는 여성 경험이 전무하다는 것을 알고 가게의 지하방에서 젊은 여성과 잠자리를 함께 할 수 있는 기회를 마련해준다. 재닛 말린과 알게 되고, 서둘러 결혼해 버클리의 아파트로 이사한다. 갈등으로 점철되었던 6개월 동안의 서투른 결혼 생활은 연말이 되기 전에 이혼으로 끝이 난다. 아버지와 다시 재회하고, 지금은 소실된 장편 『어스셰이커The Earthshaker』를 간간이 집필하기 시작했다.

1950   6월에 두 번째 아내인 클리오 애퍼스털리디스와 결혼한다. 버클리의 프란시스코 거리에 작은 집을 장만했고, 마지막으로 아버지를 만났다. 작문 교사이자 범죄소설과 SF 분야에서 편집자와 평론가로 활동하던 앤서니 바우처(앤서니 화이트)와 조우했고 그의 영향을 받아 다수의 SF 단편을 쓰기 시작했다(훗날 딕은 바우처를 평하며 "성숙한 어른, 그것도 분별 있고 교육받은 어른도 SF를 즐길 수 있다는 사실을 깨닫게 해준 인물"이라고 회고하기도 했다). 당시 딕은 지독한 가난에 허덕였다(훗날 출간된 단편집 『골든 맨The Golden Man』의 1980년도 판 서문에서 딕은 이렇게 술회했다. "럭

키 도그 애완동물상점에서 파는 말고기는 동물 사료로 팔던 것이었다. 그러나 클리오와 나는 그걸 먹었다. 정말 궁핍했다……").

1951-52 《판타지 앤드 사이언스 픽션》지에 처음으로 팔린 단편 「루그Roog」로 데뷔한다. 홀리스에 대한 신의를 저버렸다는 이유로 아트 뮤직에서 해고당했다. 잡지 《플래닛 스토리즈》에 단편 「워브가 저기 누워있다Beyond Lies the Wub」를 게재하고, 스콧 메러디스 출판 에이전시와 전속 계약을 맺는다. 최초의 사실주의적 소설인 『거리에서 들리는 목소리Voices from the Street』(2007)와 『메리와 거인Marry and the Giant』(1987)을 집필했지만 생전에는 출간되지 못했다(훗날 딕은 이렇게 술회했다. "나는 1951년 11월에 처음으로 단편을 팔았고, 이것들은 1952년에 처음으로 잡지에 실렸다. 고등학교를 졸업할 무렵에는 꾸준히 글을 쓰면서 잇달아 장편을 탈고했지만 물론 하나도 팔리지 않았다. 나는 버클리에 살고 있었고, 주위 환경은 문학을 하기에 안성맞춤이었다. 주류 문학을 하는 소설가들은 얼마든지 있었고, 베이지역에 사는 지극히 유망한 전위적 시인들과도 교류했다. 모두들 나더러 글을 쓰라고 권했지만, 꼭 그걸 팔아야 한다고 격려한 사람은 아무도 없었다. 그러나 나는 책을 팔고 싶었고, SF 소설도 쓰고 싶었다. 나의 궁극적인 꿈은 주류 문학적 소설과 SF **양쪽**을 쓰는 것이었다").

1953-54 최초의 SF 장편인 『태양계 제비뽑기Solar Lottery』(1955)와 『존스가 만든 세계The World Jones Made』(1956)를 판타지 소설 『우주 꼭두각시The Cosmic Puppets』(1957) 및 리얼리즘 소설인 『함께 모여라Gather Yourselves Together』(1994)와 함께 에이전시에 팔았다. 음반 가게인 '터퍼와 리드'에서

잠시 일하던 중 공황장애와 광장공포증이 재발했고, 폐소공
포증까지 겪었다. 공포증과 우울증 치료제로 처방받은 암페
타민을 복용하기 시작했다. 수십 편의 단편을 썼고 그중 대다
수를 잡지에 파는 데 성공했다. 딕은 가장 다작을 하는 SF 작
가 중 한 사람이 되었다(1953년 한 해 동안에만 무려 30편의
작품이 펄프 잡지*에 실렸다). FBI 수사관 두 명이 방문해서
점잖게 그를 심문한다. 이 사건을 계기로 그는 평생 동안 감
시당하고 있다는 생각을 품게 되었다. SF 작가로 이름을 알리
는 것에 대한 모호한 저항감과, 사람들 앞에 나서기를 두려워
하는 광장공포증에 시달리면서도 난생 처음으로 SF 컨벤션에
참가해서 A. E. 밴 보그트를 만났다. 보그트의 소설은 딕의
초기 SF 소설들에 큰 영향을 미쳤다. 단편 고료와 아내가 이
런저런 시간제 일을 해서 번 돈으로 주택 융자금을 갚고, 짧
은 기간이나마 재정적인 안정을 누렸다. 매리언 이모가 세상
을 떠나자 딕의 어머니는 매리언의 남편인 조 허드너와 결혼
하고, 조카인 여덟 살배기 쌍둥이를 입양했다.

1955   장편 데뷔작인 『태양계 제비뽑기』가 에이스 북스에서 페이
퍼백 단행본으로 출간되었다. 첫 번째 단편집 『한 줌의 암흑
A Handful of Darkness』도 리치 & 코원 출판사에 의해 영
국에서 간행된다. 딕은 같은 해 『농담을 한 사내The Man
Who Japed』(1956)와 『하늘의 눈Eye in the Sky』(1957)을
집필했다.

1956–57   주류 문단의 인정을 받기 위한 노력의 일환으로 일반 소설인
『조지 스타브로스의 시간A Time for George Stavros』(소실됨)
『언덕 위의 순례자Pilgrim on the Hill』(소실됨), 『시스비 홀트

---

* pulp magazine. 갱지를 사용한 선정적인 싸구려 잡지.

의 깨진 거품 The Broken Bubble of Thisbe Holt』(1988), 『좁은 땅에서 빈둥거리며Puttering About in a Small Land』(1985)를 집필했다. 클리오와 두 번의 자동차 여행을 하면서 동쪽으로는 아칸소 지방까지 둘러보았다. 『한 줌의 암흑』 증보판인 『변동 인간 외外The Variable Man and Other Stories』가 에이스 북스에서 페이퍼백 단행본으로 출간되었다. 스콧 메러디스 출판 에이전시와 잠시 결별했지만 곧 재계약했다.

1958   딕은 처음으로 자신의 사실주의적 모티프를 SF 소설에 접목했고, 그 결과물인 『어긋난 시간Time Out of Joint』이 리펀코트 출판사에서 출간되었다. 그의 소설 중에서는 최초의 하드커버였으며, SF 소설이 아니라 스릴러를 의미하는 '위협에 관한 소설Novel of Menace'로 홍보되었다. 일반 소설인 『밀튼 럼키의 구역에서In Milton Lumky Territory』(1985)와 『니콜라스와 히그Nicholas and the Higs』(소실됨)를 집필했다. 단편인 「포스터, 넌 죽었어Foster, You're Dead」가 소비에트 연방에서 무단으로 잡지에 실린 것을 알게 되었다. 이를 계기로 소련 과학자 알렉산드르 톱치예프와 편지로 아인슈타인의 상대성 이론에 관해 의견을 주고받았고, 이 편지들은 CIA에게 노출되었다(딕은 1970년대에 정보자유법에 의거해 공개 요청을 보낸 뒤에야 이 사실을 알았다). 9월에 클리오와 마린 카운티의 포인트 러예스 스테이션으로 이사했다. 10월에 앤 루빈스타인이라는 미망인을 만나 격정적인 사랑에 빠졌고, 12월에는 클리오에게 이혼을 요구했다.

1959   클리오는 이혼 후 포인트 러예스 스테이션을 떠나 버클리로 돌아갔다. 딕은 앤과 함께 살며 그녀의 세 딸(헤티, 제인, 텐디)의 의붓아버지가 되었다. 이들은 가금류와 양을 키우며 아이들의 양육비 명목으로 세인트루이스에 사는 앤의 전남

편 가족들이 보내준 돈으로 생계를 꾸려갔다. 앤의 정신과 의사에게서 상담을 받기 시작했는데, 이는 1971년까지 간헐적으로 이어졌다. 만우절에 멕시코의 엔세나다에서 앤과 결혼했다. 돈을 벌기 위해 초기 중편 중 2편을 장편 SF로 개작했다. 이것들은 1960년에 각각 『미래 의사Dr. Futurity』와 『불카누스의 망치Vulcan's Hammer』라는 제목으로 에이스 북스의 '더블 시리즈'*로 출간되었다. 일반 소설인 『허풍선이 과학자의 고백Confessions of a Crap Artist』(1975)을 집필했다. 이 소설은 클리오와의 이혼, 그리고 앤과의 연애에서 대부분의 소재를 얻었으며, 커노프사와 하코트사 양쪽에서 출간될 뻔했지만 결국 성사되지는 못했다. 그러나 그 과정에서 딕의 작가적 능력에 주목한 하코트 출판사는 차기 일반 소설의 선불금을 지불했다. 앤이 임신을 했고, 딕은 암페타민의 일종인 서모자이드린을 계속 복용했다.

1960   2월 25일에 첫아이인 로라 아처 딕이 태어났다. 하코트 출판사에서 일반 소설을 내고자 하는 희망은 결국 이루어지지 못했다. 편집자가 휴가를 간 사이에 출판사가 합병을 하면서, 딕이 쓴 『모두 똑같은 이를 가진 사내 The Man Whose Teeth Were All Exactly Alike』(1984)와 『조지 스타브로스의 시간』을 개작한 작품인 『오클랜드의 험프티 덤프티Humpty Dumpty in Oakland』(1986)의 출간을 제대로 추진하지 못했기 때문이었다. 가을이 되자 앤이 또 임신을 했지만 경제적으로 더 궁핍해지는 것을 두려워했던 앤은 딕의 반대에도 불구하고 아이를 낙태했다.

1961   앤의 수공예 보석상에서 잠깐 일을 했다. 변화를 다룬 중국

---

* Ace Double. 두 작가의 각기 다른 작품을 앞뒤로 뒤집어 묶은 페이퍼백 시리즈.

의 고전인『역경I Ching』을 발견하고, 향후 20년 동안 그 점
괘를 참고하며 살아갔다. 딕은 자신이 '움막'이라고 부르던
곳에 틀어박혔다. 타자기와 전축, 그리고 책들이 있는 이 오
두막에서 그는『높은 성의 사내The Man in the High
Castle』의 집필에 착수했다. 플롯의 일부는『역경』의 점괘를
참조했다.

1962 『높은 성의 사내』는 퍼트넘 출판사에서 스릴러물로 출간되
었고 호평을 받았지만 판매는 부진했다. 그러자 퍼트넘 출판
사는 사이언스 픽션 북클럽에 판권을 팔았다. 딕은 장편『당
신을 합성해드립니다We Can Build You』를 집필했는데, 이
는 1969년에서 1970년 사이에 《어메이징》지에 「A. 링컨, 시
뮬라크럼A. Lincoln, Simulacrum」이란 제목으로 연재되었
다. 같은 해에 집필한『화성의 타임슬립Martian Time-Slip』
은 1963년 잡지 《월드 오브 투모로우》에 '우리는 모두 화성
인All We Marsmen' 이란 제목으로 연재되었다(훗날 딕은
이렇게 회고했다. "『높은 성의 사내』와『화성의 타임슬립』을
통해 나는 실험적인 주류 소설과 SF 사이의 간극을 줄였다고
생각한다. 어느 날 갑자기 작가로서 하고 싶었던 일을 다 할
수 있는 길을 찾은 기분이었다").

1963 7월에 스콧 메러디스 출판 에이전시에서 팔리지 않는다는 이
유로 10여 편 이상의 주류 소설을 돌려보냈다. 돈이 궁해진
나머지 그는 앤의 집을 담보로 레코드 가게를 시작할 것을 고
려했다. 9월에는『높은 성의 사내』가 SF 문학상 중 최고의 권
위를 자랑하는 휴고상 최우수 장편상을 받았다. 그러나 결혼
생활은 악화일로를 걸었다. 딕은 친구들에게 아내가 자기를
죽이려 한다고 주장했다. 오랫동안 부부 싸움을 하다가 앤을
로스 정신병원으로 보냈고, 앤은 랭글리 포터 클리닉에서 2

454

주간 치료를 받는 데 동의했다. 결혼이 깨지는 것을 막기 위해 두 사람은 미국 성공회 예배에 참석하기 시작했다. 딕은 이곳에서 세례를 받았다. 딕의 팬이었던 매런 해킷은 친구의 주선으로 딕을 만났다. 그녀와 그녀의 의붓딸들도 성공회 신도였다. 딕은 암페타민을 연료 삼아 『닥터 블러드머니, 혹은 폭탄이 터진 뒤 우리는 어떻게 살아남았나Dr. Bloodmoney, or How We Got Along After the Bomb』(1965), 『타이탄의 게임 플레이어The Game-Players of the Titan』(1963년, 에이스 북스에서 출간), 『시뮬라크라The Simulacra』(1964), 『작년을 기다리며Now Wait for Last Year』(1966)를 탈고했고, 『알파성의 씨족들Clans of the Alphane Moon』(1964)과 『우주의 균열The Crack in Space』(1966)을 쓰기 시작했다. 집필실이 있는 오두막으로 걸어가면서 그는 하늘에서 기괴한 가면을 쓴 인간 얼굴의 환영幻影을 보았다. 훗날 그는 이 체험을 장편 『파머 엘드리치의 세 개의 성흔The Three Stigmata of Palmer Eldritch』(1965)에 녹여내었다.

1964   버클리를 방문하는 일이 잦아졌다. 『파머 엘드리치의 세 개의 성흔』을 탈고한 후 3월에 출판 에이전시에 넘겼다. 3월 9일 이혼 소송을 제기하고 잠시 어머니 집에서 살았다. 베이 지역의 활기찬 SF 팬덤에 합류해서 폴 앤더슨, 매리언 짐머 브래들리, 론 굴라트와 레이 넬슨 같은 작가들을 만났다. 『높은 성의 사내』의 속편을 쓰기 시작했다가 포기했다. 『우주의 균열The Crack In Space』, 『잽건The Zap Gun』(같은 해 『프로젝트 플로셰어Project Plowshare』라는 제목으로 잡지에 연재되었고 1967년에 출간됨), 『끝에서 두 번째의 진실The Penultimate Truth』을 탈고했으며, 『텔레포트 되지 않은 사내The Unteleported Man』(1966)를 쓰기 시작했다. SF 작가 아브람 데이비슨의 아내로 당시 그와 별거 중이었

던 그래니아 데이비슨(훗날 '그래니아 데이비스'로 소설 출간)과 연애편지를 교환했다. 7월에는 운전 도중 차가 전복되는 바람에 큰 부상을 입고 심각한 우울증을 겪으면서 집필 의욕을 상실했다. 오클랜드에서 열린 세계 SF 컨벤션에 참석했다. 마약이 횡행했던 집회였다. 친구인 잭과 마고 뉴컴 부부가 오클랜드에 있는 딕의 자택을 방문했다. 12월이 되자 그는 매런 해킷의 의붓딸인 21살의 낸시 해킷에게 구애를 시작했다("네가 나를 위해 우리 집으로 들어왔으면 좋겠어. 안 그런다면 나는 머리가 돌아버려서 점점 더 약을 찾게 될 거고…… 결국 아무런 글도 쓸 수 없을 거야. 나에겐 자극과 영감을 줄 수 있는 네가 필요해.")

1965   3월에 낸시 해킷과 함께 살기 시작했다. 가정 생활을 시작하며 다시 집필을 하기 시작했고 고질적인 광장공포증 역시 부활했다. 딕은 LSD를 두 번 복용하고 불편한 환영을 경험했다("나는 '그'를 맥동하고, 격렬하고, 마구 진동하는 존재로서 지각했다. 복수심에 불타는 위압적인 존재, 마치 형이상학적인 IRS*요원처럼 회계 감사를 요구하는 존재라고나 할까"). 팬진**인 《라이트하우스》에 실린 에세이 「마약, 환영 그리고 실체에 대한 탐색Drugs, Hallucinations, and the Quest for Reality」에서 그는 다음과 같이 술회했다. "사람들은 환각에 매달릴 필요가 없다. 착란으로 몸을 망치는 길은 하나만 있는 것이 아니므로."『텔레포트 되지 않은 사내』를 완성하고, 캘리포니아의 미국 성공회 주교인 제임스 파이크***와 돈독한 우정을 쌓았다. 파이크가 비서로 채용한 낸시의 의붓어머니인 매런 해킷은 파이크의 숨겨진 정부情婦였다. 딕은 파

---

* Internal Revenue Service. 미 국세청.
** fanzine. 팬이 발행하는 잡지.
*** James A. Pike(1913~1969).

이크와의 대화를 통해 신학적 고찰과 초기 크리스트교의 기원에 관한 연구에 심취하기 시작했다. 낸시와 함께 산 라파엘로 이사했다. 레이 넬슨과 공동으로 『가니메데 혁명The Ganymede Takeover』(1967)을 썼고, 『거꾸로 도는 세계 Counter-Clock World』(1967)의 집필을 시작했다.

1966   『거꾸로 도는 세계』를 탈고하고 『안드로이드는 전기 양의 꿈을 꾸는가?Do Androids Dream of Electric Sheep?』(1968)와 『유빅Ubik』(1969), 아동 SF인 『농부 행성의 글리멍The Glimmung of Plowman's Planet』(1988년에 영국에서 『닉과 글리멍Nick and the Glimmung』이라는 제목으로 출간됨)을 썼다. 7월에 낸시와 결혼했다. 딕은 회의적이었지만, 파이크 주교와 매런 해킷, 낸시와 함께 영매가 주최하는 세앙스*에 참석했다. 이 모임의 목적은 자살한 파이크의 아들인 짐과 접촉하기 위한 것이었다. 『작년을 기다리며』와 『텔레포트 되지 않은 사내』, 『우주의 균열』이 출간되었다.

1967   3월 15일에 둘째 딸 이솔더(이사) 프레이어 딕이 태어났다. 텔레비전 드라마 〈침략자The Invaders〉의 구성 원고를 썼지만 팔리지 않았다. 『거꾸로 도는 세계』, 『잽건』, 『가니메데 혁명』이 페이퍼백으로 출간되었다. 6월에 낸시의 의붓어머니 매런 해킷이 자살했다. IRS가 딕에게 체납된 세금과 벌금 및 이자의 납부를 요구하면서 이미 심각했던 가계 재정난이 한층 더 악화되었다. 단편 「부조父祖의 신앙Faith of Our Fathers」이 할런 엘리슨이 편집한 SF 앤솔러지 『위험한 비전 Dangeros Visions』에 실렸다. 서문에서 엘리슨은 딕이 LSD에 의한 환각 상태에서 이 단편을 썼다고 주장했지만, 이것은

---

* séance. 교령회. 죽은 사람들의 영혼과 통교하려는 사람을 중심으로 한 모임.

딕의 고의적인 오도誤導에 의한 것이었다.

1968   잡지 《램파츠》 2월호에 실린 '작가와 편집자에 의한 전쟁세
반대운동' 청원서에 서명하면서 IRS와의 갈등이 심화되었
다. 낸시와 함께 '마약 SF 컨벤션Drug Con' 이라는 이명異名
을 얻은 베이컨*에 참가했다. 그곳에서 로저 젤라즈니를 처
음으로 만났다. 젤라즈니와는 훗날 장편 『분노의 신Deus
Irae』(1976)을 공동 집필하게 된다. 『안드로이드는 전기 양
의 꿈을 꾸는가?』의 초판이 하드커버로 출간되었다. 이 작품
의 영화 판권도 팔렸다. 『은하의 도기 수리공Galactic Pot-
Healer』(1969)과 『죽음의 미로A Maze of Death』(1970)를
집필했다. 딕의 오랜 멘토였던 앤서니 바우처가 사망한다.
활자화되지는 않았지만 다음과 같은 자기소개 글을 썼다.
"……기혼자이며, 두 딸과 젊고 신경질적인 아내와 함께 살
고 있다……. 처음에는 스카를라티**, 다음에는 제퍼슨 에어
플레인***, 그다음에는 〈신들의 황혼Götterdämmerung〉에
귀를 기울이며 대부분의 시간을 보내며, 이것들을 어떻게든
한데 엮어보려고 시도하고 있다. 각종 공포증에 시달리고 있
다……. 채권자들에게 엄청난 빚을 지고 있지만 갚을 돈이
없다. 경고. 이 작자에게 돈을 빌려주지 말 것. 돈뿐만 아니
라 당신의 약까지 훔치려 들 것이다."

1969   『프로릭스 8에서 온 친구들Our Friends from Frolix 8』(1970)
을 썼다. 『은하의 도기 수리공』이 페이퍼백으로, 『유빅』이 하
드커버로 출간되었다. 몬트리올의 한 호텔에서 거행된 존 레
논과 요코 오노의 평화를 위한 '침대 시위bed-in'에 참석한

---
* BayCon. 샌프란시스코 베이지역에서 개최되는 SF, 판타지 컨벤션.
** Giuseppe Domenico Scarlatti(1685~1757). 이탈리아 작곡가.
*** Jefferson Airplane. 1965년 결성된 미국의 사이케델릭 록 그룹.

티모시 리어리*의 전화를 받았다. 리어리는 레논과 오노에게 수화기를 넘겼고, 이들은『파머 엘드리치의 세 개의 성흔』에 감탄했다고 말하며 영화화하고 싶다는 희망을 전했다. 저널리스트인 폴 윌리엄스의 방문을 받았다. 처방받은 약물, 특히 리탈린의 복용량이 크게 늘면서 결혼 생활에도 금이 가기 시작했다. 암페타민을 강박적으로 섭취한 나머지, 췌장염과 초기 신부전증 증세로 응급실 신세를 진다. 예수가 역사 인물로서 존재했다는 증거를 찾기 위해 이스라엘로 탐사 여행을 떠났던 파이크 주교가 9월에 유대 사막에서 사망했다.

1970   『흘러라 내 눈물, 하고 경관은 말했다Flow My Tears, the Policeman Said』(1974)를 쓰기 시작했다. 평소의 집필 습관과는 달리 3월과 8월 사이에 여러 번 고쳐 썼다. 낸시의 동생 마이클 해켓이 아내와의 이혼 소송 중에 딕의 집으로 와서 눌러앉았다. 딕은 환각제인 메스칼린을 복용한 후 찬란한 사랑의 비전[幻影]을 체험했고, 『흘러라 내 눈물, 경관은 말했다』에 이를 투영했다. 7월에는 당국에 푸드 스탬프**를 신청했다. 중단편집『보존 기계 The Preserving Machine』가 출간되었고, 『프록릭스 8에서 온 친구들』이 페이퍼백 단행본으로, 『죽음의 미로』가 하드커버로 출간되었다. 9월에 낸시가 딸인 이사를 데리고 집을 떠나면서 다량의 약물—거리에서 구입한 불법 마약까지 포함한—과 암페타민의 기운을 빌린 밤샘 토론, 편집증, 보헤미안적 너저분함으로 점철된 친구들과의 공동 생활 시대를 시작했다. 글은 거의 쓰지 않았고, 『흘러라 내 눈물, 하고 경관은 말했다』를 가끔 개고하는 정도였다. 10월에는 톰 슈미트가 합류했다(11월에 쓴 편지에

---

*Timothy Leary(1920~1996) 미국의 심리학자. LSD와 카운터컬처 옹호자로 유명하다.
**food stamp. 저소득자용 식량 배급권.

서 딕은 이렇게 술회하고 있다. "다들 각성제를 복용하고 있고, 다들 죽을 거야……. 하지만 앞으로 몇 년은 더 살겠지. 사는 동안은 지금 모습 그대로 살 거야. 어리석게, 맹목적으로. 토론하고, 함께 시간을 보내고, 농담을 나누고, 서로 의지하면서 말이야").

1971   『흘러라 내 눈물, 하고 경관은 말했다』의 미완성 원고를 엉망진창이 된 일상으로부터 지키기 위해서 변호사에게 맡겼다. 젊은 히피와 폭주족, 중독자들이 딕의 집에 드나들자 마이클 해켓이 떠났다. 5월에 한 친구가 딕을 스탠포드 대학병원의 정신병동에 입원시켰다. 8월이 되자 마린 제너럴 정신병원과 로스 정신과 클리닉 양쪽에서 치료를 받았다. 자신이 FBI나 CIA의 감시를 받고 있다고 주장하고, 총을 구입한 것도 이 시기의 일이었다. 11월에는 도둑이 들어 집이 크게 부서졌다. 서류 캐비닛은 누군가에 의해 폭파되었고, 창문과 문은 박살이 났으며, 개인 서신 및 재정 관련 서류들이 도난당했다(침입자의 정체에 관해 딕은 오랫동안 숱한 추측을 했다. 정부 요원, 종교 광신도, 블랙 팬서*, 심지어는 자기 자신까지 의심했다). 딕은 결국 이 집을 포기했다.

1972   2월에 캐나다 밴쿠버에서 열린 SF 컨벤션의 주빈으로 참가했다. 그곳에서 연설한 「안드로이드와 인간」은 호평을 받았고, 딕은 캐나다에 머무르겠다는 의사를 밝혔다. 그러나 얼마 지나지 않아 밴쿠버에 환멸을 느끼고 또 다른 장소를 물색했다. 오레곤 주 포틀랜드에 있는 어슐러 K. 르 귄에게 편지를 써서 방문해도 될지 타진했다. 캘리포니아 주립대학 풀러턴 캠퍼스의 윌리스 맥넬리 교수에게 풀러턴이 살 만한 곳

---

* Black Panther. 흑인 해방을 주장하는 미국의 극좌 과격파 조직.

인지 문의했다(이 시점부터 편지를 쓰는 일이 급격하게 늘어났으며, 이 경향은 죽을 때까지 계속되었다. 르 귄 외에도 제임스 팁트리 주니어, 스타니스와프 렘, 존 브루너, 노먼 스핀래드, 토마스 디시, 브라이언 올디스, 로버트 실버버그, 시어도어 스터전과 필립 호세 파머 등의 동료 작가들과 정기적으로 편지를 주고받았다). 3월에 처음으로 자살 시도를 했다. 주로 헤로인 중독자들을 위한 시설인 X-컬레이 재활센터에 입원해서 공격적 집단 요법*에 참여했다. 몇 십 년 동안이나 처방을 받아 남용해오던 암페타민을 끊었다. 맥넬리 교수와 학생들이 오렌지 카운티로 그를 초청하는 편지를 보내왔다. 딕은 풀러턴에 정착해서 일련의 룸메이트들과 함께 살았다. 젊은 친구들이 많이 생겼는데, 그중에는 작가 지망생인 팀 파워스도 있었다. 맥넬리는 딕에게 객원 강사 자리를 알선하고 풀러턴 캠퍼스의 도서관에 다량의 딕 관련 서류를 보관했다. 개인 서신과 꿈에 관련된 글들을 모아『검은 머리의 소녀 The Dark-Haired Girl』작업을 했다(1988년에 증보판으로 출간되었다). 그해 출판된『필립 K. 딕 걸작선The Best of Philip K. Dick』의 작품 선정을 도왔다. 7월에는 18세의 레슬리(테사) 버스비를 만나 곧 동거에 들어갔다. 9월에는 로스앤젤레스 SF 컨벤션에 참가했다. 10월이 되자 낸시 해켓과의 이혼 소송을 마무리 짓기 위해 테사와 함께 마린 카운티로 여행을 떠났다. 낸시는 이사의 단독 양육권을 획득했다. 스타니스와프 렘과 편지를 주고받았고, 렘은『유빅』의 폴란드어 번역을 주선했다.『흘러라 내 눈물, 하고 경관은 말했다』를 완성하고, 단편「시간비행사들을 위한 조촐한 선물A Little Something for Us Tempunauts」을 썼다.

---

* confrontational group therapy. 매우 공격적인 분위기를 통해 고의적으로 환자들을 압박하는 정신 요법의 일종. 주로 약물 중독자들의 치료에 쓰인다.

1973 다시 꾸준히 글을 쓰기 시작했다. 2월에서 4월까지『어둠 속의 스캐너A Scanner Darkly』(1977)를 썼다. BBC와 프랑스의 다큐멘터리 작가들과 인터뷰를 가졌다. 4월에 테사와 결혼했고, 7월 25일에 아들 크리스토퍼 케니스 딕이 태어났다. 당시 박사 과정을 밟고 있었던 장 피에르 고랭이 그를 방문해 프랑스 평론가들이 텔레비전에서 그를 노벨상 수상자로 추천했다는 사실을 알렸다. 런던의 《데일리 텔레그래프》지와 인터뷰를 했다. 돈 문제와 건강 문제에 계속 시달렸다. 유나이트 아티스트 영화사에서『안드로이드는 전기 양의 꿈을 꾸는가?』의 영화 판권을 매입했다.

1974 2월에 하드커버로 출간된『흘러라 내 눈물, 하고 경관은 말했다』는『높은 성의 사내』이래 가장 좋은 평을 받으며 휴고상과 네뷸러상 후보에 올랐고, 1975년의 존 W. 캠벨 기념상을 수상했다. 《램파츠》 청원서에 서명했던 딕은 혹시 당국으로부터 불이익을 받이익을 받지는 않을지 우려하며 4월의 납세 기간이 오는 것을 두려워했다. 2월에 사랑니 발치 수술을 받으며 소듐 펜토탈*을 투여받았는데, 이때 일련의 강렬한 환영을 경험했다. 이 환영은 3월 내내 계속되면서 한층 강도를 더해 갔고, 4월이 되자 간헐적으로 나타나다가 점점 약해졌다. 이때 받은 여러 계시는 각양각색의 선하고 악한 종교적, 정치적 영향―신, 그노시스파 기독교도들, 로마 제국, 파이크 주교, KGB 등을 포함하지만 이것이 전부는 아니었다―의 산물로 치부되었지만, 딕은 남은 생애 동안 그 의미를 해석하는 데 골몰하며 많은 시간을 보낸다. "내가『성스러운 침입The Divine Invasion』(1981)을 쓴 뒤로는 단 한 마디도 하지 않았다. 내게 들리는 계시는 구약성서에서 '신의 영혼'을 의

---

* sodium pentothal. 전신 및 국소 마취제의 상품명.

미하는 루아Ruah의 목소리였다. 그것은 여성의 목소리로 말했고, 메시아 예언에 관련된 얘기를 늘어놓는 경향이 있었다. 한동안은 그것의 인도를 받았다. 고등학교 시절부터 가끔 그 목소리를 듣곤 했다. 위기가 닥치면 뭔가 다시 내게 말해줄 것이다……." 딕은 '2-3-74'라고 부르게 된 것에 관한 사변적인 해설을 쓰기 시작했다. 대부분 손으로 쓴 이 난삽한 원고는 8천여 장에 달했다. 훗날 딕은 이 원고에『주해서 Exegesis』라는 제목을 붙였다(전체 원고는 미출간 상태이며 읽으려는 사람도 거의 없지만, 사후에 발췌본이 출간되었다). 메러디스 출판 에이전시와 결별했다가 일주일도 되지 않아 다시 계약을 맺고『흘러라 내 눈물, 하고 경관은 말했다』의 출판 계약을 더블데이에서 DAW로 이전하는 데 동의했다. 심각한 고혈압과 경미한 뇌졸중으로 의심되는 증세로 5일 동안 입원했다. 프랑스 영화감독인 장 피에르 고랭이 다시 찾아와서 그가 각본을 쓰는 조건으로『유빅』의 영화화 판권을 일괄 지급하는 계약을 맺었다. 딕은 한 달 만에『유빅』의 각본을 썼다(영화화는 되지 않았지만, 각본은 1985년에 출간되었다). 〈블레이드 러너〉라는 제목으로 영화화된『안드로이드는 전기 양의 꿈을 꾸는가?』를 각색하던 시나리오 작가들의 방문을 받았다.《롤링스톤스》지의 폴 윌리엄스와 인터뷰를 했다. 1971년에 겪었던 주거 침입 사건에 관한 상세한 회고와 분석이 주된 내용을 이뤘다.

1975　어깨 부상으로 수술을 받은 후 진행 중이던 장편『발리시스템A Valisystem A』에 관한 메모를 휴대용 녹음기로 녹음했지만 2주 만에 다시 타이프라이터로 집필하기 시작했다(이 소설은 결국 사후 출간된『앨버무스 자유 방송Radio Free Albemuth』(1985)과 1981년에 출간된『발리스VALIS』두 소설로 분할되었다).《뉴요커》지는 1월호와 2월호의「토크 오

브 더 타운Talk of the Town」 란에 연속 인터뷰 기사를 싣고 딕을 "우리가 가장 좋아하는 SF 작가"라 칭했다. 1월과 2월에 마지막으로 타오르는 듯한 비전[啓示]을 체험했다. 그노시스주의, 조로아스터교, 불교에 관한 책들을 열독하고 밤마다 『주해서』를 집필했다. 장편 『허풍선이 과학자의 고백』을 출간했다. 이것은 딕이 쓴 초기의 사실주의적 작품 중에서 유일하게 생전에 출간된 것이다. 만화가인 아트 슈피겔만의 방문을 받았다. 딕은 옛 친구이자 영국 성공회의 사제 훈련을 받고 있던 도리스 소우터에게 점점 사랑을 느꼈다. 5월에 도리스가 암이라는 진단을 받았다. 할런 엘리슨과 사이가 틀어졌다. 공동 저자인 로저 젤라즈니와 함께 『분노의 신Deus Irae』을 완성했다. 외국어 판의 출간으로 생겨난 인세 수입이 비교적 많아졌다. 외국에서 들어온 인세 덕에 잠시 풍족한 삶을 누리며 중고 스포츠카와 브리태니커 백과사전을 구입했지만, 몇 달 지나지 않아 그의 우상이자 멘토인 로버트 하인라인에게 돈을 빌리는 신세가 되었다. 『어둠 속의 스캐너』의 수정 작업을 끝냈다. 11월에 《롤링스톤즈》에 실린 특집 기사에서 로큰롤 평론가인 폴 윌리엄스가 딕을 "우주 최고의 SF 마인드를 가진 인물"로 평했다.

1976   도리스 소우터에게 청혼했지만 거절당했다. 그녀는 딕의 집 안과 얽히고 싶어하지 않았다. 2월에 크리스토퍼가 탈장으로 입원했다. 2월 말 딕과 테사는 별거했다. 그러고 나서 몇 시간도 지나지 않아 딕은 여러 방법을 동시에 동원해 자살을 시도했다. 오렌지 카운티 메디컬 센터에 수용되었다가 곧 정신병동으로 보내져 14일 동안 감시를 받으며 격리되었다. 테사가 잠시 집으로 돌아왔지만 딕은 곧 그녀와의 관계를 청산하고 도리스와 함께 산타아나의 아파트로 이사를 갔다. 그곳에서 그는 남은 인생을 보냈다(도리스와는 플라토닉한 관계

를 유지했다). 5월에 밴텀 출판사에서 복간을 목적으로『파머 엘드리치의 세 개의 성흔』,『유빅』,『죽음의 미로』판권을 매입했고, '2-3-74'를 토대로 집필 중인 소설『발리시스템 A』의 선금을 지불했다. 9월에 도리스는 그의 옆집으로 이사하기로 결정했다. 다시 우울증이 도지면서 자살 충동에 대한 두려움 때문에 딕은 10월에 세인트 조셉 병원의 정신 병동에 입원했다. 연말에는 밴텀의 편집장이『발리시스템 A』를 조금 수정해줄 것을 요구했지만 딕이 원본 전체를 대폭 수정하는 바람에『발리스』라는 다른 소설이 탄생했다(1976년에 그가 출판사에 보낸『발리시스템 A』는 1985년에『앨버무스 자유 방송』으로 출간되었다).『분노의 신』이 출간되었다.

1977 처음으로 혼자 사는 것에 적응하기 시작했다. 테사와 크리스토퍼는 정기적으로 딕을 찾아왔다. 2월에 테사와의 이혼이 마무리되었다.『어둠 속의 스캐너』가 출간되었고, 팀 파워스와의 우정은 절정에 달했다. 훗날 SF 작가로 입신하게 될 파워스와 K. W. 지터, 제임스 블레이록과 정기적으로 저녁을 함께 보냈다. 파워스와 지터에게 그가 본 '2-3-74' 비전에 관해 자세히 얘기하고 토론을 벌였다. 이 두 친구는 딕이 구상 중이던 자서전적 색채가 짙은 장편『발리스』의 등장인물들의 모델이 된다.『유빅』,『파머 엘드리치의 세 개의 성흔』과『죽음의 미로』가 복간되면서 《롤링스톤스》지의 격찬을 받았고, 딕은 동시대인들에 의해 매우 중요한 미국 작가로 인정받는다. 4월에 32세의 사회사업가인 조안 심슨을 만나서 오렌지 카운티에서 3주 동안 함께 지낸다. 그 후 심슨을 따라 소노마로 가서 여름 동안 잠시 머물렀다. 딕은 우울증으로 인한 격렬한 발작에 시달렸다. 프랑스의 메스Metz 문학 축제에 주빈으로 초빙받아 출국했다. 해외여행을 감행한 것은 공포증에 대한 승리를 의미했다. 그곳에서 강연한「만약 이 세상이 끔찍하다고

생각하면, 다른 세상들로 가보라」는 종교적 색채가 짙었던 데다가 동시통역 문제가 겹쳐서 청중을 당혹케 했다. 귀국한 뒤에는 캘리포니아 북부에 뿌리를 내리고 사는 것을 거부한 탓에 심슨과 헤어졌다.『주해서』의 집필을 계속했다. 단편「도매가로 기억을 팝니다 We Can Remember It For You Wholesale」의 영화 판권을 팔았다(이 작품은 훗날 〈토탈 리콜 Total Recall〉(1990)이라는 제목으로 개봉되었다).

1978   밴텀에서 나올『발리스』의 수정 작업이 늦어졌다. 대신『주해서』를 집필했다. 8월에 어머니가 세상을 떴다. 배다른 딸들인 로라와 이사가 처음으로 만났고 딕은 이 만남에 감격했다. 9월이 되자 '2-3-74' 체험을 담을 적절한 소설적 구조를 모색하면서『주해서』에 이렇게 썼다. "나의 장편—및 단편들—은 지적—개념적—인 미로이다. 그리고 나는 우리가 놓인 상황을 파악하기 위해 지적인 미로에서 헤매고 있다……. 왜냐하면 현 상황 자체가 출구를 찾을 수 없는 미로이기 때문이다……." 메러디스 출판 에이전시의 새 담당자 러셀 갤런이 딕이 낸 장편들의 재간을 적극적으로 추진하고, 논픽션을 한 편 써보라고 권유한 덕분에 상당히 고무되었다. 이 권유가 계기가 되어『발리스』를 위한 효율적인 접근 방법이 떠올랐다. 11월이 되자 2주에 걸쳐『발리스』를 썼고, 갤런에게 이 책을 헌정했다.

1979   딸 로라와 이사가 여러 번 방문했다.『어둠 속의 스캐너』가 프랑스의 메스 문학 축제에서 대상을 수상했다.『주해서』집필에 심혈을 기울였고, 자신의 가장 중요한 작품이 될지도 모른다는 언급을 했다. 러셀 갤런은 딕의 신작 단편들을 잡지《플레이보이》나《옴니》같은 높은 고료를 주는 시장에 내놓았다. 갤런이 오렌지 카운티를 방문했을 때 마침내 두 사

람은 직접 만났다. 그러나 딕이 평소 버릇대로 밤새도록 애기를 나누자 갤런은 녹초가 되었다. 임대 아파트 건물이 조합주택으로 개조되면서 딕은 자기가 살던 아파트를 매입했지만 옆집의 도리스 소우터는 자금을 마련하지 못하고 부득이 다른 곳으로 이사했다. 도리스가 떠나가자 딕은 크게 고뇌했다. 도리스에 대한 자신의 애착을 투영한 「공기의 사슬, 에테르의 그물Chains of Air, Webs of Aether」이라는 단편을 썼다. 단편 「두 번째 변종Second Variety」의 영화 판권이 팔렸다(1995년에 〈스크리머스Screamers〉라는 제목으로 개봉되었다).

1980 「공기의 사슬, 에테르의 그물」을 포함해 『발리스』의 속편으로 간주되는 『성스러운 침입』을 3월 말에 탈고했다. 『주해서』의 집필은 계속했지만 연말까지는 별다른 저술 활동을 하지 않았다. 몇몇 장편소설의 아우트라인을 구상했지만 결국 쓰지는 못했다. 더 이상 환영을 통해 영감을 받지 못할지도 모른다는 불안에 시달리다가 11월 말에 급작스러운 계시를 받았다. 이 계시를 통해 그는 『주해서』의 집필을 중단해야 한다는 결론을 내렸다. 5페이지에 달하는 결말부의 우화를 완성했고, 12월 2일에 '엔드End'라는 단어를 타이프로 친 다음 표제 페이지를 작성했다(이 페이지에는 『변증법: 신과 사탄, 그리고 예고되고 제시된 신의 최후의 승리/필립 K. 딕/주해서/Apologia Pro Mia Vita*』라고 쓰여있다). 열흘 뒤에 참지 못하고 강박적으로 『주해서』의 집필을 재개한다.

1981 2월에 『발리스』가 출간되었다. 깊은 우정을 쌓았던 르 권과 크게 다투었지만 금세 화해했다. 에너지가 고갈되었다는 생

───────

* 라틴어로 '나의 삶을 위한 변론'을 의미한다.

각에 다이어트를 시작하고 체중을 많이 줄였다. 리들리 스콧 감독이 『안드로이드는 전기 양의 꿈을 꾸는가』를 햄프턴 팬처와 데이비드 피플스의 각본으로 영화화한 〈블레이드 러너〉의 제작에 착수했다. 영화화에 대한 딕의 반응은 환호와 경멸 사이를 오락가락했다. 투자자 측에서는 영화 대본을 소설화하기를 원했지만, 러셀 갤런은 딕이 쓴 원작 쪽이 영화와 함께 출간되어야 한다고 주장했다(결국 『안드로이드는 전기양의 꿈을 꾸는가』는 영화와 같은 제목으로 1982년에 재간되었다). 사이먼 & 슈스터 출판사의 편집장이었던 데이비드 하트웰이 일반 소설과 SF 소설을 한 권씩 써달라는 제안을 했고, 딕은 이 제안을 받아들여 4월과 5월에 『티모시 아처의 환생The Transmigration of Timothy Archer』을 썼다. 이 책은 제임스 파이크 주교의 죽음을 둘러싸고 일어난 사건들을 소설화한 것으로, 1963년에 메러디스 에이전시에서 그가 쓴 주류 소설을 거부한 이래 처음으로 쓴 비非 SF였다. 딕은 6월에 갤런에게 보낸 편지에서 자신의 비 장르 작품들이 빛을 보지 못했던 것은 "나의 작가 인생에서는 비극—그것도 너무나도 오랫동안 계속된 비극—이었네"라고 술회했다. 두 달 후 SF 차기작인 『한낮의 올빼미The Owl in Daylight』를 구상하면서 그는 이렇게 썼다. "SF를 계속 쓸 작정이야. 그건 내 천직이니까……" 그러나 딕은 기력이 고갈되어 글을 쓸 수 없다는 사실을 알게 되었다. 9월 17일 밤에는 '타고르Tagore'라고 불리는 구세주의 환영을 보았다. 딕은 이 사람이 실존 인물이며 실론*에 살고 있다고 확신했고, 그에게서 지시를 받고 있다고 느꼈다. 다시 가정을 꾸릴 수 있을까 하는 희망에서 테사와의 재결합을 고려했다. 11월에는 〈블레이드 러너〉 초기 편집본의 특수 효과 영상 시사회에 초대

---

* Ceylon. 현 스리랑카.

468

받았다. 메스 문학 축제에도 재차 초빙을 받고 여행 계획을 세우기 시작했다. 그렉 릭맨과 일련의 인터뷰를 하기 시작했고, 릭맨에게 자신의 공식 전기작가가 되어달라고 부탁했다. 『한낮의 올빼미』에 관한 (완전히 상이한) 두 개의 아우트라인을 작성했다.

1982   미래의 부처인 마이트레야*의 세상이 도래한다는 영국의 신비주의자 벤자민 크림의 예언에 심취한다. 릭맨의 인터뷰는 계속되었고, 딕은 영적인 문제에 대해 불안감과 피로감을 느끼고 있다고 토로했다. 도리스 소우터의 친구인 그웬 리가 대학 리포트를 쓰기 위해 딕을 인터뷰했다. 아마 그의 생애 마지막이었을 이 인터뷰에서 딕은 『한낮의 올빼미』의 세부적인 사항들에 대해 밝혔지만, 결국 쓰지 못했다. 2월 18일에 자신의 아파트에 홀로 있던 딕은 뇌졸중으로 쓰러져 의식을 잃었다. 이웃 사람들에 의해 발견되어 병원에서 의식을 되찾았지만 말을 할 수 없었고, 몸의 왼쪽이 마비되었다. 3월 2일 딕은 뇌졸중 발작 재발과 심부전으로 인해 병원에서 숨을 거뒀고, 콜로라도 주 포트 모건의 공동묘지에 잠들어있는 쌍둥이 누이 제인 곁에 나란히 묻혔다. 『티모시 아처의 환생』은 그의 사후에 출간되었으며, 5월에 개봉된 〈블레이드 러너〉는 딕에게 헌정되었다. '필립 K. 딕 상'이 제정되었다. 이는 미국에서 처음부터 페이퍼백 단행본 형태로 출간되는 뛰어난 SF 장편을 선정해서 매년 수여하는 상이다.

---

* 미륵보살. 불교의 보살.

■ 장편소설

1969	『Galactic Pot-Healer』
	『Ubik』
1970	『A Maze of Death』
	『Our Friends from Frolix 8』
1972	『We Can Build You』
1974	『Flow My Tears, the Policeman Said』(존 W. 캠벨 기념상 수상)
1975	『Confessions of a Crap Artist』(일반소설)
1976	『Deus Irae』(로저 젤라즈니 공저)
1977	『A Scanner Darkly』(영국 SF협회상 수상)
1981	『VALIS』
	『The Divine Invasion』(『VALIS』의 속편)
1982	『The Transmigration of Timothy Archer』
1984	『The Man Whose Teeth Were All Exactly Alike』
1985	『Radio Free Albemuth』
	『Puttering About in a Small Land』(일반소설)
	『In Milton Lumky Territory』(일반소설)
1986	『Humpty Dumpty in Oakland』(일반소설)
1987	『Mary and the Giant』(일반소설)
1988	『The Broken Bubble』(일반소설)
	『Nick and the Glimmung』(아동SF)
1994	『Gather Yourselves Together』(일반소설)
2004	『Lies, Inc.』(『The Unteleported Man』의 개정증보판)
2007	『Voices From the Street』(일반소설)

■ 단편집

1955	『A Handful of Darkness』(영국판)
1957	『The Variable Man』
1969	『The Preserving Machine』

1973	『The Book of Philip K Dick』
1977	『The Best of Philip K. Dick』
1980	『The Golden Man』
1984	『Robots, Androids, and Mechanical Oddities』
1985	『I Hope I Shall Arrive Soon』
1987	『The Collected Stories of Philip K. Dick, 1, Beyond Lies the Wub』
	『The Collected Stories of Philip K. Dick, 2, Second Variety』
	『The Collected Stories of Philip K. Dick, 3, The Father-Thing』
	『The Collected Stories of Philip K. Dick, 4, The Days of Perky Pat』
	『The Collected Stories of Philip K. Dick, 5, The Little Black Box』
1988	『Beyond Lies the Wub』(영국 Gollancz판. 『The Collected Stories of Philip K. Dick, 1, Beyond Lies the Wub』과 동일)
1989	『Second Variety』(영국 Gollancz판. 『The Collected Stories of Philip K. Dick, 2, Second Variety』와 동일)
	『The Father-Thing』(영국 Gollancz판. 『The Collected Stories of Philip K. Dick, 3, The Father-Thing』과 동일)
1990	『The Days of Perky Pat』(영국 Gollancz판. 『The Collected Stories of Philip K. Dick, 4, The Days of Perky Pat』과 동일)
	『The Little Black Box』(영국 Gollancz판. 『The Collected Stories of Philip K. Dick, 5, The Little Black Box』와 동일)
	『The Short Happy Life of the Brown Oxford』(Citadel Twilight판. 『The Collected Stories of Philip K. Dick, 1, Beyond Lies the Wub』과 동일)
	『We Can Remember It for You Wholesale』(Citadel Twilight판. 『The Collected Stories of Philip K. Dick, 2, Second Variety』에서 단편「Second Variety」를「We Can Remember It

for You Wholesale」로 대체)

1991   『The Minority Report』(Citadel Twilight판. 『The Collected Stories of Philip K. Dick, 4, The Days of Perky Pat』과 동일)

             『Second Variety』(Citadel Twilight판. 『The Collected Stories of Philip K. Dick, 3, The Father-Thing』에 단편 「Second Variety」추가)

1992   『The Eye of the Sibyl』(Citadel Twilight판. 『The Collected Stories of Philip K. Dick, 5, The Little Black Box』에서 단편 「We Can Remember It for You Wholesale」을 제외)

1997   『The Philip K. Dick Reader』(『Second Variety』의 단편 3편을 영화화된 단편 3편으로 대체)

2002   『Minority Report』(영국 Gollancz판)

             『Selected Stories of Philip K. Dick』

2003   『Paycheck』(2004년 출간. 영국 Gollancz판)

             『Paycheck and 24 Other Classic Stories by Philip K. Dick』(Citadel Twilight판. 『The Short Happy Life of the Brown Oxford』와 동일)

2006   『Vintage PKD』(장편 발췌. 단편, 에세이, 서간 포함)

2009   『The Early Work of Philip K. Dick, I: The Variable Man & Other Stories』

             『The Early Work of Philip K. Dick, II: Breakfast at Twilight & Other Stories』

■ 논픽션, 서간집

1988   『The Dark Haired Girl』(에세이, 시, 편지 모음)

1991   『The Selected Letters of Philip K. Dick』, 1974

1993   『The Selected Letters of Philip K. Dick』, 1975~1976

             『The Selected Letters of Philip K. Dick』, 1977~1979

1994   『The Selected Letters of Philip K. Dick』, 1972~1973

성스러운 침입

초판 1쇄 펴낸날 2012년 3월 25일

지은이 I 필립 K. 딕
옮긴이 I 박중서
펴낸이 I 양숙진

펴낸곳 I 폴라북스
등록번호 I 제22-3044호
주소 I 137-905 서울시 서초구 잠원동 41-10
전화 I 2017-0280
팩스 I 516-5433
홈페이지 I www.hdmh.co.kr

ISBN 978-89-93094-38-1 04840
세트 978-89-93094-31-2

＊폴라북스는 (주)현대문학의 새로운 종합출판 브랜드입니다.
＊책값은 뒤표지에 있습니다.